LOVE IN GERMANY

德国之恋

卢因诚 著

新世界出版社
NEW WORLD PRESS

图书在版编目（CIP）数据

德国之恋/卢因诚著．—北京：新世界出版社，2012.1

ISBN 978-7-5104-2415-1

Ⅰ．①德…　Ⅱ．①卢…　Ⅲ．①长篇小说－中国－当代

Ⅳ．①I247.5

中国版本图书馆 CIP 数据核字（2011）第 249315 号

德国之恋

作　　者：卢因诚

责任编辑：闫　红　张志元

责任印制：李一鸣　黄厚清

出版发行：新世界出版社

社址：北京西城区百万庄大街 24 号（100037）

发行部：（010）6899 5968　（010）6899 8733（传真）

总编室：（010）6899 5424　（010）6832 6679（传真）

网址：http：//www.nwp.cn

http：//www.newworld－press.com

版权部：+8610 6899 6306

版权部电子信箱：frank@nwp.com.cn

印刷：三河市华晨印务有限公司

经销：新华书店

开本：710mm×1000mm　1/16

字数：360 千字　印张：22

版次：2012 年 2 月第 1 版　2012 年 2 月第 1 次印刷

书号：ISBN 978-7-5104-2415-1

定价：38.00 元

作者简介

卢因诚（Lu,Y.C.）

* 毕业于北京大学化学系物理化学专业
* 北京市半导体器件研究所所长、教授级高级工程师
* 北京工业大学电子科学与技术系客座教授
* 德国马克斯·普朗克协会固体研究所（Max-Planck-Institut für Festkörperforschung）访问学者、客座教授
* 德国弗朗霍夫协会应用固体物理研究所（Fraunhofer-Institut für Angewandte Festkörperphysik）客座教授
* 近十年从事文学创作。出版文学著作：

散文集：《旅欧十年》（华艺出版社 2003年）

文化欧洲丛书（4卷）：《深邃德意志》、《阳光意大利》、《浪漫法兰西》、《雍容不列颠》（中国画报出版社 2006年）

文化欧洲丛书（8卷）：《寻觅德国》、《寻觅意大利》、《寻觅法国》、《寻觅英国》、《寻觅奥地利》、《寻觅北欧》、《寻觅荷比卢》、《寻觅瑞士》（新世界出版社 2009年）

自 序

在国内研究所从事多年科学研究和技术工作之后，作为访问学者、客座科学家，1981–1993年间，我有逾8年时光在位于斯图加特（Stuttgart）的德国马克斯·普朗克协会固体研究所（Max–Planck–Institut für Festkörperforschung）从事半导体晶体生长和晶体生长机理科学研究工作；1995和1996年，我在位于弗赖堡（Freiburg i.Br.）的德国弗朗霍夫协会应用固体物理研究所（Fraunhofer–Institut für Angewandte Festkörperphysik）参与一项由德国、法国、意大利有关科研人员承担的欧洲共同体科研项目——蓝色发光晶体二极管开发项目。

在国外的逾十年生活里，有一段经历让我至今难以释怀，那段经历事关珍妮·纽曼（Jenny Newman）的故事。讲述珍妮的故事，还得从一次我去美国参加专业会议说起。

第一届硅国际会议（The First International Conference on Silicon）于1986年7月1–3日在美国俄勒冈州波特兰（Portland）举行。波特兰位于美国西北部Willamette河两岸，濒临太平洋和皑皑积雪覆盖的Hood山。城中有上百个公共花园，种植有各种玫瑰，被誉为“玫瑰之城”，是美国最美丽的城市之一。

无疑，这次国际会议对我有吸引力，况且会议组织委员会已正式接受伊·鲍泽尔博士（Dr. E.Bauser）和我合写的学术论文为会议报告论文。恰逢此时，伊·鲍泽尔博士需要到意大利参加学术活动，决定由我独自赴会。我从斯图加特飞往美国前，研究所博士生勃朗特（R.Bronte）拜托我到波士顿看望他年迈的奶奶，为她带去3盒德国特产的“药茶”（Arzneitee），一种促进心脏和血液循环的药性茶叶。老奶奶记挂孙儿，想知道他在德国生活的详情。

我在硅国际会议上作了题为“半导体硅晶体中的动力学生长条纹”（E.Bauser and Y.C.Lu：Kinetic striations in semiconductor crystals）的报告，伊·鲍泽尔博士和我为论文共同作者。从报告后的提问、讨论情况看，报告受到肯定和欢迎。

会议之后，我利用科学家的休假，乘飞机、火车、汽车从美国西海岸到东海岸旅行，历时15天。游历了芝加哥、华盛顿、纽约、波士顿等地，在华盛顿时正值美国国庆210周年纪念日，观赏了壮观的国庆大游行，深刻地感受到美国人的民族自豪感和爱国热忱。在波士顿时访问了位于波士顿附近的IBM研究院。

在波士顿，我停下了旅行的脚步。一天上午，在城区按图索骥找到了一处门卡上标有“Sophie Bronte”（索菲·勃朗特）的单元住宅。通报了姓名、从德国来，老奶奶请我进门，欢迎我的到来。她独自住在这套房子里，儿子一家人生活在纽约远郊，周末不时来看望她老人家。当然，她很快就与我谈起她孙儿在斯图加特生活的话题，我谈到她孙儿在德国的科学研究富有成果，爱听德国古典作曲家音乐作品，爱喝德国黑啤酒，爱说德国施瓦本方言（Schwäbeln）等。

当天下午，老奶奶与我谈起了有关德国的话题，谈起她年轻时最要好的女友珍妮·纽曼，用她的话说，珍妮那时是一位美丽、聪慧、善良、热爱音乐艺术的少女，珍妮那时生活在德国。老奶奶谈锋甚健，沉浸在对往事的回忆中，说着取出了珍妮多年前从德国等地寄给她的百余封书简让我阅读；珍妮书简引起我极大的兴趣，于是请老奶奶允许我将书简带回旅馆仔细阅读。当天，我们一直谈到夜晚。

在波士顿的后来几天里，我在旅馆房间里专心致志地阅读珍妮书简，并将部分书简摘录下来，以待日后有机会时将它们编辑成书。

《德国之恋》一书分作上、下两卷。就时间跨度而言，上卷为1936-1945年，下卷为1946-1962年。

《德国之恋》上卷写于第二次世界大战前和战争时期，讲述了美国少女珍妮从纽约到达德国后的人生经历，她与德国钢琴演奏家斯特恩教授相识、相知与相爱以及与德国登山探险者贝格曼、物理学家迪尔博士的相识与友情。《德国之恋》下卷写于第二次世界大战后，讲述了珍妮与迪尔博士的爱情，讲述了斯特恩教授女儿莉娜的成长，以及莉娜与民主德国青年维克托的爱情故事。希望它能引起读者的兴趣，并将它推荐给朋友们分享。

作者于1986年7月1-3日在美国俄勒冈州波特兰参加第一届硅国际会议，会后在纽约港乘船游览。

目录

Contents

下卷 莉娜·斯特恩

人物表

珍妮·纽曼（Jenny Newman）—纽约朱丽亚音乐学院钢琴系毕业生

索菲·勃朗特（Sophie Bronte）—珍妮美国挚友

约翰·斯特恩教授（Prof. John Stern）—慕尼黑音乐学院钢琴系教授

尼克·贝格曼先生（Nick Bergman）—登山探险者

赫伯特·迪尔博士（Dr. Herbert Diehl）—原子物理学家

莉娜（Lina）—斯特恩教授女儿

维克托·弗罗伊德（Viktor Freud）—莱比锡音乐学院大学生

弗里茨·申克尔（Fritz Schenker）—珍妮表哥

申克尔夫人（Mrs. Schenker） —珍妮姨妈

诺格夫人（Mrs. Noger）—瑞士珍妮小姨

谢曼先生（Mr. Chemin）—法国教师

克雷乌斯先生（Pedro Creus）—西班牙工业家

故事梗概

在美国的时候，索菲·勃朗特女士与笔者谈起有关德国的话题，并让笔者阅读了她年轻时的挚友珍妮·纽曼女士从德国等地寄给她的百余封书简，它们引起笔者极大的兴趣，同时想到将部分书简摘录下来，以待日后有机会时将它们写作成书，推荐给读者。

《德国之恋》一书分作上、下两卷。就时间跨度而言，上卷为1936–1945年，下卷为1946–1962年。

上卷　珍妮·纽曼

《德国之恋》上卷写于第二次世界大战前和战争时期，讲述了美国少女珍妮从纽约到达德国后的人生经历，她与德国钢琴演奏家斯特恩教授相识、相知与相爱以及与德国登山探险者贝格曼、物理学家迪尔博士的相识与友情。

1936年8月，珍妮从纽约朱丽亚音乐学院钢琴专业毕业，怀着对艺术与爱情的憧憬和激情远赴德国，在慕尼黑音乐学院从师斯特恩教授攻读音乐硕士学位。对勃拉姆斯音乐作品的共同偏爱，促使他们相识、相知与相爱。在德国纳粹政权疯狂迫害犹太人的年代，出身于犹太世家的斯特恩教授被秘密逮捕，突然降临的厄运让珍妮陷入深深的忧虑中。

时光流逝，毫无斯特恩教授踪迹信息，珍妮借助弹奏勃拉姆斯音乐作品排遣心中的忧虑和惆怅。珍妮在基姆湖畔普林小城姨妈家度周末时，结识了表哥弗里茨的童年伙伴贝格曼先生。贝格曼年富力强，是一位登山探险者，痴迷于探索柏拉图描述的亚特兰蒂斯王国遗迹，去中国西藏寻找雅利安人种的起源和后裔以及沙姆巴拉洞穴里隐藏的神奇的“地球轴心”。此后的周末，珍妮常常协同弗里茨和贝格曼登山旅行。贝格曼爱上了珍妮，并向她求婚。

一天，珍妮在慕尼黑圣母大教堂旁的咖啡屋独自喝咖啡，一位陌生人突然递给她一封密码信。密码的解码表明它出自于斯特恩教授手笔。斯特恩教授还活着！这突然降临的喜讯，让珍妮的心中重新燃起激情。珍妮与在逃亡途中的斯特恩教授以密码信传递信息，倾诉爱恋和思念之情。不久，珍妮结识了为他们传递密码信的迪尔博士。迪尔博士是位富于理性的物理学家，又是一位勃拉姆斯音乐迷。在他的协助下，斯特恩教授得以从巴伐利亚犹太人集中营成功出逃，经历艰难和危险，逃亡黑森林地区弗赖堡。他在那里再一次失去踪迹；珍妮再一次陷入深深的忧虑中。

在协助斯特恩教授出逃和传递密码信过程中，迪尔博士与珍妮相识并结下深厚友情。在迪尔博士的心目中，珍妮是一位美丽、聪慧、善良、热爱音乐艺术的少女，这让他情不自禁地喜爱上了她，让他情愿为她奉献。1939年9月，德国以闪电战术突袭波兰，第二次世界大战爆发。珍妮委托迪尔博士赴巴黎寻觅在逃亡中的斯特恩教授的踪迹，他终于在巴黎圣母院唱诗堂发现了倾听圣歌的斯特恩教授。在德国军队逼近巴黎城池之时，迪尔博士陪伴斯特恩教授毅然选择向法国南方马赛继续逃亡。

一天，珍妮在普林突然收到斯特恩教授寄自西班牙马略卡岛的匿名信，得知当他在马赛也不能容身时，冒着生命危险偷渡到地中海中的马略卡岛。这信息令珍妮喜出望外。后来，斯特恩教授远在马略卡岛寄书信向珍妮求婚。为艺术，为爱情，珍妮毅然决然追寻斯特恩教授的足迹去马略卡岛与其相会。珍妮在弗里茨陪同下经过艰苦跋涉，到达法国维希政权管辖下的马赛；在马赛邂逅已编入纳粹党卫军，但仍从事登山探险的贝格曼先生；虽说他的雄心已有所收敛，却也表白至死忠于对元首的誓言。盟国联军诺曼底登陆后，贝格曼志愿加入了德国陆军战斗部队，后来在法国北部的激战中阵亡。

珍妮从马赛独自经巴塞罗那，抵达马略卡岛，与斯特恩教授在西班牙工业家克雷乌斯的别墅相聚。厄运积蓄的痛苦，逃亡沉淀的经历，激情释放的灵感，友情赋予的才智，爱情迸发的活力，让斯特恩和珍妮这对恋人在马略卡岛以热情、心血和眼泪谱写出不朽的《c小调自由交响曲》（合唱）。

1941年12月珍珠港事件爆发，美国宣布参战。翌年初，斯特恩和珍妮搭乘克雷乌斯公司运输油橄榄轮船赴美，商船在大西洋上遭遇德国U-潜艇攻击，斯特恩头部受脑震荡创伤。在美国，斯特恩与珍妮全心投入到支援反法西斯战争的募捐巡回演出中。多年流亡苦难生涯与募捐巡回演出奔波劳碌致使斯特恩教授在巡演指挥台上突发脑溢血，随后逝世于纽约医院。临终前他委托珍妮为与其已故前妻海伦所生女儿莉娜的监护人，期望培养她将来成为一名艺术家。

下卷　莉娜·斯特恩

《德国之恋》下卷写于第二次世界大战后，讲述了珍妮与迪尔博士的爱情，讲述了斯特恩教授女儿莉娜的成长，以及莉娜与民主德国青年维克托的爱情故事。

战争结束后，1946年8月，珍妮履行对斯特恩教授的承诺，为监护教授的女儿莉娜成长而重返德国。重返慕尼黑后，珍妮做的第一件事情是将在瑞士其小姨家避难8年的莉娜接回慕尼黑，与她生活在一起，陪伴她完成中学学业。

重返慕尼黑后，珍妮做的第二件事情是与慕尼黑交响乐团在慕尼黑联合举办了“纪念斯特恩教授音乐会”，联袂演奏了斯特恩教授创作的《c小调自由交响曲》（合唱），音乐会获得巨大成功。

珍妮在慕尼黑音乐学院任助教，迪尔博士在哥廷根物理研究所从事原子物理科学研究。1946年9月的一天，珍妮意外收到迪尔博士寄给她的一封迟发六年的信。在信中迪尔博士借助勃拉姆斯和克拉拉·舒曼的凄美爱情故事表露了他深心处长久孕育的对珍妮的炽热爱情；随后，他又以泰戈尔《游思集》和《情人的礼物和烦恼》中的两节诗歌为载体写给珍妮一封密码信，表达他对珍妮的坚贞不渝的爱情。

战争结束了，珍妮感觉到爱情之火在心中隐约地重新燃起，它是那样一种爱情，一种对孩子、对逝去的人、对活着的人，对不同民族、不同肤色、不同语言、不同宗教、不同信仰的普通人的博爱。

珍妮与迪尔博士相爱并在哥廷根同居了。在莉娜成人之前，珍妮并不想与迪尔博士举行婚礼，组成一个新的家庭。她要让莉娜时刻感觉到，她与珍妮已经组成了一个家庭。珍妮对莉娜的爱，不仅出于对斯特恩的承诺和法律上应履行的责任，还出于人类本能的母爱和良知。

1949年，在德国的美、英、法占领区建立了联邦德国（西德）和西柏林行政区，在德国的苏联占领区建立了民主德国（东德）和东柏林行政区。1951年秋，莉娜在慕尼黑完成中学学业后，慕名选择在著名的东德莱比锡音乐与戏剧学院作曲系深造。在学院排练莫扎特歌剧《魔笛》过程中，莉娜结识了学院古典歌唱和音乐剧系的英俊青年维克托。

莉娜与维克托在一起谈论艺术、人生、战争和宗教，对于艺术的共同爱好和追求，对于人生、哲学理念的共同理解，让他们坠入爱河。他们一起到莱比锡托马斯教堂做弥撒，一起到布拉格、维也纳旅行。

1953年6月中旬，维克托从莱比锡去东柏林探望父母亲时长久未归，莉娜从维克托父母处得知，维克托于6月17日在东柏林突然失踪。这突然的变故让莉娜沉浸在无比的疑惑、忧郁和苦痛之中。

时光流逝，一天，莉娜在她的信箱里偶然发现一封奇异的密码信。破解后得知，密码信来自维克托，他被捕并被关押在牢狱中，“面对死亡我将露出微笑，因为死亡让我重获自由。”后来，莉娜又收到几封他寄来的密码信。破解的信息表明，他情绪低沉，几乎绝望，但同时表达了他对她坚贞不渝的爱情。“为了艺术，为了爱情”，他要活下去。

一年后的一天，莉娜在她的信箱里突然发现一封维克托的秘密书简。破解后得知，他的被捕缘于1953年6月17日，在东柏林大街上，他向武力镇压示威群众的苏联坦克投掷石块。

莉娜于1957年秋季在莱比锡音乐学院以优异成绩取得音乐硕士学位，随后在位于西柏林的“国家音乐与造型艺术学院”工作，并创作《c小调大地交响曲》（合唱）。

维克托经过5年牢狱之苦之后，于1958年夏季获准释放。而后，他选择在东柏林的“德意志音乐学院”继续其古典歌唱和音乐剧的学业，以便完成因被捕入狱而未完成的学业；准备在学业完成后，去西柏林与莉娜会合，一起自由地生活和工作。

天有不测风云，1961年8月13日，东德昂纳克政府在东柏林、东德与西柏林的边界实施全方位戒严，拉起了铁丝网，随后建造起隔绝西柏林与东柏林、东德的柏林墙。维克托面对高墙、铁丝网、壕沟、开阔地、瞭望塔楼、武装巡逻及部分地区的江河水域，面对逃往西柏林的一些人喋血柏林墙下和江河水域中，他能够成功逃往西柏林与莉娜重逢吗？答案就在《德国之恋》一书中。

《德国之恋》故事梗概
（德文）

Die Liebe in Deutschland
(Love in Germany)

Inhaltsangabe

Erster Teil: Jenny Newman

Die Amerikanerin Jenny Newman absolvierte im Sommer 1936 an The Juilliard School New York und kam nach Deutschland. Unter der Anleitung von Professor John Stern machte Jenny ihre Diplomarbeit an der Musikhochschule München.

Professor Stern war ein berühmter Pianist. Jenny und Professor Stern hatten gemeinsames Interesse an der Musik von Brahms, und sie fassten dadurch zueinander eine Zuneigung. Sie gingen gemeinsam auf Tournee nach Düsseldorf.

Professor Stern war Jude und wurde während der Nazi-Zeit am 16.11.1938 von der SS festgenommen. Jenny machte sich grosse Sorgen um sein Leben.

Die Zeit verging, Jenny bekam keine Nachricht von Professor Stern, und sie spielte Klavierstücke von Brahms, um sich vom Kummer und der Einsamkeit in ihrem Herzen abzulenken.

Jenny vebrachte ein Wochenende bei ihrer Tante in Prien am Chiemsee und lernte den Bergsteiger Nick Bergman kennen. Er war der Spielkamerad von Jennys Vetter. Bergman war Rassist. Er machte sich nach Tibet auf, um Beweise für die Herkunft der arischen Rasse und um die überlebenden Arier aus Atlantis zu suchen. Bergman hatte sich in Jenny verliebt und ihr einen Heiratsantrag gemacht.

Eines Tages sass Jenny allein an einem Tisch im Café am Dom in München. Ein Fremder stand vor ihr und übergab ihr einen Zettel, verliess sie aber sofort wieder und verlor sich unter den Vorbeigehenden auf der Strasse.

Der Zettel war ein Kode-Brief. Die Entzifferung des Kodes zeigte, dass er von Professor Stern kam und die Nachricht enthielt: „Er lebt noch, er ist sich seiner Situation bewusst und ist entflohen, und er widersteht dem Schicksalsschlag." Damit füllte sich Jenny´s Herz wieder mit Leidenschaft. Durch Kode-Briefe tauschten Professor Stern und Jenny Nachrichten aus und bekräftigten ihre gegenseitige Liebe.

Eines Tages lernte Jenny in München im Café am Dom einen jungen Mann kennen, der sich als Dr. Herbert Diehl vorstellte. Dr. Diehl war ein Physiker und ebenfalls ein Liebhaber der Musik von Brahms. Er hatte Professor Stern bei der Flucht und der Übermittlung der Kode-Briefe zwischen Jenny und Professor Stern geholfen. Er war ein ehrlicher Deutscher, ein Humanist.

Von Dr. Diehl erfuhr Jenny viele wichtige Einzelheiten über Professor Sterns Schicksal.

Professor Stern war aus dem Konzentrationslager in Bayern über den Schwarzwald geflüchtet. In Freiburg im Breisgau verlor sich seine Spur. Jenny machte sich Sorgen um ihn und bat Dr. Diehl, ihn in Paris zu suchen. Tatsächlich fand Dr. Diehl den Professor in Paris in Notre-Dame, wo er gerade die Laudes hörte. Als die deutsche Armee Paris besetzte, musste Professor Stern weiter nach Marseille und dann auf die spanische Insel Mallorca fliehen.

Die Zeit verging. Eines Tages erhielt Jenny einen Brief aus Mallorca von Professor Stern. Er machte darin Jenny einen Heiratsantrag.

Ein Jahr später reiste Jenny ebenfalls nach Mallorca, von Sehnsucht nach Kunst und Liebe getrieben. Unterwegs begegnete Jenny in Marseille dem Bergsteiger Bergman, der inzwischen ein Mitglied des SS-Expeditionskorps geworden war. Später fiel er als ein tapferer Soldat in der Normandie-Schlacht.

Auf der Insel Mallorca komponierten Professor Stern die <Symphonie der Freiheit >

in c-moll und Jenny den Chor <Göttin Freiheit> zu dieser Symphonie.

Nach dem Kriegseintritt der USA kehrten Jenny und Professor Stern in die USA zurück und gingen auf Wohltätigkeitstourneen, um den Krieg gegen die Nazis zu unterstützen. Professor Stern und Jenny planten, nach dem Krieg in Boston zu heiraten, und zwar nach dem religiösen Trauungsritus. Zwei Jahre später jedoch fiel Professor Stern während der Tournee von der Bühne und starb an einer Gehirnblutung.

Dann endlich war der Krieg zu Ende - Gott sei Dank! - und der Friede schien anzubrechen in Europa und sogar auf der ganzen Welt.

Zweiter Teil: Lina Stern

Nach dem Krieg war Jenny nach Deutschland zurückgekehrt um ihr Versprechen, welches sie Professor Stern gegeben hatte, zu halten.

Jenny kam zurück in die Heimat Prien am Chiemsee. Sie holte Sterns Tochter Lina aus der Schweiz ab und lebte mit Lina in Deutschland zusammen. Als Lina fünf Jahre alt war, musste die Tochter eines Juden ihre Heimat verlassen und in der Schweiz Zuflucht nehmen. Bis zum Tode ihres Vaters in Amerika hatte sie acht Jahre lang keine Möglichkeit ihren geliebten Vater zu treffen.

Zur Erinnerung an Professor Stern gab Jenny gemeinsam mit den Münchner Philharmonikern ein Konzert mit Sterns <Symphonie der Freiheit> in München. Dabei erzielten sie einen großen Erfolg.

Der Krieg war beendet, und das Feuer in Jennys Herz war wieder entfacht. In ihrem Hochgefühl empfand Jenny sich auch ihren Mitmenschen gegenüber wohlgesinnt, besonders gegenüber Kindern und Menschen in Not, und tolerant gegenüber Andersdenkenden und Fremden.

Inzwischen war Jenny als Lehrbeauftragte an der Musikhochschule München tätig. Dr. Diehl arbeitete an einem Forschungsinstitut für Physik in Göttingen. Im September 1946 erhielt Jenny einen Brief und auch noch einen Kode-Brief von Dr. Diehl. In diesen Briefen brachte Dr.Diehl seine brennende Leidenschaft zu Jenny zum Ausdruck. Seit langer Zeit war er in Jenny verliebt.

Jenny und Dr. Diehl teilten gemeinsame Erinnerungen an die Kriegszeit und fassten dadurch eine Neigung zueinander. Sie vollzogen zwar den Liebesakt, aber Jenny mochte mit Dr. Diehl keine neue Familie gründen, solange Lina noch nicht erwachsen war. Aus Pflichtbewusstsein und Mutterinstinkt lebte sie mit Lina zusammen in München.

Nach dem Zweiten Weltkrieg entstanden ganz unterschiedliche Gesellschaftssysteme in den drei westlichen Besatzungszonen einerseits – der späteren Bundesrepublik Deutschland - und der sowjetischen Besatzungszone andererseits - der späteren Deutschen Demokratischen Republik. Lina liebte Robert Schumanns Musik. Nach ihrem Abitur im Jahr 1951 schrieb sie sich an der Hochschule für Musik und Theater zu Leipzig (DDR) ein und studierte Komposition wie einst Robert Schumann in seiner Leipziger Zeit.

Bei den Proben zu Mozarts Oper „Die Zauberflöte" in der Musikhochschule lernte Lina den hübschen und gewandten jungen Mann Viktor Freud kennen, der aus Ost-Berlin stammte und an der Leipziger Musikhochschule Klassischen Gesang und Musiktheater studierte.

Lina und Viktor unterhielten sich oft über Kunst und Menschenleben, Krieg und Religion. Die gemeinsame Vorliebe für die Kunst, die gleiche Auffassung über das Menschenleben und so manche philosophische Konzepte führten die beiden enger zusammen, und so entstand eine gegenseitige Zuneigung. Sie sangen gemeinsam in einer Messe von J.S. Bach in der Thomaskirche und unternahmen gemeinsame Reisen nach Prag und Wien.

An einem Wochenende Mitte Juni 1953 besuchte Viktor seine Eltern in Ost-Berlin. Wider Erwarten kam Viktor jedoch nicht nach Leipzig zurück. Von Viktors Eltern erfuhr Lina, dass Viktor am 17. Juni vermisst wurde. Die traurige Nachricht kam wie ein Blitz aus heiterem Himmel, und Lina machte sich große Sorgen um Viktor.

Die Zeit verging. Eines Tages fand Lina einen Kode-Brief in ihrem Briefkasten. Die Entzifferung des Kodes zeigte, dass er von Viktor kam. Viktor war verhaftet worden. Seine Stimmung war schlecht und fast hoffnungslos. Der nächste Kode-Brief bewies aber Viktors unbeugsamen Willen, für die Kunst und die Liebe weiter zu leben.

Nach einem Jahr erhielt Lina einen geheimen Brief von Viktor. Darin schrieb er: „Am 17. Juni 1953 rückten auf Ostberlins Strassen sowjetische Tanks gegen Demonstranten vor und schlugen den Aufstand gewaltsam nieder. Ein Demonstrant lag auf der Strasse und blutete aus der Brust. Dieser Anblick ergriff mich so, dass ich Steine gegen einen Tank warf. Dann wurde ich von der Volkspolizei festgenommen. Ich habe keine Ahnung, wo sich mein Gefängnis befindet. Ich liebe dich. Lebe für die Zukunft!"

Nach der Abgabe ihrer Diplomarbeit im Winter 1957 wechselte Lina an die Staatliche Hochschule für Musik und Darstellende Kunst in West-Berlin.

Im Jahr 1958 wurde Viktor entlassen und wollte erst das Studium in der DDR zum Abschluss bringen und danach versuchen nach West-Berlin umzuziehen, um mit Lina dort zusammenzuleben.

In der Nacht zum 13. August 1961 wurde jedoch überraschend die „Berliner Mauer" zwischen West- und Ost-Berlin errichtet, die den Verkehr zwischen der Westberliner Bevölkerung und den Bewohnern Ostberlins und der DDR unterband. Die Grenze wurde mittels Beton- und Steinmauern befestigt, sowie durch Metallgitterzäune, Lichttrassen, Grenzsignal- und Sperrzäune, Kolonnenwege, Beobachtungstürme, Hundelaufanlagen, Bunker und bewachte Gewässerufer gesichert. Wie soll sich Viktor angesichts dieser Grenzbefestigung verhalten? Kann er die Berliner Mauer überwinden und mit Lina in West-Berlin zusammentreffen? Die Antwort wird der geneigte Leser in dem Roman <Die Liebe in Deutschland> finden.

引子

索菲·勃朗特

1986年夏季的一天。美国波士顿湾旁一幢别墅里。

老奶奶索菲·勃朗特（Sophie Bronte）站在卧室玻璃窗旁，面向别墅阳台，眺望波士顿湾水上航行中的船只，若有所思。片刻，起身走向壁柜，从中取出一只雕花木盒，步履蹒跚地走向写字台。坐稳后，掀开木盒盖子，从盒子里厚厚一叠书简中选出一封书简仔细阅读。

艾达，老奶奶的正在读中学的孙女，轻轻走进卧室；老奶奶专注于读信，毫无察觉。艾达突然出现在奶奶一侧，并说道："奶奶，你又在读那些信！"并随手将奶奶正在阅读的那封书简抢了过来。

"艾达，这孩子，你都多大了，还在淘气！"奶奶无奈地说。艾达开始朗读手中的这封书简。

莉娜，我亲爱的女儿：

爸爸躺在病床上，此时此刻，我最想念的是你！虽然我也许不会不久于人世，但是我还是急切感觉到，我有话要对你说。

在你还是幼儿时，在你最需要母爱、父爱的时候，妈妈早逝，爸爸遭受迫害长期流亡他乡；幸亏得到珍妮阿姨关爱，你得以寄居在她的小姨家。然而，爸爸为不能在你身边呵护你，感到深深内疚，爸爸的心境何以能够平静呢？

爸爸身在大西洋彼岸，离你越来越远，而且自然法则不可抗拒，终究会离你而去，想到你将独自在这个疯狂的世界上生存，爸爸的心里涌起波澜。

这个世界太疯狂，孩子，你可要当心啊！珍妮阿姨是位好心人，她全心全意地爱着你，我委托珍妮阿姨为你的监护人。爸爸希望你将来从事艺术专业，像你妈妈，像珍妮阿姨那样，成为一名音乐家。世界错综复杂，真理与谎言并存，爸爸希望你学会独立思考，学会辨别真伪。

现在处于战争时期，航行于大西洋的邮轮不时遭到袭击，考虑到你的安全，近期不便于接你从瑞士来美国。你知道，爸爸是多么想立即见到你、拥抱你啊！战争一结束，爸爸会立即接你来美国，或者会立即去瑞士与你团聚。感谢瑞士在战争时期保持中立，包括我女儿在内的弱势群体，得到它的庇护。

在家里的平凡的日子里，不能深切地感觉到全家人在一起的时光是多么值得珍惜！在一起，随便做点什么，最重要的是“在一起”！当人们远离亲人，远离故土，身处异境时，才更能理解亲情的深邃内涵。

我们生活在一个多元文化世界里。世界上不同种族、不同文化、不同信仰的人群之间越来越需要相互往来、交流和认同，而不是相反的，导致误解、对立和敌视。

语言是世界不同人群之间沟通的工具、联系的纽带，一个立志为全人类谋福利的人，不容置疑，不容踌躇，立意精通至少一门外语，这样，才有可能置人生于高起点和广阔的空间。德语是你的母语，此外，首先要学好英语，它是多元文化世界交往中应用最为广泛的语言，它是开启文化世界大门的钥匙。英语是珍妮阿姨的母语，只要你愿意，她会帮助你学好英语的。

我们家存在不同的宗教信仰。爸爸信奉犹太教，你妈妈信奉基督教。在我们家里，犹太教与基督教和谐并存，犹太教信徒与基督教信徒和谐共处。你知道，我们全家总是一同过圣诞节的，你长大后将由你自己决定信奉何种宗教。自纪元初年起的千余年人类历史上，犹太教与基督教不能和谐并存，犹太教信徒与基督教信徒难以和谐共处，令人遗憾。爸爸总是抱有希望，但愿这种情况能够在你们这一代有所改善。

我的孩子，你终将步入社会，谱写美丽人生，在人生路上寻觅到你的人生伴侣，共同谱写幸福人生。教堂里举行的结婚仪式是神圣的，当一位父亲挽着女儿的手臂庄严地走进教堂，并把她托付给她心爱的男人时，才可以说，这位父亲履行了父亲的责任。你的爸爸也是这样，只是不知道，上帝是否宽容地容许你的爸爸等待到那幸福的时刻到来……

莉娜，我亲爱的女儿，你将走向陌生的社会，你从这里走向未来，踏出人生的路。爸爸祝福你的一生，就是一首旋律优美的歌。

无论在何时，无论在哪里，永远爱你的爸爸。

约翰·斯特恩（签名）

1944年8月28日　纽约

“啊，一封42年前写的信！约翰·斯特恩是谁？奶奶，是你年轻时的恋人吗？”艾达调皮地故意发问。

“艾达，你都忘了你自己姓什么了！让我提醒你，你姓勃朗特。”

“奶奶，为什么女孩莉娜被单独留在瑞士，不能和她爸爸在一起？珍妮是谁？是约翰·斯特恩年轻时的恋人吗？”

《音乐课》（油画），描绘了女教师俯身帮助一位小女孩调试六弦琴的亲密、和谐景象，为英国学院派画家弗雷德里克·莱顿爵士（Lord Frederic Leighton）所作。

“孩子，你真的想知道？你有时间和耐心听我讲给你听吗？”

艾达不语，似在犹疑。

“珍妮·纽曼（Jenny Newman）是我年轻时的挚友，一位美丽、聪慧、善良、热爱音乐艺术的美国少女。在波士顿英语中学我们是同窗好友，后来她去了纽约朱丽亚音乐学院学习钢琴，再后来她去了德国攻读音乐硕士学位。我们之间无话不说，包括我们经历的战争和爱情。奶奶正在写一部以珍妮的生活为蓝本的小说，取名《珍妮·纽曼》。”奶奶停顿片刻，似在思考，然后说道，“这样吧，艾达，每天晚饭后，我给你讲一段珍妮的故事，如果你有兴趣，我们就这样一天一天地讲下去。”

“奶奶，太好了，太好了！这样晚饭后我就可以不刷洗餐具了！奶奶，你得向妈妈说明一下我们俩的约定啊。”

“艾达，那没有问题！”

上 卷

珍妮·纽曼

1. 朱丽亚音乐学院

1936年6月5日。纽约，朱丽亚音乐学院。

西蒙教授（Prof. A. Simon）为钢琴班同学讲授音乐史讲座《约翰内斯·勃拉姆斯的音乐作品》。

西蒙教授说，约翰内斯·勃拉姆斯是德国古典主义最后的作曲家，德国浪漫主义时期重要的作曲家，也是一位钢琴演奏家，同时随手在黑板上写上Johannes Brahms（1833–1897）。勃拉姆斯谱写过许多优秀作品，包括交响曲、钢琴协奏曲、钢琴奏鸣曲，大提琴、小提琴协奏曲，舞曲、狂想曲、合唱曲等。

当西蒙教授询问同学们喜欢哪些勃拉姆斯的音乐作品和何以喜欢那些音乐作品时，有的同学回答喜欢诸如《匈牙利舞曲》、《爱情之歌圆舞曲》等舞曲，因为他们爱跳舞；勃拉姆斯的匈牙利舞曲混合着匈牙利和吉卜赛的风格，节奏自由，形式不拘一格，速度变化快，富有即兴的形态。

一位女大学生举手要求发言。她中等身材，风姿秀逸，梳着短发，明亮的眼睛楚楚动人。

“珍妮，请讲。”西蒙教授请她讲话。

珍妮以亮丽的嗓音，清晰地论述她的观点。她说，她喜欢《d小调第一钢琴协奏曲》、《A大调第二号小夜曲》、《c小调钢琴四重奏》。她说，她之所以喜欢它们，是因为这3部作品都是勃拉姆斯为克拉拉·舒曼女士谱写的！譬如，《d小调第一钢琴协奏曲》中的柔板乐章，如勃拉姆斯自己所说，是他“为克拉拉画的一幅可爱的肖像”。1859年9月13日克拉拉生日之际，勃拉姆斯将他的新作《A大调第二号小夜曲》第二、三乐章寄赠克拉拉。克拉拉赞美他的小夜曲“就像我正在看着一朵美丽花朵中的根根花蕊”。1875年，勃拉姆斯将其新作《c小调钢琴四重奏》寄给克拉拉。克拉拉在回信中写道：“我重又在8分音符走过的节奏里认出了如此亲爱的‘我的’旋律！我说它是‘我的’，是因为我不相信还有哪一个人像我的心这样满怀喜悦、深情和感谢为你跳动。”

德国浪漫主义著名作曲家罗伯特·舒曼（Robert Schumann 1810-1856）和妻子克拉拉·舒曼女士（Clara Schumann 1819-1896），克拉拉·舒曼是德国著名的钢琴演奏家和优秀的作曲家。

珍妮的回答让在场同学脸上浮现出喜悦和愕然的表情，西蒙教授却显得平静。他以和缓的语气讲道，克拉拉·舒曼女士是德国浪漫主义著名作曲家罗伯特·舒曼的妻子，是位德国著名的钢琴演奏家和优秀的作曲家。随手在黑板写上“Clara Schumann （1819−1896）”，“Robert Schumann （1810−1856）”。接着讲道，要理解勃拉姆斯的音乐作品，是不能不了解勃拉姆斯与罗伯特·舒曼，特别是与克拉拉·舒曼女士的情感的。1853年，时年20岁的勃拉姆斯从师作曲家舒曼，在舒曼家结识时年34岁的舒曼妻子克拉拉，并对她一见钟情。其后二三年，勃拉姆斯和克拉拉接触和书信往来频繁。1856年，舒曼因精神病逝世。其后40年，勃拉姆斯怀着对克拉拉的真挚情感谱写了许多动人的音乐作品。

就在这时，珍妮又举起手，提出了一个问题：“教授，勃拉姆斯与克拉拉之间的情感究竟是怎样的情感？是爱情吗？或者别的什么感情？”

西蒙教授的回答令同学们鼓舞：“请同学们带着这个问题去聆听明天星期六举办的德国慕尼黑音乐学院访问教授约翰·斯特恩（Prof. John Stern）的勃拉姆斯作品音乐会，也许在你们聆听勃拉姆斯的音乐作品时，自己可以得到答案！”

2. 约翰·斯特恩

6月6日，星期六下午，德国慕尼黑音乐学院斯特恩教授与朱丽亚音乐学院交响乐团在朱丽亚音乐学院音乐厅联合举办勃拉姆斯作品音乐会。学院音乐厅正门外，德国慕尼黑音乐学院斯特恩教授的勃拉姆斯作品音乐会海报十分醒目。海报上标示的演出曲目有：《d小调第一钢琴协奏曲》、《c小调第一交响曲》、《A大调第二号小夜曲》。

音乐会结束后，珍妮和钢琴班的几位同学在路上就迫不及待地议论起刚刚结束的音乐会演出。他们认为斯特恩教授及学院交响乐团联合举办的勃拉姆斯作品音乐会非常成功地诠释了勃拉姆斯的作品，对于作品的丰盈的内涵，特别是作品中抒发的作者对舒曼的景仰和对克拉拉隐含的爱慕，有了深一层的理解。

6月8日，星期一上午，斯特恩教授应西蒙教授邀请前来参加钢琴班的勃拉姆斯作品讨论会。斯特恩教授是位年轻的教授，从其演奏的勃拉姆斯作品中不难悟出，他极富才华。

同学们一致地赞扬了斯特恩教授与学院交响乐团对勃拉姆斯作品的演奏和诠释，同时表达了对于勃拉姆斯与克拉拉之间的情感如何影响了他的音乐作品这个问题有浓厚兴趣。

斯特恩教授谈到，在勃拉姆斯的著名作品中，至少我们演奏的这3部作品是勃拉姆斯献给克拉拉或者出版前特别寄赠克拉拉审阅的。譬如，勃拉姆斯创作于1855-1876年的《c小调第一交响曲》的第一乐章的主题动机，主部的暴风雨般展开的快板，显现内心情感冲突的开头乐章，表达了作者对舒曼的景仰和对克拉拉的隐含的爱慕。

“斯特恩教授先生，勃拉姆斯与克拉拉之间的情感究竟是怎样的呢？是爱情吗？”这是珍妮在讨论中提出的问题。

“我想，那是爱情。”斯特恩教授若有所思，“请问，女士，怎样称呼？”

“珍妮·纽曼，您可以称呼我珍妮。”

“珍妮，”斯特恩教授说，“可以肯定，勃拉姆斯爱上了克拉拉。保存下来的勃拉姆斯寄给克拉拉的许多信件可以证实这一点；至于1854–1856年间究竟在两人之间发生了什么，却是不完全明朗的。我宁愿认为他们之间的爱情是柏拉图式的纯精神的爱情，尽管有报道称，勃拉姆斯、克拉拉曾在杜塞尔多夫（Düsseldorf）的勃拉姆斯住处生活过一段时间。克拉拉在1879年7月10日写给勃拉姆斯的信中也提到：‘在精神上，我们的手紧紧相握。’”斯特恩教授少许思考，继续讲道，“1830年，当20岁的舒曼从师克拉拉的父亲弗雷德里希·维克（Friedrich Wieck）学习音乐并住在维克家时，克拉拉还是个听舒曼讲童话故事的11岁小女孩。后来，舒曼和克拉拉相爱、结婚，克拉拉非常爱她的丈夫。克拉拉是位伟大的女性，她不仅仅满足于作为一位名家的贤惠妻子和多个孩子的慈爱母亲，她还珍重她在钢琴和作曲领域的艺术成就和个人声望，期望还能以一位卓越的女艺术家形象长留人世。这样伟大女性的芳心不会只为情爱所征服。她的行为准则，包括她对于勃拉姆斯的情谊会是遵循道德规范和受社会制约的。舒曼曾说过：‘我最美好的旋律都来自克拉拉。’对于勃拉姆斯而言，克拉拉是位艺术女神，一泓艺术创作的源泉。”

克拉拉·舒曼女士画像

斯特恩教授环视聚精会神听讲的同学们，接着说：“同学们，我想，克拉拉·舒曼、罗伯特·舒曼、勃拉姆斯都是非凡的人，人们不能按常人的理念和思维方式去理解他们的行为和作品。勃拉姆斯与克拉拉的关系是超越纯精神或者性关系的。”

斯特恩教授的话音刚落，教室里立即响起热烈的掌声，西蒙教授和同学们一起面向斯特恩教授鼓掌，珍妮的眼睛里晶莹的泪花滚动。这掌声和泪花表达了对斯特恩教授阐述的观点的赞扬。

3. 珍妮·纽曼

自从6月6日在纽约朱丽亚音乐学院聆听了慕尼黑音乐学院斯特恩教授与纽约朱丽亚音乐学院交响乐团的勃拉姆斯作品音乐会和在音乐会后与斯特恩教授进行了座谈之后，珍妮深为斯特恩教授的出色演奏所折服，对其在座谈会上关于勃拉姆斯与克拉拉之间关系的诠释深为感叹，日复一日地萌生了到德国南方巴伐利亚过暑假并到慕尼黑音乐学院拜访斯特恩教授的念头。

珍妮祖籍德国，父亲一辈兄妹三人，父亲在基姆湖畔小城普林（Prien/Chiemsee）经营一家珠宝首饰店；早年移民美国，在波士顿成家立业，仍然经营一家珠宝首饰店，母亲是位中学音乐教师，珍妮诞生在波士顿。姨妈接管了在普林的珠宝首饰店，她与当地一位光学眼镜店主申克尔（Schenker）结婚，婚后在普林与丈夫共同经营珠宝首饰店和光学眼镜店；育有男孩弗里茨（Fritz）、女孩格蕾特（Greter）。珍妮的表哥、表妹完成学业后，在店里协助父母工作。珍妮的小姨远嫁瑞士医生诺格先生，生活在瑞士圣加仑。

姨妈得知外甥女计划来普林过暑假，虽然有点惊异，却十分高兴，张罗着让儿子弗里茨好好陪伴表妹在德国游历。

8月暑假开始后，珍妮乘坐火车从波士顿到达纽约，再由纽约乘邮轮到达汉堡，转火车抵达普林。横渡大西洋，穿行德国，令她心潮澎湃，她心里明白去哪里，并将在那里会见谁……这是珍妮的第一次欧洲之行，她的人生轨迹会因这次旅行而改变吗？

姨妈一家盛情为来自大西洋彼岸的外甥女接风。翌日，弗里茨陪同珍妮游览山水小城普林故乡。

普林位于秀丽的基姆湖（Chiemsee）湖畔，是德国南方旅游区极其美丽的小城，湖边的小洋房留给珍妮极其深刻的印象。像是电有电场，磁有磁场，哺乳野生动物有各自的生活圈一样，每个人、每个家庭都需要自己的生存空间。那湖边栋栋漂亮的小房子就是他们的私生活空间。它们相距适宜、错落有序、颜色协调、风格迥然。普林的风光秀丽宜人。天是蓝的，地是绿的，湖上碧波粼粼。天连着地，地连着水，水连着天。天地之间点缀着红的、黄的、白的、耦合等颜色的各种式样的小房子，像童话故事描述的那种世界。

基姆湖如诗如画，弗里茨陪伴珍妮在湖上荡舟。湖上有三个岛屿，一字排开，最大的岛叫男士岛（Herreninsel），次之的叫女士岛（Braueninsel），位于其间的小岛叫野草岛（Krautinsel）。在男士岛上，弗里茨陪伴珍妮参观了男士岛宫（Schloß Herreninsel）。路德维希二世国王仿效法兰西国王路易十四世的凡尔赛宫，于1878年在男士岛上开始兴建希姆湖男士岛宫。男士岛宫之显赫华丽，是现实生活中不可多见的。其中用于宴会、舞会和演出的镜宫的长度为72米，枝形烛台上可点燃2188只蜡烛。蓝色沙龙里有用白色瓷砖装饰的壁炉，豪华卧室里的用具是金质或镀金的。路德维希二世国王幻想在这里重现法王路易十四享有的那般的皇家威严和欢乐。

普林天主教教区教堂（Priener Pfarrkirche）位于小城中心，它主体建筑高耸的哥特式教堂尖顶和葱头式穹顶十分醒目，为普林天主教区精神的象征。教堂内的天顶画“玛利亚升天”气势磅礴，祭坛装点得庄严肃穆。姨妈考虑到珍妮是学习音乐艺术专业的，就陪同她去普林教区天主教堂参加弥撒，听唱诗班歌咏圣歌。少男少女们虔诚地歌咏触动了珍妮心灵深处的神经，让她身心充满了对斯特恩教授与朱丽亚音乐学院交响乐团的勃拉姆斯作品音乐会和音乐会后与斯特恩教授一起座谈的回忆，从而萌生了尽快去慕尼黑音乐学院访问斯特恩教授的愿望。

9月9日，星期三上午，在慕尼黑音乐学院斯特恩教授办公室，珍妮拜访了斯特恩教授。

“啊，珍妮！很高兴在德国见到您！”斯特恩教授走向前，与珍妮握手。

“您好，教授！很高兴能有机会聆听您的教诲。”

“请不必客气，我们彼此可以‘你’相称呼吗？”

珍妮腼腆地点头，表示赞同。

“你为勃拉姆斯与克拉拉之间的情感究竟是怎样的，寻觅到答案了吗？”教授微笑着故意提出珍妮在纽约朱丽亚音乐学院向他提过的这个问题。

听到这个问题，珍妮因窘迫而稍许踌躇，随后爽快答道：“教授在纽约朱丽亚音乐学院时，已为我解答了这个问题：那是爱情！”

教授因窘迫而同样稍许踌躇，将话题转向了关于珍妮的专业学习计划。

“在专业发展方面，珍妮，你有什么打算？”

“我想成为克拉拉那样的人！”珍妮的直言不讳令教授惊讶。

“珍妮，就你的理解，克拉拉是怎样的人？”

“犹如教授在朱丽亚音乐学院所言，一位名家的贤惠妻子，多个孩子的慈爱母亲，在钢琴演奏和作曲领域赢得艺术成就和个人声望的女艺术家。”

“按逻辑推理，这意味着你——珍妮，期望成为一位名家的贤惠妻子，多个孩子的慈爱母亲，在钢琴演奏和作曲领域赢得艺术成就和个人声望的女艺术家，是吗？”

珍妮腼腆地点头，表示肯定。

教授一时沉默，面对着珍妮，端详良久；珍妮注视着教授，安然无语。教授似乎陷入沉思，片刻之后，从口里轻轻地吐出一个字：“好！”

听到这一个微弱的音节，珍妮紧闭的心扉得以稍稍松弛。

“好！”教授重复了一遍，“珍妮，你知道，抵达你的人生目标，还有很长的路。”

“是的，教授，我知道。路确实很长，目标会像是从一个大陆到另一个大陆，从一个星球到另一个星球那样遥远吗？”珍妮说这些话时，变得严肃起来；很快，她又用诙谐的口吻讲下去，“我还没有找到名家做我的丈夫，谈不上成为一位名家的贤惠妻子；由此，更谈不上成为有多个孩子的慈爱母亲；如教授所知，我现在还是音乐学院刚刚毕业的大学生，距离成为在钢琴和作曲领域赢得艺术成就和个人声望的女艺术家真是遥遥无期……”

“有趣，有趣……”

“不过，教授，你会帮助我实现我的人生目标，是吗？”

教授再一次沉默，面对着珍妮，端详良久；珍妮再一次注视着教授，安然无语。教授似乎再一次陷入沉思，片刻之后，从口里轻轻地吐出一个单词：“好！”

听到这一肯定的回答，珍妮如释重负。

“珍妮，为了你的梦想，你准备如何走出下一步？”

“教授，我十分敬佩教授的才华，十分景仰教授的成就和声望，如今我刚刚在朱丽亚音乐学院毕业，殷切希望接下来能在教授的教诲和指导下，在慕尼黑音乐学院攻读钢琴硕士学位，那将会是我艺术生涯发展的重要阶段！”

“这……你考虑过吗？这样会出现许多新的问题。为取得在慕尼黑音乐学院攻读硕士学位资格，你将面临学习德语，通过语言考试。你知道，德语是那种不那么容易学习的语言。你将面临攻读钢琴专业硕士学位的严格资格考试，资格考试的竞争是严酷的。”虽然教授提出了问题，却让珍妮感到些许欣慰。

“教授，我会努力的。我有德语基础，德语是我双亲的母语；我姨妈会帮助我，她一家人住在普林。”

“普林？基姆湖畔？在普林我有一栋假日住宅，或许可以周末在那里指导你练习钢琴，准备攻读钢琴专业硕士学位的资格考试。”

“好极了！斯特恩教授，谢谢你！”珍妮心存激情和感激，向教授告辞。

在慕尼黑音乐学院访问斯特恩教授之后，珍妮预感到，这次访问也许将改变她的人生轨迹！一个声音在珍妮心中呼唤：为艺术，为爱情，在德国留下来！

珍妮了解到，在慕尼黑有一座语言学院，它是著名的外国人学习德语的中心。慕尼黑语言学院的教学方式新颖、活泼、开放。学员在课堂上有许多机会听录音、看电影，进行主题对话和表演。学院还组织学员到户外活动，在户外活动中结合实际场景进行场景对话。学院每周安排交际舞会，定期安排远足和旅行，在丰富的活动中促进多国学员间认识、交流和往来。

这些信息听起来是吸引人的，但珍妮还是决定留在普林，住在姨妈家。珍妮有德语基础，能用德语对话，不必要从头系统学起，需要多读些德语文学和德文音乐专业书籍。住在姨妈家，便于她做德语会话练习；此外，她必须节省开支，减轻父母亲的经济负担。珍妮常常抽空到临近教堂的一家蔬菜商店帮工，旨在生活中学习德语。就这样，她从店主、顾客那里提高了德语会话能力，并熟悉了德国民风、民俗和社会情况。

斯特恩教授在慕尼黑音乐学院教书，慕尼黑距普林不足100公里，每逢周末他必然回到普林的假日住宅。斯特恩教授夫人出身于慕尼黑音乐世家，原本在慕尼黑音乐学院学习小提琴，不幸早逝，留下年幼的女儿莉娜（Lina），生活在普林家中，由一位阿姨照看。

珍妮住在普林的姨妈家，每逢周末，可以访问在普林假日住宅度周末的斯特恩教授。在斯特恩教授假日住宅里，接受教授指导弹奏钢琴或者学习乐理知识。珍妮刻苦练习钢琴，阅读德国和英国古典文学名著，还抽出时间教基姆湖附近的孩子们学习弹钢琴。在普林珍妮认识的人不多，社交活动很少；翘首盼望的是周末的普林。周末，斯特恩教授总是热情地接待她来访，令她心存感激。

斯特恩教授的假日住宅是一栋独栋的全木质结构房子，为的是获得最佳的音响效果。客厅里一架高级钢琴放在明亮的窗旁，琴旁边放着一个绿色绒面的木凳。墙上挂着典雅的自然风景绘画，客厅布置得朴实、雅致。客厅里还有一件醒目的东西，那是处在客厅一角的一个取暖用的小型铁炉。铁炉底下垫着一个方形的金属盘，以防止炉火燃着木地板。夏日里，小铁炉在客厅里总是空置的。

铁炉，许多人用过它。壁炉，用过的人就不多了，但许多人认识它，至少在经典电影中的富贵之家里见过它。它是用耐火砖砌起来的，以木头为燃料，通风管道和墙体相连。冬日里，人们围坐在壁炉旁读书、聊天，十分惬意。让壁炉热起来就很需要时间，要耐心地、不断地添加劈柴，要让炉火保持旺盛，才可以使壁炉和墙体温热起来。壁炉，不像铁炉，一旦烧热，庞大而厚重的炉体所含的热量会慢慢释放，热度能持续相当长的时间。

铁炉，让珍妮联想起有人用铁炉和壁炉诙谐地比喻爱情：东方人的爱情像是壁炉，升温慢，降温也慢，持续时间长；西方人的爱情像是铁炉，热得快，凉得也快，持续时间短。西方式婚姻是一盆热水坐在冷炉子上；东方式婚姻是一盆冷水坐在热炉子上。一个热得快，越来越冷；一个热得慢，越来越热。比喻西方的自由恋爱，东方的包办婚姻。

斯特恩教授认为，音乐是文化的一部分；了解德国文化，对理解德国音乐有着重要意义。阅读文学作品将会提升珍妮的人文思想境界、文学修养和文学语言表达能力，也会有助于她对文化作品，包括音乐、绘画、雕塑等艺术文化的理解。斯特恩教授愿意分出时间与她讨论文化作品的深邃内涵，分析上述作品中的境界和情调。

德国是一个具有丰盈文化传统的国家。从珍妮个人来说，她对德国文化传统中的古典文化情有独钟。综观德国文化史，有几个时期的文学、音乐、绘画、雕塑在德国文化史中光芒闪烁。其中之一的古典文化，特别是“狂飙突进”运动时期，其成就和影响涉及文化的各个领域；其次是波及整个欧洲的文艺复兴时期。

珍妮开始系统阅读约翰·沃尔夫冈·歌德（Johann Wolfgang Goethe）和弗里德里希·席勒（Friedrich Schiller）的德文版原著，譬如歌德的《少年维特之烦恼》、《浮士德》；席勒的《强盗》、《阴谋与爱情》等。此外，珍妮还准备阅读威廉·莎士比亚（William Shakespeare）的英文原版《莎士比亚戏剧》。

在古典音乐领域，珍妮渴望逐步熟悉巴赫、亨德尔、贝多芬、瓦格纳、C.M.韦伯、勃拉姆斯等音乐大师的著名作品。在绘画领域，珍妮准备多去参观绘画博物馆，欣赏文艺复兴时期的德国油画家和版画家丢勒（Albrecht Dürer）展现人物精神世界的《自画像》，形象地表现伸张正义、藐视邪恶的人文主义主题的《四使徒》，表现采摘禁果中的亚当和夏娃的青春形体美和内在美的《亚当和夏娃》等优秀绘画作品。珍妮期待，她在德国的文化生活将是丰富的，令人难于忘怀的。

4. 杜塞尔多夫巡演

在慕尼黑音乐学院，斯特恩是著名的钢琴专业教授；在巴伐利亚，他是勃拉姆斯钢琴作品的著名演奏家。斯特恩教授不断接到多方邀请函，请他去演奏钢琴作品。1937年8月暑假期间，他决定接受邀请，在杜塞尔多夫市与杜塞尔多夫交响乐团合作举办几场勃拉姆斯和舒曼钢琴作品音乐会。

珍妮跟随斯特恩教授在慕尼黑音乐学院学习钢琴，攻读钢琴音乐专业硕士学位已然是第二个学期。这次有幸得到教授的赞许，陪同斯特恩教授巡演，承担出行、演出事物性工作，同时有机会欣赏教授的钢琴演奏。

演奏的勃拉姆斯作品曲目为：《d小调第一钢琴协奏曲》、《降B大调第二钢琴协奏曲》、《第三钢琴奏鸣曲》、《匈牙利舞曲》；演奏的舒曼的作品曲目为：《第三交响曲》，即《莱茵河交响曲》（Reinische）。

杜塞尔多夫交响乐团热情地为斯特恩教授举行了欢迎舞会和晚宴，勃拉姆斯和舒曼钢琴作品音乐会演出获得极大成功，突出地显现了斯特恩教授对作品的深刻理解和其钢琴演奏技能之精湛。

莱茵河畔城市杜塞尔多夫，位于钢铁、煤炭、金属加工、机械制造中心鲁尔区（Ruhrgebiet）。这里的音乐家和音乐爱好者们津津乐道于音乐大师罗伯特·舒曼、克拉拉·舒曼夫妇和青年音乐家约翰内斯·勃拉姆斯当年在杜塞尔多夫的经典和浪漫故事。

罗伯特·舒曼早年从师弗雷德里希·维克进修钢琴，显现出超常的音乐天赋，得到导师的欣赏；舒曼爱上导师的女儿克拉拉，当舒曼请求导师应允他们结婚时，却遭到导师的反对，为此婚约还与导师对簿公堂。1840年，30岁的舒曼与21岁的极具音乐天赋的克拉拉结婚。此时的舒曼因过度练琴，已损伤了手指，但在创作钢琴音乐作品上取得成就，与克拉拉结婚，激发了他的艺术潜能，其音乐创作达到新的高度。

罗伯特·舒曼在莱比锡、德累斯顿从事音乐创作。1850年，应邀从德累斯顿来到杜塞尔多夫，任杜塞尔多夫交响乐团音乐总监。青年约翰内斯·勃拉姆斯从师罗伯特·舒曼。勃拉姆斯、罗伯特·舒曼、克拉拉·舒曼三位音乐家于1853–1856年3年时光同时生活在杜塞尔多夫，他们创造了一些不朽的音乐作品，留下一段动人的友谊和爱情传说。

历史事件有时会惊人的再现，历史事件这次在罗伯特·舒曼本人身边再现。青年勃拉姆斯从师罗伯特·舒曼进修钢琴，显现出超常的音乐天赋，得到导师的欣赏；勃拉姆斯却爱上了导师的妻子克拉拉，演绎了一段浪漫的传奇。

珍妮内心滋生了对于斯特恩教授的敬仰和爱慕之情，这种感情是不可抑制的，有时她自己在想，历史事件真的会惊人的再现吗？上帝啊，难道还将在她的身边再现吗？

还是在去年6月6日，斯特恩教授在纽约朱丽亚音乐学院举办勃拉姆斯作品音乐会的时候，珍妮从他演奏的《c小调第一交响曲》、《A大调第二号小夜曲》中，就听到了激荡心扉的乐音，当然，那是勃拉姆斯表达对克拉拉的爱慕之情的旋律，它们曾让克拉拉心扉激荡不已。斯特恩教授在勃拉姆斯作品音乐会上弹奏出的钢琴声拨动了珍妮的情怀，让她从纽约来到慕尼黑；在慕尼黑音乐学院访问了斯特恩教授之后，让她感觉到内心的呼唤：在德国留下来！

斯特恩教授已过不惑之年。珍妮从师斯特恩教授近一年，他留给她的印象是：才华横溢，造诣精深，事业心强；性格沉稳、安详，不擅长言辞，可以说有些腼腆。斯特恩教授是位当代优秀的钢琴演奏家，他对艺术的无限热情、执著追求和精益求精的精神，以及他对于艺术的虔诚和献身精神让珍妮感动，让珍妮激动不已。斯特恩教授是位纯正的音乐家、艺术家，钢琴、音乐、艺术是他的财富、声望和生命，是他的一切。

在杜塞尔多夫的日子里，珍妮感到很幸运，能够与斯特恩教授深入地探讨如何理解勃拉姆斯、罗伯特·舒曼在杜塞尔多夫创作的音乐作品，特别是结合当时勃拉姆斯与克拉拉、罗伯特·舒曼夫妇的情感关系来深入理解勃拉姆斯、罗伯特·舒曼的音乐作品问题。

在斯特恩教授和珍妮独处的时间里，他向她讲述了他所了解的勃拉姆斯与克拉拉的凄美的爱情故事。

在杜塞尔多夫初期的日子里，罗伯特·舒曼为邀请他前来任职的杜塞尔多夫人和这座城市创作了《降E大调第三交响曲》，即《莱茵河交响曲》，歌颂莱茵河的清晨，莱茵河流域的土地、建筑和生息的人民。色调明朗、轻松、优美、欢快、诙谐。旋律中隐含着罗伯特·舒曼初来杜塞尔多夫的喜悦心绪和情感。

《莱茵河交响曲》首演之后，获得许多赞誉。报纸等媒体报道，听众十分激动。"这是一部不朽的作品，它是罗伯特·舒曼的心血，他是珍宝，是一部以其一段生命换取的交响曲。"这其中的报刊也包括他与导师弗雷德里希·维克共同于1834年在莱比锡创办的《新音乐期刊》（Neue Zeitschrift für Musik）。

克拉拉为她丈夫的成就欣喜不已："这样深切的生活乐趣，就你能够创造出来！""你常常显得阴郁，罗伯特，这部作品让我想到了我们的美妙时光。"

显然，克拉拉爱着她的丈夫罗伯特，为他的罗伯特的事业心、取得的成就感到骄傲；她爱着他们的5个孩子，而且她正在怀着另一个他的孩子呢！但她同时感受到年轻的约翰内斯·勃拉姆斯的音乐才华，感受到他对她的爱慕之情。譬如，约翰内斯曾对她直白："我愿成为您的奴隶。"对此，她笑而不答，然而心底里还是喜欢他的。

勃拉姆斯将他的新作《c小调第一交响曲》呈送给舒曼夫妇指正，在其扉页上题有"Einsam，aber frei"（孤独，然而自由）；交响曲的开头乐章是暴风雨般展开的快板，表达了作者内心情感冲突，交织着对舒曼先生的敬仰和对克拉拉的爱慕之情。在一次克拉拉邀请他在他们家住一段时间时，他开始竟然说："我必须是完全自由的，就像鸟儿一样自由。"显然，勃拉姆斯的心理还是希冀保存其独立性和自由的空间，对于爱情的发展和结局并没有做好心理准备。

舒曼先生十分爱惜他的这位具有音乐天赋的学生，为勃拉姆斯新作《c小调第一交响曲》写的评语是："Rein wie Schnee，schneidend wie Diamant."（纯净如雪，雕琢如钻石。）

然而，舒曼先生渐渐察觉到，自己正处在一个矛盾状态。他一方面肯定和推崇他的天才学子，另一方面他又妒忌这位学子对他夫人献上的爱慕和殷勤。舒曼先生患有精神疾病，不时发作，自知来日不长，这使他感到十分苦恼和焦虑。一次，在舒曼夫妇情绪都好时，舒曼先生对他的克拉拉袒露了心怀："当我先走了，他还将在这里。孩子们喜欢他。你对于他就是一切。他赞赏你。"克拉拉安慰他说："我只当他是我的最大的孩子。"舒曼先生显然疑惑："一个20岁的孩子？"

时光流逝，舒曼夫人与勃拉姆斯的情感在发展，而舒曼先生的病情却日益加重，不得不到波恩附近的精神病院住院治疗。这一时期对于舒曼先生、舒曼夫人，对于勃拉姆斯都是不容易的。

在极端孤独和穷困的时候，舒曼夫人独自带着6个孩子，还要筹措其丈夫在精神病院住院治疗的高昂费用。一次，舒曼夫人对勃拉姆斯说："你不能就这样让我一个人留在这里，约翰内斯，这会让我感到天天时时缺失了你。"勃拉姆斯则回应："天天夜夜时时我都会想念你。"

1856年7月29日一代音乐大师罗伯特·舒曼在波恩附近的精神病院逝世，舒曼夫人和勃拉姆斯在旅馆相拥在一起，舒曼夫人仰面躺在床上，红肿的眼睛里满含泪水。

勃拉姆斯起身替克拉拉轻轻擦去泪水，犹如在面对一位女神，喃喃自语：

"我将会与其他女人上床，但是不会与你。女人中，我只会永远将你挽在我的臂腕中，直至我生命的尽头。我等待，直至你逝世，然后我随你而去。我留在你的影子世界里，带你去他那里。"

勃拉姆斯表白了藏于心灵深处的誓言，克拉拉惊异不止……

时光荏苒，40年过去，1896年克拉拉病逝；葬礼后不足一年，终生孑然一身的勃拉姆斯与世长辞。勃拉姆斯忠实地履行了他40年前对克拉拉的誓言。

"这就是他们的故事。"斯特恩教授说道，似乎意犹未尽；"我喜欢这个故事。"珍妮轻轻地答道，似乎精神尚在故事中。

5. 莱茵河漫游

斯特恩教授在杜塞尔多夫成功举办了音乐会后，他与珍妮一起搭乘游轮，沿莱茵河逆流南下，经科隆、波恩到达柯布伦次；再转乘火车经法兰克福、斯图加特、马尔巴赫（Marbach）返回慕尼黑。

斯特恩教授在杜塞尔多夫指挥演奏了《莱茵河交响曲》，漫游莱茵河加深了他与珍妮对这部交响乐的丰富内涵的理解，加深了对莱茵河的清晨，莱茵河流域的土地、建筑和生息的人民的热爱。莱茵河的美丽风光让他们心旷神怡。

在游轮上，人们可以在仓棚下边喝咖啡边欣赏莱茵河两岸秀丽风光，还可以听导游员讲解莱茵河两岸的文化景点和悠久历史。

莱茵河（Rhein）被德国人亲切地称呼为“父亲莱茵河”（“Vaterrhein”），它是欧洲第三大河，其长度仅次于伏尔加河和多瑙河。莱茵河发源于阿尔卑斯山脉戈特哈尔德（Gotthard）山麓，在瑞士沙夫豪森附近形成著名的莱茵瀑布，流入德国和瑞士交界的博登湖，沿德国—瑞士边界、德国—法国边界、经德国美因兹、吕德斯海姆、柯布伦次、波恩、科隆、杜塞尔多夫、杜依斯堡，流经荷兰，并在鹿特丹附近流入北海。莱茵河两岸山坡上满是郁郁葱葱的葡萄园，许多不同风格的古堡屹立在山巅或山麓。水上游船、快艇、驳船穿梭往来，颇有诗情画意。

莱茵河流经科隆时水面已十分宽阔，科隆大教堂和科隆大桥历历在目。这座高157米的宏伟的哥特式双塔科隆大教堂是科隆城的标志，它始建于1248年，是德国最大的教堂。观光的人们可以沿着南侧塔楼的509级盘旋台阶登上95米高处，一饱科隆城和莱茵河的美丽风光。科隆大教堂正面建筑满布精美的浮雕，大教堂内庄严肃穆，淡淡幽光透过彩画窗玻璃泼洒在圣坛上。千余年前，罗马人曾长驱莱茵河流域，在科隆的土地上留下罗马人的遗迹，其裸露的部分遗迹至今尚在。

波恩是德国古典浪漫主义音乐大师贝多芬（Ludwig van Beethoven）故乡。波恩街20号贝多芬故居是一座3层楼小庭院，贝多芬于1770年12月26日诞生在这栋小楼里。贝多芬的父亲曾是教会唱诗班的一位歌手。贝多芬童年时即显示了不凡的音乐天赋，8岁时就登台演出。1792年，他22岁时赴维也纳，从师于海顿（Franz Joseph Haydn），一生坎坷，终生奋斗不息。

在法兰克福，斯特恩教授与珍妮游览市容，访问了歌德故居。

法兰克福历史上曾长期是德意志罗马帝国的政治中心；在1848年欧洲革命风起云涌时期，在德意志联邦首都法兰克福诞生了德国历史上第一届国民议会。法兰克福的文化看点之一位于美因河东岸罗马山。这里有桁架结构的古建筑，有尼古拉教堂和历史遗址。歌德法兰克福故居有个好听的名字——“三把七弦琴”（Zu den drei Leiern），临近莱茵河，位于罗马山附近的Große Hirschgrabe 街上。原是两栋房子，在歌德6岁时翻建成现在这样子的一栋四层楼房。歌德于1749年8月28日在这栋房子三层的一个小房间里诞生，27岁时离开这里去了魏玛（Weimar）。

在斯图加特，斯特恩教授与珍妮游览市容，访问了位于市区北郊20公里处的大文豪席勒诞生地马尔巴赫小城。

斯图加特位于莱茵河支流内卡河畔，是一座充溢着文化气息的现代都市。伟大哲学家、辩证法学说创始人黑格尔诞生在市中心一栋临近埃伯哈德街的房子里；发现星体椭圆轨道运行规律的伟大天文学家开普勒诞生在斯图加特西郊的魏尔德尔施塔特（Weil der Stadt）。

席勒故居是一所古老的木石桁架结构的两层加阁楼的房子。席勒博物馆是一座中央呈拱形的宫殿式建筑，十分壮观，原由席勒协会1895年建造，1903年Eisenhohr & Weigle 公司依据静心宫（Schloß Solitude）建筑风貌翻建成现在的样子。博物馆前的广场上立有1876年揭幕的席勒立式雕像。在席勒故居陈列着席勒家族的肖像和生活用品，在席勒博物馆陈列着席勒及同时代文学家的手稿、书信、画像等。

莱茵河流域自然风光秀丽，赏心悦目；文化遗迹丰富，人文内涵充盈。音乐家、艺术家、文学家，所有热爱自然、呵护文化、敬畏生命的人都从这里汲取知识、体验和灵感。

珍妮来德国已经一年有余，在慕尼黑音乐学院斯特恩教授指导下攻读钢琴专业硕士学位业已两个学期，她以优异的成绩完成了所有规定课程；同时注意扩大专业活动范围，参加音乐会演出和钢琴比赛，持续提高钢琴演奏水准，寻求专业上的发展机会。教授对于珍妮取得的成绩颇为满意。像过去一样，珍妮经常访问普林姨妈家，周末在普林探访斯特恩教授和他的女儿。

当夜深人静，珍妮有时也会审视自己，审视自己的感情，特别是自己对于斯特恩教授的感情。

勃拉姆斯的音乐作品像一座桥梁让珍妮与斯特恩教授在人生路上相遇和相识，并且让她走向他的学院、他的课堂，走进他在普林的休假木屋，从而让珍妮理解了勃拉姆斯音乐作品孕育的内涵，让珍妮从深邃的层次认识了斯特恩教授精湛的专业技能和内在的人格魅力。在陪同斯特恩教授杜塞尔多夫巡演的日子里，她能够与斯特恩教授深入地讨论如何理解勃拉姆斯、罗伯特·舒曼在杜塞尔多夫创作的音乐作品，特别是结合当时勃拉姆斯与罗伯特·舒曼夫妇的情感关系来深入理解勃拉姆斯、罗伯特·舒曼的音乐作品，让她对勃拉姆斯音乐、人生的理解和认识得到一次升华。

当勃拉姆斯的蕴涵着对克拉拉爱慕之情的《c小调第一交响曲》第一乐章的主题旋律及《A大调第二号小夜曲》第二、三乐章乐声响起，珍妮总是情不自禁，激动不已。她心悸难平，忘情地以为这就是她在向斯特恩教授表达心声。当斯特恩教授弹奏它们时，她不仅感受到当年勃拉姆斯对克拉拉的爱慕之情，也感受到斯特恩教授的炽热情怀。

在杜塞尔多夫，珍妮感觉到她像勃拉姆斯爱上克拉拉一样，无力自拔地爱上了斯特恩教授。

珍妮自己也难于辨别清楚这是怎样的一种情感，难道这种情感就是柏拉图式的爱情吗？柏拉图式的爱情基于理性的主导，表象为纯精神的爱情，而非性的冲动。她相信柏拉图美学吗？她相信美是真，也是善。纯粹的美是理念，是不能为艺术所表现的吗？

音乐家之间表达感情时，语言是多余的；音乐本身就是语言，一种特殊语言、高级语言，一种不拘泥于词汇和语法的语言，一种不被认作语言的语言。音乐家之间表达感情时，文字是多余的；音符是文章的词汇，旋律是文章的语句，乐章是文章的段落，一部音乐就是一篇文章；听其音乐犹如读其文章，聆听斯特恩教授演奏的钢琴作品，犹如聆听他发自内心深处的声音。

此刻，珍妮难于预料她的未来和她的感情归宿。即使上帝让勃拉姆斯、克拉拉·舒曼之间的感情经历再现于珍妮与斯特恩教授身心，那又会怎样呢？毕竟，珍妮与勃拉姆斯、斯特恩教授与克拉拉·舒曼，无论在性别、情感、家庭、环境或者专业成就方面皆不具备可比性，更不可同日而语了。万能的上帝，如果能够让人换位，让珍妮换位为克拉拉·舒曼，让斯特恩教授换位为勃拉姆斯，那也许会演化又一段浪漫的传奇呢！

6. 纳粹焚书

自从来到德国，珍妮一直在通过阅读文学著作、参与文化讲座、访问美术馆和博物馆等形式了解和认识德国文化，从现在情况看，效果还蛮不错的呢！与此同时，通过观察、交谈和媒体报道，逐步了解德国的政治形势。

一段时间以来，表哥弗里茨陆续向珍妮讲述了近年来在德国发生的许多政治事件，其中包括德国纳粹党如何走上政治舞台的以及弗里茨亲历的柏林焚书事件，柏林焚书事件在珍妮的心目中留下极其可悲的阴影。

20世纪30年代初，德国政局混乱。德国国家社会工人党（Nationalsozialistische Deutsche Arbeiterpartei，缩写NSDAP，即纳粹党）联合民族人民党、钢盔团组成联合政府，阿道夫·希特勒，凭借德国国家社会工人党头目身份，于1933年1月30日被联邦总统兴登堡任命为联邦德国总理。希特勒推行民族主义，反对议会主义，消灭国内所有反对这一进程的力量。对反对派政党——德国共产党、德国社会民主党进行禁止和限制，妄图实现纳粹党专政、希特勒独裁的政治目标。

纳粹开始执政不久，1933年5月10日，当时弗里茨正在柏林。傍晚时分，在贝贝尔广场（Bebelplatz），弗里茨看见一些人架起了8大堆木柴篝火堆。晚上9点多钟，阴沉的天空下起了雨。尽管如此，从四面八方聚拢来的人还是越来越多。十分醒目的是那些带着纳粹臂章的冲锋队员、党卫队成员，他们站在木柴堆周围，拉起警戒线。雨继续下着，没有停下来的迹象，似乎上帝并不欢迎即将发生的事件。木柴堆旁的人不停地擦拭木柴，不让它被雨水浸湿。

这里的德国人当然不是在准备篝火晚会。一辆辆卡车趁夜色赶来，车上满载的不是烟花和美酒，而是散乱堆积的书籍。一辆卡车上悬挂着花体字标语：“Deutsche Studenten marschieren wider den undeuschen Geist”（德国大学生进军，反对非德意志意识）。穿着冲锋队制服或者西服革履，一律佩戴德国纳粹袖标的年轻人站在卡车里，向地面抛掷或者传递书籍。显然，他们是来焚书的。那一堆堆的木柴就是用来引燃图书的！

广场上逐渐聚拢来几千人。不是所有在场的人都像卡车里佩戴着德国纳粹袖标的年轻人那样流露出庄严的神气，像是他们正在肩负神圣的历史使命，经历一次神圣的历史事件。透过卡车旁的微弱灯光弗里茨注意到卡车旁几位戴着礼帽的中年人，在他们黑框眼镜后的眼睛里显露出惊异或者木然的眼神，像是在自问：“这究竟是为什么？”

午夜时分，堆积在木柴堆上的书籍被引燃。瞬间，高十余米的熊熊火焰夹杂着浓烟划破夜空，燃烧的木材噼啪作响，燃着的卷曲的书页随着热气流在夜空中飞舞。从歇斯底里的冲锋队员、党卫队成员和一些大学生那里爆发出欢呼声。某些激进的大学生一面将一些书籍扔进火堆，一面高喊着：“反对颓废，反对道德败坏，把亨利希·曼（Heinrich Mann）、托马斯·曼（Thomas Mann）的书籍扔进火堆！”“反对阶级斗争和唯物主义，把马克思、考茨基的书籍扔进火堆！”“摆脱扭曲的性生活，把弗洛伊德（Sigmund Freud）的书籍扔进火堆！”

从激进大学生的高声叫喊中，弗里茨才稍许得知，被焚毁的书籍中有哪些作家的著作。德国纳粹执政党政府宣传和教育部部长戈培尔在贝贝尔广场焚书现场的出现，将焚书大典推向高潮。他在焚书现场扬言：“焚书（活动）使得魏玛共和国的精神轰然倒塌，象征德意志精神的凤凰从烈火和灰烬中所向披靡地展翅翱翔。”他的煽情讲演激发了现场的歇斯底里情绪，许多人忘情地高歌《人民，拿起武器》。

在弗里茨看来，这次焚烧书籍的行动真是荒谬至极！他们焚毁的是德国的历史文化，德国的精神文明！戈培尔部长在焚书现场出现，证实了柏林的焚书活动得到了纳粹党希特勒执政政权的怂恿和支持。文人常常是凭借文化事件感知政治事件的。到这时，文人们才感觉到：一场可怕的政治风暴将要降临。

在柏林贝贝尔广场发生焚书事件之后，焚书行动扩展到慕尼黑和其他许多德国城市及区域，冲锋队员、党卫队成员和激进青年人模仿柏林纳粹党人走上街头，声称

"焚毁一切非德意志的作品"，将"黑名单"（Schwarze Listen）中列出的131位德国文化名人的3万余册著作，当众付之一炬。

1933年1月30日希特勒上台后，执政政府宣称：德国文化生活应保持"纯洁，摆脱一切有害的和不受欢迎的作品"。在这种政治背景下，"柏林国家和人民图书新分类委员会"（Ausschuss zur Neuordnung der Berliner Staat- und Volksbücherrein）应运而生。一个叫做赫尔曼（Wolfgang Herrmann）的、年仅29岁的柏林图书馆管理员出现了。柏林的激进大学生团体"国家社会德国大学生联合会"（Nationalsozialistische Deutsche Studentenschaft）组织了5月10日在柏林贝贝尔广场的焚书活动。被焚烧的书籍名单，即"黑名单"，就是这位年轻的赫尔曼博士炮制出的，他是"柏林国家和人民图书新分类委员会"的重要成员。

赫尔曼博士的第一份"黑名单"于1933年3月26日（希特勒上台尚不足两个月）炮制出来，并刊载在《柏林夜间号外》（Berliner Nachtausgabe）上；4月初，他将一份"黑名单"交给了"柏林国家和人民图书新分类委员会"；5月2日，他将"黑名单"交给了"国家社会德国大学生联合会"，作为稽查和焚毁行动的"黑名单"。

珍妮浏览过赫尔曼博士的"图书黑名单"，那真是一场文化灾难！

赫尔曼博士"黑名单"以德国作家及其作品为主，囊括百余位古典和19世纪德国、苏联、美国等国的作家；分作文学、历史、艺术、政治与国家科学、文学史、宗教、哲学、教育等类别。

"黑名单"中列出的百余位作家中，包括亨利希·曼、托马斯·曼、布莱希特、卡夫卡、茨威格、梅林、蔡特金、卢森堡、马克思、海明威、高尔基等世界著名作家及其著名作品。此外尚列出有多名作家的作品集，譬如：《现代抒情诗选》、《现代散文集锦》、《30位德国现代小说家》和《30位俄罗斯现代小说家》。

1933年5月10日傍晚时分，纳粹党徒在柏林贝贝尔广场（Bebelplatz）焚书，纳粹执政党政府宣传和教育部部长戈培尔曾在贝贝尔广场焚书现场出现并讲话。

上述作家作品之所以被列入禁书和被焚毁作品之列，按着纳粹政府的逻辑，是因为它们属于"非德意志的作品"，德国文化生活应保持"纯洁，摆脱一切有害的和不受欢迎的作品"。

纳粹政府将马克思、列宁、考茨基的著作列为禁书，完全出于政治目的。在纳粹分子看来，马列主义、布尔什维克主义、共产党、德国社会民主党是意识形态和现实生活中的敌人，禁止和焚毁其理论著作是必需的；梅林、蔡特金、卢森堡身为工人运动的活动家，德国早期马克思主义文艺评论家，其著作当然也被列入“有害的和不受欢迎的作品”。

亨利希·曼、托马斯·曼兄弟在德国文学中以自然主义派和颓废派著称，但其著作主流还是批判现实主义文学。他们的著作揭露德国社会的腐败，反对容克贵族，反对军国主义，同时接触到知识分子问题。亨利希·曼、托马斯·曼兄弟的著作，竟然被纳粹党徒冠以宣扬“颓废，道德败坏”的生活和伦理道德，而遭封杀和焚毁！或许是亨利希·曼、托马斯·曼兄弟的著作中涉及的“德国社会腐败”、“军国主义”、“帝国”、“战争”、“暴君”等主题刺到了纳粹的痛处，从而制裁这些文化人，以便得以继续迷惑大众，不得而知。

7. 斯特恩被捕

1938年11月9日晚上，柏林和其他许多地方发生了捣毁、焚烧犹太人商店、住宅、教堂的暴力事件。一些纳粹暴徒走上街头，挥舞棍棒，疯狂地砸向犹太人商店、住宅、教堂的玻璃门窗，同时抢掠、放火烧毁它们。许多犹太人遭到侮辱、殴打和逮捕。街头到处可见散落的破碎玻璃、空空如也的橱窗、烧毁的残垣断壁，其惨状不堪目睹。人们看见，那些被砸、被捣毁了店铺的可怜的犹太老人，在无门无窗的店铺前默默地用扫帚和簸箕清理玻璃碎片。仅此一天，无数犹太商店遭到抢掠，几乎所有的犹太教堂被捣毁，91名犹太人被杀害，2600名犹太人被逮捕，并被关进集中营。

11月16日，星期三晚上，传来噩耗：具有犹太血统的斯特恩教授在慕尼黑的住宅被戴着纳粹臂章的武装人员逮捕，不知去向。这一恐怖的消息来自斯特恩教授的一位邻居。据这位邻居讲，那次逮捕只持续了十几分钟时间，人们看见斯特恩教授穿着便服，提着小箱子被推进罩有绿色篷布的卡车，呼啸而去。

呜呼，可怜、可爱的斯特恩教授，可怜、可爱的年幼女儿莉娜！珍妮此时无言以对，唯有问为什么？为什么？她此刻能做的，唯有哭泣、哭泣……她从未想到灾难会降临到斯特恩教授一家，毕竟，斯特恩教授是位著名的钢琴专业教授，是位勃拉姆斯钢琴作品著名演奏家啊！可以说，斯特恩教授是位专业造诣精深、于政治并无兴趣的纯粹音乐家啊！

几年前，纳粹就在叫嚣：“解决犹太人问题。”1933年4月1日愚人节，德国报纸刊登了柏林对犹太人商店实行禁止营业的消息。在拉上铁栏的犹太人商店前面，站着纳粹冲锋队员和党卫队成员，他们脖子上悬挂的一块标语牌上写着：Deutsche! Wehrt Euch! Kauft nicht bei Juden!（德国人！抵制他们！不在犹太人那里买东西！）在柏林，对犹太人商店实行禁业。从愚人节起，开始抵制犹太人商店，抵制犹太人医生诊所，抵制犹太人律师事务所。1935年9月15日，纳粹当局颁布纽伦堡法令，剥夺了犹太人的公民权利，禁止犹太人同雅利安人通婚和发生婚外关系。

在德国发生的逮捕、囚禁、驱除、杀戮犹太人的恐怖事件，是纳粹政府秉承希特勒的意志和种族主义理论实施的一项国策。希特勒的种族主义理论是一种极端的社会达尔文主义生存竞争理论，它将世界历史的全部过程说成是优等民族与劣等民族的种族生存竞争的过程。只有雅利安种族才是第一人种，才是高尚人性的缔造者，才是人类文化的缔造者，才是人类一切缔造的根基。在雅利安种族中，日耳曼人，首先是德意志人，具有特殊的重要地位。希特勒的种族主义理论将犹太人列为雅利安人的最大对立面，犹太人被认为是世界的敌人，一切邪恶事物的根源，一切灾祸的根源。希特勒依据这种极端的社会生存竞争和反犹太主义理论，提出了在欧洲建立一个德意志民族的日耳曼国家。

事态仍在发展、蔓延……德国犹太人的命运、德国政治形势令人极度忧虑、不安。

斯特恩教授自从1938年11月16日被捕后，一直杳无音信，不知那些人把他带到哪里去了，生死未卜……令珍妮感到极其焦虑和烦闷。

圣诞节期间珍妮特意去斯特恩教授普林休假木屋看望了他的5岁女儿莉娜，看见她美丽的浅蓝色眼睛里闪现着忧郁眼神，珍妮的心都要碎了。

莉娜因为母亲出身并非犹太人，而暂时逃过如同父亲那样的犹太人劫难。从斯特恩教授离去那天起，珍妮一直在考虑，她能做点什么，帮助可爱、可怜的小莉娜。莉娜得不到人们的关注和关怀，究其原因，其中一些人可能由于怀着莫名其妙的自我种族优越感，不屑面对现实；一些人则可能怀有恐惧感，唯恐因此为自己带来政治麻烦。人有一种劣根性叫做极端自私，只求明哲保身，不顾及他人；更有甚者，为求明哲保身，不惜加害他人。

一个人的种族出身是不能由自己决定的，每个人都不能选择自己亲生父母的身世。莉娜与其他许多孩子一样，可爱如同一只猫咪，美丽如同一朵玫瑰，纯洁如同一张白纸，她为什么必须终身承受种族歧视？千千万万犹太孩子们为什么要承受种族迫害和杀戮？这是不公正、不公道的。一种社会，连孩子都遭到歧视、迫害甚至杀戮，这种社会还不应该遭到唾弃吗？

像斯特恩教授还在普林时那样，珍妮每个周末都去访问他们的休假木屋，看望莉娜和关照她的阿姨。珍妮寻求周末同她们住在一起，就像斯特恩教授做的那样，为孩子的成长营造一个充满爱和温暖的生存环境。只有这样，她那不平静的心，才能求得稍许的安宁。

珍妮知道这不是彻底解决问题的办法，莉娜由于其具有一半的犹太人血统，其生命经受潜在的危险，随时有突然遭到迫害的危险。珍妮必须尽快找到保护莉娜的彻底解决问题的办法。她已与普林的姨妈谈过，希望能把莉娜送到姨妈的在瑞士圣加仑的妹妹，即她的小姨家里。这位小姨家里有两个与莉娜年龄相仿的孩子，莉娜会在那里安全生活，健康成长。珍妮姨妈正在与珍妮的小姨就此事商谈。姨妈说，这门亲戚信奉基督教，心地善良，相信他们会接受莉娜的。只是，越过德国—瑞士边境，有相当困难，承受一定风险。

莉娜明年夏天就应该上基础小学了，珍妮对辅导孩子还完全没有经验；但是她坚信爱的力量，人之爱人的本性是不会全然泯灭的，爱会让她学会她不会做的事情，也会让她做得愈来愈好。

8. 尼克·贝格曼

1938年12月10日，星期六，普林。

珍妮表哥弗里茨陪同他的一位朋友尼克·贝格曼（Nick Bergman）先生今天来姨妈家访问。贝格曼先生与弗里茨年龄相仿，是一位登山探险者。

表哥弗里茨告诉过珍妮，贝格曼住在离普林不远的一个村庄，孩提时代他们常在一起玩耍。贝格曼的父亲身在村庄，但并不种田，常年外出做木工活。贝格曼读完四年制基础小学（Grundschule）后，面临上九年制中学（Gymnasium）还是上六年制学校（Realschule）的选择。父亲为贝格曼选择了能及早跟随他做木工的六年制学校，这意味着他将基本失去未来上大学的机会。他在六年制学校毕业后，并未跟随父亲学做木工，也没有去学习其他技能做一名技术工人。

贝格曼喜爱登山运动，加入了一个登山俱乐部。纳粹取得政权后把不同年龄和不同职业的人都分门别类地组织起来，其中针对青年的组织就有希特勒青年团、德国少女联盟、纳粹大学生联合会和青年义务劳动军。纳粹上台以后，大修道路、高速公路、桥梁，整治河流、运河，大力建设办公场所和住宅，仅用了4年时间就从根本上改变了劳动力就业状况；这些事实为贝格曼亲眼所见，并激发了他的政治热情。他志愿加入了希特勒青年团，积极投入到青年义务劳动大军行列。贝格曼长得英俊、高大、健壮，具有政治热情，劳动表现突出，屡屡获得嘉奖。

弗里茨看到表妹珍妮因斯特恩教授被捕并生死未卜而忧郁寡欢，心里分外难过。他约贝格曼来访，是想约他一起陪同珍妮攀登基姆皋-阿尔卑斯山（Chiemgauer

Alpen）的。

弗里茨一行三人沿着通往奥地利的公路驾车行驶，一路上盛赞巴伐利亚美丽风光。雄伟的阿尔卑斯山横亘巴伐利亚州，蓝色的多瑙河沿着阿尔卑斯山流过。阿尔卑斯山在德国的最高峰楚格峰（Zugspitze，海拔2962米）和第二高山瓦茨曼（Watzmann）都位于巴伐利亚，是德国人和许多其他欧洲人夏季爬山、冬季滑雪的好去处。楚格峰山脚下的世界闻名滑雪胜地加米施—帕腾基辛（Gamisch-Partenkirche），曾举办过大型滑雪滑冰项目比赛。

位于瓦茨曼山脚下的城市贝希特斯加登（Berchtesgarden）的自然风光优美，让人流连，他们决定从这里攀登阿尔卑斯山。贝希特斯加登位于瓦茨曼山下，为群山环绕；瓦茨曼山峦起伏，群峰争艳，其中有两座突出的山峰，挺拔壮丽，海拔2713米。登高望远，只见两座突出的山峰旁，尚有数座略微矮小的山峰，挺拔壮丽依然，俨然形成一个“山峰家族”——一对夫妇和环绕他们的数个孩子；身在高山，贝希特斯加登城市全貌尽收眼底，它的几座哥特式穹顶教堂犹如鹤立鸡群，耸立在一片起伏的瓦顶民宅中。贝希特斯加登城市近旁，平静的国王湖（Königsee，长8公里，宽1-2公里）为群山环绕，风光骀荡。

那天他们没有攀登到山顶，虽然贝格曼和弗里茨精力充沛、跃跃欲试，珍妮却是筋疲力尽，心有余而力不足了。在一处山冈，他们眺望连绵群山。贝格曼显然有些激动，他说他触景生情，忽然想起了一个古老传说。他们安坐于一棵山松下，听他娓娓道来。

“希腊古代哲学家柏拉图在公元前350年写了本名为《对话录》的书，书中以对话的形式描述了在很久以前，在亚特兰蒂斯岛（Atlantic Island）上存在的一个富饶而神秘的亚特兰蒂斯王国，一个神明的国度。亚特兰蒂斯王国里的人诚实、善良、高贵、智慧，拥有财富之多，不可想象。亚特兰蒂斯岛上建有华丽的宫殿、神庙和祭坛，人人过着无忧无虑的生活。一日，亚特兰蒂斯岛发生了大地震，洪水泛滥，整个亚特兰蒂斯岛为海水吞没，从此，亚特兰蒂斯岛和岛上的王国从海上消失了！柏拉图断定亚特兰蒂斯岛、亚特兰蒂斯人、亚特兰蒂斯王国存在过。 历史上保存下来一幅据说是柏拉图绘制的亚特兰蒂斯岛素描图。”

“贝格曼先生，那会是怎样的一幅图呢？”这个传说引起珍妮的兴趣。

“亚特兰蒂斯岛是海洋上的一个岛屿，犹如一座山从海洋平面露出头来。那山峰上建有像埃及金字塔式的几座高大建筑；以山顶为中心，环绕着它建有五圈护墙。护墙旁边建有塔楼；围墙之间，高处建造民宅，低处开辟水道。人们可在护墙豁口穿行，在水道上乘木船航行。风光秀丽，像是现时的度假村或者休闲岛屿。”

历史上保存下来的一幅据说是柏拉图绘制的亚特兰蒂斯岛图。

“贝格曼先生，现在它在哪里呢？”

“柏拉图之后，人们依然津津乐道于亚特兰蒂斯。传说亚特兰蒂斯岛沉入海底后，一些亚特兰蒂斯人乘船得以逃离地震海域，躲过此劫，最后在西藏和印度落脚。这些亚特兰蒂斯人的后代曾在中亚创建过灿烂的文明。后来其中一部分人向西北方迁徙，成为雅利安人的祖先；一部分人向南方迁徙，成为印度人的祖先。”

“啊，故事真离奇，贝格曼先生！”

“柏拉图之后，15个世纪以来，人们将信将疑；人们一直在问：现在它在哪里呢？人们一直没有停止寻找它的遗迹。”

弗里茨、贝格曼和珍妮一同走向山脚下的一间咖啡屋。咖啡桌旁，贝格曼对亚特兰蒂斯话题仍情有独钟，在Fiaker（马车夫咖啡）大杯咖啡作用下，他口若悬河、高谈阔论，从亚特兰蒂斯谈到种族问题，从高贵的雅利安人血统谈到纳粹“解决犹太人问题”。

9. 西藏探险

基姆皋–阿尔卑斯山旅游之后，珍妮接到贝格曼寄来的一封信。信中写道：

尊敬的珍妮女士，上周末与您、弗里茨一起游历巴伐利亚，让我难以忘怀。身为探险队一名登山探险者，我很想到世界屋脊西藏地区考察，我怀有极大兴趣去亚洲登山考察雅利安人的起源。啊，对不起，我又像我们在贝希特斯加登那天一样，谈论起血统和种族问题了……我十分渴望有机会再到慕尼黑拜访您。

贝格曼周末来到慕尼黑拜访珍妮。贝格曼兴致勃勃地谈起他今年4月在西藏的登山探险活动，颇为出神入化，令人向往。

"德国地缘政治学家、慕尼黑大学教授卡尔·豪斯霍费尔（Karl Haushofer ）在其《太平洋地缘政治学》等著作中，主张扩展'生存空间'，认为雅利安人起源于亚洲中心地区，并声称他在造访西藏时找到了证据。

"我们一行三人依据历史资料和我们自身积累的知识和经验，选择了经过印度、尼泊尔去西藏路线，并将考察重点放在尼泊尔和西藏交界区域的西藏一侧考察、寻觅雅利安人起源之地。"

贝格曼先生借助于地图，指点旅行路线。

"雄伟的喜马拉雅山脉横亘尼泊尔—西藏边界，我们一行三人从柏林山口艰难通过，到达孔雀河畔的普兰居民区；再从普兰路经玛法木错湖、兰嘎错湖、象泉河上游，到达壮丽的雪山冈底斯山山麓。冈底斯山的走向与尼泊尔—西藏边界上的喜马拉雅山的走向是相同的：西北-东南走向。西藏是块圣洁和美丽的土地，一个神秘的地方。”

“像瑞士那样美丽？”珍妮问。

“西藏的自然美是雄性美，它比瑞士的自然美更为威严、更为雄伟、更为壮观！

“在玛法木错湖、兰嘎错湖边、象泉河畔，我们已经清楚地望见终年积雪皑皑的冈底斯山山峰——雪灵山，西藏人称其为冈仁波齐峰，海拔6714米。它是著名的佛教圣地之一，信徒们远远地就开始匍匐在地面上朝拜。

“玛法木错湖位于普兰居民区东35公里，冈仁波齐峰南侧。海拔4587米，面积412平方公里，是世界海拔最高、淡水贮存量最多的湖泊。传说中，玛法木错湖是西王母居住的瑶池，梵语称此湖为玛那萨罗沃，著名的佛教圣地之一。其西侧相邻的兰嘎错湖，又称鬼湖。

“我们一行三人借助一位西藏人向导的指引，一路艰辛跋涉，一路寻觅神秘山洞和历史遗迹，终于攀登上冈仁波齐峰顶。一路上的艰辛，自不必说。我们还没有找到雅利安人起源于西藏的直接证据，但是我们已经获得了意外收获……”

“非常有趣！意外收获？请讲讲。” 弗里茨说。

“西藏人向导告诉我们，当地传说，在一处被称为‘沙姆巴拉’的地方，隐藏着一个神秘山洞，山洞里隐藏着神奇的‘地球轴心’。”

“地球轴心？沙姆巴拉，沙姆巴拉在哪里？”珍妮为故事的神奇所吸引。

贝格曼说：“这正是我夜以继日思考和寻觅的啊！从我熟识的登山者那里得知，纳粹党高层关注西藏探险，已派遣了探险队去西藏考察。”

“请讲讲你了解的关于探险队去西藏考察的情况。”弗里茨说。

贝格曼说：“纳粹党卫队首脑希姆莱（H.Himmler）确信，在喜马拉雅山生活着雅利安人的后裔，他们代表着已消失了的远古的亚特兰蒂斯的文明。

“1935年，希姆莱创立了隶属于党卫队的‘承继祖先’（Ahnenerbe）协会，其目标是‘收集雅利安人种族起源的科学证据’。该协会由动物和昆虫学家舍费尔（Ernst Schäfer）领导，他曾于1931-1932年和1934-1936年两次随美国探险队去过西藏考察。1938年4月21日，舍费尔和四个同伴出发赴西藏考察。

“在西藏，探险队成员、人类学家、党卫队成员贝格（Bruno Berger）研究雅利安人种族学，测量当地人的人体各部位特征和比例，研究颅骨形态和尺寸，并将部分颅骨、面部、耳朵的形态制成石膏模型，以与雅利安人体的相应部位形态和尺寸数据进行比较。舍费尔等人收集可能有用的谷粒、种子以及关于健壮马匹的信息，以便为战争和战时的经济发展提供服务。探险队成员还收集了其他有关西藏和西藏人生存活动的信息。”

贝格曼稍许停顿后，谈到“地球轴心”传说：“舍费尔探险队员在西藏考察过程中，从西藏人那里听到了关于沙姆巴拉神秘洞穴的传说。传说，西藏‘沙姆巴拉’的山洞里隐藏着神奇的‘地球轴心’；当人们将这地球轴心转换到相反方向时，时光、日月将倒流！地球轴心蕴藏巨大能量，人几乎无法接近。正因为如此，沙姆巴拉被认为是控制世界的中心，蕴涵超自然力‘弗力尔’（Vril）。元首希冀探险队能在西藏地区发现传说中的地球轴心，利用地球轴心的神奇力量掌控战局，打造战无不胜的军队。”

“探险队发现沙姆巴拉山洞了吗？发现地球轴心了吗？”珍妮问。

“没有，据说到现在还没有。”贝格曼不无遗憾地说道。

德国人考察西藏。1935年，希姆莱创立了隶属于党卫队的“承继祖先”（Ahnenerbe）协会，其目标是“收集雅利安人种族起源的科学证据”。该协会由动物和昆虫学家舍费尔（Ernst Schäfer）领导，1938年4月21日，舍费尔和四个同伴出发赴西藏考察。（图片来源：Das Bundesachiv）

10. 贝格曼心意

珍妮陆续收到贝格曼的多封来信。最近一封来信片段如下：

亲爱的珍妮女士，去年12月10日在普林有幸与你相识，自那时起，你的倩影总在我的眼前浮现，让我难以入眠……

昨日一席谈话，你的专注的眼神和惊异的表情流露出你对“沙姆巴拉”传说颇有兴趣，这让我十分兴奋！

作为纳粹党的一名青年党员，我十分欣赏纳粹党专家在民族问题上的政治观点：亚特兰蒂斯文明确实存在，雅利安人的祖先是神；雅利安人只是因为后来与凡人结合，才失去了神力；只要借助选择性繁殖等种族进化手段，就能再创造出纯种族、具有超凡能力的雅利安人来！元首在《我的奋斗》中写过：“对种族问题和犹太人问题如果没有最清楚的认识，德意志民族就不会复兴。”

作为“承继祖先”协会的成员和登山专业人员，我将不怕艰辛、不畏劳苦，去寻觅和揭示雅利安人的起源。每每想到我们正在从事一项寻找雅利安人起源的伟大事业，总是难以抑制心中的无比激动。

我们同源于高贵的雅利安人种族，这是父母和先辈留给我们和后代最为珍贵的遗产，它远远胜于产业、金钱和职位，年轻雅利安人肩负着在欧洲建立强大无比的德意志帝国的使命，肩负着建立世界新秩序的历史使命。

在珍妮看来，这完全不能认作“情书”，除了第一句，全文充斥着政治说教。不过，贝格曼先生却动了真情。在贝格曼先生的恳切请求下，当晚造访了珍妮的住处，他单腿跪地，向珍妮求婚：“我以一颗虔诚的心，庄严地向你求婚。珍妮女士，我爱你，嫁给我吧，做我的妻子！我将一生忠诚于你，给予你幸福，让你永远感到幸福！我现在并不富有，我会奋斗的，我将使你过上富足的生活！”

读书少女雕塑，坐落于斯图加特。

珍妮当时有些手足无措，心绪紊乱慌张，珍妮忙扶他起身，言不由衷地讲道：“贝格曼先生，你的求婚，让我受宠若惊，也让我深感荣幸；我还年轻，对于结婚，尚无准备好。我需要时间考虑。”

贝格曼显然有所预料，显得颇为沉静，和颜悦色地说：“年轻女士总是比较矜持，矜持被视为女子的美德。珍妮女士，对于我的求婚，如若予以考虑，并在不久赐予回音的话，我将不胜感激！”

自贝格曼先生向珍妮求婚后，珍妮一直自问：你爱贝格曼先生吗？如若爱，你爱他什么？如若不爱，你不爱他什么？

贝格曼先生年轻、健壮、英俊、高大，有男子汉形象，是一位男子汉；女性选择男友，男友有男子魅力是优越条件之一，这是不言而喻的。应该说，贝格曼先生具有男子魅力，具有男子性魅力。

贝格曼先生的头脑、思想、思维、逻辑不能恭维。他有信仰和追求，然而，这种信仰和追求不是基于科学和理性，而是基于服从或者基于盲从。他相信他加入的纳粹党，他崇拜他的元首，从不怀疑、从不犹疑，坚定地执行纳粹党和元首的意图和决策；他喜欢谈论政治，有时夸夸其谈，自己却不以为然；在某些情况下，他的认识不够科学和理性，会出现判断错误，甚至导致信仰危机，这就是说，他的认识具有潜在的危险性。

贝格曼先生是位登山探险者，热爱其职业，勇敢、乐观、敬业；他富于探索精神和探险精神；他讲述的亚特兰蒂斯和沙姆巴拉传说引人入胜。男人是应该有事业、有事业心的，并且应该有所成就。不畏艰辛、不畏劳苦甚至不惜牺牲，为国家、为民族做出贡献。用男人有力的臂膀支撑起祖国的蓝天、家庭的屋脊。这一优点贝格曼先生也是具备的。

贝格曼先生的求婚方式并不让女孩讨厌，之所以不为女孩讨厌，是因为他的真诚。真诚是人的基本品质之一，在为人处世方面极为重要，尤其在婚姻方面，是女孩子特别看重和重点考察的品德。名人说："真诚是一种心灵的开放。"（拉罗什富科）"真诚是使一个人伟大的最基本的力量，它使一个人的缺点或错失也变得能被原谅。"（罗曼·罗兰）

至于财富，这不属于自然人本身的特质，完全是身外之物。它们只能放在口袋里，存在银行箱子里或者用数字标示在存折上，却无论如何不能成为身心的一部分。德国有句古老谚语："Zum Leben braucht man Geld，aber man lebt nicht für Geld."（人活着需要钱，可是人不可为钱活着。）贝格曼先生既没有积累多少财富，也没有继承什么财产；对珍妮而言，他的求婚并没有因此失去得分。

珍妮感觉到，贝格曼先生求婚丢失得分的，是缺乏艺术和文化底蕴。攀岩登山也好，探索发现也好，官场仕途也好，追逐名利也好，结婚生子也好，柴米油盐也好……这都不是人生的全部意义和内涵。艺术是用形象来反映现实但比现实具有典型性的社会意识形态，囊括文学、绘画、雕塑、建筑、音乐、舞蹈、戏剧、电影、曲艺；文化的内涵特指人类在社会历史发展过程中所创造的精神财富的总和，文学、艺术、科学、教育都隶属于文化范畴。人生与艺术、文化是紧密联系在一起的；没有艺术和文化的人生是苍白和暗淡的。享受真情，享受文化，享受自然，就是享受人生。

11. 奇异密码信

1939年2月23日，慕尼黑

亲爱的索菲，昨天，2月22日，星期三，在我身边发生了一件奇妙的事情，让我震惊，令我兴奋，至今难以安宁。让我慢慢道来。

自从去年11月16日斯特恩教授在慕尼黑家里被纳粹武装人员逮捕后，杳无音信，不知去向。斯特恩教授讲过，在学生时代，他常去慕尼黑大教堂旁的一家咖啡屋Café am Dom喝咖啡。在我成为他的硕士生后，每周星期三他都邀请我在这家咖啡屋坐坐。那里的环境温馨幽雅，偶尔还能听见圣母大教堂传来的悦耳钟声。自从斯特恩教授被捕离去，每逢星期三我仍然习惯性地去那里坐坐。

昨天晚上，我独自坐在咖啡桌旁，透过窗口望着色彩斑斓的步行街和来往的人流。不觉之中，一位穿黑色大衣、戴黑色礼帽和黑边眼镜的中年男士已站在我的面前，轻声说："Guten Abend! Sind Sie Frau Jenny Newman?"（晚安！您是珍妮·纽曼女士吗？）我点头称是。他递给我一个纸条并轻声说："Der Zettel von jemandem ist für Sie. Auf Wiedersehen!"（这纸条是某人给您的。再见！）言毕，捏一下他的黑色礼帽帽檐转身离去，瞬间消失在步行街来往的人流中。

尚处在莫名其妙之中的我，下意识地展开纸条，只见上面仅有4个字母和3个数字：WS209JS。

我感到茫然，收好纸条，片刻后起身，迅速离开了咖啡屋。

那字母和数字已深深印在脑海里，归途上坐在有轨电车里左思右想，终不得其解。冬季夜晚的凉风从电车窗口吹来，头脑似乎清醒起来。既然是“某人给您的”，字母中应有名字的代号或缩写，依照惯例姓名应落款在后面。忽然，脑海中的JS两个字母变得粗大起来！不敢想象，难道这是斯特恩教授传送的信息吗？啊，真不可思议！我在胡思乱想？在做梦？电车摇晃，铃声叮当，灯光闪烁，行人往来……不！不是在梦中！JS意味着John Stern——约翰·斯特恩！感谢上帝，斯特恩教授活着，活着！

斯特恩教授转送来纸条，传递的显然是信息。WS是缩写？字母可以是地名、人名的缩写，也可能是其他专有名词的缩写。WS若是地名缩写，后面的数字就可能是门牌号码了。S可以是“街”的缩写（德文Straße,英文Street），然而，以W开头的街名不胜枚举；WS若是人的姓名缩写，依惯例，W应是名字缩写，S应是姓氏缩写；在我认识的德国人中，想不起来有以WS为姓名缩写的，况且，WS若是姓名，它后面的数字又该意味着什么呢？

回到住地，我把纸条在桌面上展开，仔细端详。那纸条是从骆驼牌香烟盒撕下来的，字母和数字是用铅笔端正地写在香烟盒背面白纸上的，字体确实出自斯特恩教授！随后我在德文大字典人名附录中寻觅组合缩写为WS的各种姓名，遗憾的是，其中没有一个姓名是我认识的。

我思索着，思索着……我没有放弃，我淋浴、吃晚饭，坐在沙发里让自己休息、冷静、放松一下。想到斯特恩教授还活着，让人感激涕零；想到初到德国，在斯特恩教授普林木屋弹钢琴、朗读古典文学作品的美好时日，让人怀念，也让人感伤。歌德、席勒、海涅、莎士比亚……“对！”我突然从沙发里一跃而起，奔向书柜，迅速取出《莎士比亚戏剧全集》，这是我与斯特恩教授在普林木屋一起朗读过的那部莎士比亚作品集，斯特恩教授后来赠送给我的那部莎士比亚作品集！我揭开了WS字母之迷：William Shakespeare——威廉·莎士比亚！既然WS是作者姓名缩写，那么WS之后的数字209就应该是书的页码了！

密码WS209JS的解码为：

WilliamShakespeare209JohnStern（威廉·莎士比亚209约翰·斯特恩）

我迅速将书翻到209页，《威尼斯商人》（The Merchant of Venice）戏剧的一段台词，一段斯特恩教授与我朗读过的台词，赫然在目：

SHYLOCK: "He hath disgraced me, and hindered me half a million; laughed at my losses, mocked at my gains, scorned my nation, thwarted my bargains, cooled my friends, heated mine enemies; and what's his reason? I am a Jew. Hath not a Jew eyes? hath not a Jew hands, organs, dimensions, senses, affections, passions? fed with the same food, hurt with the same weapons, subject to the same diseases, healed by the same means, warmed and cooled by the same winter and summer, as a Christian is? If you prick us, do we not bleed? if you tickle us, do we not laugh? if you poison us, do we not die? and if you wrong us, shall we not revenge?"

夏洛克："他曾经羞辱我，阻断我数十万块钱的买卖，嘲笑我的亏损，嘲弄我的收益，蔑视我的民族，阻挠我的生意，冷落我的朋友，煽惑我的仇敌；他的缘由是什么？因为我是犹太人。难道犹太人没有眼睛吗？难道犹太人没有手足吗？没有器官、没有知觉、没有情感、没有激情吗？犹太人不是像基督徒一样，吃着同样的食物，同样的武器可以伤害他，会患同样的疾病，同样的方法可以治愈他，冬天同样会冷，夏天同样会热吗？你们若是刺伤我们，我们不是也会出血的吗？你们若是搔我们发痒，我们不是也会笑起来的吗？你们若是毒害我们，我们不是也会死去吗？那么若是你们不公正地对待我们，我们难道不会复仇吗？"

众所周知，《威尼斯商人》是英国伟大剧作家、诗人威廉·莎士比亚（William Shakespeare 1564–1616）戏剧中的一部具有代表性的作品。这部作品的主线是威尼斯商人安东尼奥与放高利贷的犹太人夏洛克之间的法律诉讼较量，诱因却是一段优美的爱情故事。

威廉·莎士比亚（William Shakespeare 1564-1616）戏剧《威尼斯商人》剧照：犹太人夏洛克在法庭上的诉讼。

夏洛克是一位高利贷商人，他们并不愿意让人斥之为贪婪的人。在交易所，安东尼奥放贷不取利钱并当众辱骂过夏洛克，让夏洛克怀恨在心。现在轮到安东尼奥向他借钱了，他同样不取利钱，期待违约之时到来，割下借贷人身上一磅肉。

当安东尼奥的3艘远洋商船未能及时到达威尼斯而无力还贷时，夏洛克以为报复安东尼奥的机会来了。在法庭上，当安东尼奥请夏洛克宽容，愿加倍偿还3000块钱时，夏洛克不同意；后来还贷的数目提高到三倍时，夏洛克仍不同意，坚持履行契约，在安东尼奥身上割一磅肉。当夏洛克已经确信不能按法官博士的裁决精确地割下一磅肉，而且不准流一滴血，他将败诉无疑时，他才节节退让，先是请求："把我的本钱还给我，放我去吧！"后来他又请求撤诉："我不打这场官司了！"

斯特恩教授巧妙借用密码，引用《威尼斯商人》戏剧的一段优美台词，秘密地传递宝贵信息：他活着，他已逃脱，像夏洛克那样，他有所觉悟，他在抵抗厄运！

珍妮

12. 密码复信

1939年2月25日，慕尼黑

亲爱的索菲，今天我尝试用斯特恩教授使用密码传递信息的方法给他复密码信。我写给斯特恩教授的复信仅为两个密码而已：

JWG16071771JN

JWG16061771JN

亲爱的索菲，关于这两个密码，我可以向你解释，不过你要替我保密哦！

我选用的文字，即期望传递的信息载体，为德国文学古典时期的代表人物、大文豪约翰·沃尔夫冈·歌德（Johann Wolfgang Goethe 1749-1832）的中篇小说《少年维特之烦恼》（Die Leiden des jungen Werthers）中的两段文字。

18世纪70年代前后，在德国已孕育着摆脱封建束缚，争取自由，解放个性的民族意识觉醒。一批年轻作家的作品中充斥着狂热、激情、幻想和浪漫，其中约翰·沃尔夫冈·歌德和弗里德里希·席勒（Johann Christoph Friedrich Schiller 1759-1805）便是这一时期的代表人物，文学史称这一时期为“狂飙突进时期”。对于这段时期的文学，斯特恩教授与我都颇为关注，譬如歌德的《贝利欣根的故事》、《少年维特之烦恼》，席勒的《强盗》、《阴谋与爱情》等。

歌德创作《少年维特之烦恼》时只有25岁，小说描述了少年维特（Werther）与少女绿蒂（Lotte）相爱的经历和不幸结局。在一个明媚的春天，维特来到一个偏僻的山村。在赴一个乡村舞会的途中邂逅美丽、贤惠的少女绿蒂，一见钟情。绿蒂的母亲早逝，由她照顾两岁到11岁的6个妹妹和弟弟；绿蒂喜欢维特，但她已订婚，不能再爱维特。陷入苦恼的维特离开山村，到了一个公使馆当秘书。维特不能忍受官场的腐朽、虚伪、倾轧，后来又回到了原来的山村。维特热爱的绿蒂那时已经结婚，善良的村民惨遭不幸。在社会生活中屡屡受挫后，维特苦闷、绝望，终于铸成举枪自杀的悲剧。这部小说曾震撼了整整一代德国青年的心灵，在整个欧洲引起巨大反响。

约翰·沃尔夫冈·歌德（Johann Wolfgang Goethe 1749-1832）的中篇小说《少年维特之烦恼》（Die Leiden des jungen Werthers）中的少年维特。

密码JWG16071771JN的解码为：

JohannWolfgangGoethe16071771JennyNewman（约翰·沃尔夫冈·歌德1771年07月16日珍妮·纽曼）

（注：这里需说明，用德文书写年月日写成“日—月—年”顺序，用英文书写年月日写成“月—日—年”顺序。）

在歌德的中篇小说《少年维特之烦恼》单行本或者在《歌德作品集》中，在1771年7月16日的书信体文学作品中，皆能发现维特的书信中的下列文字：

Sie ist mir heilig. Alle Begier schweigt in ihrer Gegenwart. Ich weiß nie, wie mir ist, wenn ich bei ihr bin; es ist, als wenn die Seele sich mir in allen Nerven umkehrte. Sie hat eine Melodie, die sie auf dem Klaviere spielet mit der Kraft eines Engels, so simpel und so geistvoll! Es ist ihr Leiblied, und mich stellt es von aller Pein, Verwirrung und Grillen her, wenn sie nur die erste Note davon greift.

Kein Wort von der Zauberkraft der alten Musik ist mir unwahrscheinlich. Wie mich der einfache Gesang angreift! Und wie sie ihn anzubringen weiß, oft zur Zeit, wo ich mir eine Kugel vor den Kopf schießen möchte! Die Irrung und Finsternis meiner Seele zerstreut sich, und ich atme wieder freier.

她在我的眼里是神圣的。在她的面前，所有欲望销声匿迹。当我在她身边时，我总是不能辨认自己，仿佛灵魂折回到我的所有神经。她有一种旋律，是她用天使般的力度在钢琴上弹奏出来的，是那么简洁，那么超乎寻常！那是她心爱的歌曲，只消她叩响第一个音符，我的一切痛苦、迷惑和郁闷全都抛到了九霄云外。

关于古典音乐的魅力，我觉得没有一个字不是不足为信的，这简洁的歌曲把我迷住了！她知道在什么时候弹奏，常常在我巴不得想有一颗子弹射进自己头颅里时，歌曲声响了。我心灵中的一切迷乱和黑暗全都消散了，我又能自由自在地呼吸了。

这段文字传递的信息为：绿蒂带给维特的快乐，其中包括绿蒂弹奏钢琴带给维特的快乐，如同往日你（注：斯特恩教授）带给我的快乐；当我现在独自弹奏这些作品时，它们驱逐了因你的离去而使我深陷的苦闷。

密码JWG16061771JN的解码为：

JohannWolfgangGoethe16061771JennyNewman （约翰·沃尔夫冈·歌德1771年06月16日珍妮·纽曼）

在歌德的中篇小说《少年维特之烦恼》单行本或者在《歌德作品集》中，在1771年6月16日的书信体文学作品中，皆能发现维特的书信中的下列文字：

In dem Vorsaale wimmelten sechs Kinder von eilf <elf> zu zwei Jahren um ein Mädchen von schöner Gestalt, mittlerer Größe, die ein simples weißes Kleid, mit blaßroten Schleifen an Arm und Brust, anhatte. Sie hielt ein schwarzes Brot und schnitt ihren Kleinen rings herum jedem sein Stück nach Proportion ihres Alters und Appetits ab, gab's jedem mit solcher Freundlichkeit, und jedes rief so ungekünstelt sein "danke!", indem es mit den kleinen Händchen lange in die Höhe gereicht hatte, ehe es noch abgeschnitten war, und nun mit seinem Abendbrote vergnügt entweder wegsprang, oder nach seinem stillern Charakter gelassen davonging nach dem Hoftore zu, um die Fremden und die Kutsche zu sehen, darin ihre Lotte wegfahren sollte.

前厅上，从11岁到两岁的6个孩子，蜂拥在一位风姿秀逸的少女身边，她中等身材，一身白净朴素的衣裳，袖子和胸襟配有浅红色的缎带。她拿着一块黑面包，依据周围孩子们的年龄和胃口横切成面包片，亲切地分给每个孩子一份。在还没有轮到自己那份面包时，孩子们就高举起他们的小手；拿到面包时，发自内心地喊一声：“谢谢！”然后有的孩子跑开去享用他们的晚间面包，有的性情安静的孩子，走向大门口，为的是看看那些陌生人和马车，他们的绿蒂就要坐这辆马车出门啦。

这段文字传递的信息为：斯特恩教授，你的女儿莉娜与同龄孩子在一起，生活快乐，小姨、姨妈和我都在尽力呵护她。

亲爱的索菲，几周来，每星期三傍晚我都到咖啡屋Café am Dom喝咖啡，期望那位穿黑衣、戴黑帽和黑边眼镜的中年男士出现。昨天，他果然出现了！简单的几句对话、一个眼神，将我准备的纸条收好，他——犹如“黑色闪电”迅速消失了。

珍妮

13. 密码信往来（1）

第二封密码信

1939年3月1日，慕尼黑

亲爱的索菲，今天，星期三，我照例去了咖啡屋Café am Dom喝咖啡，奇迹再次发生！

那位穿黑衣、戴黑帽和黑边眼镜的中年男士再次出现！依然是简单的几句对话，一个眼神，交给我一个纸条，他——犹如黑色闪电迅速消失了。

我感到兴奋，收好纸条，片刻后起身，迅速离开了咖啡屋。

回到住地，我把纸条在桌面上展开，仔细端详。那纸条依然是从骆驼牌香烟盒撕下的，一行由字母和数字组成的密码跃然纸上：

FS/KL15JS

密码依然是用铅笔端正地写在香烟盒背面白纸上的，字体出自斯特恩教授手笔！

基于上次破解密码的经验，我立即破解了密码FS/KL15JS。其解码为：

FriedrichSchillerKabaleLiebe15JohnStern（弗里德里希·席勒《阴谋与爱情》15约翰·斯特恩）

我从书架上迅速取出席勒著的悲剧《阴谋与爱情》（Kabale und Liebe），将书翻到第15页，戏剧中的一段斯特恩教授与我朗读过的台词赫然纸上：

LUISE: Du willst mich einschläfern, Ferdidinand - willst meine Augen von diesem Abgrund hinweglocken, in den ich ganz gewiß stürzen muß. Ich seh in die Zukunft - die Stimme des Ruhms – deine Entwürfe – dein Vater – mein Nichts. Ferdidinand! Ein Dolch über dir und mir! Man trennt uns!

FERDINAND: Trennt uns! Woher bringst du diese Ahndung, Luise? Trennt uns? Wer kann den Bund zwoer Herzen lösen, oder die Töne eines Akkords auseinnaderreißen? Ich bin ein Edelmann. Laß doch sehen, ob mein Adelbrief älter ist als der Riß zum unendlichen Weltall? Oder mein Wappen gültiger als die Handschrieft des Himmels in Luisens Augen: Diese Weib ist für diesen Mann?

露易丝：费迪南德，你想让我入眠，想让我的眼睛不为必然吞噬我的深渊吸引。我看得见未来——你的声望，你的计划，你的父亲，唯独没有我。费迪南德！一把利剑横在你和我的头顶上！有人要分开我们！

菲迪南德：分开我们！怎么会有这种惩罚，露易丝？分开我们？谁能够把两颗联结的心分离？谁能够把一个“和音”分离开来？我是一个贵族，让人们看看，我葆有这特殊荣誉的时间是否比之无尽的宇宙出现裂缝更为长久？我葆有的特殊徽号，在露易丝的眼里，是否比上天的手迹：“这个女人属于这个男人”更具有效力？

席勒的悲剧《阴谋与爱情》发表于1782年。席勒曾说过：“剧中事件发生在德国第一宫廷中。”剧中人物实际是以符腾堡公国的某些现实人物为原型的。

悲剧中主人公费迪南德和露易丝是一对热恋中的青年，费迪南德是符腾堡公国宰相瓦尔特（von Walter）的儿子，露易丝是音乐师米勒（Miller）的女儿，她美丽、纯洁、善良，但家境贫穷。费迪南德热烈地爱着露易丝。宰相瓦尔特出于权力斗争的需要，策划阴谋诡计：一方面迫使儿子费迪南德与公爵的情妇结婚，另一方面唆使其秘书武尔姆（Wurm）在费迪南德和露易丝之间挑拨，使得费迪南德误认为露易丝移情别恋。费迪南德在露易丝饮料里放了毒药。露易丝临终前讲明真相，费迪南德后悔莫

及，服毒自杀。这是一场出身贵族的男士和出身平民的女子之间的恋爱，在等级森严的社会里，注定了其悲剧结局。

德国文学古典时期的代表人物、大文豪弗里德里希·席勒（Johann Christoph Friedrich Schiller 1759-1805）。

弗里德里希·席勒于1759年11月10日出生在符腾堡公国的马尔巴赫（Marbach）小城，它位于斯图加特市北郊20公里处。席勒故居是一所古老的木石桁架结构的两层有阁楼的房子。符腾堡公国领域是现时的德国巴登-符腾堡州的一部分。

我能够理解斯特恩教授用席勒悲剧《阴谋与爱情》中的这段对白为载体所希望传递的信息。斯特恩教授清楚地知道，我们时下最关心的问题是他在哪里？《阴谋与爱情》悲剧的作者席勒本人出生在符腾堡公国，而《阴谋与爱情》悲剧故事本身也发生在符腾堡公国。这显然意味着，他想告诉我们：自他从慕尼黑郊外的犹太人集中营成功出逃后，他已安全到达巴登-符腾堡州，在马尔巴赫小城或者附近藏匿起来。他活着，在逆境中没有忘记“阴谋”，也没有忘记“爱情”。

珍妮

第二封密码复信

1939年3月8日，慕尼黑

亲爱的索菲，今天，星期三，我将写给斯特恩教授的第二封密码复信在咖啡屋Café am Dom顺利地交给了为斯特恩教授和我传递信息的使者“黑色闪电”。该密码信的密码为：

JWG296JN

我选用的文字，即期望传递的信息载体，为德国文学古典时期的代表人物、大文豪约翰·沃尔夫冈·歌德的不朽长诗《浮士德》（Faust）第二部第一场中的精灵爱丽尔（Ariel）的歌唱及浮士德的道白；这里的精灵爱丽尔是歌德借用了莎士比亚戏剧中的精灵爱丽尔这一脚色。

密码JWG296JN的解码为：

JohannWolfgangGoethe296JennyNewman（约翰·沃尔夫冈·歌德296珍妮·纽曼）

在我与斯特恩教授共同读过的《歌德作品集》版本中的296页，显示《浮士德》第二部第一场《幽雅的境地》中的精灵的歌唱及浮士德的道白；在《幽雅的境地》场景中，浮士德躺在百花如锦的草地上，疲倦、不安、思睡。爱丽尔等一群精灵，在空中飞舞。在爱丽尔等一群精灵独唱、重唱、合唱之后，浮士德独白：

In Dämmerschein liegt schon die Welt erschlossen,
Der Wald ertönt von tausendstimmigem Leben;
Talaus, talein ist Nebelstreif ergossen,
Doch senkt sich Himmelsklarheit in die Tiefen,
Und zweig und Äste, frisch erkuickt, entsprossen
Dem duftgen Abgrund, wo versenkt sie schliefen;
Auch Farb an Farbe klärt sich los vom Grunde,
Wo Blum und Blatt von Zitterperle triefen:
Ein Paradies wird um mich her die Runde.

Hinaufgeschaut!—Der Berge Gipfelriesen
Verkünden schon die feierlichste Stunde;
Sie dürfen früh des ewigen Lichts genießen,
Das später sich zu uns herniederwendet.
Jetzt zu der Alpe grüngesenkten Wiesen
Wird neuer Glanz und Deutlichkeit gespendet,
Und stufenweise herab ist es gelungen—
Sie tritt hervor!

敞开的世界处于晨曦中，
森林里鸣响众生万籁；

雾霭在谷中缓缓流动，
天光已然向深处漫射，
树木枝节全然醒来，
从其沉睡深处吐出新芽；
大地浮现鲜明的色彩，
颤动的露珠从花叶上滴落：
一座乐园呈现在我的周围。

昂首仰望！——群山峰峦
宣告最庄严的时刻到来；
永恒的天光它们首先享受，
然后才照耀到我们头上。
阿尔卑斯青葱原野，
馈赠以新的光泽和明朗，
成就层次分明的景观——
太阳出来了！

我之所以选择这段浮士德的独白来传递信息，是因为斯特恩教授和我都清楚，歌德在1797年曾在瑞士游历，在四州湖（Vierwaldstätter See 又称卢塞恩湖）观赏自然景色，上述这段浮士德独白关于日出景象的描写，正是歌德依据在四州湖观赏日出创作的诗歌。

密码载体浮士德独白传递的信息为：斯特恩教授，你的女儿莉娜生活在世界乐园中立国瑞士，那里有阿尔卑斯山、森林、牧场、谷地、花草、露珠、虫鸟和明媚的阳光。莉娜在森林里听虫鸟鸣叫，在谷地里摘花弄草，在阿尔卑斯山和牧场沐浴阳光雨露。她平安、幸福、快乐，健康成长。

14. 密码信往来（2）

第三封密码信

1939年4月6日，慕尼黑

亲爱的索菲，昨天，4月5日，星期三，我照例去了咖啡屋Café am Dom喝咖啡，像上次一样，奇迹再次发生！

那位穿黑衣、戴黑帽和黑边眼镜的中年男士再次出现！依然是简单的几句对话，一个眼神，交给我一个纸条，他——犹如黑色闪电迅速消失了。

我感到兴奋，收好纸条，片刻后起身，迅速离开了咖啡屋。

回到租住地，我把纸条在桌面上展开，仔细端详。那纸条依然是从骆驼牌香烟盒撕下的，一行由字母和数字组成的密码跃然纸上：

WS106JS

密码依然是用铅笔端正地写在香烟盒背面白纸上的，字体出自斯特恩教授！

基于上次破解密码的经验，我立即破解了密码WS106JS。其解码为：

WilliamShakespeare106JohnStern（威廉·莎士比亚106约翰·斯特恩）

我从书架上迅速取出《莎士比亚戏剧全集》，将书翻到106页，《哈姆雷特》（Hamlet）戏剧中的一封信，一首斯特恩教授与我朗读过的信，赫然纸上：

To the celestial and my soul's idol, the most beautified Ophelia, In her excellent white bosom, these, etc.

Doubt thou the stars are fire;

Doubt that the sun doth move;

Doubt truth to be a liar;

But never doubt I love.

O dear Ophelia, I am ill at these numbers; I have not art to reckon my groans: but that I love thee best, O most best, believe it. Adieu. Thine evermore most dear lady,

whilst this machine is to him, Hamlet.

致天仙和我灵魂的偶像，最美丽的奥菲丽亚，让这几行诗句留在她的皎洁的胸中。

你可以怀疑星星是火光；

你可以怀疑太阳会运行；

你可以怀疑真理是谎言；

可你永不容怀疑我的爱。

哦，亲爱的奥菲丽亚啊！我不善于吟诗这类事情。我没有技艺表达我的渴望；可是，最好的人儿啊，相信我，我最爱的是你！再会。最亲爱的小姐，只要一息尚存，永远属于你的，哈姆雷特。

解码后的这封信，是哈姆雷特王子写给他爱恋的少女奥菲丽亚的，表达了他对奥菲丽亚的忠贞和永恒的爱情。

莎士比亚悲剧《哈姆雷特》的故事取材于12世纪末丹麦史，从故事梗概中可以了解悲剧中的少女奥菲丽亚。

丹麦国王老哈姆雷特在王宫后花园午睡时，被其兄弟克劳迪斯将毒草汁灌入耳中害死。克劳迪斯篡夺了王位，成为丹麦国王，并娶了老国王妻子为妻，立为王后。老国王的鬼魂深夜出现，告诉了他的儿子哈姆雷特王子他被害的真情，叮嘱其为父报仇。哈姆雷特以装疯卖傻来隐藏内心的无比愤慨和迷惑。克劳迪斯国王利用大臣波洛涅斯女儿——哈姆雷特爱恋的少女奥菲丽亚和哈姆雷特的两个同学探知哈姆雷特的内

歌德的代表作《浮士德》中的浮士德雕像，立于克尼特灵根（Knittlingen）市政厅前。克尼特灵根是浮士德诞生地。《浮士德》中的浮士德是一位知识渊博，年近半百的老博士。他厌倦了乏味的书斋生活。魔鬼梅菲斯托费勒斯愿用魔力协助浮士德离开书斋，享受人生。

心世界，未成功。哈姆雷特巧妙地利用了一个到宫廷演出的剧团重现了老国王被谋杀的场景，从国王看到这一场景时的惊恐和异常表现证实了鬼魂的话就是父王的真言，决心采取行动。国王有所察觉，派哈姆雷特出使英国，途中，哈姆雷特从诏书中得知，克劳迪斯国王欲以英王之手杀死自己，哈姆雷特返回丹麦。哈姆雷特在规劝母亲疏远国王时，误杀了为国王偷听谈话的大臣波洛涅斯。可怜的奥菲丽亚经受不了哈姆雷特王子突然“精神错乱”和父亲波洛涅斯猝死的刺激，而精神恍惚，溺水身亡。从法国返回的奥菲丽亚的哥哥雷欧提斯决心为其父亲和妹妹复仇。国王利用雷欧提斯的复仇之愿，预谋雷欧提斯在与哈姆雷特比赛剑法时使用蘸有剧毒的剑和下了剧毒的酒杀死哈姆雷特。在比剑过程中，哈姆雷特先赢两剑，王后庆贺，误饮“毒酒”身亡。接着，雷欧提斯用“毒剑”刺伤了哈姆雷特；哈姆雷特夺下“毒剑”刺死了雷欧提斯。随后，用这只“毒剑”刺向了国王，丹麦王国四雄同归于尽。

斯特恩教授以这首哈姆雷特王子写给他爱恋的少女奥菲丽亚的信和信中的抒情诗为载体，传递了他对一位女士的爱意。亲爱的索菲，你认为我能将它视为斯特恩教授在特殊的环境下，向珍妮传递的求爱信息吗？

珍妮

第三封密码复信

1939年4月12日，慕尼黑

亲爱的索菲，今天我仍然尝试用斯特恩教授使用密码传递信息的方法给他复第三封信。密码为：

JWG705JN

我选用的文字，即期望传递的信息载体，为德国文学古典时期的代表人物、大文豪约翰·沃尔夫冈·歌德的不朽长诗《浮士德》中浮士德博士生命结束前的最后道白。

密码JWG705JN的解码为：

JohannWolfgangGoethe705JennyNewman（约翰·沃尔夫冈·歌德705珍妮·纽曼）

在我与斯特恩教授共同读过的《歌德作品集》版本中的705页，叙述百岁浮士德壮志未酬，投身到民众改造自然的活动中，终于感到了一丝的满足，并吟咏诗句：

FAUST:
Ein Sumpf zieht am Gebirge hin,
Verpestet alles schon Errungene;
Den faullen Pfuhl auch abzuziehen,
Das letzte wär das Höchsterrungene,
Eröffn ich Räume vielen Millionen,
Nicht sicher zwar,doch tätig-frei zu wohnen.
Grün das Gefilde,fruchtbar!Mensh und Herde
Sogleich behaglich auf der neusten Erde,
Gleich angesiedelt an des Hügels Kraft,
Den aufgewälzt kühn-emsige Völkerschaft!
Im Innern hier ein paradiesisch Land:
Da rase draußen Flut bis auf zum Rand!
Und wie sie nascht,gewaltsam einzuschießen,
Gemeindrang eilt,die Lücke zu verschließen.
Ja,diesem Sinne bin ich ganz ergeben,
Das ist der Weisheit letzter Schluß:
Nur der verdient sich Freiheit wie das Leben,
Der täglich sie erobern muß!
Und so verbringt,umrungen von Gefahr,
Hier Kindheit,Mann und Greis sein tüchtig Jahr.

Solch ein Gewimmel möcht ich sehn!
Auf freiem Grund mit freiem Volke stehn!
Zum Augenblicke dürft ich sagen:
"Verweile doch, du bist so schön!
Es kann die Spur von meinen Erdetagen
Nicht in Äonen untergehn."
Im Vorgefühl von solchem hohen Glück
Genieß ich jetzt den höchsten Augenblick.

浮士德：
一片沼泽伸展于山区，
污染了一切开拓之地；
清理腐臭淤积水塘，
乃是最后开拓工作。
我为千万人开垦疆土，
尽管不能保证，不工作也能居住。
原野青葱丰饶；人和畜群
迅速欣然到达新地，
移居到充满生机的山冈，
它由聪慧勤劳的人民开拓。
这里面犹如一块人间乐土，
尽管外面海涛冲击到边缘！
如果海涛肆虐，强行侵入，
公众共同热望，将决口堵住。
是啊，这种意识我全然具有，
这是最后行为的智慧：
天天赢得自由和生存的人，
才理应享受自由和生存。
在这里，少年、成人、老者，

在荆棘中度过有所作为的岁月。

我愿看到这样的人群，

自由的人民立足于自由的土地上。

“停留一下吧，你多美啊！

我尘世生涯的遗迹，

不会在亘古中消亡。”

怀着这高度幸福的预感，

我享受这至高的瞬间。

歌德根据浮士德的传说和有关浮士德的前期文学作品创作了文学中的《浮士德》。文学中的浮士德是一位知识渊博、年近半百的老博士。他厌倦了乏味的书斋生活。魔鬼梅菲斯托费勒斯（Mephistopheles）愿用魔力帮助浮士德离开书斋，享受人生。浮士德经不住诱惑，与魔鬼订立契约。当浮士德一旦说出下面的一句话，魔鬼就可以收走浮士德的灵魂：

Werd ich zum Augenblicke sagen:

Verweile doch, du bist so schön!

倘若我一瞬间说：

停留一下吧，你多美呵！

浮士德喝下梅菲斯托费勒斯调制的魔汤，恢复了青春，获得了平民女子甘泪卿的爱情，但以“甘泪卿悲剧”收场，他再次陷入痛苦之中。浮士德在宫廷服务期间，借助魔力见到了古典美女海伦的幻影，在古希腊的神话世界里与复活后的海伦结婚。在他们的儿子欧福良早逝后，海伦也消逝了。

百岁浮士德壮志未酬，投身到民众改造自然的活动中，终于感到了一丝的满足，并脱口说出密码载体道白中的那一句咒语，应声倒下。在魔鬼梅菲斯托费勒斯尚未将浮士德的灵魂收走时，天使下凡，将浮士德的灵魂带往天国。

密码载体长诗传递的信息为：纳粹德国突袭波兰，进攻北欧，似海涛肆虐，强行侵入。公众共同热望，将决口堵住；全民联合抗击，世界大战爆发。赢得自由和生存的人，理应享受自由和生存。让我们奋起，以献身精神，追求自由、生存、大爱！愿看到这样的人群，自由的人民立足于自由的土地上；怀着高度幸福的预感，享受这至高的瞬间！

珍妮

15. 编写密码信

1939年5月20日，慕尼黑

亲爱的索菲，如你所知，今年春季，纳粹德国以突然袭击的方式占领了挪威和丹麦；英国将训练有素的战斗部队派往法国；德国与英国、法国的对抗一触即发。欧洲局势进一步紧张。

自上月5日以来，我一直没有得到斯特恩教授的任何信息，十分担心，抑制不住给他写密码信的冲动。

我的密码信为：

HHHeim60/48JN

最近重读德国伟大诗人海因里希·海涅（Heinrich Heine 1797–1856）于1823–1824年间，写的诗歌《还乡曲》（Die Heimkehr），其中的第60和第48小节再一次吸引了我。我说“再一次”，是因为我与斯特恩教授曾在一起朗读过它，如今仍记忆犹新。

密码HHHeim60/48JN的解码为：

HeinrichHeineHeim60/48JennyNewman（海因里希·海涅《还乡曲》60/48珍妮·纽曼）

在我与斯特恩教授共同读过的海涅的《诗歌集》（Buch der Lieder）版本中，长诗《还乡曲》（Die Heimkehr）的第60与第48小节分别为：

60

Zu fragmentarisch ist Welt und Leben-
Ich will mich zum deutschen Professor begeben.
Der weiß das Leben zusammenzusetzen,
Und er macht ein verständlich System daraus;
Mit seinem Nachtmützen und Schlafrockfetzen
Stopft er die Lücken des Weltenbaus.

48

Herz, mein Herz, sei nicht beklommen
Und ertrage dein Geschick.
Neuer Frühling gibt zurück,
Was der Winter dir genommen.

Und wieviel ist dir geblieben!
Und wie schön ist noch die Welt!
Und, mein Herz, was dir gefällt,
Alles, alles darfst du lieben!

60

世界和人生皆有残缺，
我得去拜访德国教授。
他知道如何整合人生，
由此建立一个明确体系；
用他的睡帽和睡衣碎片
填补这世界结构的漏洞。

48

心，我的心，不要悲哀，

你得忍受命运的安排。
冬天夺去的一切，
新春会为你带回来。

你依然拥有许多！
世界依然那么美好！
我的心，只要你喜爱，
一切，一切，你尽可以去爱！

亲爱的索菲，斯特恩教授很喜欢海因里希 · 海涅的诗歌，首先是海因里希 · 海涅的诗歌优美；其次，我现在才明白，海因里希 · 海涅是一位具有犹太血统的德国人——就像教授自己一样。

海因里希 · 海涅于1797年2月13日出生在杜塞尔多夫，就是斯特恩教授巡演的城市杜塞尔多夫。海因里希 · 海涅的父亲是一位并不富裕的犹太商人，母亲是位医生的女儿，爱好文学和艺术。海因里希 · 海涅秉承父母意愿到汉堡跟随大银行家所罗门 · 海涅叔父从商，后在哥廷根大学、柏林大学学习法律，取得博士学位。然而，海因里希 · 海涅的兴趣却在文学、艺术和哲学方面，他的《诗歌集》出版于1827年，时年31岁，为其奠定了世界文坛地位。《诗歌集》汇集了他的长诗《少年烦恼》（Junge Leiden）、《抒情插曲》（Lyrisches Intermezzo）、《还乡曲》（Die Heinkehr）、《哈尔茨游记》（Aus der Harzreise）、《北海》（Die Nordsee）。

德国著名诗人海因里希 · 海涅（Heinrich Heine 1797-1856）（M.D.Oppenheim作画）。海涅于1823-1824年间，写作诗歌《还乡曲》（Die Heimkehr）。

《还乡曲》创作于1823年前后，时年26岁。1823年5月海因里希 · 海涅离开柏林大学，到达汉堡叔父家，游览北海海滨，回到鲁尼堡省亲。其中许多情诗是写给阿玛莉、台莱赛姊妹的。

密码载体诗歌传递的信息是十分明了的：企望求教于斯特恩教授，如何看待现今混乱而疯狂的世界？但愿冬天失去的（譬如，斯特恩教授于1938年11月16日被捕，随后，其女儿远去瑞士避难），新春会为我带回来！我的心，充满忧虑，充满爱。

珍妮

16. 蹊跷密码信

1939年5月24日，慕尼黑

亲爱的索菲，今天，星期三，我在同一地点以同样方式从“黑色闪电”（恕我这样称呼他）那里收到了一封密码信，然而它并未像往常那样令我激动不已，反而让我心存不安和疑惑！

回到住地，我把纸条在桌面上展开，仔细端详。那纸条依然是从骆驼牌香烟盒撕下的，一行由字母和数字组成的密码跃然纸上：

RTBird93/325JS

对此密码，我百思不得其解。其中的JS的解码显然应为John Stern——约翰·斯特恩。可是RT意味着什么呢？不得而知。

按常规，没有特别约定，就像前三次来往密码信那样，斯特恩教授与我写的密码信总是以我们俩共同读过的书为密码信载体的。他用英国戏剧大师莎士比亚的《莎士比亚戏剧全集》为密码信载体写信给我，我用德国古典文学大师歌德的《歌德作品集》为密码信载体复信给他。

在我上次的密码信中，首先用德国天才诗人海因里希·海涅的诗歌《还乡曲》为密码信载体给斯特恩教授写了封密码信，心里想着，斯特恩教授极有可能用英国浪漫诗人波西·比希·雪莱（Percy Bysshe Shelley 1792–1822）的诗歌为密码信载体复信给我；由于我在上封密码信中引用了海涅诗歌中“冬天夺去的一切，新春会为你带回来”诗句，也许他回复时会引用雪莱的《西风颂》中的名句——“把昏睡的大地唤醒吧！要是冬天已经来了，西风啊，春天怎能遥远？”

亲爱的索菲，难道是我错了？那么RT是谁？我开始静下心来寻觅RT的答案。密码中的RT应该是一位诗人的姓名缩写，bird（鸟）应该与引用的文字载体有关，数字93与325应该与文字载体编码或者书籍的页码有关。经过综合分析，锁定的密码信文字载体为印度诗人泰戈尔（Rabindranath Tagore）的诗歌——《飞鸟集》（Stray Bird）！

密码RTBird93/325JS的解码为：

RabindranathTagoreStrayBird93/325JohnStern（雷宾德拉纳特·泰戈尔《飞鸟集》93/325约翰·斯特恩）

我与斯特恩教授没有共同读过泰戈尔的诗歌《飞鸟集》，我从学院图书馆借来了《泰戈尔诗选》（Selected Poems Tagore）；诗选中收集了诗歌《飞鸟集》，其第93与第325小节分别为：

印度诗人、哲学家雷宾德拉纳特·泰戈尔（Rabindranath Tagore 1861-1941）与德国知识界人士在一起。（1926年，柏林）

93

Power said to the world, “You are mine.”
The world kept it prisoner on her throne.
Love said to the world, “I am thine.”
The world gave it the freedom of her house.

325

Let this be my last word,
that I trust thy love.

93

权力对世界说：“你是我的。”
世界把权力禁锢在她的宝座下。

爱情对世界说："我是你的。"
世界给予爱情出入她宫室的自由。

325
"我信赖你的爱"——
让它作为我最后的话。

亲爱的索菲，解读过这封密码信，我心中疑窦丛生！心中萌生一种不安的预感：这封密码信并非出自斯特恩教授之手！如何才能解释眼前呈现的这一切呢？尤其是密码信中最后的诗句："我信赖你的爱"——让它作为我最后的话。

亲爱的索菲，我的挚友，此刻，我感到从未有过的孤独！

珍妮

17. 赫伯特·迪尔

自从5月24日解读过以泰戈尔的诗歌《飞鸟集》为文字载体的密码信后，每天夜里，珍妮辗转反侧，难以入眠！

经过反复思考，珍妮越发相信先前的预感：这封密码信并非出自斯特恩教授之手！理由如下：（1）她与斯特恩教授没有共同读过泰戈尔的诗歌《飞鸟集》；（2）斯特恩教授不可能对她表白这类俨然诀别留言的诗句：“‘我信赖你的爱’——让它作为我最后的话吧。”（3）密码信笔迹与教授的笔迹有微妙的差异；（4）也许是最重要的，她相信她的直觉。

从前几封密码信来看，斯特恩教授那里是有或者能看到（譬如在难友、看守处，在图书馆、书店里）《莎士比亚戏剧全集》和《歌德作品集》的，但不能肯定是否能看到海涅的《诗歌集》和泰戈尔的《泰戈尔诗选》。斯特恩教授清楚地知道珍妮不熟悉泰戈尔的诗歌《飞鸟集》，他怎么会用它作为文字载体给珍妮写密码信呢？

依珍妮对斯特恩教授的了解，他不可能讲出“让它作为我最后的话”这样的诀别言辞。他为什么要郑重其事地引用泰戈尔的这一小节诗歌呢？莫非他真的遇到了麻烦，譬如疾病、残害与死亡威胁？或者承受不了精神上的压力、困惑和折磨？唯愿现实不是这样的！

珍妮将上封密码信RTBird93/325JS笔迹与第一封密码信WS209JS笔迹仔细做了比较，其中的字母J、S和数字2、9不完全相同，笔迹略有微妙差异。

珍妮的直觉：去见黑衣闪电！他掌握秘密！

慕尼黑英国公园中的希腊风格Monopteros亭子。

珍妮一连几天晚上坐在咖啡屋Café am Dom喝咖啡，期盼“黑色闪电”奇迹地出现！终于，5月24日，星期三晚上，那位穿黑衣、戴黑帽和黑边眼镜的中年男士再次出现！这次，他不是简单的几句对话，一个眼神，交给她一个纸条，犹如黑色的闪电迅速消失；他站在桌旁，竟然礼貌地问道：“Guten Abend! Darf ich den Platz nehmen?”（晚安！我可以坐在这里吗？）他坐定后，为自己要了杯Mokka——莫卡咖啡，一种上等咖啡。到这时，珍妮才第一次看清楚他的容貌。珍妮在给索菲的信里，戏称他为“黑色闪电”，其实他的面庞与黑色完全不相干，他颜面白皙，眼睛炯炯有神，眸子是浅蓝色的，头发是栗色的，一副睿智的年轻知识人面孔。他谈到，他的姓名为赫伯特·迪尔（Herbert Diehl），他希望与珍妮相识，并且有信息传递给她，不过，这次没有密码信转交给她。他问珍妮，5月28日，即将到来的星期日，他们是否可以在英国公园会见。他说，英国公园有个希腊风格圆柱亭子，在那里可以远眺慕尼黑城壮丽的景观。珍妮爽快地答应了，并请他写下圆亭的名称，以保证准时在指定地点会见。他照办了。

回到住地，珍妮迫不及待地展开迪尔先生写的字条：Am 28. Mai, Sonntag 9:30 Uhr, Englischer Garten Monopteros（5月28日，星期日9点30分，英国公园Monopteros圆亭）。珍妮以此字条笔迹与各个密码信密码笔迹对比，使她不仅确信5月24日收悉的那封密码信并非出自斯特恩教授之手，而且很可能就出自迪尔先生手笔！

珍妮的直觉：答案在5月28日，星期日！

18. 逃离集中营

5月28日，星期日，珍妮在英国公园会见了迪尔先生。

幅员广阔的英国公园游人稀少，显得冷清而荒凉。当珍妮到达Monopteros圆亭，迪尔先生已经等在那里。Monopteros圆亭以希腊风格的艾奥尼亚式10根圆柱支撑起半球形穹顶，圆柱柱身细长，柱头向外缘扩展成左右盘旋的两个对称旋涡纹，富有美感。

他们彼此首先谈到了自己。两年前，迪尔先生在慕尼黑大学完成了现代原子物理学博士论文，取得哲学博士学位，现在慕尼黑大学物理研究所从事现代原子物理学基础理论研究。按德国传统，珍妮应该称呼他为迪尔博士，不过，他说他并不在乎这些。

珍妮很快将谈话的主题转向与斯特恩教授有关的内容。

“迪尔博士先生，您认识斯特恩教授？”

“珍妮·纽曼女士，让我们直呼名字和用‘你’称呼吧！确切地说，是在斯特恩教授被捕后，我们才彼此相识的；至于他的大名，我已久仰了，我是一个勃拉姆斯音乐爱好者！”

“勃拉姆斯音乐？”

“是的，还有舒曼的音乐。”

“迪尔博士先生，不，赫伯特，你是在何时、何地与斯特恩教授相识的呢？”

“相识的环境并不像这里这般美好，是在一个犹太人集中营。1938年11月16日，纳粹在全国范围内逮捕犹太人，事后得知，我所敬仰的勃拉姆斯音乐演奏家斯特恩教授也在被捕之列。对此，我深感难过和不安。”

迪尔博士站在圆亭下深情地向远处眺望，圣母教堂（Frauenkirche）的挺拔的拱形双塔、圣米歇尔教堂（St. Michaelskirche）哥特式风格尖塔、特阿蒂纳教堂（Teatinerkirche）的两座巴洛克风格塔楼等高耸建筑尽收眼底。珍妮跟随他的目光默默向远处瞭望。

德国西南边陲小城弗赖堡，它临近法国的埃尔萨斯地区和瑞士巴塞尔。

迪尔博士继续说道：“我是德国人，这里是我的国家，我的民族在这里生息。当看到我的国家从分裂状态走向统一，从经济萧条走向繁荣，我是发自内心高兴的；然而，我不是极端民族主义者，不是国家社会主义者，我是一个人文主义者，我尊重人的生命和权利。于是，我决定为斯特恩教授做些什么。经过一番周折，我在巴伐利亚一个禁锢犹太人的犹太人集中营里看见了斯特恩教授。由于多次聆听过教授出色的钢琴演奏，因而我能够立即辨认出他来。”

“赫伯特，你是怎样进入犹太人集中营的呢？”

“我与一个蔬菜公司联系，为公司给犹太人集中营的监管人员供应蔬菜。斯特恩教授被派来卸下并运走这些蔬菜。我认出教授，他当然不认识我。他衣衫不整，面容憔悴，但仍然葆有人的起码尊严。我适时地对他喊：‘你，过来，搬这捆蔬菜！’

“当他走过来靠近我时，我悄声对他讲：‘我叫赫伯特，您的勃拉姆斯音乐乐迷，我能帮助您做什么吗？’他惊异地看了看我，搬着蔬菜转身离去；当他再次来到我身边，悄声对我说：‘请尽快帮助我离开这里。谢谢！’”

“赫伯特，我此刻很想知道，现在斯特恩教授在哪里呢？”

“珍妮，我真的不知道，不过我想，他在顽强地活着！”

当迪尔博士讲出“不过我想，他在顽强地活着”时，珍妮感到很不安；迪尔博士觉察到了，建议他们到公园林荫路上散步。草地一片青葱，树林鸟声啾啾；鸟儿当然不知道，欧洲战云密布，大厦将倾。

“我们从犹太人集中营成功逃出来了！”迪尔博士继续讲下去。

“你们是怎么逃出来了的呢？”

“我从蔬菜公司事先为斯特恩教授弄来一套工作服。中午12点换岗前一刻钟，我开车拉着蔬菜到达犹太人集中营。在将蔬菜快卸完时，我打发卸车人各自回去吃午饭，除了斯特恩教授。在他搬运完最后一捆蔬菜时，我已坐在驾驶位上，遮挡他在副驾驶位上迅速套上蔬菜公司工作服，然后径直向犹太人集中营大门驶去。酒足饭饱的刚换岗的警卫查看了他们熟悉的运送蔬菜车后，开启大门铁栏杆放行。车上时钟当时指向12时15分。”

“惊险！你们有理由为你们的行动骄傲！Und（后来呢）？”

“我陪同斯特恩教授向西南部黑森林丘陵地区行驶，到达德国-瑞士-法国接壤地区，在那里有我的朋友接应，协助斯特恩教授隐藏起来和继续逃亡。我回到蔬菜公司交回了车辆，结清了工资。”

“衷心地感谢你，赫伯特！Und？”

“后来我的朋友告诉我，为斯特恩教授更改了姓名，他的新姓名为John Mond（约翰·蒙德），请你习惯它。我的朋友想办法为他弄来了新证件；他已安全转移到巴登-符腾堡州，在马尔巴赫（Marbach）小城附近藏匿起来。寻找机会越过莱茵河，逃往法国。初步拟定，长途跋涉，进入黑森林地区，越过莱茵河，到达法国阿尔萨斯地区。再从弗山山麓折向巴黎。他有证件（虽然不是真的），法国与德国处在战争状态，对于他，在大城市里会比在小城镇便于隐蔽。”

“衷心地感谢你的这位朋友！斯特恩教授经受了不少苦难啊！”

“是啊，在犹太人集中营斯特恩教授经受了不少苦难！他总算暂时逃离死亡之地，他的身心经受了致命打击！”

珍妮一时语塞，忍耐着，不让泪珠落下来。

“我的朋友不定期去看望教授，我为传递你们之间的密码信也去过教授那里。”

“这样说来，教授的第一封密码信是在哪里写的呢？”

“到达德国-瑞士-法国接壤地区时写的，直接交给我并转交给你的。”珍妮记得，那封密码信引用了莎士比亚《威尼斯商人》中夏洛克的一段独白。

“教授的第二封密码信是在哪里写的呢？”

“逃亡到马尔巴赫后写的，交给了我的朋友，然后转给我，再由我转交给你的。”珍妮记得，那封密码信引用了席勒《阴谋与爱情》中热恋中的费迪南德和露易丝的一段对话。

“赫伯特，教授的第三封密码信呢？”

“我去黑森林小城弗赖堡看望教授，带去了你的第二封密码复信，他给你写了第三封密码信。”我心里记得，我的第二封密码复信文字载体是《浮士德》第二部第一场《幽雅的境地》中的精灵的歌唱及浮士德的道白；教授的第三封密码信文字载体是莎士比亚《哈姆雷特》戏剧中哈姆雷特王子写给他爱恋的少女奥菲丽亚的情书，表达了他对奥菲丽亚的忠贞和永恒的爱情。

“那是在今年5月，我去弗赖堡看望教授的。我向教授谈到了世界大战中欧洲战场的严重形势，教授对此并未多言。

“教授对女儿充满深情的怀念，为在她需要他的时刻不能在她身边感到深深内疚；教授感谢你对他女儿的关照，怀念你们在一起的所有时光。他握住我的手，郑重地对我说道：‘倘若今生今世出现了我再无可能见到珍妮女士的情况，请您转告珍妮女士：我信赖你的爱——让它作为我最后的话。’”

珍妮再也无法抑制自己的眼泪，坐在林荫路边的长椅上呜咽起来。迪尔博士还未能从他的弗赖堡回忆中转过神来，慌忙地坐在珍妮的身旁安慰她。珍妮心里明白：第四封密码信文字载体《泰戈尔诗选》中《飞鸟集》第325小节诗歌的出处就在这里！那是斯特恩教授的真情表白啊！

稍许镇静，珍妮对迪尔博士说：“对不起！我过于激动了。感谢你为我们所做的一切，赫伯特！那么，第四封密码复信是教授在哪里写的呢？”

“珍妮，一言难尽啊！这之后，我又去过弗赖堡看望教授。这次，我没有见到教授，他离开了弗赖堡！我不知道，教授去了哪里，是否安全地越过德国-法国边界莱茵河！”

“那……那第四封密码复信从何而来呢？”

“珍妮，对不起！第四封密码复信是我履行对斯特恩教授许下的承诺，以他的名义写给你的！”

珍妮恍然大悟！密码信疑云终于化解了！

“啊，原来是这样的呀！现在，我能够理解……赫伯特，你对泰戈尔诗歌十分熟悉啊！那么，斯特恩教授现在会在哪里呢？”

“珍妮，我真的不知道，不过我想，他在顽强地活着！”迪尔博士重复了这句话。

“……但愿是这样的！”

“斯特恩教授可能已预感到他本人所面临的危险，而踏上继续逃亡之路。这只是一种可能性，也是我认为时下最好的可能性。”

与迪尔博士一席长谈，让珍妮心中充满了忧虑，斯特恩教授在哪里？也让珍妮心中充满了幸福感：“斯特恩教授，我信赖你的爱！”

19. 莉娜 · 斯特恩

斯特恩教授于1938年11月16日在慕尼黑家里被捕后不久，出于安全考虑，教授的5岁女儿莉娜由珍妮姨妈陪同，被护送到在瑞士圣加仑的珍妮小姨家里。自那以后，不断有消息传来，莉娜在小姨家里和年龄相仿的孩子们在一起，过得愉快，当然不免时常想念爸爸，常常问起："爸爸在哪？珍妮阿姨在哪？怎么不来看我？什么时候来看我？我什么时候回德国的家？"这些都是很难回答的问题。

每每想到小莉娜，珍妮总是平息不了心中的不安，也许就像是母亲牵挂孩子那种感情！这是自然界中人的一种普遍情感，就是那种称之为"母爱"的情感吧！可是珍妮，她还不曾结过婚，也不曾生过孩子呢！

1939年暑假期间，珍妮决定去圣加仑看望小莉娜！

珍妮询问迪尔博士，能否开车陪她去圣加仑，他爽快地答应了！同时提醒珍妮，战争时期提前办理好出入境手续。他问珍妮，去圣加仑做什么？珍妮说，在路上会告诉他的。

从慕尼黑沿公路驶向林道（Lindao），边界检查十分严格，过了博登湖（Bodensee）就快到圣加仑了。

小莉娜见到珍妮非常高兴，珍妮向她介绍了"我的司机"，并提议开车带小莉娜和她的小伙伴们去远郊Appenzellerland山区游览，在乡村餐馆就餐。孩子们和小姨，还有迪尔博士都表示赞成。

啊，瑞士，美丽的瑞士，和平的瑞士！水上光波粼粼，山峰上积雪皑皑，山坡上森林黝黑，山麓边绿草如茵，谷地农舍星罗棋布，结织成一幅幅人间美妙的天然画卷。

“告诉我，珍妮阿姨，爸爸在哪里？怎么不来看我？”

这个问题尽管尴尬， 然而是不能回避的。为了那颗幼小、纯洁的心灵，珍妮开始编造离奇故事。灵机一动，珍妮将登山探险者贝格曼先生讲给她的西藏探险故事改编成一个虚构的故事。

“在中国西藏地区，有一座高山，高极了，比欧洲阿尔卑斯山最高峰蒙特·勃朗峰（Mont Blac）还高！山上隐藏着一个神秘山洞，山洞口有花果和瀑布；山洞里隐藏着一个神奇的大钟，大极了，比日内瓦的花钟还大。钟盘上有两个指针，一个是时针，一个是分针；转动指针太难了，因为它们太大、太重了。当有人把大钟指针调到6点时，也就是时针转到6的位置，分针转到12的位置，指针上下成一条直线时，钟盘就会从正中间像房门一样开启！”

“太神奇了，太神奇了！”

“从开启的门后会冉冉走出一位英俊的王子或者一位漂亮的公主。”

“若是我转动了指针，会走出来王子还是公主呢？”

“莉娜，那当然是王子啦！”迪尔博士插话回答道。

“太好玩了，太好玩了！”

“莉娜，你爸爸正在西藏寻找那个神秘的山洞呢！一旦找到它，你爸爸就会来接你的啊！”

孩子们听得专注，也很兴奋；珍妮却感到一丝苦涩，那不是童话，那只是一种黑色幽默罢了！乡村午餐摆在餐馆外面大阳伞下，孩子们各自点了他们喜欢的菜肴，有的特色菜珍妮从未听说过，更无从品尝过了；与孩子们在一起让珍妮感到从未有过的愉快，在瑞士让珍妮暂时忘却了战争！

从圣加仑返回慕尼黑的途中，迪尔博士津津乐道于他的科学世界和这个世界里的科学家。迪尔博士，作为现代物理科学家，他既关注现代物理学本身，同时关注物理学家的命运。他谈到了当代的两位伟大的德国物理学家的命运，他曾多次聆听过这两位物理学家的关于现代物理学问题的讲座。这两位诺贝尔物理学奖获得者中的一位是现代原子物理学的开创者和奠基人阿尔培特·爱因斯坦（Albert Einstein），另一位是量子力学理论创立者和海森堡测不准定则发现者韦尔纳·海森堡（Werner Heisenberg）。

他谈到的一些科学术语珍妮根本听不懂。后来，他察觉到，珍妮仍然为科学术语和科学概念所困扰，于是答应写几篇关于科学家命运的书简日后寄给她，以便她从容地阅读和体会它们；珍妮当然很愿意以这样的方式解脱她的困惑。

这年暑假期间，空闲时间多了，珍妮常常想到斯特恩教授现在可能的处境和牵挂小莉娜的心境，心情自然郁闷。迪尔博士约珍妮去慕尼黑美术馆看画展，缓和忧郁的心情；珍妮想，这是一次接受艺术熏陶和变换一下环境与心情的机会，于是，爽快地答应了。

慕尼黑美术馆是世界著名的美术馆之一，馆藏甚为丰富。其老美术馆（Alte Pinakothek）和新美术馆（Neue Pinakothek）均为路德维希一世所建，历时20年。迪尔博士和珍妮都喜欢欣赏馆藏的古典绘画作品，有几幅绘画留给他们深刻印象。

德国油画家和版画家丢勒（Albrecht Dürer）是文艺复兴时期德国绘画界的代表人物。他的宗教画《四使徒》（Die vier Apostel）收藏在慕尼黑老美术馆，他们在画前良久伫立，专心欣赏这幅绘画杰作。

《四使徒》画中的耶稣四使徒从左至右依次为约翰（Johannes）、彼得（Petrus）、马可（Marcus）、保罗（Paulus）。

约翰身着红袍，手持《福音新约》，朗诵圣谕，他表情庄重而宁静，显现满怀希望，心境平和；泛着红晕的面颊与其满头栗色卷发及身披的红袍显得相当协调。彼得位于约翰身旁，手握开启天国大门的钥匙，望着约翰手持的《福音新约》，表情似虔诚而冷漠；光秃的头顶闪亮，头颅低垂，难于看到他面庞全部表情。马可位于保罗身旁，手握成文的书卷，神色激奋，表情愤怒，冷眼望向画面右方，在警觉地防止未知的危险发生；他身处暗淡环境，形象无多光彩，几乎为高大的保罗的形象所遮掩。保罗身着白袍，左手托着《圣经》，右手握着宝剑，眼睛斜视，表情严肃，欲以宝剑保护《圣经》；他正在聆听和思索着什么，他是一位善于沉思冥想的人，一位忧郁的耶稣门徒。整幅画面笼罩着一种刚毅、坚强的气氛，表现出四使徒藐视邪恶，随时准备为伸张正义采取行动的决心。迪尔博士和珍妮都十分欣赏《四使徒》画作和它表现的人文主义思想主题。

《强劫留西帕斯的女儿们》是慕尼黑老美术馆收藏的佛兰德斯（Flanders）著名画家鲁本斯（Peter Paul Rubens）的代表作品。希腊神话中的勇士卡斯托尔和波吕克斯孪生兄弟抢劫留西帕斯的两个女儿强行成婚。依现代审美观，鲁本斯画笔下的裸女肥胖、肉感，这是由画家的审美观决定的，也迎合了当时收藏绘画的贵族、富人的嗜好。

《鲁本斯与妻子在一起的自画像》是佛兰德斯著名画家鲁本斯的名作，也收藏在慕尼黑老美术馆。这幅绘画表现了艺术家夫妇之间的和谐、亲密和信赖。画中的女子伊萨贝尔·布兰特（Isabella Brant）是鲁本斯的第一任妻子。

印象派画家的作品同样吸引迪尔博士和珍妮的关注，印象派画家善于捕捉光线作用于客体上的瞬间印象，强调光和颜色的运用，从现实生活选择绘画题材；印象派画家从被轻视走向被承认，从平凡走向超乎平凡；印象派画家们在艺术史上重重地涂了一笔，这一笔留给人们深刻印象，也留给人们关于艺术及其发展的更多思考。

《莫奈在小船上作画》是慕尼黑新美术馆藏品。该画是法国印象派绘画大师爱德迦·马奈（Edouard Manet）的作品，而画中人正是同时代的印象派绘画大师克洛德·莫奈（Claude Monet）。水上的光波幻影、水中的摇曳倒影、天际间的飘忽影像表现出印象派绘画的笔触和风范。

在欣赏印象派绘画作品过程中，珍妮与迪尔博士交换了对艺术的见解。西方绘画和雕塑艺术史，依他们共同的见解，就是历史不同发展阶段艺术大师们个人艺术生涯谱写成的历史，换言之，艺术大师们书写了西方绘画和雕塑艺术史。艺术的生命不在于模仿和写真，而在于创新，而艺术的创新是极其艰辛的，艺术的创新只属于那些热爱、痴迷、献身艺术的人，譬如，塞纳河畔那数位被称为印象派的年轻人。

20. 科学家遭遇

这年暑假即将结束之际，慕尼黑音乐学院举办了周末音乐会，迪尔博士应邀来学院听音乐会了。演出曲目为奥地利浪漫主义著名作曲家弗兰茨·舒伯特（Franz Schubert）的声乐套曲《美丽的磨房女》（Die schöne Müllerin），它是以德国诗人威廉黑尔姆·米勒（Willhelm Müller）的20首诗歌谱曲的，诗歌选自《一个林中漫游号手的遗诗》。歌曲美妙、动听、幽雅、浪漫，譬如：（1）流浪、（2）到何处去、（3）停步、（6）疑问、（14）猎人、（18）憔悴的花朵、（20）小溪催眠曲等歌曲旋律悠扬，意境深远。担任独唱的是音乐学院邀请来的一位男歌手，珍妮担当钢琴伴奏，音乐会是成功的。

音乐会后，迪尔博士邀请珍妮去喝咖啡。他们的谈话还是从有关斯特恩教授的话题开始；然而，谁都未得到有关他的任何消息。

他们从舒伯特音乐作品谈到勃拉姆斯、舒曼、克拉拉·舒曼的音乐作品和人生，感慨音乐家艺术人生之坎坷、艰辛、探索和追求。

“诸如斯特恩教授这般非凡的钢琴演奏家和教育家，为什么在现存社会连生存之地都寻觅不到呢？命运注定他处于逃亡甚至死亡境地呢？”

“在凡人看来，人世间存在着一个自然的和基本的法则：人人都有生存的权利！”

“上帝让人降生到这个世界上来，也让人在这个世界里生存。”

“听到过一句谚语：Leben，Leben lassen!（生存，允许生存！）一个多么简单的句子啊！一个多么深邃的句子啊！”

“是啊，自己活着，也让别人活着！”

“阿尔萨斯人施魏策尔（Albert Schweitzer）说过一句令人深思的话：对生命的崇敬，是一切善的基础。”

作为原子物理科学家的迪尔博士关注德国科学家的命运，尤其关注现代原子物理学的开创者和奠基人阿尔培特·爱因斯坦（Albert Einstein）及德国卓越物理学家韦尔纳·海森堡（Werner Heisenberg）的命运。

迪尔博士特别关注爱因斯坦的命运缘于他是德国伟大的理论物理学家，也缘于他具有犹太血统及不同的政治立场，而受到纳粹的攻击和迫害。

现代物理学的开创者和奠基人阿尔培特·爱因斯坦（Albert Einstein 1879-1955）于1879年3月14日出生于德国乌尔姆的犹太家庭。大学毕业后加入瑞士籍，1933年被迫流亡美国，之后加入美国籍。

爱因斯坦终结了牛顿力学原理和麦克斯威尔电磁场理论为基础的经典物理学理论，创立了以“光量子理论”、“相对论”为基础的现代原子物理学理论。爱因斯坦“基于其光电效应的发现和理论物理方面的其他研究”获得1921年度诺贝尔物理学奖。这样一位世界伟人，在1933年纳粹党掌权后，竟然因为具有犹太血统和不同的政治立场问题，而受到攻击和迫害。

爱因斯坦不隐蔽其政治立场，在20年代初期，就公开支持过德国魏玛民主政体，鲜明地反对侵略战争，同情国际和平与进步事业，从而早就为纳粹党人所嫉恨。纳粹党掌权后，爱因斯坦不仅在犹太血统和政治立场上受到攻击，学术上也受到诽谤，斥责其相对论为不可理解事物的象征。

爱因斯坦趁访问美国的机会留在美国工作，被纳粹政权斥责为“叛国者”，突击搜查了他在德国的夏季住宅。爱因斯坦在美国接受记者访问时声明：“只要我还有选择的自由，我将只生活在有公民自由、宽容、平等，法律占优势的国度……这些条件现在德国不复存在。人们（其中有重要的艺术家），那些对国际友好事业做出过贡献的人们，正在那里受到迫害。”

迪尔博士特别关注海森堡的命运缘于他是德国伟大的理论物理学家，也缘于海森堡是他崇敬的导师，一同在慕尼黑大学物理研究所从事原子物理理论研究。他作为海森堡研究工作的助手，海森堡的命运和科学研究与他的命运和科学研究是紧密联系在一起的。

海森堡因创立量子力学理论和发现海森堡测不准定则而获得1932年诺贝尔物理学奖。海森堡的思维独具一格，他不是从抽象的原子模型出发，而是从可观察、可测量的光发射和吸收频率和强度出发，把运动学和力学的经典语言成功地翻译、转换成量子论语言。这就是说，海森堡一开始考虑的就是电子、原子和分子系统。

海森堡并不具有犹太血统，他热爱科学，尤其是现代原子物理学理论科学，主张科学独立于政治。在两件事情上海森堡的反应让纳粹当局特别恼火。

德国卓越物理学家韦尔纳·海森堡（Werner Heisenberg 1901-1976）因创立量子力学理论和发现海森堡测不准定则而获得1932年诺贝尔物理学奖。照片摄于1933年。

第一件事发生在1934年8月，总统兴登堡逝世，希特勒成为国家元首。纳粹科学家约翰内斯·斯塔克（J. Stark，1919年获诺贝尔物理学奖）邀请德国诺贝尔奖获得者联合发表声明支持希特勒，诺贝尔奖获得者海森堡（W.Heisenberg，1932年获诺贝尔物理学奖）、普朗克（M.Planck，1918年获诺贝尔物理学奖）、劳埃（M.v.Laue，1914年获诺贝尔物理学奖）、能斯特（W.Nernst，1920年获诺贝尔化学奖）以“科学独立于政治”为由拒绝了。

第二件事发生在1934年9月的一次学术聚会上，海森堡在学术报告中表示了对爱因斯坦“光量子论”理论的支持；而这之前一年，爱因斯坦因反对迫害犹太人已被迫流亡美国，并被纳粹政权斥责为“叛国者”。

海森堡因此受纳粹政权和纳粹科学家的阻挠，得到慕尼黑大学物理学教授索末菲推荐的海森堡未能成为退休的索末菲教授的继任者。纳粹科学家污蔑爱因斯坦为“犹太形式主义者”，污蔑海森堡等量子力学创始者为“爱因斯坦幽灵的幽灵”。

海森堡愿与有才华的科学家，包括具有犹太血统的科学家合作从事科学研究，因此遭到纳粹官员和纳粹科学家的嫉恨。他们宣扬海森堡等同“白色犹太”在科学中的代表。海森堡被指责为持有反政府的观点，与准犹太分子结成思想同盟，而于1937–1938年间，被帝国党卫队立案审查。

科学家必须遵循科学的规律，以科学方法和科学精神研究和探索科学，并以实验和实践检验科学发现的是非与真伪。纳粹官员和纳粹科学家不去深入研究科学理论本身问题，而是以是否符合纳粹主义来判定科学理论的正确性与其存在价值，这是荒谬的；以科学家的种族，譬如是雅利安人还是犹太人、“白色犹太人”来判定其科学理论的正确性与其存在价值更是荒谬的；以没有响应纳粹科学家邀请联合发表声明支持希特勒以及在学术报告中表达了对爱因斯坦“光量子论”理论的支持，就否定其创立的科学理论同样是荒谬的。

迪尔博士认为，爱因斯坦被迫流亡及海森堡悲哀命运堪称纳粹政权下的德国科学家的悲剧，德国人的悲剧。人们受纳粹主义的诱惑，随大流盲从行动，深邃思维消退，人文思想泯灭；毕竟理智的、有良知的德国人尚在。斯特恩教授以求生对抗杀戮，爱因斯坦以流亡对抗迫害，海森堡以良知对抗命运；被迫害的人或者被损害的人在逆境中以言论和行动呼唤理性的回归，尚有被推崇为上等人或者被认为远离政治的人也以言论和行动呼唤理性的回归！

珍妮意识到，迪尔博士的观点是有道理的。在珍妮看来，迪尔博士不只是位理性中人，他还是位感情中人。自去年11月斯特恩教授被捕后，迪尔博士出于理性，同时出于情感，承受危险勇于救助斯特恩教授逃出犹太人集中营，协助斯特恩教授传递信息。在斯特恩教授被捕后，在珍妮经受孤独、忧郁、困苦的日子里，珍妮结识了迪尔博士，他为珍妮与斯特恩教授之间传递信件，他陪伴珍妮度过惨淡时光，陪伴珍妮到瑞士看望莉娜；在斯特恩教授后来失去踪迹之后，他为了安慰珍妮，借助斯特恩教授名义给珍妮写信。这一切都让珍妮对迪尔博士心存感激，珍妮感到他就是在她人生处于困境与逆境时，上帝派来救助她的使者。

在咖啡屋的桌旁，幽暗的烛光下，珍妮问迪尔博士：“赫伯特，我从深心处对于你承受危险勇于救助斯特恩教授和帮助、安慰我表示衷心感激，可是你到底为什么要这样做呢？”他淡然地答道：“理性。你很可爱，不是吗？”

珍妮认为，迪尔博士是一位心地纯正的德国人，一位具有科学家良知的人，一位可爱的人，可以成为挚友的人。

21. 斯特恩逃亡

珍妮从多方媒体渠道中得知，纳粹德国于1939年9月1日突袭波兰海港格但斯克，以闪电战进攻波兰，9月20日波兰被迫投降。欧洲局势的发展令人震惊，并且难于预料；但是人们不可忘记，希特勒是信奉德国地缘政治学家、慕尼黑大学教授卡尔·豪斯霍费尔在其著作《太平洋地缘政治学》中所主张的扩展“生存空间”理论的。希特勒为了实现开辟德意志生存空间的狂妄野心，发动战争是必然的，甚至甘愿冒引发欧洲大战的危险。对于欧洲局势的进一步发展，人们拭目以待。

自从斯特恩教授在弗赖堡失去踪影以后，一直杳无音信，让珍妮心神不定，尤其每到星期三更是让她心慌意乱。

珍妮依然习惯地去了咖啡屋Café am Dom喝咖啡，以求得心灵的少许安宁，同时隐约地期望能在她身边发生什么奇妙的事情。咖啡屋的环境依然温馨幽雅，依然偶尔能听见圣母大教堂传来的悦耳钟声。

时光荏苒，圣诞节已然在沉重的氛围中走过，1940年新年也随之成为过去。1月的最后一天，又是一个星期三，夜色逐渐深沉，珍妮依然独自坐在咖啡桌旁。不觉之中，一位穿灰色大衣、戴灰色礼帽和金边眼镜的中年男士已站在珍妮的身旁，轻声地说：“Good night! Are you Mrs. Jenny Newman?”（晚安！您是珍妮·纽曼女士吧？） 珍妮点头称是。他递给她一个纸条并轻声说：“This note is for you, goodbye!”（这纸条是给您的。再见！）珍妮本能地立即回答：“Thank you, goodbye!”言毕，来者捏一下他的灰色礼帽帽檐转身离去，瞬间消失在步行街上来往的人流中。

这一幕简直就是去年珍妮收到第一封奇异密码信的重演，只是变换了主角。与那次不同，珍妮没有感到茫然不解，而是心中充满激动和喜悦。

回到住地，珍妮把纸条在桌面上展开，仔细端详。不出所料，那纸条是从骆驼牌香烟盒上撕下来的，字母和数字是用铅笔端正地写在香烟盒背面白纸上的，字体正是出自斯特恩教授之手！纸条上的7个字母和3个数字赫然在目：

VH/NDP119JS

基于多次破解密码的经验，珍妮立即破解了密码VH/NDP119JS。其解码为：

VictorHugo/ NotreDamedeParis119JohnStern（维克多·雨果《巴黎圣母院》119约翰·斯特恩）

珍妮从书架上迅速取出维克多·雨果《巴黎圣母院》（Notre-Dame de Paris）法文原版的德文译本《巴黎圣母院敲钟人》（Der Glöckner von Notre-Dame），将书翻到119页，一段珍妮为提高德语水平而朗读过的文字赫然纸上：

Am Tage spricht die Stadt, in der Nacht atmet sie, jetzt aber singt sie. Horcht dem Zusammenklang aller Glocken, dem sich das Gemurmel einer halben Million Menschen, die ewigen Klagen des Flusses, die unendlichen Seufzer des Windes, das ferne ernste Rauschen der vier Wälder gesellt, die riesigen Orgeln gleich auf den Hügeln am Horizonte stehen! Sagt, ob ihr auf Erden etwas Köstlicheres, Freudigeres wißt als diesen Aufruhr von Klängen und Tönen, als diese Glut von Wohlklang, als diese zehntausend erzenen Stimmen, die in steinernen Flöten von dreihundert Fuß Höhn alle auf einmal ertönen, als diese Stadt, die in ein Orchester verwandelt ist, als diese Symphonie, die mit der Macht eines Sturmes erbraust!

巴黎白天的声音是它在讲话，夜晚的声音是它在呼吸，而现在的声音是它在歌唱。倾听所有的钟声的合奏，倾听50万人的喃喃私语，倾听所有河流的永恒的悲叹，倾听风声的无休止的叹息，远方四处森林发出的深沉呼啸声犹如地平线山冈上的巨大管风琴发出的声响。你们说说，你们是否知道在地球上有什么像那轻盈的和沉重的声音的激荡，像那悦耳的声音，像那从百余米（~300Fuß）高处的石笛同时奏响的上万种响亮的声音，像那化为交响乐团的这座城市，像那以暴风雨般力度奏响的交响乐更媚人、更令人愉悦的吗？

维克多·雨果（Victor Hugo 1802–1885） 是法国文学史上伟大的浪漫主义文学作家。他生活在法国资产阶级革命和封建王朝复辟的反复较量并以共和最后胜利的动荡年代，经历了波拿巴·拿破仑第一帝国、波旁王朝复辟、七月革命、拿破仑的侄子路易·拿破仑的第二帝国、普法战争、巴黎公社和第三帝国的建立，可谓人生阅历极其丰富，他的人生观和文学创作也相应地经由保皇主义到自由主义再到共和主义的转化。

雨果于1831年发表长篇小说《巴黎圣母院》。美丽、纯洁、能歌善舞的吉卜赛少女爱斯美拉达，外表丑陋、心地善良、真心地爱着爱斯美拉达的驼背敲钟人卡西莫多，道貌岸然、心怀鬼胎、害死爱斯美拉达的祭司克洛德·弗罗洛，或许还有那群可敬的乞丐和那位“傻乎乎”的诗人甘果瓦，给人们留下了不能泯灭的印象，而这一曲震撼人心的故事就发生在波拿巴·拿破仑称帝加冕的巴黎圣母院。

按珍妮的理解，这封以《巴黎圣母院》第三卷第二篇“鸟瞰巴黎”（Paris aus der Vogelschao）节录为载体的密码信传递的信息为：斯特恩教授在巴黎！他不仅安全，还在感受艺术和自由之都巴黎，感受它的文化和艺术，尤其是感受它的音乐艺术。他感受到巴黎在讲话，在呼吸，在歌唱；感受到巴黎人的喃喃私语，塞纳河水的呜咽，巴黎微风的叹息；感受到巴黎森林的深沉呼啸，感受到巴黎大合唱，伟大的巴黎交响乐！斯特恩教授是位真正的音乐家，即便身处险境，音乐依然时刻与他相伴，音乐时刻驻留在他的心中！

珍妮立即为斯特恩教授的密码信写了一封复信，并准备寻找机会请合适的人将其亲自带给斯特恩教授。复信全文如下：

1940年1月31日，慕尼黑

亲爱的教授：

惊悉你在自由和艺术之都安全，并正在感受它的魅力和传统文化，让我十分欣慰。在过去的不幸日子里，我们都试图以“密码信”方式互相联系，传递必要而紧迫的信息，毕竟，用那种方式传递信息也是不得已的办法，难于明确地写清情况和表述心境。不过，我已经从你的“密码信”中悟出了我急于知道的信息和你的真挚情怀。谢谢，教授！

在这封将由朋友亲自携带的信中，我将尽可能明确地阐明那几封写给你的“密码信”的潜在含义。

第一封“密码信”《少年维特之烦恼》中的两段摘录的潜在涵义：绿蒂给维特的快乐，其中包括绿蒂弹奏钢琴带给维特的快乐，如同往日你带给我的快乐；当我现在独自弹奏这些作品时，它们驱逐了因你的离去而使我深陷的苦闷。你的女儿莉娜与同龄孩子在一起，生活快乐，小姨、姨妈和我都在尽心尽力呵护她。

第二封“密码信”《浮士德》中《幽雅的境地》的潜在涵义：你的女儿莉娜生活在世界乐园中立国瑞士，那里有阿尔卑斯山、森林、牧场、谷地、花草、露珠、虫鸟、明媚的阳光。莉娜在森林里听虫鸟鸣叫，在谷地里摘花弄草，在阿尔卑斯山和牧场沐浴阳光雨露。她平安、幸福、快乐，健康成长。

第三封“密码信”《浮士德》中浮士德博士最后道白的潜在涵义：公众共同热望，将决口堵住；赢得自由和生存的人，理应享受自由和生存。让我们奋起，以献身精神，追求自由、生存、大爱！愿看到这样的人群，自由的人民立足于自由的土地上，怀着高度幸福的预感，享受这至高的瞬间！

第四封“密码信”海涅《还乡曲》中第60和第48小节的潜在涵义：很遗憾，知道你没有收到这封“密码信”。在这封“密码信”里，我企望求教教授，如何看待现今混乱而疯狂的世界？但愿冬天失去的，新春会为我带回来！我的心，充满忧虑，充满爱。

亲爱的教授，一年多来，你奔波在流亡途中，我们时时刻刻牵挂着你。不能分担你的困苦，让我们感到心里不安。坚持啊，爱会给你希望和力量！“把昏睡的大地唤醒吧！要是冬天已经来了，西风啊，春天怎能遥远？”默念诗人波西·比希·雪莱的《西风颂》吧！

珍妮

22. 寻觅斯特恩

欧洲政局的变化快得令人目不暇接。1940年春季，纳粹德军以突袭方式占领了挪威和丹麦；英国政府将训练有素的战斗部队派往法国；德国与英国、法国的对抗一触即发。5月10日，西方战役打响。纳粹德军以闪电战术迅速占领荷兰、比利时、卢森堡。北方的英-法联军撤退到加来海峡的法国港口敦刻尔克，英军随后紧急撤回到英国本土。法军无力单独阻挡德军的进攻。

巴黎危在旦夕！珍妮为斯特恩教授的安全担心，他应该离开巴黎！珍妮拟请迪尔博士飞往巴黎，寻找斯特恩教授，并协助他尽快离开巴黎。

迪尔博士飞往巴黎的前夜，珍妮将那封写给斯特恩教授但尚未寻找到机会请人传递给他的信转交给迪尔博士，并嘱咐他千万保存好它，出现紧急情况，可以将其销毁；同时建议迪尔博士到巴黎圣母院去寻找斯特恩教授。巴黎圣母院是宗教、绘画、音乐、建筑艺术的殿堂，法国浪漫主义文学作家雨果在其名著《巴黎圣母院》中写过，“毫无疑问，巴黎圣母院至今仍然是座庄严、宏伟的建筑，尽管经历沧桑，它依然葆有美貌。”可以想象，只要斯特恩教授在巴黎，他一定会不止一次地光顾巴黎圣母院的！

法国战事的发展却比拟订迪尔博士飞巴黎的计划来得快。德军于6月4日占领敦刻尔克，大批法军向德军投降。德军继而在15天内占领了英吉利海峡地区各个法国港口、卢瓦尔河城市奥尔良以及塞纳河畔法国首都巴黎。

6月14日，德军开进巴黎，巴黎陷落！从巴黎逃亡的人流和车辆拥塞在巴黎通往外地的各个交通道路，所有的人和车辆都必须为入侵巴黎的德国部队和装甲车让路。巴黎与外界之间的空中走廊被全部封锁。

面对巴黎陷落的战报，珍妮和迪尔博士都感到茫然。他们不知道，斯特恩教授是否仍在巴黎？是否仍然安全？可以完全肯定的是，德军占领巴黎后，斯特恩教授处境倍加危险了。他不再适宜公开露面，过正常人的生活，连巴黎圣母院那样的宗教、绘画、音乐、建筑艺术的庄严殿堂都不能光顾了，可想而知，这将是对其心灵怎样的打击啊！在巴黎，他举目无亲，出于安全，连旅馆都不能住了，他将在哪里栖身呢？

巴黎陷落后，法国形势急转直下。德军攻占巴黎后，出人意料在法国东南方与瑞士接壤的地方开辟战场。法国人辛苦打造的东部的马其诺防线被德军从背后攻破，法国军事力量瓦解。意大利纳粹政权趁法国惨败之机火上浇油，于6月10日参战。6月17日，法国政府新被任命的首脑贝当元帅请求德国和意大利停战。6月22日贝当元帅迫于德国的军事压力屈膝投降，在贡比涅森林一节车厢里，就是那节在第一次世界大战德国战败后签署停战协定的同一节车厢里，签订了屈辱性的停战协定。

贡比涅停战协定对于法国十分苛刻。法国必须把其过半领土，包括巴黎、整个北部和全部大西洋海岸拱手割让给纳粹德国占领和管辖；法国人必须负担其占领费用，并在德国占领区成立一个亲德国的政府；法国必须解散自己的军队，遣散全部舰队。

在这种恶化的政治和军事形势下，珍妮与迪尔博士都认为，如果斯特恩教授尚在巴黎，他处于极其危险的境地，必须尽快离开巴黎！迪尔博士需要尽快去巴黎寻觅教授，以期尽可能协助他继续逃亡。

迪尔博士这次放弃空中航线，而选择乘火车去巴黎。7月6日，星期六，迪尔博士乘火车去巴黎了。

从普林经慕尼黑、斯图加特越过莱茵河经斯特拉斯堡、南锡到达巴黎约有800公里，正常情况乘火车这段距离最多只是一天的车程，而在战争期间，那是无法准确预计的。一路上经历许多次检查，而以越过莱茵河和进入巴黎市区前的检查最为严格。一路上交通并不畅通，遇有军车通过，必须让路。

战争期间，邮政线路在敌对国家之间处在时断时续状态，珍妮不能指望很快就可以得到迪尔博士从巴黎传来的信息。珍妮与迪尔博士约好，如果他们之间通讯，譬如写信、通电话或者发电报，从通讯安全和检查考虑，在信息中一律称呼斯特恩教授为希尔施（Hirsch）先生。在德语中，“斯特恩（Stern）”一词是“星星”的意思，

“希尔施（Hirsch）”是“鹿”的意思。希望斯特恩教授在森林里的狮虎追逐下，能跑得像鹿那般快!

迪尔博士到达巴黎的第一天，就去了世界闻名的巴黎圣母院。用一上午时间，流连在正门外圣母院广场上，关注往来于圣母院的行人，观看广场上卖艺人表演的人群，希冀遇见希尔施先生。

迪尔博士清楚地记得，珍妮说过斯特恩教授可能会来圣母院的。遗憾之至，迪尔博士并没有等到斯特恩教授的到来；同样，法国作家雨果的名著《巴黎圣母院》中的美丽、纯洁、能歌善舞的吉卜赛少女爱斯美拉达，外表丑陋、心地善良、真心地爱着爱斯美拉达的驼背敲钟人卡西莫多，道貌岸然、心怀鬼胎、害死爱斯美拉达的祭司克洛德·弗罗洛，还有那群可敬的乞丐和那位“傻乎乎”的诗人甘果瓦都没有出现在广场上。

在圣母院前的广场，迪尔博士看到了一位风笛手边演奏边舞蹈。他穿着苏格兰裙子，还以为“她”是吉卜赛姑娘爱斯梅拉达呢！细看才察觉，裙子上还挂着一个特有的皮袋呢，他的风笛吹得真是好！他吹奏的是一首古老的苏格兰民歌《友谊地久天长》：

怎能忘记旧日朋友，
心中能不怀念，
旧日朋友岂能相忘，
友谊地久天长……

迪尔博士站得累了的时候，就在广场上找块地方，席地而坐，抬头欣赏壮观辉煌的圣母院外正立面的建筑艺术。

巴黎圣母院的外正立面是圣母院十分显赫和艺术价值十分高的部分。按雨果的分法，圣母院外正立面分作5层，即3座大门、28位君王雕像、3扇圆形花窗、回廊、塔楼。

最下层由3个哥特式风格拱门构成。中层是一扇直径9.6米的圆形玫瑰彩窗，圆形彩窗前镶嵌着怀抱圣婴的圣母玛利亚，两旁各有一位天使侍奉的石雕。中上层是一排高高的、上方镂空的拱形石柱，上部雕有美丽的石花。透过石柱可以看到位于圣母院建筑格局中央部位的挺拔的尖塔。上层的左、右侧各建有一座带有拱形窗的钟塔楼，塔楼顶的外缘部位雕有许多精灵装饰，它们时时刻刻在审视着人间的一举一动。上层中部，即两座塔楼之间，建有玉石栏杆围起的平台。

巴黎圣母院建筑令迪尔博士感叹不已，的确，如雨果所言，“巴黎圣母院建筑艺术中，最为壮观辉煌之处当然是它的外正立面。”

当天下午，迪尔博士从圣母院正门进入主殿堂，让人感到震撼的首先是它庄严宏伟的建筑结构风貌。

巴黎埃菲尔铁塔。它是依据工程师埃菲尔（Gustave Eiffel）的设计为1889年巴黎世界博览会，于1887年1月至1889年3月建造的。塔高300米（加上天线高度，总高度324米），它的曲线美令人赞叹。

主殿堂中的两排粗壮的圆石柱支撑着数座高大的尖拱，尖拱支撑着哥特式穹顶。数扇圆形彩窗上绘有题材源自《圣经》的绘画，从圆形彩窗投射过来幽幽的光芒，洒落在主殿供奉的圣母像上。最大的彩色玻璃窗于13世纪制造，直径9.6米。阳光从玫瑰花瓣彩窗投射到幽深的圣母院大堂，经彩色玻璃的透射和折射，变得绚丽多彩和光怪陆离，为圣母院大堂增添了几份神秘和庄严。

殿堂圣坛上供奉着耶稣基督、圣母玛利亚和基督圣徒的画像或雕像，圣坛上还安放着弥撒用的金银器皿和弥撒用品，高悬的蜡烛灯与圣像前微微摇曳的长明烛光映照，充溢着圣殿的神圣和肃穆气氛。

主殿堂两侧还建有小教堂和唱诗堂，它们与主殿堂呈交叉状，形成了十字形建筑格局，具有强烈的天主教色彩。唱诗堂里轻轻地回响着源自《圣经》的颂扬上帝的圣歌。歌中唱道：

上主啊，求你保护我，
像保护自己的眼睛；
让我躲藏在你的翅膀下，
逃避邪恶人的袭击。

仇敌满怀憎恨地围困我；

他们找机会要推倒我。

他们像狮子一样要把我撕成碎片，

像少壮的狮子蹲伏在暗处等我。

无论在主殿堂里，还是在小教堂和唱诗堂里，迪尔博士都遗憾地没有见到希尔施先生的身影。尽管如此，巴黎圣母院依然令迪尔博士感叹不已，的确，如雨果所言，巴黎圣母院本身是一件艺术瑰宝，是“一部石头的交响乐”。

23. 发现斯特恩

广阔巴黎，茫茫人海，迪尔博士怎样才能见到斯特恩教授呢？他考虑，不能再去到处寻找，而要在圣母院耐心守望。

巴黎圣母院主殿堂两侧建有小教堂和唱诗堂，它们与主殿堂呈交叉状，形成了十字形建筑格局。迪尔博士考虑，这个唱诗堂是他今天定点等待的地方。音乐犹如斯特恩教授的灵魂，他怎么能离开音乐，没有音乐陪伴呢？

翌日上午10时许，迪尔博士到达圣母院唱诗堂。唱诗班人员，在管风琴的伴奏下，已经在歌咏圣歌了。唱诗班人员都是志愿者、音乐素质颇高的音乐爱好者、虔诚的基督信徒。音乐指挥是一位中年男士，伴奏者为一位中年女士；歌咏者大体上男女各半，具有各种年龄层次。男士一律西服革履，女士自选上衣和长裙，颜色倾向庄重深沉。

巴黎圣母院的外正立面。圣母院本身是一件艺术瑰宝，用法国伟大作家雨果的话说，它是“一部石头的交响乐”，“巴黎圣母院建筑艺术中，最为壮观辉煌之处当然是它的外正立面”。

当迪尔博士轻轻步入唱诗堂，歌手们正在认真地歌咏源自《圣经》颂扬上帝的圣歌。十几位信徒已落座聆听，于是，他在后排选择一个座位坐下来。歌中唱道：

上帝啊，你不变的爱多么宝贵！

人们都在你的翅膀下找到庇护。

他们在你家中享受筵席；

你给他们喝你那喜乐的泉水。

你就是生命的泉源；

在你的光照中我们得见光明。

求你不断地眷顾认识你的人；

求你继续善待正直的人。

别容许骄傲的人欺负我；

别让作恶的人追逐我。

几位管风琴手轮流为信徒演奏了数首管风琴乐曲，譬如巴赫的6首《圣乐曲》，海顿的《管风琴大弥撒曲》，亨德尔的6首《管风琴协奏曲》中的部分乐曲。

下午4时许，两位男士从迪尔博士背面相继走进唱诗堂。首先映入迪尔博士眼帘的是一位与他年龄相仿的青年人，他风度潇洒；紧随其后的……迪尔博士一眼就认出，他是斯特恩教授！

迪尔博士按捺不住心中的激动和喜悦，等他们在前面落座，他即刻轻轻向前走去，向教授致意。斯特恩教授立时认出了迪尔博士，教授当时的惊异和激动无以言表，仿佛见到久别的亲人！

教堂里唱诗班正在歌咏圣歌。

教授当时没有招呼迪尔博士的名字，甚至没有讲一句话，教授与那位年轻人说了几句悄悄话后，与他一同起身，随迪尔博士走出唱诗堂。

在圣母院主殿堂里，斯特恩教授为迪尔博士和那位年轻人作了介绍：“Dr. Diehl（迪尔博士），来自慕尼黑的朋友。”“Chemin（谢曼）先生，新结识的法国朋友。”随后，斯特恩教授用法语对谢曼先生说，他将与迪尔博士单独谈谈，请谢曼先生在唱诗堂等他们，下午6时许一起去吃晚饭。

在圣母院旁的塞纳河边，有个传统的书画集市，尚未成名的年轻画家在那里廉价出售他们的画作。在河边僻静的地方，他们选择了树下的一把长椅，面对映着阳光的粼粼塞纳河水，迫不及待地交谈起来。

“迪尔博士，你是什么时候、为什么事来巴黎的？”教授问。

“教授先生，我是受珍妮女士委托，专程来会见你的。三天前我乘火车到达巴黎。莉娜在瑞士珍妮的小姨家生活，她健康快乐，珍妮请你放心！”教授情不自禁，为女儿，也为自己流下了眼泪；迪尔博士向他讲述了珍妮的情况，同时将珍妮写给他的信交给了他。他手捧着来信极其认真地读着，迪尔博士看见他的眼睛又一次湿润了。迪尔博士有意让他平息一下情感，望着塞纳河上过往的船只，问他塞纳河游船现在是否允许营业，接着教授谈到他的境况。

“谢曼先生是位正直、可信赖的人，我是在圣母院唱诗堂认识他的。”教授说，“当时我逃到巴黎，住在一家普通旅馆里。啊，赶快告诉你，我在逃亡期间用的姓名是John Mond（约翰·蒙德），你要习惯用它。初到巴黎时，我经常去公园散步，也常常去圣母院唱诗堂听唱歌和管风琴乐曲。谢曼先生是位虔诚的基督徒，又是一位音乐爱好者。我们谈论音乐，谈得十分投缘。一次，他把我请到他的住处，我用他的钢琴弹奏了他喜欢的几首钢琴曲，其中就有勃拉姆斯谱写的《d小调第一钢琴协奏曲》。谢曼先生为我的演奏深深折服，赞叹不已。音乐使我们相识，让我们成为朋友！后来，我向他倾诉了我的遭遇，作为虔诚的基督徒、人文主义者和反对纳粹主义者，他非常同情我；在德军占领巴黎后，为了我的安全，他让我离开旅馆住到他那里。他是一位中学数学教员，一个人生活。我在巴黎写给珍妮的密码信，是他委托他的一位经常去德国的朋友带到慕尼黑，并在咖啡屋Café am Dom转交给珍妮的。在巴黎，你给珍妮写信也可以请谢曼先生设法转交。”

接着，他们谈到欧洲战事、德国时局、法国形势。马其诺防线被德军从背后攻破、巴黎陷落，法国投降，签署贡比涅停战协定。特别谈到，根据贡比涅停战协定，法国必须把其过半领土，包括巴黎、整个北部和全部大西洋海岸拱手割让给纳粹德国占领和管辖；法国人必须负担其占领费用，并在德国占领区成立一个亲德国的政府；法国必须解散自己的军队，遣散全部舰队。

“珍妮认为，巴黎形势极其严峻，你处在危险之中，必须设法尽快离开巴黎。她委托我来巴黎寻找你，如果你还在巴黎，协助你尽快离开巴黎！”

“谢谢珍妮，她是位心地多么善良的姑娘啊！珍妮说得对，我必须尽快离开巴黎。从法国形势看，北方形势更为严重，我应该向南方逃亡。你也这样认为吗？”

“我想是的。教授先生，我会陪同你离开巴黎的。”

“谢谢你，迪尔博士！巴黎陷落后，我曾多次考虑离开巴黎。我们可以首先从巴黎乘火车去马赛。看看马赛的形势，再决定下一步怎么办。你说呢？”

“我看很好，蒙特先生！”此时，教授用一只手臂轻轻地挽住迪尔博士的臂膀，教授会心地笑了。

不觉得，时间已是6点，他们起身去圣母院唱诗堂与谢曼先生会合。

唱诗堂里唱诗班人员仍在认真地歌咏源自《圣经》的颂扬上帝的圣歌。

在一家幽雅的法式餐馆里，他们三人享受了古堡麝香葡萄酒、奶油酱汁菱鲆鱼、清炖蔬菜泥、林木烤小珠鸡、干酪拼盘、鸡尾酒浇果汁冰激凌。教授举起斟满葡萄酒的酒杯，用法语轻声致谢：“今日晚餐是我们的‘最后的晚餐’，我以此答谢谢曼先生真诚的救助和迪尔博士的勇敢行为！干杯！”其实，于迪尔博士而言，这顿丰盛的法式餐饮是对于几天来的汉堡包加矿泉水的极好的补偿！

席间，教授告知谢曼先生：“我将离开巴黎，由迪尔博士陪同去马赛。”谢曼先生举杯致答：“上帝保佑您平安！我们后会有期！战后，我还要去听您的音乐会呢！”

24. 流亡地中海

7月10日，星期三，迪尔博士陪同斯特恩教授乘火车离开巴黎到达马赛，住在火车站附近旅馆里。

几天来，他们经常到马赛城区或者到海边散步，分析形势，思考怎样走出下一步。

他们去了马赛老港（Vieux Port），想知道在法国陆军已经瓦解之后地中海海军的情势。远远地就能看见地中海利翁湾边的塔楼、远处白色的灯塔和长堤，一望无际的深蓝色海水和涌动的白色浪花。登上一个建有堡垒的小山顶，从这里可以清楚地瞭望整个马赛港。眼前是马赛老港，老港口不是十分大，但地势极其险要，两座小山像两座堡垒紧紧守护在老港港湾出口的两侧。他们在马赛海港看不到硝烟和舰队战事行动。

马赛地中海海滨的清晨是安静的。成排的小船小艇泊在海边，岸边的渔妇在卖鲜鱼，有人享受安静在这里垂钓。

几天来，他们十分关注时局的发展情况。

关于贡比涅停战协定，根据他们的理解，令人特别关注的是法国被分割成两个区域——德国占领区和维希政府行政区。请参看法国地图，从日内瓦湖东端起，至图尔（Tours，卢瓦尔河与歇尔河交汇处）画一条直线，这条直线大体上平行于法国与比利时、卢森堡、德国边界线；从图尔起，向比利牛斯山方向，大体上平行于大西洋比斯开湾海岸画一条直线。那么，这两条直线组成的折线的北方、东方的法国领土，包括巴黎、奥尔良、特鲁瓦、第戎、南锡、斯特拉斯堡及全部法国北海岸和大西洋海岸必须拱手割让给纳粹德国占领和管辖；法国人必须负担其占领费用，并在德国占领区成立一个亲德国的政府；法国必须解散自己的军队，遣散全部舰队。

这年7月份，在法国剩余领土，即上述折线的法国南部地区，法国行使行政权的地区，法国国会通过议案，暂时停止执行法兰西宪法，授予贝当（Henri Philippe Pétain）元帅以宪法、立法、行政及司法权力。贝当独揽大权，在维希（Vichy，位于里昂附近）建立独裁政权，成立亲德国的维希政府。维希政府严格限制每个公民的行动，并剥夺了对犹太人的法律保护！

马赛地中海岸的清晨

马赛是法国大革命时期（1789－1794）的英雄城市，是战神雅典娜降临过的地方。著名的《马赛曲》（La Marseillaise）旋律激昂、深沉，令人肃然、振奋，总是让人想起马赛（Marseille）。1791年8月27日，奥地利和普鲁士君主势力结成联盟，向法国资产阶级革命政府公开挑衅。1792年4月20日法国对奥宣战，法军败退，奥军从东北部攻入法国。雅各宾派左翼号召人民保卫祖国，人民的爱国热潮汹涌澎湃，各地组成义勇军开赴巴黎。马赛人民高唱《马赛曲》向巴黎进军。充满爱国激情的马赛人唱红了《马赛曲》。《马赛曲》表现了法国人特别是法国男人的革命气质和英雄气概；《马赛曲》是自由法兰西的象征和骄傲。马赛人民具有光荣的革命传统，自由法兰西不会消亡。

稍后，斯特恩教授和迪尔博士得知，维希政府下令把舰队封存在马赛东边的土伦港。现时地中海法国蓝色海岸情势似乎是平静的，法国海军既不再与德国海军对抗，也没有与英国海军对抗。据说，在北非的地中海法国属地，英国海军与法国海军交战正酣。在法国政府投降纳粹德国后，英国政府意欲防止德国及其轴心盟友意大利利用法国海军力量进攻英国或者破坏其运输线，而采取行动控制法国海军。英国要求北部非洲法国属地的法国海军，或者与英国海军共同对德国－意大利海军作战，或者自沉舰艇使其失去作战能力。法国维希政府和法国海军高级将领拒绝了英国的要求。对于法国海军高级将领而言，他们既失去了敌人，也失去了盟友，只剩下自身了。在这种情况下，英国皇家海军向法国大西洋舰队发起了攻击。法国遭受重大损失，维希政府也因此战役与英国断交，与英国结为仇敌。

在这种紧张情势下，斯特恩教授认为他必须尽快离开马赛，继续逃亡。他们经过审慎分析研究，决定从马赛逃亡，偷渡到地中海中的马略卡岛。马略卡岛属于西班牙的领土，西班牙属于同盟国联盟，与轴心国德国处于敌对战时状态，对于斯特恩教授，如若从维希政权管辖下的马赛成功出逃，生活在马略卡岛人身相对安全。

在一个漆黑的夜晚，斯特恩教授在夜色笼罩下，乘雇佣的渔民木船逃离马赛。迪尔博士木然站立在海边，笨拙地举起右手，含泪向斯特恩教授告别，目送他和渔夫的木船渐渐远去，直至消失在茫茫的雾海中……迪尔博士在马赛告别斯特恩教授，顺利返回慕尼黑。

25. 帕尔马密码信

9月4日，又是一个星期三，珍妮照例去了慕尼黑大教堂旁的咖啡屋Café am Dom，期望那位穿灰色大衣、戴灰色礼帽和金边眼镜的中年男士再一次出现，简单的几句对话，一个眼神，交给她一个纸条……但是，奇迹没有再次发生。

离开咖啡屋，回到住地，奇迹却出现了！当晚，弗里茨电话通知珍妮，今天他在普林家中收到一封从西班牙邮寄来的信。收信人是他的名字，寄信人是J.Mond（蒙德）！珍妮明白，这是斯特恩教授的来信，让她感到极其兴奋！

周末珍妮回到普林，只见那信封中央收信人姓名为：Mr. F. Schenker（F. 申克尔先生），在信封左上角寄信人地址上写着：J.Mond P.O.Box 1031 Palma Mallorca SPAIN（J. 蒙德 邮政信箱1031 帕尔马 马略卡 西班牙）。

拆开信封，里面是一张马略卡风景明信片，留言处用铅笔端正地写着：

我在马略卡岛度假，享受阳光、大海、沙滩，聆听勃拉姆斯的音乐，譬如唱片编号为WS418JS的《A大调第二号小夜曲》等。

显然，留言中的WS418JS是密码。

基于多次破解密码的经验，珍妮立即破解了密码WS418JS。其解码为：

WilliamShakespeare418JohnStern（威廉 · 莎士比亚418约翰 · 斯特恩）

珍妮从书架上迅速取出《莎士比亚戏剧全集》，将书翻到418页，《暴风雨》（The Tempest）戏剧中米兰公爵普洛斯彼罗与其女儿米兰达的一段对话赫然纸上：

MIRANDA: Wherefore did they not that hour destroy us?

PROSPERO: …In few, they hurried us aboard a bark, bore us some leagues to sea; where they prepared a rotten carcass of a boat, not rigg'd, nor tackle, sail, nor mast; the very rats instinctively had quit it. There they hoist us, to cry to the sea that roar'd to us, to sigh to the winds whose pity, sighing back again, did us but loving wrong.

MIRANDA: Alack, what trouble was I then to you!

PROSPERO: O, a cherubim thou wast that did preserve me. Thou didst smile. Infused with a fortitude from heaven, when I have deck'd the sea with drops full salt, under my burthen groan'd; which raised in me an undergoing stomach, to bear up against what should ensue.

MIRANDA: How came we ashore?

PROSPERO: By Providence divine. Some food we had and some fresh water that a noble Neapolitan, Gonzalo, out of his charity, being then appointed master of this design, did give us, with rich garments, linens, stuffs and necessaries, which since have steaded much; so, of his gentleness, knowing I loved my books, he furnish'd me from mine own library with volumes that I prize above my dukedom.

米兰达：他们那时为什么没有杀害我们呢？

普洛斯彼罗：……少许，他们咆哮着催促我们上船，驶向几十里以外的海面；在那里他们已经预备好一只腐朽的废船，既没有船帆、滑车，也没有桅杆，就是老鼠一见也会本能地离开它。他们把我们推到这破船上，听任我们面对呼啸的怒海呼号，望着迎面吹来的风悲叹；那风怜悯地回应我们以叹息，它却犯了好心的错误，反而帮了我们倒忙。

米兰达：啊，我那时给你带来多少麻烦啊！

普洛斯彼罗：哦，你是个小天使，是你保护了我。你向我微笑。当我把痛苦的热泪向海面挥洒，因心头的苦痛而呻吟的时候，上天赋予我坚忍；它让我滋生出忍耐力，抵御面临的一切灾难。

米兰达：我们如何上岸的呢？

普洛斯彼罗：上天恩赐，我们有一些食物和清水，那是那不勒斯的贵人贡柴罗出于基督徒善心给我们的，那时他被任命为这次谋划的总管；另外还有一些衣裳、内衣、毛织品和需用的东西，使我们受惠不少；缘于出身高贵，他知道我爱好书籍，还从我的书斋里把那些我看得比我的公国更宝贵的书籍给我带了来。

《暴风雨》是莎士比亚后期传奇戏剧中的代表作。米兰公爵普洛斯彼罗的弟弟安东尼奥为篡夺其兄的米兰公爵爵位，屈尊于那不勒斯公国，借助其力量，施阴谋诡计陷害普洛斯彼罗公爵及其女儿米兰达。普洛斯彼罗公爵和女儿漂流到荒岛，公爵通过精灵爱丽尔（Ariel）施以魔法，制服篡权、施诡计者安东尼奥和那不勒斯公国国王，并使其成为疯人。后来，鉴于他们认罪悔过，普洛斯彼罗公爵出于理性和怜悯，原谅了他们的罪行，并使其恢复原形。普洛斯彼罗公爵兄弟和好如初。

解码后的这段对话，是莎士比亚戏剧《暴风雨》中米兰公爵普洛斯彼罗与其女儿米兰达在荒岛上的一段对话。以这段对话为载体，斯特恩教授传递了如下的信息：他在马赛再次遇到危险，乘木船逃出，遭遇惊涛骇浪，漂泊海上，流落到地中海西班牙马略卡岛上。

珍妮按斯特恩教授提供的寄信人和通信地址，立即写了封回信，为保护斯特恩教授安全，回信中避免写出教授的名字。全文如下：

1940年9月7日，普林

教授先生，你从马略卡岛帕尔马通过邮路寄来的信，已由弗里茨及时转交给了我，读到它，让我感到心潮澎湃！

迪尔博士回到慕尼黑后向我讲述了你在巴黎和马赛的许多情况，得知许多我迫切想知道的情况和想了解的问题。衷心感谢你的那位巴黎朋友的无私救助和他设法转来的你的几封“短信”！

迪尔博士告诉我，你在马赛遇到新的问题，才决定犹如普洛斯彼罗公爵冒险在海上漂泊的。你现在身处马略卡岛，倒是使我们心中的不安得以稍许平息。

在这里，我愿意引用莎士比亚戏剧《暴风雨》“尾声”中米兰公爵普洛斯彼罗的“致辞”回应你在上封信中引用的《暴风雨》中米兰公爵普洛斯彼罗与其女儿米兰达的一段对话。

SPOKEN BY PROSPERO

Now my charms are all o'erthrown,
and what strength I have's mine own,
which is most faint:
Now, 'tis true,
I must be here confined by you,
or sent to Naples.
Let me not, since I have my dukedom got
and pardon'd the deceiver,
dwell in this bare island by your spell;
But release me from my hands
with the help of your good hands:
Gentle breath of yours my sail must fill,
or else my project fails, which was to please.
Now I want spirits to enforce, art to enchant,
and my ending is despair,
unless I be relieved by prayer,
which pierces so that
it assaults mercy itself and frees all faults.
As you from crimes would pardon'd be,
let your indulgence set me free.

普洛斯彼罗致辞

现在我抛弃了所有魔力，
我拥有的强力唯有自己，
其实它是微不足道的。
真是这样：

或者我在这里被你们禁锢，
或者我被送到那不勒斯。
自从我得到了我的公国，
宽恕了那些欺骗者，
被你们迷惑，
滞留在这荒芜的岛上；
请你们伸出好意的手，
帮我从束缚中解脱。
请你们微微吹口气，
我的木船定会张满布帆，
不然我的计划就将落空。
我要强迫我的灵魂，
醉心于艺术。
我的结局会令人失望，
唯有祈祷消除忧虑；
祈祷能够感天动地，
能够揭穿和赦免一切过失。
你们的罪过依然被宽恕，
愿你们的宽容还我自由。

珍妮

26. 书信往来（1）

斯特恩致珍妮

1940年10月2日，帕尔马

珍妮女士，顺利收到你寄自普林的来信。看来，这条马略卡岛–普林之间的通信邮路是可行和畅通的。

正如你们预料的那样，地中海周边出现了新情况。报纸和广播报道，英国皇家海军大西洋舰队向北非的法属米尔斯克比尔军港发起了猛烈攻击。法国遭受重大损失，"布列塔尼"号被英国舰载机炸毁，"敦刻尔克"号、"普罗旺斯"号遭受重创后搁浅，"斯特拉斯堡"号遭受重创后逃回马赛东侧的土伦军港；1297名法国军人阵亡，341名法国军人受伤。法国随即采取报复措施，轰炸了大西洋–地中海咽喉英属直布罗陀海港。维希政府断绝了与英国的外交关系，两国海军结为仇敌。

我是乘雇佣的渔民木船逃离马赛的，夜里航行相对于白天遇到麻烦事的几率要小些。经过海上艰苦而危险的航行，漂泊到西班牙地中海中间的马略卡岛。德国曾在1937年4月26日对西班牙城市格尔尼卡进行了疯狂轰炸，造成悲惨结局；毕加索以此题材创作了著名立体主义绘画《格尔尼卡》。比利牛斯山脉成为西班牙与维希政府法国之间的天然屏障，英国皇家海军大西洋舰队和直布罗陀英属海港海军保护着西班牙大西洋和地中海海岸。

马略卡岛上民宅一瞥

幸运的是，在马略卡岛上岸我并未遇到大麻烦；时下躲避欧洲战火，逃离大陆的难民不少。在马略卡岛自然需要自己解决食宿问题。好在我还有点盘费，迪尔博士这次又给我带来了一些，经济上没有出现问题，请放心。最初，我住在一个沿海小镇一家小旅馆里；在了解了岛上情况，特别是岛上大城市帕尔马的情况后，现在已经住在帕尔马的一间出租屋了。通信用的编码邮箱是我租用的，设在帕尔马邮局里。我可以随时去那里开箱取信。

马略卡岛是组成巴利阿里群岛3个岛屿中最大的一个岛，最宽处87公里，最窄处45公里。它位于地中海之中，介于西班牙巴塞罗那和北非阿尔及利亚首都阿尔及尔之间。岛的北部是高山区，南部是丘陵，中部种植着橄榄树、杏树、无花果树、橙树、柠檬等果树。马略卡岛得天独厚，拥有许许多多极好的海滩，如Palma、Séller、Pollensa、Alcudia、Andraitx、Alcudia等。

马略卡岛始建于罗马时代，帕尔马大教堂具有罗马式建筑风格。罗马式建筑以水平线和拱券为主，给人以庄严、凝重之感。教堂内的圣坛、雕塑、墓碑、壁画和彩色窗渲染了肃穆、神秘的气氛。教堂内的巨大的圆形彩窗（红、黄、绿），让人想起巴黎圣母院的彩窗。战争没能改变我对音乐艺术的热爱；像在巴黎那样，我经常到帕尔马大教堂聆听宗教音乐，它们抚慰我受伤的心灵。此外，我也在注意报纸上的广告，寻求在岛上教授钢琴的机会，只有这样，我才有机会再在钢琴黑白键上放纵自己的心情；同时我还因此可以有份经济收入，相对稳定地留在岛上一段时期。

远离故土，十分想念你们。莉娜得到你和你的亲属无微不至的关照和爱护，愉快地、正常地成长，这是你们给予我的最大的恩惠！为此我心中充满感激和安慰！纵然我因身处藩篱，不能给予莉娜父爱，但是有你们给予她的亲情，让她感到母爱般的温暖，我身心深处感到的抚慰是难以想象的！我在想，上天也会因此饶恕我，不因为我不能给予莉娜以父爱和尽父亲的职责而谴责我的！

命运是如此不公正，但是，我不会屈服于命运的摆布！上天啊，给我力量，让我顽强地活下去吧！

J. S.

珍妮致斯特恩

1940年10月30日，慕尼黑

教授先生，这个周末，在普林收到你发自帕尔马的第二封来信，让我感触许许多多。

你遭受了难以想象的磨难以及死亡的威胁，就如同莎士比亚戏剧《暴风雨》中米兰公爵普洛斯彼罗与其女儿米兰达漂流在海上和生存在荒岛遭受的磨难以及死亡威胁。普洛斯彼罗公爵通过精灵爱丽尔施以魔法，制服篡权、施诡计者安东尼奥和那不勒斯公国国王；而你依靠意志的力量和为女儿、为艺术的强烈愿望，躲避邪恶者的追捕而存活下来！

几年来，我看到了那么多疯狂、苦难和不可理喻的事件：疯狂的言论、疯狂的行为，肉体的苦难、精神的苦难，侮辱人性的事件、焚毁文化的事件。我不明白，社会出了什么问题，人们出了什么问题？

当有人对你说："你是上等人！"你可以沾沾自喜，但是你怎么可以去侮辱别人，甚至伤害别人呢？当有人对你说："这本书很坏！"你可以不喜欢它，但是你怎么可以去烧毁它，甚至将几乎所有的书籍都烧毁呢？当有人对你说："这个主义很好！"你可以信仰它，但是你应该去思考一下吧？一段时期以来，人们盲从，人云亦云，随大流，失去理性思维。德国人有着世界一流的哲学家和思想家，德国有着光辉的文化传统；那些疯狂、苦难和不可理喻的事件怎么会在德国人和德国那里发生呢？当然，我是美国人，有时会看不懂你们德国或者欧洲发生的事情；但是，人类的历史发展和文化发展是同一和统一的；人类的历史发展和文化发展的是非标准应该是同一和统一的啊！

现在来谈谈你特别关注的事情。

瑞士小姨说，莉娜很好，又长高、长大了，长有一对浅蓝色的大眼睛和一头浓密的栗色头发，说现在如果她爸爸在瑞士街头见到她，可能会认不出她来呢！

自从你离开学院，来了一位新教授指导我读硕士学位。我牢记你的教导，按着你安排的进修计划，按部就班、顽强努力地去实现它们，现在我已经完成了硕士学位论文和答辩。随着岁月的流逝、年龄和阅历的增长，我感觉到我对音乐作品的理解和我弹奏钢琴的技巧都增长了许多，新来的教授给予我的学业以很高的评价。

当我还是一个中学生的时候，读过一位俄罗斯作家写的一本书，那书里有一句话，一直让我铭记在心："一个没有经历过战争、饥饿和爱情的人是不会长大的。"当时的我既没有经历过战争、饥饿，也没有经历过爱情，蒙蒙中不知所以然，现在想来，那时的确没有长大！现在呢，我感觉到，我正在经历它们，我正在长大……

教授先生，希望你振作精神，满怀希望去生活；希望是生命的一部分，伟大的希望引导生命前行。

教授先生，即便处在人生逆境，也定要热爱生活。请你去看山吧！请你去看海吧！地中海的海水清澈碧蓝。让海风吹拂，到海里沐浴，到沙滩小憩；漂浮在地中海面，让海水轻轻拍打身体，任海流带你慢慢游动。仰望湛蓝的天空和自由翱翔的海鸥，享受那份身心的舒适、安宁和梦想。请你去看山吧！你在信中谈到，马略卡岛北部山岭清秀葱绿，南部丘陵蜿蜒起伏，中部种植着橄榄树、杏树、无花果树、橙树、柠檬等果树。那么，就到山岭、丘陵、果树中漫游，感受和享受大自然馈赠给人类的惬意和悠闲吧！

艺术家离不开艺术，艺术家离不开大自然；大自然是艺术的源泉，大自然是艺术家的创作源泉。教授，你说是吗？

珍妮

27. 书信往来（2）

斯特恩致珍妮

1940年11月20日，波兰萨

珍妮女士，收到你邮寄来的第二封信，它让我读了几遍呢！你是一位美丽、聪慧、善良、热爱音乐艺术的少女，读了信，感慨你还是位富有深邃思想的学者呢！衷心地祝贺你完成硕士学位论文和答辩，唯一遗憾的是，我原本应该亲自审读你的硕士学位论文和在场聆听你的答辩的啊！

“希望是生命的一部分，伟大的希望引导生命前行。”好！那么，就让希望的火把照亮生命前行的道路吧！

关于你信中谈及的人之人性和理性，哲学家们阐述过人性和理性的概念，但并非都有过经验；概念和经验属于不同的认识范畴和认识阶段。简而言之，从个体经验而论，人们原本对待我们犹太种族人是好的，或者说，是人性和理性的，不过可能是受到诱惑，改变了对待我们的态度和行为，至于说人们是否改变了概念，倒是不尽然，只为附和潮流或者为了明哲保身。这样看来，人性和理性的回归是可以指望的；总有一天，人们会理性地认识到极权主义、沙文主义对于人类生存和世界和平的危害性！

珍妮女士，我现在是在马略卡岛西海岸城市波兰萨（Pollensa）郊区的一处被称为“芬卡”（Finca）的休假别墅给你写信。这座别墅的主人是西班牙工业家克雷乌斯（Pedro Creus）先生。他每年携家属来这里休假1-2个月，休假期间登报为其女儿伊莲娜（Elena）聘请钢琴音乐教师。我是在帕尔马报纸上看到这则广告来应征的，从帕尔马乘出租车到波兰萨大约有3刻钟路程。我如愿取得这个职位，一位能够教授硕士生珍妮女士钢琴的教授，理应也会胜任教授一个7岁孩子学习钢琴的，你说是吗?

克雷乌斯别墅位于地中海岸的一片田野之中。别墅大门旁边镶有瓷砖砌成的西班牙文别墅名称门匾。进宅门后，是个大约3000平方米的花园，一栋以木石结构为主的约300平方米的别墅坐落在花园之中。朝向地中海一面用石料砌起一个约50平方米的凉台，凉台上摆放着桌椅，挂着睡袋。凉台前方、花园中间是游泳池，有一池淡蓝的清水，池边支撑着巨大的米黄色阳伞，阳伞下摆放着一套白色桌椅，池边露天放着数张躺椅。花园中的椰树迎风摇曳，树丛间飘散着花香。几只猫儿穿梭于树丛中嬉戏。

克雷乌斯先生殷实富有，待人真诚。伊莲娜懂礼貌，天真可爱，看着她，总是让我想起女儿莉娜，她已是7岁了，整整两年没有见到过她了!

我现在就住在克雷乌斯别墅，与克雷乌斯一家相处融洽。现在总算安定下来了，有收入，有住处，有护照，不过，没有在这个国家停留的签证。

你在上封信中写道，即便处在人生逆境，也定要热爱生活；去看海吧，去看山吧！我想，你是对的。我真的去这样做了。

蓝天下，碧绿的地中海水泛着白色浪花，海水有节奏地轻轻拍击海岸，那是地中海在呼吸；微风吹拂岸边椰树叶沙沙作响，从海面吹来湿润、凉爽的风……

海滨浴场是欢乐的。在整洁、松软的沙滩上，完全放松肢体，欣赏海鸥在蔚蓝的天空里自由翱翔，或者闭目在阳光下小憩。此时此刻，在场的会有人去想他的事业和荣誉吗?

海水浴场是开放式的，是城市的一部分，自由出入。只有在使用沙滩上的阳伞时需付些许租金。在浴场及其附近，人们的穿着是简单的、随意的。稍许远离人们像沙丁鱼排列的海滩，就是人们饮食、购物、休闲的场所。在海滩酒吧，一些人悠闲地用吸管吮吸饮料。

在波兰萨教堂广场上聚集着上千人，在教堂旁边的餐饮店外面坐着许多人，人们边吃边聊，边欣赏热情、欢快的歌舞。克雷乌斯先生告诉我，夏天广场上经常聚集着载歌载舞的人群，岛上人民性格开朗、热情、活泼。我也感到，西班牙人可能没有某些欧洲人那么富足，生活节奏可能没有某些欧洲国家那么快，他们许多的人，尤其是岛上的居民，或许过着简单的生活，但他们生活得相当知足和快乐。他们是精神上富有的人。

人生中可以有不同的追求：荣誉、地位、财富、爱情、平凡、奉献等，有的人有地位、有荣誉、有许多财富，但却过得不快乐；而许多最普通的人，尽管过着简单、朴素的生活，但他们心中充满着爱情和希望，却生活得充实和快乐。短短数天，我已经喜欢上西班牙人了。

J. S.

珍妮致斯特恩

1940年11月30日，慕尼黑

教授先生，在普林看到你发自波兰萨的第二封来信，对于你给予的褒奖，十分感谢！为你经历两年的颠沛流离，终于在波兰萨稍许安定下来，心情逐渐开朗起来，感到欣慰！

你能够游山、下海，参加到岛上群众活动中去，这让我再一次想到歌德的《浮士德》，百岁浮士德壮志未酬，投身到民众改造自然的活动中，终于感到了一丝的满足，并吟咏诗句：

在这里，少年、成人、老者，
在荆棘中度过有所作为的岁月。
我愿看到这样的人群，
自由的人民立足于自由的土地上。

我们人类，只有到自然中，到人群中，才能感受自己的存在，存在的意义；感受到自己的人生，人生的意义；才能享受到存在的满足和人生的快乐。

你在上封信里谈到马略卡岛西海岸城市波兰萨的风光和民情，引人入胜。报纸杂志曾有过报道，天才钢琴家、作曲家肖邦（Frédéric Chopin）和法国女作家乔治·桑（George Sand）于1838—1839年这个冬季在马略卡岛上的瓦尔德莫萨（Valldemossa）停留。你若有兴趣和时间，不妨到瓦尔德莫萨去看看。

这个周末，弗里茨提议并开车陪我到奥地利游览；他说奥地利的阿尔卑斯山和多瑙河誉满天下。他的好意我能理解，就像他曾陪同我到秀丽的基姆湖上荡舟，总是让我多到自然中去，享受到存在的满足和人生的快乐。

谈到奥地利，我更想去萨尔斯堡，到那里寻觅乐坛巨人沃尔夫冈·阿马多依斯·莫扎特（Wolfgang Amadeus Mozart 1756—1791）的遗迹。

奥地利第二大城萨尔斯堡（Salzburg）位于德国和奥地利边界附近，距普林只有60公里，不足1小时的车程。一路上，沿基姆皋—阿尔卑斯山（Chiemgao—Alpen）北侧的公路行驶，风光绮丽。

扎尔察赫河（Salzach）在阿尔卑斯山脉的门希斯贝格（Mönchsberg）和卡普齐嫩贝格（Kapuzinenberg）两山之间的峡谷缓缓流过，在扎尔察赫河旁，两山之间坐落萨尔斯堡。它曾是天主教的圣地，教堂林立，城堡（Hohensalzburg）高踞山顶，黑尔布伦（Hellbrunn）皇宫的水声模拟百鸟争鸣。

我们顾不得参观高踞在门西斯山上的萨尔斯堡城堡，而专心地在萨尔斯堡全城徒步寻觅乐坛巨人莫扎特的遗迹。

首先按图索骥，在通往扎尔察赫河岸的一条狭小、繁华的谷粮巷（Getreidegasse）9号，找到一座五层建筑，音乐神童莫扎特于1756年1月27日晚8时诞生在这幢楼的四层的一个房间里。莫扎特的父亲利奥波多·莫扎特是皇家大主教管弦乐团的指挥，母亲叫安·玛利亚·莫扎特，莫扎特是他们最小的孩子。

莫扎特是位神童，在他父亲的专心调教下，4岁时已会拉小提琴和弹钢琴并尝试作曲，8岁起写交响乐和歌剧，13岁时已服务于萨尔斯堡皇家大主教管弦乐团，同时在维也纳、巴黎、伦敦等地巡演，成功的交响音乐会使他很快闻名欧洲。在莫扎特的木地板音乐工作室里，放置着一架棕色钢琴和一把红色绒布垫老式木椅。白色的墙壁上挂着幼年莫扎特的肖像画，他梳着金黄色卷发，身着红装，坐在钢琴旁弹琴，洋溢着音乐神童的风采。

年轻的莫扎特向往自由的生活和创作，25岁时因不满大主教克罗拉多

（Hieronymus Graf Colloredo）的约束离开萨尔斯堡去了维也纳，走上了自由创作的道路。这是一条极为艰辛的自由音乐家的生活道路。在维也纳与康斯坦茨·韦伯（Konstanz Weber）相爱、结婚，并有过卡尔和沃尔夫冈两个男孩。

关于莫扎特的恋爱和婚姻有过一些传闻，不乏莫扎特研究者对此津津乐道。1777年11月，21岁的莫扎特在母亲陪同下去巴黎，在德国的曼海姆（Manheim）停留期间结识了曼海姆乐团的男低音歌唱家弗·韦伯一家。韦伯家藏4女，依次为约瑟法（Josefa）、康斯坦茨（Konstanz）、路易丝（Luise）、索菲（Sophie）。据莫扎特研究者称，莫扎特先是倾情于有音乐天赋的路易丝，在父亲的劝阻下，莫扎特去巴黎专心拓展事业。当22岁的莫扎特重返曼海姆时，路易丝已有恋人。4年后，26岁的莫扎特与路易丝的姐姐康斯坦茨在维也纳斯特凡大教堂举行了婚礼。

从莫扎特诞生地谷粮巷走过老市场，就可以见到大主教宫（Residenz）和主教堂（Dom）。年轻的莫扎特常在大主教宫演出，在大教堂里保存着奥地利最大的管风琴。萨尔斯堡在历史上曾长时期是天主教大主教活动中心，这里聚集着历史遗留下来的教堂和主教官邸。毗邻大主教宫和大教堂是莫扎特广场（Mozartplatz）。在广场中央树立着莫扎特高大的、伫立的全身青铜塑像。他右手握笔，左手拿着乐谱，眺望着他故乡的山山水水。塑像基座的浮雕是一位飞翔中的少女天使，其下镌刻着莫扎特的名字“Mozart”。基座四周，红色鲜花盛开。这座莫扎特青铜塑像让人想起维也纳中央墓地的音乐家名人墓，在墓地见不到莫扎特的墓穴，所能见到的也仅仅是他的塑像而已。一代伟人，您在哪里？

乐坛巨人莫扎特纪念碑，坐落于维也纳胡浮堡花园。

莫扎特音乐创作中的创新因素不为世俗接纳，使莫扎特一家一直过着贫困的生活，但莫扎特不为其所动，继续着新的尝试和创作。自1781年离开宫廷乐团，在贫困疾病中莫扎特顽强、孤独地奋斗了10年，为世人留下了丰富、宝贵的音乐遗产。莫扎特于1791年12月5日病逝，走完短暂而伟大的35年生命历程，葬于维也纳附近的贫民墓地——圣马尔克斯墓地（St. Marx’s Cemetery）。入葬当天下着雨，康斯坦茨护送灵柩前往墓地，雨下得愈来愈大，康斯坦茨中途折返。莫扎特的棺木下葬时，只有几个掘墓人在场。至今，后人不能辨认这位伟人的坟墓。

从莫扎特广场走向扎尔察赫河，见到莫扎特桥（Mozartsteg），从这里沿着扎尔察赫河畔向着河下游漫步，就来到了国桥（Staatsbr ü cke）。国桥是离莫扎特诞生地到扎尔察赫河最近的桥，从国桥越过扎尔察赫河，沿着河下游走不远就是米拉贝尔（Mirabell）皇宫了。米拉贝尔皇宫是1606年为萨尔斯堡大主教建造的邸宅，1721–1727年经由Lukas von Hildebrandt改建成巴洛克风格的建筑。皇宫美丽的喷泉花园是休闲的好去处。这一路上风光极美。可以想象，这条路也是莫扎特幼年和青年时期在萨尔斯堡生活时经常走的路。

莫扎特的音乐在现今世界上无处不在。莫扎特在他短暂的35年生命历程中，创作了43首不同乐器的乐曲，26首弦乐四重奏曲，42首小提琴奏鸣曲，17首钢琴奏鸣曲和15首管风琴奏鸣曲以及15首弥撒曲。真是不可思议！

卡普齐嫩贝格山高638米，莫扎特曾在那里写作过《魔笛》，1877年在该山上的公园里建了一座亭子，该亭子被后人命名为“魔笛小屋”（Zauberflötenhäuschen）。在卡普齐嫩贝格山上的公园里，立有莫扎特的半身雕像（Edmund Hellmer，作于1881年），雕像基座上镌刻着诗句，它正是对乐坛巨人莫扎特的伟大而坎坷的人生的简要而恰当的写照：

JUNG GROSS.
SPAET ERKANNT.
NIE ERREICHT.

年轻巨人，
迟迟被人认同，
无人可及。

珍妮

28. 莉娜在瑞士

1940年12月26日，普林

教授先生，你能想象，在普林，人们按着传统宗教习俗，圣诞节前4周的星期日在家里举行基督降临仪式（Advent）。柏树叶花环上有4支蜡烛，首先点燃其中的1支，以后顺次每个星期日点燃一支蜡烛，直至迎来圣诞节。圣诞节除夕（Silvester,12月24日夜）时，普林天主教教区教堂里将举行隆重庄严的弥撒，迎接耶稣的降生。

孩子们翘首企盼圣诞节除夕和圣诞节的到来，想象在圣诞节除夕夜，他/她们进入睡梦时，穿红袍、戴红帽的白胡子圣诞老人背着满满的一大袋子各式各样的精美圣诞礼品，悄悄地来到他/她们的床前，把一件或几件礼物小心地放在他/她们的床头，轻轻吻过他/她们的额头，就走啦。当他/她们在圣诞节第一天（12月25日）清早醒来，他/她们第一眼看到的，就是圣诞老人送来的圣诞礼物和祝福，能想象得出，孩子们该是多么高兴啊！

想到这里，我心中最挂念的是莉娜！于是我决定在圣诞节期间，去瑞士圣加仑看望莉娜，我要为她带去她心仪的圣诞礼物。瑞士小姨告诉我们，她的丈夫将化装成圣诞老人为莉娜和孩子们分发精美的圣诞礼物，会给他/她们带去“意想不到的惊喜”的！

当姨妈点燃柏树叶花环上的第3支蜡烛时，我请弗里茨驾驶小汽车陪同我去瑞士圣加仑。我们从慕尼黑沿公路驶向林道，沿博登湖边公路，穿行阿尔卑斯山，行驶于阿尔卑斯山麓旁的公路。冬季的阿尔卑斯山看上去比之夏季的阿尔卑斯山更加雄伟，更加壮丽。山峰上积雪皑皑，山坡上也是皑皑积雪；山麓边黝黑的森林、如茵的绿草，谷地星罗棋布的农舍，全都为层层皑皑积雪覆盖，形成人间一处白色的安宁的家园。

耶稣降生模型，摄于德国普林。圣婴耶稣降生在木匠约瑟夫家的牲口棚里，圣母马利亚怀抱圣婴，约瑟夫一旁伺候，邻里祝贺，牛啊，羊啊，乖乖地伏卧在侧。夜空上，吉星高照。

“欢迎珍妮、弗里茨来圣加仑！”小姨和身旁的莉娜在家门口迎接我们。

“小姨好！莉娜好！莉娜又长高了，更漂亮了！”我高兴得眼睛里泪花滚动。

“你们知道，莉娜已经快8岁了！”小姨说。

我察觉到，莉娜明亮的浅蓝色眸子里闪现安宁、柔和与温柔的眼神，让我感到极大的安慰。

当莉娜看到陪同我来看望她的只有弗里茨叔叔时，不禁急切地提出同一个问题：“告诉我，珍妮阿姨，爸爸在哪里？怎么不来看我？”

我不可能再重复原来的回答，或者杜撰另外一个离奇的探险故事。我只是敷衍地说：“莉娜，等到圣诞夜，分发圣诞礼品时，就会有你爸爸拜托圣诞老人带给你的圣诞礼品和祝福信的，那时他就会告诉你，他何时能来看望你的！”莉娜美丽的眼睛刹那间变得明亮，闪现快乐和期待的光芒。她毕竟是孩子啊，一个多么可爱的女孩啊！

像在普林的每个信奉基督教的家庭那样，小姨家在基督降临节期间，即圣诞节前4个星期到圣诞节期间，同样是每个星期日点燃柏树叶花环装饰的4支蜡烛中的1支，直至圣诞节来临。全家人一起装饰圣诞树，挂上彩条、彩灯、小星星和吉祥物。莉娜和小姨家的小兄妹一起在圣诞夜点燃圣诞树上的小蜡烛，然后，他们全都围站在钢琴旁，小姨为他们弹钢琴伴奏，大家一起唱起圣诞歌曲。

圣诞歌曲，它们都是那样的动听、悦耳、富于情趣！圣诞夜，莉娜和小兄妹们合唱的圣诞歌曲“Kling，Glöckchen kling”优美、动人极了：

KLING, GLÖCKCHEN KLING

Kling, Glöckchen, klingelingeling, kling, Glöckechen, king!
Lasst mich ein ihr Kinder, ist so kalt der Winter,
ffnet mir die Türen, lasst mich nicht erfrieren.
Kling, Glöckchen, klingelingeling,kling, Glöckechen, king!

Kling, Glöckchen, klingelingeling,kling, Glöckechen, king!
Mädchen, hört, und Bübchen, macht mir auf das Stübchen,
Bring euch viele Gaben, sollt euch dran erlaben!
Kling, Glöckchen, klingelingeling,kling, Glöckechen, king!

Kling, Glöckchen, klingelingeling,kling, Glöckechen, king!
Hell erglüh'n die Kerzen, öffnet mir die Herzen,
Will drin wohnen frölich, frommes Kind, wie selig!
Kling, Glöckchen, klingelingeling,kling, Glöckechen, king!

咚咚，钟儿响了

咚咚，钟儿响了，咚咚，钟儿响了！
让我成为你家的孩子，冬天这么寒冷，
请为我开开门，别让我冻僵。
咚咚，钟儿响了，咚咚，钟儿响了！

咚咚，钟儿响了，咚咚，钟儿响了！
女孩听到，男孩将我让进住房，
我为你们带来礼物，供你们分享！
咚咚，钟儿响了，咚咚，钟儿响了！

咚咚，钟儿响了，咚咚，钟儿响了！

蜡烛发出红色光亮，让我心儿欢畅。

快乐天真的孩子住在里面，多么幸福！

咚咚，钟儿响了，咚咚，钟儿响了！

圣诞夜，小姨、姨夫向孩子们分发了圣诞礼物，莉娜得到一本画书《格林童话》（Grimms Märchen），她很喜欢看童话故事。

“莉娜，你爸爸拜托圣诞老人为你带来了圣诞礼品和祝福信！”随即，我将一个大礼包递给莉娜，莉娜立即打开礼包，一件鲜红色的羽绒大衣和一张精美的圣诞贺卡呈现在她的面前，她高兴极了！莉娜当场试穿了这件鲜红色的羽绒大衣，并亲吻了圣诞贺卡，流下了热泪……

圣诞节，我与弗里茨开车带孩子们外出游玩，还照了一些照片。附信寄给你的那幅照片是我最喜欢的：莉娜穿着那件红色大衣，手臂向两侧伸开，身体呈现十字形，以白茫茫的阿尔卑斯雪山为背景，整个画面就像一面国际红十字会的旗帜！（只可惜那不是彩色照片！）那是现实世界中少有的由可爱的孩子们塑造的和平景象。

珍妮

29. 斯特恩求婚

斯特恩求婚信

1941年1月8日，波兰萨

亲爱的珍妮，看到你叙述在圣加仑与莉娜共度圣诞夜的来信和莉娜的照片，让我激动不已，你给予莉娜的爱让我感激涕零。

长久以来，我渴望与你共结连理，与莉娜一起组成一个家庭。还是在我访问纽约朱丽亚音乐学院的时候，就让我对你一见钟情。你还记得在课堂上我们有过的一段对话吗：

“谈到勃拉姆斯对克拉拉的情感，斯特恩教授先生，勃拉姆斯与克拉拉之间的情感究竟是怎样的？是爱情吗？”

“我想，那是爱情。请问，女士，怎样称呼？”

“珍妮·纽曼，您可以称呼我珍妮。”

“珍妮，可以肯定，勃拉姆斯爱上了克拉拉。保存下来的勃拉姆斯寄给克拉拉的许多信件可以证实这一点；至于1854–1856年间究竟在两人之间发生了什么，却是不完全明朗的。”

当时，你的美貌，你的形态，你的思想给我留下了不可泯灭的印象；同年，你只身来到德国，在慕尼黑音乐学院与我长谈，你的勇气，你的智慧，你的志趣给我留下了极其深刻的印象；随后，在慕尼黑、普林我们在一起的时光里，你的天赋，你的勤奋，你的善良让我赞赏有加；两年多来，在我逃亡的艰难岁月里，你不顾危险，千方百计解救我，尽心尽力关爱莉娜，这一切，让我深深地爱上了你！

亲爱的珍妮，虽然我远在他乡，身陷困境，但是我的心早已飞向你的身边，我愿意跪在你面前，恳求你："亲爱的珍妮，我爱你！真诚而热烈地爱着你！嫁给我，做我的妻子吧！我将永远、永远爱你，永远、永远报答你的爱！"我誓将遵守教堂婚礼上宣读的誓言："让我们相互拥有，相互扶持，无论处境好或坏，无论富裕或贫穷，无论疾病或健康都彼此相爱，彼此珍惜，直到死亡才能将我们分开。"

亲爱的珍妮，我们怀有相同的理想，怀有相同的爱好，怀有相近的人生哲学；我们努力追求艺术，真诚追求爱情，除此我们再无所求，这就是美好的人生啊！

亲爱的珍妮，我们能够并肩携手走在人生的道路上，我们能够走好人生的一程又一程，直至人生的尽头，让我们共同谱写人生的赞歌。

亲爱的珍妮，为《自由女神颂》（合唱）谱曲，这就是我们共同的艺术追求啊，不只是为《自由女神颂》（合唱）谱曲，让我们一同谱写《自由交响曲》（合唱）吧！把它视为我们的艺术结晶而全身心地投入创作吧！赞美自由，我们有感受；歌颂生命，我们有激情；谱写乐章，我们有底蕴；我们热爱自由，热爱生命，热爱艺术，我们会成功的！

亲爱的珍妮，虽然我信奉犹太教，你信奉基督教，然而，宗教信仰不会成为我们真爱的屏障，也不应该成为我们真爱的屏障。这是由于犹太教与基督教原本同源，都诞生在巴勒斯坦耶路撒冷，两种宗教的教义中存在许多共同的人生哲理和行为准则。基督教倡导人之间彼此相爱，彼此宽恕，善度人生，善待生命；犹太教教义倡导所有的人行义举，好怜悯，人人应有尊严，受到平等的对待。我认为，犹太教与基督教之间不存在根本性的利害冲突，它们是可以和谐并存的，犹太教信徒与基督教信徒是可能和谐共处的。

至于我现在的处境，这的确是个大问题。战争形势发展难以预料，如果能维持现时状态一段时间，我还可能赢得一段生存时间，我们还可能获得一段从事艺术创造的时间，以便最后完成我们共同的《自由交响曲》（合唱）。否则，为了艺术，为了爱情，我们必须谋求另外的生存道路！

殷切地期待你的回复！

J.S.

珍妮的复信

1941年1月22日，慕尼黑

亲爱的约翰，你的求婚，让我感动不已，让我失去平静，让我感激涕零！

你在朱丽亚音乐学院勃拉姆斯作品音乐会上弹奏出的钢琴声拨动了我的情怀，让我从纽约来到慕尼黑，在慕尼黑音乐学院拜访你之后，让我感觉到内心的呼唤：在德国留下来！

在杜塞尔多夫巡演的日子里，在我内心滋生了对于你的敬仰和爱慕之情，这种感情是不可抑制的。你留给我的印象是才华横溢，造诣精深，事业心强，性格沉稳、安详，不擅长言辞，可以说有些腼腆。你对艺术的无限热情、执著追求和精益求精的精神，以及你对于艺术的虔诚和献身精神让我感动，让我激动不已。

亲爱的约翰，人逢佳节，倍加思念亲人，此时此刻，我倍加思念你和莉娜！我已不能再继续等待！

谱写自由交响曲的宏愿和构想极大地吸引着我，让我的心中萌动一个你也意想不到的计划，欲征求你的意见。一个大胆的远行计划正在胸中酝酿。我将沿着你的流亡之路，去你居住的地方与你相聚！

我计划以美国公民护照尽可能快地在慕尼黑申请办理去法国和西班牙的旅行签证。请弗里茨陪同乘火车去马赛；在马赛，弗里茨将帮助我找到合适的渡船，我将独自乘渡船进入西班牙巴塞罗那港，然后再乘船去马略卡岛与你相聚！我有太多的话想对你说！我很想与你一起在钢琴旁探讨交响曲的写作……

亲爱的约翰，我爱你，深深地爱着你！当我们在马略卡岛波兰萨相会时，你若当面郑重求婚，那时我将表白我的心愿。

对于欧洲时局的发展，甚感不安。德国空袭了英国，向苏联发动了全方位的闪击战。这些情况突增了我对你的安全的忧虑。

时下政治气候令人窒息。战争期间远行，路上会很艰苦，可能遇到的非常情况难于预料，但是我并不惧怕，我的心中充满了追求艺术和追求至爱的渴望。想到我不久将能与你生活在同一屋檐下，弹奏钢琴，谱写交响乐曲，那会是何等惬意，何等幸福啊！

珍妮

30. 邂逅贝格曼（1）

1941年3月1日，珍妮在弗里茨陪同下从慕尼黑乘火车出发，踏上了去马赛的行程。珍妮将从马赛独自冒风险设法乘渡船去马略卡岛与斯特恩教授相聚。在战争年代里，珍妮的行动可谓有些疯狂！是的，珍妮承认自己有些疯狂，她将它视为激情。热恋中的人不就是这个样子吗？珍妮感到幸福，幸福得对于危险视而不见。沉浸于幸福中的人不就是这个样子吗？

当人们置身于英雄城市马赛，不免会兴奋起来。远远地就能看见地中海利翁湾边的塔楼，远处白色的灯塔和长堤，一望无际的深蓝色海水和涌动的白色浪花。登上一个建有堡垒的小山顶，从这里可以清楚地瞭望整个马赛港。置身在这里让人想到更多的、不是远处伊夫岛上发生的“基督山伯爵”故事，而是法国大革命时期马赛人的英雄气概。

马赛城的标志性建筑是屹立在48米高地上的圣母院教堂（Notre-Dame-de-la-Garde）和它塔顶上的守护神像。在圣母院教堂，珍妮与弗里茨来到圣母院唱诗堂。当他们轻轻步入唱诗堂，唱诗班人员在管风琴的伴奏下，正在歌咏圣歌。歌中唱道：

上主啊，

我要一心颂扬你；

我要宣扬你一切奇妙的作为。

我要因你欢乐歌唱；

我要颂扬你至高的尊名！

上主是被压迫者的避难所，
是急难时的堡垒。
上主啊，
认识你的人要依靠你；
你不撇弃寻求你的人。

在圣母院教堂里，在圣主面前，珍妮祈祷上帝保佑，护佑她能够找到船只安全出航，在地中海上安全航行到马略卡岛！祈祷上帝给她力量，让她渡过难关，顺利到达心上人身边。

按着迪尔博士去年夏季陪同斯特恩教授在马赛寻找去马略卡岛的船只信息，珍妮与弗里茨找到了私人渡船船主。不无遗憾的是，船主说由于地中海战争形势紧张，危险加剧，已多日不能出航；加之天气预报报告，近日地中海上风雨交加，不宜出航，尚需等待时机。

珍妮与弗里茨在马赛已滞留3日有余，依然一筹莫展。他们必须耐心等待，直至寻觅到时机。

在马赛滞留期间，他们在马赛城区一同游览了闻名遐迩的圣母院教堂、拉马若尔（La Major）教堂和13世纪的圣维克多（Saint-Victor）教堂。它们是马赛宗教文化、建筑文化、绘画和雕塑艺术的标志。

3月8日，星期六傍晚，珍妮与弗里茨在圣母院教堂旁的一家古老餐馆用餐。就在用餐即将结束时，一位身着德军军服的上等兵从餐馆另外一侧走近他们，向他们致以军礼，令他们十分惊讶。珍妮和弗里茨立即同时认出，他就是弗里茨幼年时的玩伴，珍妮曾经的求婚者，登山探险者贝格曼先生。

珍妮和弗里茨惊异地站了起来，与他握手寒暄，并请贝格曼先生与他们一起喝点什么。

“尼克，3年来你在做什么？还在探索柏拉图描述的亚特兰蒂斯王国遗迹，或者去了西藏寻找沙姆巴拉洞穴里隐藏的神奇的‘地球轴心’？”弗里茨问道。

“鉴于纳粹党和国家的需要，”贝格曼讲道，“根据元首和党卫队首脑希姆莱的指示，探索雅利安优越人种起源和寻找神奇地球轴心的任务已划归党卫队直辖，于是我被光荣地编入党卫队的探险队。目前执行任务路过马赛。你们这次——”

“久闻马赛英名，趁学院暑假来法国旅行。”珍妮先于弗里茨回答道，“看来，到世界著名景点游览，是邂逅失去联系的朋友的一个好办法。”

“是啊，马赛圣母院教堂真是壮观啊！”弗里茨附和道，“谈到朋友邂逅，当然巴黎圣母院就更胜一筹了！”弗里茨感觉到说走了嘴，就立时停住了。

“请讲讲您这几年的成功，或许也有遗憾吧？”珍妮对贝格曼先生说。

“几年的登山探险经历并没有消磨原有的信仰和追求。”贝格曼讲道，“我仍在孜孜不倦地探索亚特兰蒂斯王国和沙姆巴拉地球轴心的存在；亚特兰蒂斯王国和沙姆巴拉地球轴心始终在我的脑海里。探索任务纳入党卫队直辖后，支持力度加大，实地探索活动增加，信心增强，登山探索依然是激励我奋斗的动力。”

贝格曼先生此刻少许停顿，珍妮与弗里茨并未插话，他接着讲下去。

“战争爆发以来，伴随闪电战术的成功，生存空间的扩大，民族主义意识的觉醒曾经鼓舞和激励着我，令我为之自豪和骄傲。于是，我很快成为一名坚定的国家社会主义者、德意志民族至上信仰者和个人崇拜拥护者。与此同时，我看到太多的关系到对其他国家和民族的掠夺、残害、杀戮和人间悲剧，我的信仰和精神正在痛苦地承受我之目睹的这一切，我感到迷惑，我的信仰、精神和情感的支撑力受到前所未有的考验。”

贝格曼先生沉默片刻，珍妮与弗里茨依然未插话，他喝下几口咖啡之后，又继续讲下去。

“我宣誓过，永远忠于我的元首，我曾经将元首视为国家和民族的未来。我不会违背我对元首，也就是对国家和民族的誓言，我愿为此有所作为。若有一天需要我离开探险队，我将随军上战场，为国家和民族而战，这也是元首号召和指示的和作为国家公民的义务。我身处法国，但我不熟悉法兰西这个民族，也不懂他们的语言；在这里我没有亲人和朋友，心灵是寂寞和孤独的。难道我的国家和民族不也是处于这样的境地吗？我的国家和民族在世界上树敌越来越多，几乎与整个欧洲为敌。波兰、挪威、丹麦、荷兰、比利时、卢森堡、法国、英国、南斯拉夫、希腊、苏联……弗里茨、珍妮女士，我们换个话题吧！”

“尼克，什么话题？”弗里茨问道。

“我想明天邀请珍妮女士单独谈谈，珍妮女士，可以吗？弗里茨，你不反对吧？”

马赛海港。地势极其险要，两座小山像两座堡垒紧紧守护在老港港湾出口的两侧。第二次世界大战期间，马赛港法国海军全体官兵面对德军占领和英国通牒，自沉舰艇，壮烈牺牲，谱写出一首英雄史诗。

31. 邂逅贝格曼（2）

翌日傍晚，弗里茨去会见法国友人谢曼先生，珍妮独自应邀来到马赛城区一家温馨的咖啡馆。贝格曼先生身着便服等在那里，看起来与普通百姓并无差异，多了几分平易近人，少了几分桀骜不驯的风范。

“贝格曼先生，我想再一次请您谅解，3年前，我没有能接受您的求婚——”珍妮想让今晚的谈话气氛轻松一些。

“不，不，”贝格曼先生打断她的话，“谈到爱情，我是个失败者。”

“贝格曼先生，在我看来，您敬业，您富于探索精神和探险精神；您为人真诚，真诚是人的基本品质之一，是女孩子特别看重的品德。爱情是一种特别的感情，没有统一的标准，没有单一的模式；它的隐现，它的升腾，完全不可预料。去继续寻觅吧，人们说，它可遇而不可求。”

“是啊，它可遇而不可求……”

贝格曼先生没有说下去，珍妮已经感受到他当时的感受，因而保持了沉默。

“珍妮女士，您能告诉我，您不能接受我求婚的最主要原因吗？”贝格曼先生觉察到珍妮的窘迫，继续说道：“珍妮女士，请您不必心存顾虑，如您能够直言讲给我听，我将心存感激！”

“您的诚意使我不能推辞，”珍妮开始小心翼翼地挑选词汇表达她的想法，“依我看来，每个人心目中的爱人形象和内涵是不尽相同的；爱人，像爱情一样，没有统一的标准，没有单一的模式。我理想中的爱人是具有艺术和文化底蕴的人。探索发现，官场仕途，追逐名利，结婚生子，柴米油盐……这都不是人生的全部意义和内涵。文化的内涵特指人类在社会历史发展过程中所创造的精神财富的总和，文学、艺术、科学、教育都隶属于文化范畴。人生与艺术和文化是紧密联系在一起的；没有艺术和文化的人生是苍白和暗淡的。享受真情，享受文化，享受自然，就是享受人生。”

贝格曼先生静静地听着，一时间他们都陷入沉思，默默地喝着咖啡。

“看来，对我来说，”贝格曼在整理他的思维，搜索合适的词语，“像珍妮这样漂亮、聪明、善解人意、热爱音乐艺术的少女是可望而不可求的了！”

珍妮谨慎地继续保持沉默，尽量不干扰贝格曼的思绪。

“看来，对我来说，”贝格曼慢条斯理地像是自言自语地说道，“我可以寻找那种女孩，志同道合或者贤妻良母型女孩；那样的女孩善良、贤惠、温柔、知足，爱丈夫，爱孩子，习惯于柴米油盐的常人生活；对于诸如探索发现，官场仕途，追逐名利等诱惑均无兴趣。”

讲到这里，贝格曼先生似乎从关于他个人情感的思绪中走出来，突然问道：“珍妮女士，看来，您已经寻觅到您的爱人，或者说意中人了！”

无疑，这又是一个令珍妮发窘的问题。珍妮对于贝格曼先生今晚提出这样一个问题毫无准备，思索片刻，决定直言面对这一问题。珍妮爽快地回答：“是的，先生。”

贝格曼先生对珍妮的回答同样没有思想准备，饶有兴趣地问道：“珍妮女士，您能告诉我他是谁，他在哪里吗？”

珍妮的思维被他的提问激励得活跃和敏捷起来：“我能够告诉您的：他是一位音乐家，在西班牙！”

贝格曼先生一眨眼，像是被珍妮的回答刺激了。一阵沉默之后，他开口问：“您们为什么不生活在一起呢？”

“战争分开了我们！”珍妮并不想让贝格曼先生知道更多。

“您想去看望他？”

“自然！”

“珍妮女士，能为此帮助您做些什么吗？”

珍妮的神经变得紧张起来，但她仍能以平和的语气说道：“自然，贝格曼先生，我已在慕尼黑办理了来法国和去西班牙旅行的签证。如果在马赛出境时遇到问题，我将求助于您。对于您表示的好意，我十分感谢！”

“据我所知，这件事由法国维希政府有关机构负责。您是美国人，德国或者法国均未与美国处于战争状态，我想，您从马赛出境或许不会遇到问题。顺便问一句，弗里茨不与您同去西班牙吧？”

“我独自去西班牙，弗里茨将回德国去。”

“那好，我还有机会邀请弗里茨在马赛好好聊聊呢！”

当他们在咖啡馆告别时，贝格曼像是在开玩笑，说了几句匪夷所思的话：“珍妮女士，既然我爱您，自然希望您幸福！我有预感，马赛将不是我们诀别的地方！上帝没有恩赐您做我的爱人，唯愿上帝保佑，我们还能再相见！”

32. 相逢马略卡岛

珍妮在巴塞罗那等待一周，终于等到机会，她持美国护照和法国、西班牙签证得以从马赛离境，乘邮轮在巴塞罗那入境西班牙，再从巴塞罗那转乘开往马略卡岛的轮船抵达帕尔马海港。然后，她立即乘坐出租车，抵达波兰萨的克雷乌斯别墅。在巴塞罗那，由于战争原因，轮船航行班次不定期，珍妮无法知晓和及时通知斯特恩何日抵达帕尔马海港；在帕尔马海港，她则有意不通知斯特恩她已经抵达，为的是给他一个惊喜。

珍妮从帕尔马乘坐出租车，不到1小时就到达位于波兰萨的克雷乌斯别墅。重逢的一刻，那是怎样的一刻啊！经历悠悠的思念、漫长的等待、艰难的跋涉、危险的航行，终于投入心上人的怀抱！那是何等幸福的一刻啊！依偎在他的怀抱，不再恍惚，不再忧郁，不再痛苦，不再惊恐，终于享受到自由和安全了！

眼前的克雷乌斯别墅，就像斯特恩写给珍妮的信中描述的那样，它位于地中海岸的一片田野之中。别墅大门旁边，镶有瓷砖砌成的西班牙文别墅名称门匾。进宅门后，是个大约3000平方米的花园，一栋以木石结构为主的约300平方米的别墅坐落在花园之中。朝向地中海一面用石料砌起一个约50平方米的凉台，凉台上摆放着桌椅，挂着睡袋。凉台前方、花园中间是游泳池，不过由于眼下是春季，游泳池里并没有充满一池淡蓝的清水，池边也没有支撑着巨大的米黄色阳伞。花园中的椰树依然迎风摇曳，树丛里散发着清香。

这座别墅的主人，西班牙工业家克雷乌斯先生在巴塞罗那经营纺织机械企业，兼做贸易产业。纺织企业的商船从巴塞罗那将西班牙的油橄榄运往美洲，返回时将美国的纺织机械运来西班牙。克雷乌斯一家人，今年尚未从巴塞罗那来马略卡岛度假，他和夫人一般会在他们女儿伊莲娜暑假期间来这里度假的。目前，偌大的别墅竟然成为斯特恩和珍妮俩人的世界！最重要、最幸运的，珍妮有斯特恩和钢琴陪伴！感谢上帝，在战争期间还仁慈地赐给他们这一切，尽管它可能是短暂的，但是它是多么珍贵！

初到波兰萨时，斯特恩让珍妮多休息，他们一起在马略卡岛游历。马略卡岛的山水风光让珍妮心胸豁然开朗，与斯特恩在一起让她重获人生的欢乐。他们一同游览了波兰萨、波兰萨港、帕尔马、瓦尔德摩萨、阿尔库迪亚等诸多名胜，欣赏马略卡岛上优美的山水自然风光，还在阿尔库迪亚的海滨餐厅共享了当地的海味特餐。

斯特恩从珍妮与克雷乌斯先生处获悉，天才钢琴家、作曲家肖邦（Frédéric Chopin 1810–1849 ）和法国女作家乔治·桑（George Sand 1804–1876）于1838–1839年这个冬季在马略卡岛上的瓦尔德莫萨（Valldemossa）停留。当时他们住在卡尔特修道院（Carthusian Monastery）。

出于对天才音乐家的景仰，斯特恩萌生了陪同珍妮在马略卡寻觅肖邦那个冬天的遗迹的念头。他们俩从波兰萨沿着马略卡岛西北海岸的公路乘出租车向西进发，一路行驶在青青的山岭和碧蓝的大海之间。一小时后，他们到达了位于马略卡岛西北部的临海城市瓦尔德莫萨，远远地看见了坐落在山坡上的修道院，教堂的建筑结构为十字架形状，像一把宝剑屹立于山巅，庄严而威严。

卡尔特修道院当时尚未对游人开放。修道院的一位善心的老嬷嬷鉴于斯特恩和珍妮表露出的对肖邦的景仰和对音乐的热爱，请示院长准予他们俩在她陪同下参观肖邦和乔治·桑女士于1838–1839年这个冬季在修道院生活过的地方。参观过程中，热心肠的老嬷嬷为他们讲述了许多关于肖邦与乔治·桑女士的故事。

肖邦与乔治·桑女士的友谊始于1838年夏季。乔治·桑，这一男士用名是这位女士的笔名，她的真名为迪德万特男爵夫人（Aurore Baronin von Dudevant）。她生活在巴黎，定期去Nohant看望她的丈夫和孩子。当年秋天，肖邦患严重咳嗽，医生建议他到温暖和阳光充沛的地方去休养。乔治·桑的儿子Maurice当时患风湿病，温暖和阳光对他同样有益。于是肖邦与乔治·桑女士有了充分的理由一起去休假。原想去意大利，最后决定去马略卡岛。

乔治·桑偕同儿子和女儿Solange提前出发，中途购物和访问朋友。乔治·桑和肖邦在Port Vendres一同乘船，经巴塞罗那于1838年11月7日到达马略卡岛。他们在马略卡岛的瓦尔德莫萨的卡尔特修道院住了下来，直至1839年2月13日离开马略卡岛返回巴黎。

在肖邦的房间里有一尊肖邦的青铜头像。铜像旁放置一台肖邦用的Pleyel钢琴，钢琴右侧键盘上摆放着一红、一白两朵花，象征着他心向波兰祖国。墙壁上的多组镜框镶着素描或手迹。这个时期，肖邦曾在给朋友的信中写道："我已搬入令人赞叹的、世界上最美的地方卡尔特修道院居住。"

在乔治·桑女士的房间里，墙壁上悬挂着几幅素描肖像画。房间中央靠墙放置着一架Mallorquin钢琴，其左侧键盘上摆放着一束红色花朵，钢琴上放着铜质蜡烛台和红色蜡烛，钢琴旁放着一把带靠背和扶手的椅子。这台Mallorquin钢琴是在肖邦到达这里以后，Pleyel钢琴尚未运到时使用的。可以想象，在他们初到这里时，烛光下，肖邦坐在钢琴旁，手指在黑白键盘上跳动，美妙的乐声在斗室中荡漾，乔治·桑女士在一旁倾听，也许这抒情的乐曲是为她而新近谱写的呢!

修道院里有古老的图书馆和17世纪建造的药房，那陈旧的图书依然整齐地摆放在满布墙壁的书架上，药房用的瓶罐器皿也依然像图书一样整齐地陈列在靠墙的格子架上。

在修道院还陈列着当年院长的座椅。相传少女们若是在这把座椅上坐一坐，不出一年就一定会遇到意中人，并且出嫁。在一间狭小的房间里，陈列着一位身着素衣的修女模型，她木然的表情、房间里简单的陈设和薄薄的单木板板床显示出修女们的精神单调和物质匮乏的生活。

修道院的庭院花团锦簇、树木茂盛。肖邦写道："从他斗室的小窗向外望去，可以见到橘子树、棕榈树和柏树。"凭栏远眺，更见群山起伏，郁郁葱葱。夕阳下，风车在微风中悠悠转动，地中海湿润的海风吹来，令人心旷神怡。这里是音乐家获取灵感的佳境。

肖邦与乔治·桑女士的友情从1838年持续到1847年。这种友情使肖邦摆脱了这之前爱情上的不愉快的阴影并激发了他的创作灵感。仅在1938–1939年这个马略卡岛的冬季，肖邦就创作了24首钢琴前奏曲，2首波兰舞曲和4首马祖卡舞曲。

一天，在瓦尔德莫萨，乔治·桑女士与其女儿外出购物，肖邦独自坐在钢琴旁，期待她们的回归。天突然下起雨来，肖邦为这母女担忧起来。雨下着，下着，不见她们的踪影。雨点滴答、滴答地有节奏地敲打着窗玻璃，美妙的旋律和着肖邦手指下跳动的琴键流淌，这就是著名的《雨滴前奏曲》。

肖邦于1810年3月1日生于波兰首都华沙附近的村庄Zelazowa Wola。同年9月全家迁往华沙。7岁时从师W. Zywny学习钢琴，并谱出他第一首波兰舞曲。8岁演出，11岁从师J. Elsner学习钢琴，16岁入华沙音乐学院。20岁，1830年11月流亡国外，先到维也纳，翌年到达巴黎。1832年2月26日第一次在巴黎举办音乐会，时年不满22岁，迅速名扬欧洲。

肖邦一生心系俄国沙皇统治下的祖国波兰，心系波兰的民族解放。乔治·桑女士不希望肖邦与从事波兰民族解放运动的同志过于亲密，希望他专心致志于音乐领域向音乐的顶峰攀登。肖邦矢志不渝，他写出了大量充满爱国热情的战斗性作品，如《革命练习曲》、《降A大调波兰舞曲》和哀怨祖国命运的作品，如《降b小调奏鸣曲》等。

肖邦自20岁（1830年）流亡国外，至39岁（1849年）因病逝世并葬于巴黎，其间从未能再踏上波兰的土地。依据他生前的愿望，在他逝世后，他的心脏被护送回波兰。肖邦是伟大的钢琴家、作曲家，也是波兰伟大的爱国者和民族的灵魂。

马略卡岛卡尔特修道院（Carthusian Monastery）。波兰天才钢琴家、作曲家弗雷德里克·肖邦（Frédéric Chopin 1810-1849）和法国女作家乔治·桑（George Sand 1804-1876）于1838-1839年这个冬季在马略卡岛上的瓦尔德莫萨（Valldemossa）停留，当时他们住在卡尔特修道院。

33. 自由交响曲

访问瓦尔德摩萨卡尔特修道院肖邦和乔治·桑故居，唤醒了斯特恩与珍妮创作音乐作品的热情。在克雷乌斯别墅，斯特恩与珍妮并肩坐在钢琴旁，抚摸着黑白相间的键盘，谈起他们的《自由交响曲》和《自由女神颂》（合唱）的创作。

“珍妮，我考虑，以纳粹德国的犹太人的遭遇和生命历程为素材，创作一部大型交响音乐作品《自由交响曲》（合唱）；将以你慕尼黑来信中的语句：‘为艺术，为爱情；讴歌正义，召唤理性回归！’作为交响曲的灵魂。”

“约翰，好极了！分作几个乐章？”来到马略卡，珍妮开始亲切地称呼斯特恩的名字。

“我考虑，《自由交响曲》是一部交响乐合唱曲，将分作四个乐章及合唱。第一乐章：灾难；第二乐章：逃亡；第三乐章：为艺术，为爱情；第四乐章：讴歌正义，召唤理性回归；合唱：《自由女神颂》。”斯特恩说。

“《自由交响曲》（合唱）！啊，音乐形式就像贝多芬的《第九交响曲》(合唱)！”珍妮说。

“第一乐章‘灾难’。德国犹太人经历了灾难，1838年11月9日晚上，柏林和其他许多地方发生了捣毁、焚烧犹太人商店、住宅、教堂的暴力事件。犹太人商店、住宅、教堂的玻璃门窗被挥舞棍棒的暴徒砸碎。91名犹太人被杀害，2600名犹太人被逮捕，并被关进集中营。11月16日，灾难突然降临到我的头上，遭到逮捕并被关进犹太人集中营。音乐旋律应该是汹涌的、震撼的，让听众感到犹如置身于‘水晶之夜’。

“第二乐章‘逃亡’。在友人、好心人冒着风险救助下，经历许多痛苦和磨难，我得以从慕尼黑附近的犹太人集中营逃脱，经历黑森林地区、马尔巴赫、阿尔萨斯、巴黎、马赛、马略卡岛大逃亡。音乐旋律应该是凄凉的、忧伤的。

“第三乐章‘为艺术，为爱情’。逃亡路上，我的一种心态是悲哀、气馁，因悲惨命运而悲哀，因多舛命运而气馁；另一种心态是不屈服、抗争，不屈服于悲惨命运，与多舛命运抗争。乐曲中，表现两种心态的两种音乐旋律交替出现，反复冲突。依靠‘为艺术，为爱情’的意念和力量，躲避邪恶者追捕而存活下来。音乐旋律应该是强烈的、深沉的。

“第四乐章‘讴歌正义，召唤理性回归’。正义与邪恶冲突，理性与野性冲突。音乐旋律应该是庄严的、悠扬的。最终，正义战胜邪恶，理性回归人心；乌云散去，太阳出来了！《自由女神颂》（合唱）响起，音乐旋律高亢、富于激情。”

塞纳河上的自由女神雕像。法国曾送给美国一座高达46米的自由女神雕塑，耸立于纽约自由岛上。留给自己的这座自由女神雕塑复制品要小得多了，但人们可以就近在塞纳河边或河上仔细地欣赏它。若是在纽约曼哈顿岛上眺望自由岛上的自由女神，其大小也就不过如此了。

“好极了！关于《自由交响曲》（合唱）的调式和调性，约翰，你是怎样考虑的？”

“我倾向于选择c小调，用于表现交响曲中‘灾难’乐章和‘逃亡’乐章中的黯淡、悲哀、忧郁情绪，以及由此激发的对悲惨命运的抗争和对自由的渴望。珍妮，你认为呢？”

“约翰，当你完成《c小调自由交响曲》（合唱）创作初稿后，我热切希望在第一乐章开始部分能听见打击乐器模拟门窗玻璃破碎的啪啪声和残片横飞的呼啸声；听见第二乐章中不安的鼓声，大提琴的低沉颤音，表现被剥夺自由者的呻吟、悲叹、呼唤和呐喊；听见第三乐章中钢琴伴奏下的，犹如普契尼的托斯卡的‘为了艺术，为了爱情’女高音凄美的咏叹；听见第四乐章中两部主题冲突时的心脏激烈跳动声和急促的呼吸声，以及结尾部分生命从身心深处发出的‘回归理性’的呼唤！”

“珍妮，我会随时将我谱写的交响曲弹给你听，并征求你的看法和评价的！”

“约翰，你是说，我作为你的第一个听众？”

“不只是这样，你同时也是《c小调自由交响曲》（合唱）的创作者！”

“谢谢！约翰，你就以现在的构想开始创作《自由交响曲》吧！让我考虑一下《自由女神颂》合唱曲的创作。”

斯特恩和珍妮创作《自由女神颂》（合唱）歌词和为其谱曲时，心目中的形象是在纽约岛耸立的自由女神巨型雕塑，为此，他们还特意选购来一尊纽约岛自由女神雕像小型雕塑复制品，放置于钢琴台面上。

“我创作《c小调自由交响曲》和《自由女神颂》（合唱）歌词的灵感来自这座自由女神雕像。”斯特恩对珍妮说。

斯特恩和珍妮一次又一次审视这座自由女神雕像。自由女神头上戴着星形额箍，右手高举火炬，左手拿着美国独立宣言；她美丽的面庞、飘逸的秀发、丰满的体态、端庄的仪表勾画出女神的崇高形象。

“自由女神雕像是自由美国的象征！”珍妮边欣赏雕像边说道。

“纽约人认为自由女神雕像是自由美国的象征，法国人认为它是法国大革命自由、平等、博爱精神的象征。自由、平等、博爱是人文思想的精华，构建人文社会的基石。”斯特恩在沉思，片刻之后，他像诗人一样开始朗诵：

“自由女神美丽婀娜，她圣洁博爱；她头戴金冠，她的光辉照亮大地；她一身金色长裙，她的光芒温暖人间；她明眸炯炯，她洞察一切；她声音高亢，她能召唤理性回归；她臂腕柔韧，她能挽留百家；她翅膀宽阔，她能庇护众生；她形态优雅，象征自由与生命。她是自由的化身，她是生命的化身。”斯特恩边欣赏雕像边说道。

“美极了，我亲爱的诗人！”珍妮激情地朗诵，“我愿意跪在自由女神的足下，天天虔诚地向她祈祷，天天虔诚地为她歌颂；祈祷她庇护众生，免受伤害；颂扬她呵护生命不再孤独恐惧，呵护生命不再流浪逃亡。让我们为艺术、为爱情，营造人间欢乐天堂。”

“好极了！我们已经创作出《自由女神颂》（合唱）歌词！珍妮，我相信，你已充分地、确切地理解了《自由女神颂》（合唱）的深邃涵义，你一定会为《自由女神颂》（合唱）歌词成功谱曲的！”

于是，珍妮深情地朗诵了《自由女神颂》（合唱）歌词。

自由女神颂（合唱）

自由女神，圣洁博爱。
你的光辉，
驱走黑暗，照亮大地；
你的光芒，
逐出寒冷，温暖人间；
你的明眸，
洞察邪恶，明辨是非；
你的声音，
驯化野蛮，召唤理性；
你的臂腕，
挽留百家，不论种族；
你的翅膀，
庇护众生，免受伤害；
你的形体，
象征自由，象征生命。
自由滋润生命，生命渴望自由；
失去了自由，生命将死亡。
你是自由化身，你是生命化身。
我们聚拢在你身旁，
咏唱自由女神颂歌。
生命不再孤独恐惧，
生命不再流浪逃亡；
自由、平等、博爱，
营造人间和谐天堂。

34. 谈论宗教

圣诞节已过去多日，珍妮父母从波士顿家乡寄来的家书和圣诞贺卡，由于战争原因而迟迟到达普林，再经姨妈转寄，很晚才到达波兰萨。圣诞贺卡上的美丽画面和家书中的温馨话语温暖珍妮的心，让她心中涌起对家乡的不尽思念！父母亲来信如下：

亲爱的珍妮，我们十分关注欧洲战事的发展，对于你的安全充满了忧虑，尤其最近两个月来没有收到你的来信，急欲了解你的近况。

我们认为是时候了，是你离开那个是非国家和战火纷飞的大陆，尽快返回波士顿的时候了。

当初，为了你的爱好和专业发展，我们尊重了你远去慕尼黑从师斯特恩教授进修钢琴专业的愿望和选择；如今，你已在音乐领域学有所成，获得硕士学位，可以返回故里，为你的祖国服务了。

你一走5年，我们相信，你会像我们想念你一样想念我们，想念你哥哥一家人的，啊，你的小侄女Bessy（贝茜）可爱极了，你还没有见过她呢！再说，你也到了结交朋友、谈婚论嫁的年龄了。我们相信，当你踏入家门，仰慕者和求婚者就会在门外排起队来求见的！

向你姨妈家、小姨家致以亲切的问候！

爱你，想念你的

妈妈 爸爸　1940年12月10日　波士顿

珍妮父母亲的来信，晓之以理，动之以情，让海外在战火中漂泊的珍妮感到温暖，感到安慰；它拨动了珍妮深心处那根牵动亲情的神经，引起身心激荡。父母亲生育她，抚育她长大成人；如今，她已离开她的父母5载，她已羽翼丰满，正待翱翔；是时候了，是游子归乡回到父母亲身边的时候了。爱是人生路上的卵石，家是人生路上的驿站；亲情永远陪伴人生，家永远为人生敞开门户；只要回来，何时都不为晚。

对于斯特恩来说，这个圣诞节是凄凉而孤独的。斯特恩告诉珍妮，圣诞夜他独自反复弹奏着所有他能记起的圣诞歌曲，它们都是那样的动听、悦耳、富于情趣！它们让他回忆起与他的已故夫人、与女儿莉娜一起在普林过圣诞节的美好时光。

一天晚上，珍妮与斯特恩围坐在客厅的火炉旁，由圣诞谈到了宗教。大部分时间里，都是斯特恩在谈，珍妮在一旁聆听，偶尔提问。

“圣诞之日，上帝之子耶稣降生了！约翰，无论是基督教徒，还是犹太教徒都应当感到快乐啊！”

“是的，珍妮，你说得对！”斯特恩说道，“我信奉犹太教，莉娜母亲信奉基督教，莉娜长大后将由她自己决定信奉何种宗教。尽管如此，我们全家都愿意一同过圣诞节，在我们家里，犹太教与基督教和谐并存，犹太教信徒与基督教信徒和谐共处。自纪元初年起的千余年人类历史上，犹太教与基督教却不能和谐并存，犹太教信徒与基督教信徒却难于和谐共处。我想，重温这一段宗教历史是有益处的。”

万圣节期间信徒装扮的三位女神

“约翰，尤其圣诞节期间重温这一段宗教历史是很有意义的，不是所有犹太教徒或者基督教徒都清楚宗教历史的渊源。你就为我讲讲犹太教和基督教的历史渊源吧！”

“犹太教与基督教原本同源，都诞生在巴勒斯坦耶路撒冷，都信仰上帝。”斯特恩继续说道，“‘上帝’的希伯来语为YHVH，犹太人称其上帝为adonai，宗教改革家马丁·路德将两者中的子音和元音结合起来，‘上帝’的称谓成为YaHoVaH，相应的英文为Jehovah（中文译文为‘耶和华’）。犹太教诞生于公元前2000年初期，信奉独一的神耶和华，犹太教约法为《圣经：旧约》；基督教诞生于公元1世纪30年代，从犹太教的一个派系衍生而来，信奉独一的神耶和华，耶稣基督是上帝的独子。”

“这就是说，犹太教与基督教都信奉耶和华，即信奉上帝，是吗？”珍妮问。

“是的，是这样的。”斯特恩继续说，“基督教约法为《圣经：新约》，它是在《圣经：旧约》基础上发展来的。换言之，《圣经》分为两个部分：《圣经：旧约》和《圣经：新约》，前半部分为《圣经：旧约》，后半部分为《圣经：新约》。《圣经：旧约》为上帝与以色列民族所立的盟约；《圣经：新约》是上帝之子为全体子民所立的盟约。”

“这就是说，犹太教《圣经》与基督教《圣经》有共同的渊源，是吗？”

“是的，是这样的。”斯特恩继续说，“罗马人原本信奉罗马和希腊诸神，神庙中供奉的也是这些神祇；犹太教与基督教信奉独一的神，为罗马帝国当局所不容。纪元初年，基督教使者将信奉上帝的基督教义传入罗马。基督教倡导人之间彼此相爱，彼此宽恕，善度人生，善待生命。它具有对抗皇权的意识，在平民中引起反响，逐渐地在贵族阶层也得到回应。基督教当时是异教，基督教徒因拒绝向罗马和希腊诸神祇献祭，而受到歧视和迫害，但这些并未能阻止基督教在罗马帝国的传播和发展。罗马皇帝君士坦丁终于感悟到基督教与治国的利害关系，于公元313年发布‘米兰圣谕’，停止迫害基督教徒。此后，罗马皇帝们沿此路径愈走愈远，公元380年罗马皇帝狄奥多西发布敕令，承认基督教为罗马帝国宗教之一。公元393年狄奥多西皇帝立基督教为国教，取缔其他异教，他本人也在临终前皈依了基督教。”

“这就是说，犹太教与基督教信奉的是独一的神，这与罗马人信奉诸神不同，是吗？”

“是的，是这样的。”斯特恩继续说，“基督教成为正教后，基督教信徒与犹太教信徒的矛盾突出显现出来，尤其在对于耶稣之死问题上。基督教信徒认为，是犹太教信徒致耶稣于死地的。依据《新约全书》的叙述，耶稣和门徒们在客西马尼这个地方传授基督教义时，耶稣被门徒犹大以30块银币出卖而被犹太人祭司长和民间长老逮捕，控告耶稣自称上帝的儿子和基督，遍地传道，蛊惑人心。经犹太人祭司长和全议会审问，欲置耶稣于死地，并将耶稣交给当权的罗马总督彼拉多；彼拉多查不出耶稣有什么罪状，但仍以犹太人的意思把耶稣判处钉死在十字架上。安息日前夕，兵丁们先是鞭打耶稣，又把他打扮成王的样子戏弄他，之后又强迫一个叫西门的人背着耶稣的十字架走向髑髅冈。耶稣的头上安着一面罪状牌，牌上写着‘犹太人的王耶稣’。兵丁们将耶稣和另外两个犯人一起钉死在十字架上。”

“历史真是这样吗？”珍妮问。

“依我的历史知识，不完全是这样，”斯特恩说，“在耶稣生存的年代，犹太人的家园已经沦落为罗马帝国的殖民地，犹太人沦落为罗马统治者的臣民，犹太人实际上并无审判和决定耶稣的生杀权力。”少许停顿，斯特恩以沉重的语调说道，“自从犹太教被罗马帝国定位为异教之后，千余年里犹太教信徒经受了许许多多苦难，那是一言难尽的。时至今日，犹太教信徒仍然看不到苦难的尽头，而且，有愈演愈烈之势。难于想象，多元文化，包括多元宗教文化，何时才能够在世界上实现和谐共处……”

35. 回归美国

1941年圣诞节将至，本应是火树银花的季节，如今的欧洲却是炮火连天。1941年12月7日，轴心国日本帝国空军突然偷袭集中停泊在瓦湖岛珍珠港的美国舰队，造成美国海军舰艇和海军航空机群重大损失，将欧洲战争拖入世界战争。12月11日，轴心国德国和意大利联合向美国宣战，美国正式参战。

珍妮与斯特恩经过长久讨论，在美国宣布正式参战后，毅然决然做出决定：他们一起去美国生活。

他们决定一起去美国生活的缘由，首先也是基本的，是为了斯特恩的生存。没有生存权利，其他一切都谈不上。

1935年9月15日，纳粹政权颁布《纽伦堡法令》，剥夺了犹太人的公民权利。随后在德国发生逮捕、囚禁、驱除、杀戮犹太人的恐怖事件，最终消灭犹太人是纳粹政权秉承希特勒的意志和种族主义理论实施的一项国策。在这种政治环境中，犹太人即便是科学名家、艺术名人也不例外，是不可能在德国及其势力范围或者在它的所谓“生存空间”生存的，更何况生活、工作、创作！

斯特恩是德国著名的钢琴专业教授，勃拉姆斯钢琴作品的著名演奏家，享有国际声誉，同样由于犹太血统原因，被逮捕、受迫害；从犹太人集中营逃亡后，被纳粹追捕，时时面临死亡威胁。因躲避追杀，长途跋涉，四处躲藏，从德国逃亡到法国，再逃亡到西班牙马略卡岛，暂时避居在波兰萨。尽管有善良、豁达的西班牙工业家克雷乌斯先生的关照，有住处和些许收入，但这毕竟只是生存的基本条件，而缺少施展艺术才能的条件和环境。在马略卡岛上避难仅为权宜之计。

其次，考虑斯特恩和珍妮的专业发展。流亡自由世界美国是摆脱悲惨境地的最现实的道路和最佳的选择，现代原子物理学的开创者和奠基人阿尔培特·爱因斯坦早在1933年纳粹掌权初期，竟然因为具有犹太血统和政治立场问题，而受到纳粹政权政治上的攻击和迫害，学术上也受到诽谤，而被迫流亡美国。流亡美国后，爱因斯坦在普林斯顿高等研究院继续从事广义相对论理论研究工作，成就斐然。爱因斯坦的行动为斯特恩树立了榜样。

斯特恩在美国可以在音乐学院继续从事音乐教学工作，同时从事音乐创作，珍妮也将是这样。首要的，他们将在美国巡演他们创作的《自由交响曲》和《自由女神颂》合唱曲；还将参加音乐会演出、勃拉姆斯、舒曼音乐作品巡演，就像在慕尼黑、杜塞尔多夫那样。

珍妮和斯特恩将在美国结婚，邀请父母亲、哥哥一家人来参加他们的婚礼，请贝茜做花童……他们将建造一个幸福的家庭。

珍妮和斯特恩不会忘记战争，不会忘记战争中的德国。他们将尽心尽力，为战胜纳粹，还世界以自由，做力所能及的事情，贡献他们的智慧和力量。

返回美国，为生存，为艺术，为爱情！

克雷乌斯先生一家来波兰萨别墅度夏季假期，斯特恩介绍珍妮与他们相识。克雷乌斯夫妇向珍妮表示了热情的欢迎，让她感到鼓舞。他们的女儿伊莲娜可爱、有礼貌，斯特恩和珍妮很愿意和她在一起，教她学习钢琴。她让珍妮想起莉娜。克雷乌斯先生给珍妮的印象是位真诚待人和乐于助人的绅士。

珍妮和斯特恩向克雷乌斯先生谈及为生存、为艺术、为爱情准备去美国生活的意愿。克雷乌斯夫妇表示了同情和理解。

“纳粹党是一个以民族主义、种族主义、极权主义为理论基础的政党。”克雷乌斯先生以沉重的语气和明晰的观点说道，“希特勒是个非理性的、极端危险的人物。显然，犹太人是不可能在纳粹政权下生存的！”

“您一定知道，爱因斯坦流亡美国后，在接受记者采访时声明过，只要他还有选择的自由，他将只生活在有公民自由、宽容、平等，法律占优势的国度。”克雷乌斯先生继续阐明他的论点，“珍妮女士，斯特恩教授，您们最清楚，自由、宽容、平等、法治对于公民而言，如同阳光、空气、泉水于生存之不可缺少，又何况人不是只为生存而生存的呢！人需要在自由、平等、尊严、公正的社会环境中求生存，求事业，求真情。我很赞成你们刚才讲到的——”

“哦，什么，克雷乌斯先生？”斯特恩问。

“为生存、为艺术、为爱情去美国生活！”克雷乌斯先生用高亢的话语重复了这句话，然后又恢复了他低沉的语气，“德国已经主宰了欧洲大陆，德国联合意大利占领或者统辖了除英国、俄国、瑞典、瑞士、西班牙以外的所有欧洲国家，其中的苏联也已被部分占领。战争无情地污染了欧洲的阳光、空气、泉水，摧毁了本来就脆弱的自由、平等、尊严、公正的社会环境。远在美洲大陆的美国给欧洲以希望，拯救欧洲的希望在于英国、美国、苏联与世界其他正义国家和民族的联合。”

美国波士顿来信

“这么说，您认为我们去美国是正确的选择？”珍妮问道。

“当然，对于您们，这是目前唯一正确的选择！据我观察，美国政治家对待现今欧洲战事保持着清醒认识，美国的立场增强了英国对抗德国的攻击坚持下去的信心。今年3月，美国国会授权总统，向总统认为其防务对保卫美国具有切身利害关系的各国政府提供防御手段。”

“克雷乌斯先生，您认为我们在美国可以为欧洲人做些什么？”斯特恩问。

“告诉美国人民欧洲战事真相，以您们的艺术专长号召和鼓励美国人民以各种可能的形式支持欧洲人民的反法西斯战争。”

“克雷乌斯先生，您愿意以您的人脉关系和影响力，为我和斯特恩教授设法购到两张从西班牙本土去纽约的机票或者船票吗？”珍妮问道。

“珍妮女士，斯特恩教授，我将尽力而为。”

“我们会怀着感激的心情常常想念您们的！我们在您们的别墅里完成了《c小调自由交响曲》（合唱）的创作！我们发现，您们的别墅赋予我们特殊灵感创作了这部交响乐呢！我们将在美国巡回演出这部作品。”斯特恩说道。

36. 纽约岛自由女神

1941年12月7日珍珠港事件爆发后，美国宣布参战。翌年1月底，珍妮与斯特恩在西班牙工业家克雷乌斯先生协助下，搭乘克雷乌斯公司运输油橄榄轮船赴美，商船在大西洋上遭遇德国U-潜艇攻击，斯特恩头部撞击到客舱舱壁受脑震荡创伤。他们幸运地得到从英国开往纽约的“伊丽莎白皇后号”邮轮的救护，并转乘该邮轮于2月中旬抵达纽约港。在欧洲历经逾6年时光，珍妮重又回到祖国，返回家园！

当“伊丽莎白皇后号”邮轮驶入纽约港，首先映入眼帘的是面向大西洋的自由女神雕像，她高耸在哈德逊河口外的自由岛上。她头上戴着星形额箍，右手高举12米长的火炬，左手拿着美国《独立宣言》；她美丽的面庞、飘逸的秀发、丰满的体态、端庄的仪表勾画出女神的崇高形象。自由女神雕像是自由美国的象征！

经历战争洗礼的他们，远远望见自由女神雕像，不禁百感交集，泪落衣衫。当年珍妮为了学业，远赴欧洲；如今为艺术、为爱情，重返故里。自由之神在召唤，为遭受极权主义欺凌者、为遭受种族主义迫害者、为遭受纳粹主义捕杀者呼吁和战斗。当自由失去时，才深知自由之可贵。如今，在纳粹统治下，在战火中艰难生存的人，都深知自由之可贵。

仰望自由女神雕像，想到法国塞纳河上那尊自由女神雕像，怀念它的雕塑者——出生于法国科尔马（Colmar）的雕塑家巴托尔迪（Huguste Bartholdi），向伟大的艺术家致敬！在美国人于1876年7月4日庆祝建国100周年的时候，法国人，确切地说是法国的法美联盟，为向美国人表示祝贺，赠送了自1886年10月28日揭幕，屹立在纽约岛上的这座近46米高的自由女神雕像。数十年来，自由女神高举火炬，向来自全球的所有经过纽约的船只致意。自由女神像原本的旨意是“来自巴黎的美国女人”。由于多种原因，直至1885年6月才把这位高大的“来自巴黎的美国女人”分装入200多个包装箱，用了70节火车皮运往巴黎，并在巴黎组装，再运往纽约。如今，法国遭受纳粹德国占领，失去自由，美国怎能不向法国伸出援助之手，为人类的自由而战呢？

纽约人认为自由女神雕像是自由美国的象征，法国人认为它是法国大革命“自由、平等、博爱”精神的象征。自由、平等、博爱是人文思想的精华，构建人文社会的基石。

美国纽约岛自由女神像

斯特恩在马略卡岛流亡期间完成了《c小调自由交响曲》（合唱）的创作，斯特恩同时创作《自由女神颂》（合唱）歌词；在斯特恩指导下，珍妮为《自由女神颂》（合唱）歌词谱曲。他们将这部作品献给世界上被独裁者剥夺了自由的人和为自由奋斗的人。斯特恩将与纽约朱丽亚音乐学院交响乐团择期再一次联袂举办勃拉姆斯作品音乐会，同时演出斯特恩创作的《c小调自由交响曲》（合唱），珍妮将参与演奏钢琴曲目。届时将邀请亲友莅临。

在纽约港，珍妮偕同斯特恩踏上美国土地，别离6年6个月，珍妮重新踏上故乡波士顿的土地，见到久别的亲人，那种感觉实在是美妙极了！

纽约岛自由女神高擎火炬，欢迎来自四面八方的客人；波士顿的珍妮的亲人用热烈的拥抱，迎接女儿从欧洲归来。

对于斯特恩，美国是异域，波士顿是异乡，不免有生疏感和表现出某种窘迫；对于珍妮，美国是祖国，波士顿是故乡。珍妮在这里出生，在这里成长，这片土地里深藏着她童年、少年时代成长的美好记忆。

纵然离开它很久，依然那么熟悉它，感到它亲近、可爱。珍妮熟悉这里人们的语言和举止，熟悉这里的自然风光和城乡风貌；在这里，她不必仔细聆听冗长的德语词汇和竭尽理解复杂的德语语法，也不必在言谈举止方面，维系严谨和严肃，或者关注逻辑思维。她厌倦德国战时的夸夸其谈和愚昧宣传，以及军事化、战争化的生存空间和生活氛围；她厌恶德国战时的歇斯底里的人们和穷凶极恶的法西斯分子。

在这里，自己的家里，珍妮深切地感受到温暖、温馨、关爱。爸爸、妈妈苍老了许多，看到他们，她心中的爱怜和内疚之情油然而生，多么想多有些时光陪伴在他们身边啊！他们永远只想到他们的儿女，无论他们在哪里；想到他们是否健康，是否安全，是否快乐；想到他们的工作收入是否够用，事业发展是否顺利；还有，更关切他们结交的朋友……

对于斯特恩，珍妮的爸爸、妈妈表现出热情和开明，对于女儿的选择表现出理解和尊重，这使斯特恩深受感动。珍妮妈妈是学音乐的，她很快就与斯特恩有了更多的共同语言。一般而言，诸多家庭中，女儿的婚事往往是母亲更为关切，其意向更受到关注。

查尔斯河、梅斯蒂克河流经波士顿，汇聚波士顿湾。珍妮与斯特恩在波士顿沿河漫步，她因能向这位欧洲人介绍这座古城，介绍它的自由传统和文化艺术，而感到自豪。

珍妮向斯特恩讲述美国文化古城波士顿。始建于1630年的波士顿，在反抗英国统治，争取美国独立的运动中有过重大贡献，被誉为美国“自由的摇篮”。在美国南北战争时期，波士顿是废除奴隶制的先锋，成立了“新英格兰反奴协会”，出版报纸《解放者》。

他们来到始建于1821年珍妮学习过的波士顿英语中学，它是全美国公立中学的开端。而始建于1635年的波士顿拉丁文学校，不仅是在波士顿，也是全美国最古老的中学。他们访问了举世闻名的哈佛大学，它始建于1636年，开创了美国设立大学的新纪元。波士顿在19世纪中叶是知识界精英汇聚的地方，当时的许多著名哲学家、散文家、诗人、剧作家经常在学校街的“拐角书店”聚会，讨论哲学、文学、艺术的学术问题，对世界的思想界、文化界产生过巨大影响。波士顿交响乐团享誉世界。波士顿博物馆拥有古埃及、东方和古典艺术珍品。珍妮告诉斯特恩，在这种文化艺术的家庭氛围和社会环境中成长，让她喜爱上艺术，让她选择了学习艺术，以艺术为职业，以艺术为天职。

37. 再访纽约学子

斯特恩和珍妮从1942年9月1日起，已分别受聘于纽约朱丽亚音乐学院客座教授和助教，这让他们十分高兴。斯特恩表现出近年来从未有过的兴奋，他重新享有自由和作为有尊严的公民从事他热爱的艺术，这种自由和尊严曾在1938年11月16日被希特勒纳粹政权无理和无情地剥夺了。

斯特恩以纽约朱丽亚音乐学院客座教授身份第一次为钢琴班同学讲授音乐史讲座《约翰内斯·勃拉姆斯的音乐作品》。

像6年前斯特恩应西蒙教授之邀，参加钢琴班的勃拉姆斯作品讨论会那样，珍妮与教室里的十几位大学生坐在课桌旁。西蒙教授和斯特恩面对同学站在讲台旁。西蒙教授向同学们介绍了主讲客座教授，特别提到“斯特恩教授在6年前，曾作为访问教授与朱丽亚音乐学院交响乐团成功地联合举办过勃拉姆斯作品音乐会，音乐会后曾在这间教室里与当时的钢琴系毕业班大学生讨论过勃拉姆斯作品问题，今天在座的助教珍妮·纽曼女士当时也在座，参加了讨论。”随后，他请斯特恩教授讲课。

“感谢西蒙教授的导言，能够分担西蒙教授教学内容中的勃拉姆斯音乐作品部分，我感到荣幸。我将以我的学识和经验，努力做好这部分教学工作，就像西蒙教授做的那样。事实上，6年前当我短期访问西蒙教授时，我已经从他的教学和与他的讨论中得到许多有益的启示。珍妮·纽曼女士是西蒙教授的学生，她将做出判断，我的教学工作是否达到，何时将能达到西蒙教授的教学水平。西蒙教授告诉我，你们对于勃拉姆斯与克拉拉之间的情感如何影响了他的音乐作品这个问题有浓厚兴趣。今天就与同学们探讨这个问题。首先，请同学们提出问题或者发表你们的看法。”

“教授，勃拉姆斯与克拉拉之间的情感究竟是怎样的？是爱情吗？或者别的什么感情？”一位女大学生问道。珍妮心里明白，这个问题正是6年前她提出过的。

“问题提得好！”斯特恩目光掠过珍妮，接着说，“我记得6年前，你们的学长提到过同样的问题，珍妮·纽曼女士，你还记得当时我是如何回答的吗？”

“记得，教授。”珍妮回答，“你说，那是爱情。可以肯定，勃拉姆斯爱上了克拉拉。保存下来的勃拉姆斯寄给克拉拉的许多信件可以证实这一点；至于1854–1856年间究竟在两人之间发生了什么，却是不完全明朗的。”

海浪与海鸥雕塑（美国）

“谢谢，珍妮·纽曼女士。我记起来了，我还讲到，我宁愿认为他们之间的爱情是柏拉图式的纯精神的爱情，尽管有报道称，勃拉姆斯、克拉拉曾在杜塞尔多夫的勃拉姆斯住处生活过一段时间。克拉拉在1879年7月10日写给勃拉姆斯的信中也提到：‘在精神上，我们的手紧紧相握。’克拉拉是位伟大的女性，她非常爱她的丈夫舒曼。她不仅仅满足于作为一位名家的贤惠妻子和多个孩子的慈爱母亲，她还珍重她在钢琴和作曲领域的艺术成就和个人声望，期望还能以一位卓越的女艺术家形象长留人世。这样伟大女性的芳心不会只为情爱所征服，她的行为准则，包括她对于勃拉姆斯的情谊会是遵循道德规范和受社会制约的。舒曼曾说过：‘我最美好的旋律都来自克拉拉。’对于勃拉姆斯而言，克拉拉是位艺术女神，一泓艺术创作的源泉。”

“同学们，爱是艺术的源泉。”斯特恩接着说，“爱激发艺术家的激情，激情让艺术家获得灵感，灵感让艺术家谱写出美妙的旋律。”

斯特恩向刚才提出问题的同学微微点头示意，随之环视聚精会神听讲的同学们，说：“同学们，我想，克拉拉、舒曼、勃拉姆斯都是非凡的人，人们不能按常人的理念和思维方式去理解他们的行为和作品，勃拉姆斯与克拉拉的关系是超越纯精神或者性关系的。爱，对人类、对世界、对艺术的爱让克拉拉、舒曼、勃拉姆斯流芳百世！同学们，如果你们选择了艺术，就以全部的身心，去追求它、创造它吧！在对艺术的追求和创造过程中，人们才会懂得人生的真谛、爱的真谛。”

像6年前一样，斯特恩的话音刚落，教室里立即响起热烈的掌声，西蒙教授和同学们一起面向斯特恩鼓掌，珍妮感觉到眼睛里的泪花在滚动。她想，人在经历过苦难、奋斗、爱情之后，才更能深刻理解人生的真谛、爱的真谛，才更能珍重人生和爱情啊！

38. 反纳粹巡演

自从1942年9月1日斯特恩和珍妮在朱丽亚音乐学院任教以来，一直忙于教学，同时安排时间与学院交响乐团联合排练他们创作的《c小调自由交响乐》（合唱），筹办支援反纳粹战争的音乐会募捐巡演。

斯特恩以从未有过的工作热情，竭尽全力投入到音乐会募捐巡演的排练和初演之中，这一点珍妮是能够理解的。一位才华横溢、造诣精深的当代优秀钢琴演奏家，一位对艺术充满无限热情和献身精神的艺术家，因受到政治迫害，面临死亡威胁，不得已在长达3年的岁月里被迫放弃艺术，逃亡他乡，可以想象，他心中承受着怎样的苦痛；如今，他得到正义人士的帮助，得到友情的呵护，得到爱情的温暖，立于自由国度，重获自由身躯，重获自由艺术，重获自由人生，他的喜悦之情，他的迸发之力，是难于想象的，难于量度的。

斯特恩在精神上的变化，令珍妮惊异。他原本性格沉稳、安详，不擅长言辞，可以说有些腼腆，漫长的逃亡时期，使他变得寡言、忧郁；如今爱动，有说有笑了，时常还哼着某个旋律，像是在探索新的旋律；他关心时局，关注欧洲战事发展。他说，他要为欧洲苦难的人民，为反纳粹战争做些事情。他说，他要加倍工作，补偿失去的时光，纵然牺牲健康和生命，也在所不惜。

1943年新年音乐会上，斯特恩指挥朱丽亚音乐学院交响乐团并合唱团，在学院音乐厅演出斯特恩作曲的《c小调自由交响曲》，以及由斯特恩作词、由珍妮谱曲的《自由女神颂》（合唱）。音乐作品受到广泛赞誉，演出获得成功。

这次演出，珍妮并没有直接参加音乐演出，而是作为报幕者，介绍了斯特恩创作《c小调自由交响曲》（合唱）的苦难历程。珍妮讲道："斯特恩教授原为德国慕尼黑音乐学院钢琴专业教授，他是享誉世界的勃拉姆斯钢琴作品的著名演奏家。因为具有犹太血统，遭受希特勒纳粹政权逮捕，被关入犹太人集中营，饱受苦难。在正义人士协助下，逃亡3年，历尽危难，逃亡到自由国度，现任纽约朱丽亚音乐学院客座教授。斯特恩教授在逃亡过程中，以切身的体验，以超人的毅力，以血泪谱写出了《c小调自由交响曲》（合唱）。现在就请大家欣赏这部《c小调自由交响曲》。"

维也纳胡浮堡（Hofburg）交响音乐会

《c小调自由交响曲》的深沉音乐旋律，《自由女神颂》（合唱）的高亢歌声令听众激动不已。当合唱曲"自由滋润生命，生命渴望自由；失去了自由，生命将死亡。你是自由化身，你是生命化身。我们聚拢在你身旁，咏唱自由女神颂歌。生命不再孤独恐惧，生命不再流浪逃亡；自由、平等、博爱，营造人间和谐天堂"最后一个音符落下，全场响起热烈掌声，掌声中还夹杂着青年人的欢呼："打倒法西斯，自由属于人民！"

音乐会演出是成功的。演出收入全部捐献给支援反法西斯战争基金会，为此，他们所有演出人员都感到十分欣慰，毕竟他们已在为美国参战，为反法西斯战争做出了些许贡献。

暑假期间，斯特恩指挥朱丽亚音乐学院交响乐团走出学院，在纽约及多座城市举办支援反法西斯战争音乐会募捐巡演，为了减少开支，学院合唱团并未随行，而与巡演当地的合唱团联袂演出。

他们选择了沿大西洋海岸地区向北方行进的巡演路线：纽约→纽黑文→波士顿→波特兰。演出曲自为：《c小调自由交响曲》（合唱）、勃拉姆斯作品《d小调第一钢琴协奏曲》。演奏这两部作品均由斯特恩指挥，演奏《d小调第一钢琴协奏曲》时，由珍妮演奏钢琴。

在纽约人民公园，他们举办了露天演奏音乐会，自由入场，不需购票，但在入口处设立捐款箱，自愿为支援反法西斯战争捐款。市民捐款热情颇高，令人感动。在波士顿，他们选择了在哈佛大学大礼堂举办音乐会，那些莘莘学子、未来的社会精英，不仅表现出对音乐艺术的浓厚兴趣，同时表现出对世界和人类命运的关注。

斯特恩指挥的朱丽亚音乐学院交响乐团在纽约、波士顿举办的支援反纳粹战争的音乐会募捐巡演，通过媒体的报道，受到社会越来越多的关注。

39. 贝格曼阵亡

最近珍妮收到小姨从瑞士圣加仑寄来的信，谈到莉娜和弗里茨的近况。普林姨妈曾写信告知圣加仑的小姨，珍妮偕同斯特恩已搭乘从巴塞罗那开往纽约的克雷乌斯公司运输油橄榄轮船于2月中旬返抵纽约港；请小姨在圣加仑继续看护莉娜，斯特恩在适当时候将接莉娜去美国团聚。圣加仑的小姨来信说，莉娜健康，与她的两个孩子相处亲密融洽。莉娜的母亲不幸早逝，战争迫使父女分离已然5个春秋，莉娜想念爸爸之情可想而知。

莉娜爸爸对莉娜朝思暮想，因爱莫能助而深感内疚，珍妮对莉娜牵挂有加，同样爱莫能助。最近，传来信息，不断有来往于欧洲和美洲的商用邮轮在太平洋公海被德军炮舰击沉，美国宣布参战后，太平洋公海上的邮轮处境更加危险，这也是斯特恩与珍妮在1月底乘轮船赴美国时没让莉娜同行的原因。莉娜已然10岁，还是太小，尚不足以理解世界面临的复杂事物。可怜的孩子们，赶上这样一个疯狂的时代。

德国撕毁《德苏互不侵犯条约》，于1941年6月22日大举入侵苏联。1942年5月，德军占领乌克兰，越过顿河，直逼伏尔加河下游的斯大林格勒。如今终于传来令人振奋的消息：在1942年7月至1943年2月的斯大林格勒会战中，德军陷入重围，突围失败，30万德军残部投降。德国在斯大林格勒会战后转入战略防御和退却。从美国参战，从斯大林格勒战役的胜利，人们仿佛依稀看到战争胜利结束的曙光，为人们带来了“打倒法西斯，还自由于人民”的希望。

德国国内反对希特勒的势力在发展，对此，纳粹政权予以残酷镇压。1943年2月22

日，慕尼黑大学生汉斯·朔尔（Hans Scholl）和索菲·朔尔（Sophie Scholl）兄妹因联合志同道合的同学、艺术家和学者成立白玫瑰小组，散发传单要求“阿道夫·希特勒的国家把他卑鄙地从我们这里骗走的德国人最珍贵的财富，即个人自由还给我们”，而被纳粹政权的“人民法院”判处死刑后处决。

弗里茨是具有正义感、喜爱思考的青年。珍妮的普林姨妈得到信息，在慕尼黑，弗里茨曾经勇敢地参与抵抗团体散发反对纳粹的传单等活动。此外，弗里茨还时而去法国，与法国抵抗运动成员接触，交换抵抗纳粹运动信息。1941年3月，弗里茨陪同珍妮到达法国，路经马赛，寻求与斯特恩在西班牙马略卡岛会合。在马赛，当珍妮独自应邀来到马赛城区一家咖啡馆会见贝格曼时，弗里茨在马赛与法国抵抗运动成员有接触，其中就有曾在巴黎协助斯特恩逃亡的法国友人谢曼先生。当时，珍妮对此一无所知。珍妮现在想起来，还真有些为他担心呢！弗里茨在成长，变得越来越稳重，越来越成熟了，战争让人们加速成长，更早更快成熟。无论如何，珍妮为有弗里茨这样的表哥而骄傲，并为他的安全虔诚祈祷。

欧洲战局的发展令人鼓舞。继苏联在东部战场斯大林格勒会战中取得胜利，盟国联军在法国开辟西部战场以来，捷报频传。

1944年6月6日，盟国联军动用了15万士兵，5000艘舰船，11000架飞机，1500辆坦克，成千上万门大炮，两个活动港口，一条海底燃料供应管道，在法国诺曼底地区登陆。至7月29日，150万装备精良的盟国士兵登上被德国占领的大片法国土地。

这一时期，在德国出现了多起刺杀希特勒的行动。其中最为著名的是于1944年7月20日，德军后备军司令参谋长申克·冯·施陶芬贝格（Schenk von Stauffenberg）上校发动的刺杀希特勒的“女武神”（“Walküre”——瓦格纳歌剧名，北欧神话女神）行动。趁在东普鲁士地区“狼堡”大本营参加高级军事会议之机，施陶芬贝格上校将定时炸弹秘密放置在会议桌下，定时炸弹按时爆炸，希特勒凭借坚实的会议桌屏蔽侥幸逃过此劫。当施陶芬贝格在“狼堡”实施刺杀希特勒行动后，德国驻法国指挥官施蒂尔普那纳格尔在巴黎按计划响应暴动，但在柏林和德国其他城市却收到了纳粹大本营发出的“元首活着”的电报，“女武神”行动失败。刺杀希特勒行动密谋者贝克上将和北非军团隆美尔将军先后自杀。施陶芬贝格上校和其他多名共谋将校官被希特勒的“人民法院”处决。

法国抵抗纳粹运动得到了法国戴高乐将军在英国成立的“自由法国人民民族委员

会”和英国政府的支持，在盟军诺曼底地区登陆后，倍加活跃，其频繁的破坏、暗杀和配合盟国联军作战的军事行动给德国占领者制造了困难。1944年8月25日盟军光复巴黎。9月美法军队在法国南部土伦、戛纳一带登陆，向北方挺进。

登山探险者贝格曼于1941年3月初在马赛与珍妮邂逅长谈后，在印度和中国西藏继续探索雅利安优越人种的起源和寻找沙姆巴拉洞穴里隐藏的神奇的“地球轴心”。1944年6月6日盟国联军诺曼底登陆后，贝格曼志愿加入德国陆军战斗部队，在法国北部的激战中阵亡。据说，临终前，他面庞并无痛苦表情；他宣誓过，随时准备为元首牺牲。

一个德国青年人的生命就这样过早地终结了！贝格曼年轻、健壮、英俊、高大，是一位男子汉。他酷爱登山运动，本可以在登山体育运动方面开拓他的未来，成为一位优秀的登山运动员，甚至成为举世闻名的登山探险家；然而，他的淳朴民族感情和国家观念经不住希特勒纳粹党的强大宣传攻势和诱惑，半清醒半盲目地成为纳粹主义、种族主义、沙文主义的信仰者、崇拜者和支持者，并歇斯底里的以此为荣，自以为他正在从事史无前例的伟大事业。

贝格曼短暂的一生做了两件事情：（1）作为纳粹探险队成员，探索雅利安优越人种的起源和寻找沙姆巴拉洞穴里隐藏的神奇的“地球轴心”；（2）作为德国陆军部队战士，在被占领的法国与盟国联军作战。作为探险队员，他富于探索精神和探险精神；作为战士，他忠诚、勇敢，富有献身精神。可悲的是，他毕生做的第一件事情是在为希特勒种族主义效劳；他毕生做的第二件事情是在为希特勒沙文主义效劳。总体来讲，他自觉和不自觉地成为希特勒实现其统治欧洲、称霸世界政治目标的可怜工具。这等人生，堪称既可怜又可悲；更为可怜又可悲的是，在当时的德国乃至欧洲，这等人又何止尼克·贝格曼一位！尼克·贝格曼的悲剧人生确实发人深省。

40. 斯特恩病危

继1943年暑假斯特恩指挥朱丽亚音乐学院交响乐团走出学院，在纽约、纽黑文、波士顿、波特兰等城市举办支援反纳粹战争的音乐会募捐巡演后，今年的暑假他们选择了沿大西洋海岸地区向南方行进的巡演路线：纽约→费城→巴尔的摩→华盛顿。

演出曲目为：《c小调自由交响曲》（合唱）、勃拉姆斯作品《d小调第一钢琴协奏曲》。演奏这两部作品均由斯特恩指挥，演奏《d小调第一钢琴协奏曲》时，由珍妮演奏钢琴。

在华盛顿，朱丽亚音乐学院交响乐团被邀请在华盛顿交响音乐厅举办首场音乐会。出席音乐会的不仅有诸多艺术家、音乐爱好者，还有政府高官、社会名流。这次音乐会募集到的捐款相当可观。究其原因，一是他们演出的水平越来越高，二是媒体的报道帮了大忙。

斯特恩指挥的朱丽亚音乐学院交响乐团在华盛顿交响音乐厅举办了首场募捐演出之后，在乔治·华盛顿大学音乐厅继续举办巡演。8月19日，上午天下起了小雨，午后放晴，骄阳似火，蒸发的水汽弥漫在空中，天气闷热，令人不爽，斯特恩感到胸闷，呼吸不畅。演出安排在傍晚，珍妮曾劝他休息，他坚持按时演出，乐团全体团员提前到达现场熟悉环境。

演出正式开始后，仍然由珍妮报幕，像在朱丽亚音乐学院第一次演出《c小调自由交响曲》（合唱）那样，照例由珍妮简洁地介绍了斯特恩创作《c小调自由交响曲》

（合唱）的苦难历程。

斯特恩在热烈的掌声中走上舞台，向观众深鞠躬致意，指挥朱丽亚音乐学院交响乐团和华盛顿合唱团开始演奏《c小调自由交响曲》（合唱）全曲。

第一乐章《灾难》，音乐旋律汹涌、震撼；第二乐章《逃亡》，音乐旋律凄凉、忧伤。交响乐进入第三乐章《为艺术，为爱情》，音乐表现了被迫害者在逃亡路上，一种心态是悲哀、气馁，因悲惨命运而悲哀，因多舛命运而气馁；另一种心态是不屈服、抗争，不屈服于悲惨命运，与多舛命运抗争。乐曲中，表现两种心态的两种音乐旋律交替出现，反复冲突。被迫害者依靠“为艺术，为爱情”的意念和力量，躲避邪恶者追捕而存活下来。就在这时，只见斯特恩身体一软，跌倒在指挥台上。顿时，听众发出惊诧的叹息。工作人员和珍妮急匆匆跑向他的身边，珍妮移开他手中还在握着的指挥棒，几位工作人员一起用担架抬起斯特恩走向后台，随后及时送往医院急救。

音乐会华盛顿主办方负责人在与珍妮简短商议后，面对惊愕不安的听众平静地说：“各位女士、先生，斯特恩教授因巡演旅行，身心疲劳，天气不适，导致短时昏厥，现已恢复知觉，送往医院诊断治疗，请各位放心，谢谢诸位关爱。现在我们欢迎斯特恩教授助理——珍妮·纽曼女士指挥交响乐团继续演奏！”

在一片热烈掌声中，珍妮走向指挥台，深深鞠躬，然后宣布：“从第三乐章开始演奏，谢谢各位！”

当珍妮举起指挥棒请乐团演奏人员准备演奏时，脑海中突然闪现斯特恩教授的身影，她尽可能让心境完全平静下来，沉浸到音乐之中。 指挥棒落下，第三乐章《为艺术，为爱情》旋律响起，音乐旋律强烈、深沉。第四乐章《讴歌正义，召唤理性回归》正义与邪恶冲突，理性与野性冲突，音乐旋律庄严、悠扬。最终，正义战胜邪恶，理性回归人心；乌云散去，太阳出来了！《自由女神颂》（合唱）响起，音乐旋律高亢、富于激情。

《自由女神颂》（合唱）的珍惜自由，呼唤自由的主题，显然得到听众的心灵呼应，全体听众起立，热烈而长久地鼓掌、欢呼，珍妮知道，这掌声和欢呼声是听众献给自由的，献给正在战场上为自由战斗的人们的，献给《c小调自由交响曲》（合唱）的作者斯特恩教授的！

演出结束后，珍妮立即赶往医院看望斯特恩，他已然恢复知觉，医生及时地对其进行了心脑血管检查和紧急抢救。珍妮陪同斯特恩适时地乘坐救护车从华盛顿返回纽约，一路上有华盛顿医生护理，未出现严重情况。珍妮默默为斯特恩的康复祈祷。

41. 斯特恩的遗愿

斯特恩写给女儿的信

斯特恩在纽约医院确诊为脑溢血，病情不稳定，时好时坏。显然，长期流亡的苦难生涯和在大西洋上遭遇德国U-潜艇袭击受脑震荡创伤导致其患病，而为音乐会募捐巡回演出奔波劳碌成为其发病诱因。斯特恩对到达美国后的经历毫无怨言，觉得这是他生命中最有意义的时期——为支援反纳粹战争做贡献，为世界的和平，为人类博爱，为人类“大爱”生存！

“为人类博爱，为人类大爱生存！”——多么崇高，多么让人欣慰啊！

斯特恩对女儿莉娜充满深情的怀念，为她最需要他的时刻长久不能在她身边感到深深内疚。一天，在斯特恩清醒的时候，他口授了一封给女儿的信。

莉娜，我亲爱的女儿：

爸爸躺在病床上，此时此刻，我最想念的是你！虽然我可能不会不久于人世，但是我还是急切感觉到，我有话要对你说。

在你还是幼儿时，在你最需要母爱、父爱的时候，妈妈早逝，爸爸遭受迫害长期流亡他乡；幸亏得到珍妮阿姨关爱，你得以寄居在她的小姨家。然而，爸爸为不能在你身边呵护你，感到深深内疚，爸爸的心境何以能够平静呢?

爸爸身在大西洋彼岸，离你越来越远，而且自然法则不可抗拒，终究会离你而去，想到你将独自在这个疯狂的世界上生存，爸爸的心里涌起波澜。

这个世界太疯狂，孩子，你可要当心啊！珍妮阿姨是位好心人，她全心全意地爱着你，我委托珍妮阿姨为你的监护人。爸爸希望你将来从事艺术专业，像你妈妈，像珍妮阿姨那样，成为一名音乐家。世界错综复杂，真理与谎言并存，爸爸希望你学会独立思考，学会辨别真伪。

现在处于战争时期，航行于大西洋的邮轮不时遭到袭击，考虑到你的安全，近期不便于接你从瑞士来美国。你知道，爸爸是多么想立即见到你、拥抱你啊！战争一结束，爸爸会立即接你来美国，或者会立即去瑞士与你团聚。感谢瑞士在战争时期保持中立，包括我女儿在内的弱势群体，得到它的庇护。

在家里的平凡的日子里，不能深切地感觉到全家在一起的时光是多么值得珍惜！在一起，随便做点什么，最重要的是“在一起”！当人们远离亲人，远离故土，身处异境时，才更能理解亲情的深邃内涵。

我们生活在一个多元文化世界里。世界上不同种族、不同文化、不同信仰的人群之间越来越需要相互往来、交流和认同，而不是相反的，导致误解、对立和敌视。

语言是世界不同人群之间沟通的工具、联系的纽带，一个立志为全人类谋福利的人，不容置疑，不容踌躇，立意精通至少一门外语，这样，才有可能置人生于高起点和广阔的空间。德语是你的母语，此外，首先要学好英语，它是多元文化世界交往中应用最为广泛的语言，它是开启文化世界大门的钥匙。英语是珍妮阿姨的母语，只要你愿意，她会帮助你学好英语的。

我们家存在不同的宗教信仰。爸爸信奉犹太教，你妈妈信奉基督教。在我们家里，犹太教与基督教和谐并存，犹太教信徒与基督教信徒和谐共处。你知道，我们全家总是一同过圣诞节的，你长大后将由你自己决定信奉何种宗教。自纪元初年起的千余年人类历史上，犹太教与基督教不能和谐并存，犹太教信徒与基督教信徒难于和谐共处，令人遗憾。爸爸总是抱有希望，但愿这种情况能够在你们这一代有所改善。

我的孩子，你终将步入社会，谱写美丽人生，在人生路上寻觅到你的人生伴侣，共同谱写幸福人生。教堂里举行的结婚仪式是神圣的，当一位父亲挽着女儿的手臂庄严地走进教堂，并把她托付给她心爱的男人时，才可以说，这位父亲履行了父亲的责任。你的爸爸也是这样，只是不知道，上帝是否宽容地容许你的爸爸等待到那幸福的时刻到来……

莉娜，我亲爱的女儿，你将走向陌生的社会，你从这里走向未来，踏出人生的路。爸爸祝福你的一生，就是一首旋律优美的歌。

无论在何时，无论在哪里，永远爱你的爸爸

约翰·斯特恩（签名）

1944年8月28日　纽约

斯特恩写给珍妮的信

斯特恩的病情严重，处于生命危险之中。他亲手交给珍妮一封信，不久之后他就处于昏迷状态。在这封提前写就的诀别信里，斯特恩谈到他的人生和对人生的感悟。

亲爱的珍妮：

我的病情并无好转迹象，我预感到未来时日无几，趁清醒时，口授这封诀别信，在最后时刻到来之前，我将亲自（如果还可能）或者请代笔人将信转交你。

亲爱的珍妮，我珍重人生，珍重你的爱。我的39载人生春秋，此刻历历在目。

我的第一个10年，是在为人生的事业发展做准备。学习音乐艺术的人，较之同龄人需要更早起步，付出更多努力。从4岁起，母亲就开始引导我学习钢琴；从此，钢琴成为我儿时的玩伴和生活伴侣，我从它那里寻求快乐和安慰。

我的第二个10年，那是一个编织梦想的时期，我偏爱勃拉姆斯的音乐，成为勃拉姆斯那样的钢琴家和作曲家是我的梦想，那时候，我与希望和梦想结伴而行，它们鼓舞我在艺术上进取。

我的第三个10年，是在莱比锡音乐学院学习和深造，为实现梦想奋斗的10年。莱比锡音乐学院是我人生的第一级台阶，它教我懂得了音乐、爱、人生的真谛。没有了爱，就没有音乐；没有了爱，就没有人生。从这一级台阶我向着人生的高处攀登。在莱比锡音乐学院我结识了成为我妻子的少女，收获了爱情。爱情激发了我潜在的艺术才华，将我的音乐技能和音乐创作推向高峰，让我成为德国著名的勃拉姆斯音乐作品钢琴演奏家。

近10年，我在慕尼黑音乐学院从事教学和在德国、美国等地进行音乐巡回演出，这是我人生最辉煌的时期。我踌躇满志，美好的前程展现在我的面前。然而，正当此时，爱妻不幸早逝，政治风云突变。希特勒纳粹政权崛起，犹太人惨遭迫害，战争爆发，我的厄运降临，音乐梦想、美好前程毁于一旦。

在危难时刻，亲爱的珍妮，你的爱拯救了我，你的爱拯救了我的生命，挽救了我的艺术前程！有了爱，就有音乐；有了爱，就有人生。爱给了我逃亡的勇气，爱给了我重生的力量，爱给了我在马略卡岛上谱写《自由交响曲》的激情，爱给了我去美国重获自由的希望。当我们乘坐的邮轮驶入纽约港，眺望自由女神雕像，我预感到，我的人生将在美国踏上第二级台阶！

我立足于自由国度，重获自由身躯，重获自由艺术，重获自由人生，我的喜悦之情，我的迸发之力，是难于想象的，难于量度的。我说过，我要为欧洲苦难的人民，为反纳粹战争做些事情。我要加倍工作，补偿失去的时光，纵然牺牲健康和生命，也在所不惜。

上帝在某些时候还是公正的：我的身体透支了，我的健康受到惩罚。此时此刻，我没有忏悔，也没有抱怨。人生短促，珍惜人生。想做的事情，不宜迟疑；能做的事情，尽快去做。

歌德于1826年所写的诗中说：“人在一生中收获得再多，莫过于得到上天的启示：它如何使物质化为精神，它如何呵护精神之创造。”人在一生中，有机会从事文化事业，是幸运的。我热爱艺术，以音乐为天职，我尽力去做了，我无愧于人生。

亲爱的珍妮，我的人生中最大的遗憾，莫过于我不得不向你——我的爱人诀别！我曾经郑重地向你求婚，你已宽容地应允了我的求婚，由衷地感激你给予我的关怀，给予我的爱！我们准备在大战胜利结束后举行婚礼的约定，看来是难以实现了……多么无奈，多么遗憾，多么悲哀啊！

我曾经多么想与你建立起一个家庭啊，让我们在那个私人空间里享受爱与被爱，让我们在那里欢乐和休息，让我们在那里弹奏钢琴和谱写乐曲，让我们在那里抚慰心灵和治疗伤痛…… 这一切都将化为泡影，多么无奈，多么遗憾，多么悲哀啊！

亲爱的珍妮，希望你引导莉娜喜爱音乐艺术，如果莉娜能够在未来成为钢琴家、指挥家或者作曲家，无论那时我在哪里，我都会感到欣慰的。

当你读完这封诀别信的时候，我的灵魂已经远飞天国，留在人间的是那些美好时光的记忆和对亲人、朋友们美好的祝福！

约翰·斯特恩（签名）

1944年8月30日　纽约

斯特恩的遗嘱

不幸消息传来，9月2日凌晨，斯特恩教授因脑溢血在纽约医院逝世，终年39岁。

斯特恩教授的一生是奋斗的一生，富于成就的一生，也是苦难的一生；他将终生全部奉献于人类，奉献于艺术，奉献于年轻一代，奉献于他的家庭，唯独不关爱自己；即便在被迫流亡的苦难岁月，他依然以超人的毅力，为艺术奉献，为人类奉献，为博爱奉献。尽管世界对待他并不公允，但他仍以公允、正直、宽容回报世界，回报他人。对于未来他有美好梦想，因其早逝，未能全然圆梦，留有终生遗憾。

斯特恩教授走得匆匆，为珍妮的人生留下难以填充的真空和难以消失的痛苦；珍妮的心追随他而去，珍妮的爱追随他而去……

在口授了那封给珍妮的信的第二天，斯特恩向珍妮口授了他的遗嘱。

人们也许能够想象，斯特恩口述遗嘱的情景，珍妮在现场做笔录的情景——斯特恩边流泪边在口述，珍妮边流泪边做笔录；泪水浸透了枕巾，泪水浸湿了纸张。渐渐地，空气凝固了，时钟停止摆动了，声音消失了，笔管静止了，泪水不流了，一切回归初始混沌状态……

★ 我的遗体按犹太教习俗清洗、涂香料，土葬在本地区犹太教堂公墓。

★ 我的女儿莉娜·斯特恩为我的财产的唯一继承人。

★ 委托珍妮·纽曼女士为女儿莉娜·斯特恩的监护人。待大战胜利结束后，委托珍妮·纽曼女士接莉娜从瑞士返回德国普林故居。

★ 在故乡普林可以举行由亲友参加的追思仪式。委托珍妮·纽曼女士，以女儿莉娜名义邀请赫伯特·迪尔博士、申克尔夫妇、弗里茨·申克尔、瑞士诺格夫妇、法国谢曼先生参加追思仪式。

★保存在纽约朱丽亚音乐学院和慕尼黑音乐学院的属于我个人的全部音乐艺术资料都赠予珍妮·纽曼女士。

★永别了，家人！永别了，朋友！永别了，世上所有善良的人们！我是爱你们的啊！

约翰·斯特恩（签名）

1944年9月1日　纽约

42. 战争结束

1945年2月初，盟国联军从法国、比利时攻入德国本土，3月7日越过莱茵河。与此同时，苏联红军从波兰攻入德国本土东普鲁士地区。

欧洲战局形势明朗，希特勒面临彻底失败。在败局已定的形势下，丧心病狂的希特勒实施一项惨无人道的计划——毁灭德国。1944年3月19日希特勒下令毁灭一切“德国国内军事、交通、通讯、工业和供应设施以及敌人为继续作战以某种方式立即或在不久的将来能够利用的东西”。（瓦·霍费尔《民族社会主义》） 希特勒还曾说过，“如果战争失败，人民也就完了。没有必要顾及德国人民为了最原始的继续生存而需要的基础……因为这个人民已证明自己是弱者，而未来只属于更强大的东方民族。战后剩下来的反正只是劣等人，因为优秀分子已阵亡了。”（阿·施佩尔《回忆录》）希特勒在临近灭亡的时刻，竟然自己将其狰狞的真面目和卑劣的野心暴露无遗。幸存的德国人，听到元首的这番肺腑之言，会作何感想？毕竟这不是希特勒对人民讲的，而是对他的军需部长阿·施佩尔（A.Speer）说的，幸亏希特勒的指示并未完全地得到执行。

1944年9月希特勒下令实施又一项惨无人道的计划——建立“人民冲锋队”，吸收老人和儿童参加。希特勒委任纳粹党卫队头子希姆莱为这支后备军司令，由纳粹党及其附属组织领导和训练。后备军的任务是在“敌人踏上德国土地时投入战斗”，击退敌人的侵犯，保卫德国。人民冲锋队员一无制服，二无足够装备，缺乏战斗力。纳粹党及其附属组织领导人不断督导人民冲锋队人员“决心献身战斗到底”，违反者将受到临时军事法庭的惩治。

1945年4月底苏联红军攻入柏林，美国、英国和法国军队占领德国西部、北部和南部地区；4月30日，希特勒在柏林地堡中服毒并开枪自杀；5月8日纳粹德国国防军代表凯特尔元帅等在柏林-卡尔斯霍斯特无条件投降；希特勒任命的继任者、“德国总统兼国防军总司令”邓尼茨海军上将于纳粹德国无条件投降后两周被盟军逮捕。日本天皇在美军于8月6日在广岛和8月9日在长崎各投下一枚原子弹后，不顾军方反对，下令投降，9月2日日本无条件投降。第二次世界大战宣告结束。

曾几何时，残酷的战争席卷欧洲，波及全球。它扼杀人类的自由、平等、博爱精神，摧残人类的爱情、友情、亲情情感，破坏人类赖以生存、活动、繁衍的物质条件。

战争，民族之间、国家之间、政治集团之间的武装斗争。政治极端分子可能挑起战争，他们往往蒙蔽、驱使甚至强迫平民大众为其政治目的参与战争。第二次世界大战是希特勒纳粹发动的，其政治目标在于使欧洲乃至世界纳粹主义化，实现纳粹统治欧洲乃至世界。以同盟国为核心的反对希特勒纳粹法西斯侵略战争具有正义性，遏止侵略战争，维护欧洲和世界人民的民生、正义和自由。

一个疯狂的希特勒，招致一个纳粹党的建立；一个疯狂的希特勒，招致一个德国误入歧途；一个疯狂的希特勒，招致数百万德国人盲目行动；一个疯狂的希特勒，招致一场世界大战的爆发。

第二次世界大战致使欧洲4000万人死亡，其中德国一方就有300万士兵阵亡，200多万人受伤致残，50多万人死于空袭；在被驱逐出自己在东方的家园的1600万难民中有400多万死亡和失踪，无数犹太人、吉卜赛人惨遭杀害。

第二次世界大战和第一次世界大战一样，是人类的悲剧。德国军国主义者希冀从两次世界大战中崛起，其结果适得其反，德国在两次世界大战中先是毁灭了欧洲，然后毁灭了德国本国。难道这般惨痛的历史还不足以唤醒世人从中吸取足够的历史教训吗？难道它还不足以唤醒世人反对战争、独裁、压迫，争取和平、民主、自由吗？

战争，为斯特恩教授带来厄运。希特勒以极端的社会生存竞争和反犹太主义理论，提出在欧洲建立一个德意志民族的日耳曼国家；只是由于斯特恩具有犹太

1945年5月8日，德国国防军在柏林-卡尔斯霍斯特（Berlin-Karlshorst）无条件投降。前排坐者自左至右：上将斯通普夫（Hans-Jürgen Stumpff）、元帅凯特尔（Wilhelm Keitel）、海军元帅封·弗里德布尔格（Hans-Geoge von Freideburg）。

家族血统，他就惨遭纳粹逮捕，被迫历尽危难逃亡他乡。一位对艺术充满热情、虔诚和献身精神的当代优秀的钢琴演奏家在纳粹时代竟然在他的祖国寻觅不到立足之地，更谈不上从事他视为生命的音乐艺术了！

战争，为珍妮与斯特恩的爱情笼罩上阴影，为了爱情，珍妮毅然追寻斯特恩的足迹，踏上流亡之路。勃拉姆斯音乐像一座桥梁让珍妮与斯特恩在人生路上相遇、相识和相爱；战争，曾经迫使他们远离勃拉姆斯音乐，然而，为了艺术，他们在马略卡岛找回了它。厄运积蓄的痛苦，逃亡沉淀的经历，激情释放的灵感，友情赋予的才智，爱情迸发的活力，让他们在马略卡岛以热情、心血和眼泪谱写出《c小调自由交响曲》（合唱），并以此为武器，投入到“打倒法西斯，自由属于人民”的募捐音乐会巡回演出中。战争，终于无情地夺走了斯特恩悲壮的人生，也几乎摧毁了珍妮的欲望、情感和意志。对莉娜的爱，对斯特恩生前的承诺，终于让珍妮清醒，让珍妮理智。

战争，为斯特恩可爱的女儿带来厄运。时年仅5岁的莉娜，仅仅因为是犹太人的女儿，而被迫离开家园，避难瑞士长达8年，及至父亲不幸逝世不曾有机会与父亲团聚。战争为儿童心理造成的创伤是终生难于愈合的。

战争，也为他们的朋友贝格曼带来厄运，他在惨烈的诺曼底战役中阵亡了。贝格曼是位登山探险者，他勇敢、敬业，富于探索精神和探险精神；他年轻、健壮，具有男子汉气概。他有信仰和追求，然而，这种信仰和追求不是基于科学和理性，而是基于服从或者基于盲从。他为帝国元首和纳粹党的谬论所迷惑，作为一名勇敢的纳粹士兵无谓地断送了年轻的生命。他的生命原本可以与他的多数同胞一样，为其家庭、为其祖国而骄傲的啊！

感谢苍天，战争终于结束了！欧洲及世界终于迎来了和平！

下卷

莉娜·斯特恩

43. 珍妮重返德国

1946年8月初，珍妮返回德国。战争结束后，珍妮经过长时间考虑，才决定重返德国的；珍妮觉得有许多理由这样做，而且必须这样做。

珍妮要兑现她对斯特恩教授的承诺，履行作为斯特恩教授女儿莉娜的监护人的责任，莉娜还是在她的祖国成长更好；在德国攻读钢琴硕士学位期间让珍妮感觉到，在德国有利于莉娜的艺术专业发展。自斯特恩逝世后，珍妮的情感越来越多地寄托在德国的朋友们那里。第三帝国灭亡了，优秀的、正直的、热爱和平的德国人，一批具有民主主义、人文主义思想的人士尚在，他们是未来德国复兴的希望所在!

谈到莉娜，珍妮的感觉，莉娜就是她的亲女儿，她就是莉娜的妈妈。珍妮到达德国后做的第一件事，就是立即乘车去瑞士圣加仑小姨家，陪伴离家8年，业已13岁的莉娜回到普林她自己的家！在纳粹政权和战争环境下，莉娜被迫到小姨家避难，莉娜幼小的心灵得到小姨一家亲切关怀和精心呵护，这对于莉娜心理状态和性格形成至关重要。为此，珍妮特别感激小姨一家人，感激欧洲的那一片和平绿洲瑞士。

珍妮和莉娜现在一起住在斯特恩教授在普林的假日住宅里，在那所木屋里珍藏着珍妮的许多美好记忆。莉娜幼年时看护她的那位阿姨也被请回来照顾莉娜，尽可能多的让莉娜感受到家的温暖和温情。珍妮正小心翼翼地让莉娜慢慢了解这8年来在她亲爱的爸爸那里发生的真情。

向莉娜陈述真情，譬如有的时候陈述他爸爸患病和逝世的日子，对珍妮而言是难于启齿的，也可以说是十分残酷的！然而，没有人足以取代珍妮，对于莉娜，珍妮阿姨是讲述真情的最合适的人。在圣加仑时，莉娜每次见到珍妮阿姨，都要提出同样的问题："爸爸在哪里？怎么不来看我？什么时候来看我？我什么时候回德国的家？"莉娜相信，珍妮阿姨是唯一能够"回答"这些问题的人。当时珍妮曾以讲西藏神话故事敷衍她。向莉娜陈述真情，这是既不能够跨越，也不能推迟的一个环节，现时必须尽快办理执行斯特恩教授遗嘱的一切有关法律程序。

刚好10年前，珍妮心怀对艺术的憧憬来到德国，在慕尼黑音乐学院访问了斯特恩教授，访问了父母生长、生活的故乡普林。如今重又踏进温馨的姨妈家，又见到亲爱的表哥弗里茨，让她自斯特恩逝世后滋生的忧郁情感得到释怀，莉娜、亲人们抚慰了她悲哀的心灵。

还是在纽约的时候，珍妮就向慕尼黑音乐学院申请助教职位，院方几乎立即接受了珍妮的职位申请。按着约定，她将在1946年9月开始工作。

珍妮到达德国后做的第二件事，就是为纪念斯特恩教授逝世两周年举办"纪念斯特恩教授交响音乐会"。

1946年9月2日，星期六，是斯特恩教授逝世两周年忌日，慕尼黑音乐学院交响乐团与合唱团联合在慕尼黑音乐学院音乐厅举办了"纪念斯特恩教授交响音乐会"，演出斯特恩教授创作的音乐作品《c小调自由交响曲》（合唱）。

慕尼黑Schleissheim宫殿交响音乐会

在音乐会前排就座参加音乐会的有青春女孩莉娜，在她的一边坐着从圣加仑专程赶来参加纪念活动的珍妮的小姨和姨夫，从普林来的珍妮的姨妈和姨夫，另一边坐着珍妮的表哥弗里茨，专程从哥廷根赶来参加纪念活动的迪尔博士和专程从巴黎赶来参加纪念活动的谢曼先生。

慕尼黑音乐学院音乐会主持人首先讲道："今天演出的音乐作品为《c小调自由交响曲》（合唱），作者：约翰·斯特恩。乐队指挥：珍妮·纽曼女士。现在请珍妮·纽曼女士介绍约翰·斯特恩创作《c小调自由交响曲》（合唱）的历程。"

"斯特恩教授原为慕尼黑音乐学院钢琴专业教授，他是享誉世界的勃拉姆斯钢琴作品的演奏家。”珍妮开始讲道，“因为具有犹太血统，1938年11月16日，他在慕尼黑家里遭受纳粹SS党卫队逮捕，被关入犹太人集中营，饱受苦难。在正义人士，今天在座的迪尔博士和弗里茨·申克尔先生的营救下，斯特恩教授从巴伐利亚犹太人集中营成功出逃，经历艰难和危险，途径黑森林、马尔巴赫、艾尔萨斯、巴黎、马赛，流亡到地中海西班牙马略卡岛。”

讲到这里，珍妮停顿了一下，接着讲道：“我想请这两位正义人士站起来，让大家认识。” 迪尔博士和弗里茨·申克尔起立，听众向他们报以热烈掌声。

“在马略卡岛，”珍妮接着讲下去，“斯特恩教授以厄运积蓄的痛苦，逃亡沉淀的经历，激情释放的灵感，友情赋予的才智，爱情迸发的活力，以热情、心血和眼泪谱写出交响音乐作品《c小调自由交响曲》并合唱曲《自由女神颂》。珍妮·纽曼女士为其合唱曲《自由女神颂》歌词谱曲。1941年12月珍珠港事件爆发后，美国宣布参战。翌年初，斯特恩教授和珍妮·纽曼女士搭乘克雷乌斯公司运输油橄榄的轮船赴美，商船在大西洋上遭遇德国U−潜艇攻击，斯特恩头部受脑震荡创伤。

“自从1942年9月1日斯特恩教授在朱丽亚音乐学院任教以来，一直忙于教学，同时利用一切可利用的时间与学院交响乐团排练《c小调自由交响乐》（合唱）；同年在朱丽亚音乐学院音乐厅指挥演出《c小调自由交响乐》（合唱），获得成功。翌年暑假期间，为支援反纳粹战争，在美国东海岸地区募捐巡演。他说，他要为欧洲苦难的人民，为反纳粹战争做些事情。他说，他要加倍工作，补偿失去的时光，纵然牺牲健康和生命，也在所不惜。

“1944年8月19日，斯特恩教授指挥演出《c小调自由交响曲》（合唱），在华盛顿募捐巡演时，因突发急病倒在指挥台上。两周后，1944年9月2日，即两年前的今天，斯特恩教授因脑溢血在纽约医院逝世，享年仅仅39岁！”

这时，悲哀、肃穆气氛笼罩整个音乐厅。音乐会主持人走向舞台，面对观众，临时提议：“女士们、先生们，请允许我建议：全体起立，为慕尼黑音乐学院约翰·斯特恩教授默哀一分钟！安息吧，我们的教授！”音乐厅中全体人士起立默哀，此刻，珍妮清楚地听到站在听众前排的莉娜的轻轻哭泣声。

全体听众重新落座后，珍妮讲道：“《c小调自由交响曲》（合唱）分作四个乐章及合唱。第一乐章：灾难；第二乐章：逃亡；第三乐章：为艺术，为爱情；第四乐章：讴歌正义，召唤理性回归；合唱：《自由女神颂》。现在请女士们、先生们欣赏

《c小调自由交响曲》（合唱）。”

音乐会获得巨大成功，珍妮与乐队全体成员，向聆听演奏的莉娜和斯特恩教授的朋友们，向欢呼的听众频频鞠躬致意。此刻，珍妮想，若是斯特恩教授在天堂有知，他一定感到慰藉的。

44. 迪尔隐情

1946年9月7日，慕尼黑

珍妮女士，再一次欢迎你重归慕尼黑！你5年后的回归，令我心旷神怡，浮想联翩。

9月2日“纪念斯特恩教授交响音乐会”在慕尼黑成功举办之后，我匆忙与你告别，我允诺回到哥廷根后，立即写信给你，向你讲述近年来我的人生经历，及其中的坎坷与成功、痛苦与欢乐。

6年前，1940年7月20日，当我在马赛海港送别斯特恩教授，返回到慕尼黑后，我曾给你写过一封信，今日重读，感慨万千。当时，我几经踌躇，没有寄出它。究其原因，你读后自然明了。

寄上这封迟发6年的书简原件，并附一篇我写的短文“论科学与艺术的关系”。我认为，科学与艺术既有差异，又是相辅相成的；科学家应力求懂得艺术，艺术家应力求懂得科学。对于科学家与艺术家而言，他们是能够相互理解、感应、相知、相爱的。珍妮女士，你也这样认为吗？

你的忠诚的赫伯特·迪尔

附件1：一封迟发6年的书简原件 1940.7.20

1940年7月20日，慕尼黑

珍妮女士，在马赛海港送别斯特恩教授后，我已安然回到慕尼黑，择日与你相约，再在英国公园Monopteros圆亭相见，届时将向你详述我的巴黎、马赛之行。

那一刻，斯特恩教授在地中海海滨踏上木船，回头向我挥手告别，我心中立时感到轻松了许多：我终于完成了珍妮女士的委托了！

从马赛返回慕尼黑的火车在奔驰，窗外的景物在后退，像是时光在倒流，伴随着车轮的叮当节奏，我浮想联翩。

去年年初，斯特恩教授从慕尼黑附近的犹太人集中营成功出逃，途径黑森林、马尔巴赫、艾尔萨斯，而后在弗赖堡失去踪影；在巴黎重又发现教授的踪迹，他再次踏上逃亡之路……我们与斯特恩教授一起经历许多，正是在这种不平凡的经历中，我们得以相识。

去年2月22日，星期三，当我在慕尼黑大教堂旁的咖啡屋Café am Dom出现在你的面前，轻声说“Guten Abend! Sind Sie Frau Jenny Newman?”（晚安！您是珍妮·纽曼女士吧？）的时候，我清楚地看见了你美丽的眼睛里闪现的忧郁眼神，我的心，顷刻被征服了。当时就想：我将为你做些什么！

出于理性和良知，我协助斯特恩教授逃亡，自从在为他传递信息时见到你，我心中滋生了一种莫名的情感，为了这份情感，我将继续协助斯特恩教授逃亡。

在英国公园Monopteros圆亭初次相约长谈，让我明了心中的这份莫名的情感。你是一位美丽、聪慧、善良、热爱音乐艺术的少女，让我情不自禁地喜爱上了你！让我情愿为你奉献！我能清楚地感觉到，你已经有了心上人，你眼睛里闪现的忧郁目光是因为斯特恩教授的生命遭遇危险。你对我怀有感激之情，因为我情愿承担风险，协助斯特恩教授逃亡。

我对你的情意，并不希求回报。当然，也是无可非议的，像你这样美丽、聪慧、善良、热爱音乐艺术的少女，自然是会赢得许多追随者和仰慕者的。

当斯特恩教授逃亡至弗赖堡之后，他突然失去踪影，长达半年多时间杳无音信，那时我觉察到你十分心急和忧虑。我当时完全不知道该做些什么，才能减轻你的忧虑和痛苦。我想到了勃拉姆斯和克拉拉的故事：

当舒曼先生的病情日益加重，不得不到波恩附近的精神病院住院治疗的时候，勃拉姆斯为克拉拉能做和做了什么呢？无疑，这一时期对于舒曼先生、舒曼夫人，对于勃拉姆斯都是不容易的。

在极端孤独和穷困的时候，舒曼夫人独自带着6个孩子，还要筹措其丈夫在精神病院住院治疗的高昂费用。一次，舒曼夫人对勃拉姆斯说："你不能就这样让我一个人留在这里，约翰内斯，这会让我感到天天时时缺失了你。"勃拉姆斯则回应："天天夜夜时时我都会想念你。"勃拉姆斯没有回避他自己的感情、良知和责任，他选择陪伴在舒曼夫人和孩子身边。

我当时所处的境遇与勃拉姆斯所处的境遇不同，斯特恩教授在逃亡路上只是失去踪影和杳无音信；尽管我怀有与勃拉姆斯相近的感情，我却不可能像他那样做，我不知道该做些什么。勃拉姆斯和克拉拉的故事在继续演绎中：

当1856年7月29日一代音乐大师罗伯特·舒曼在波恩附近的精神病院逝世，舒曼夫人和勃拉姆斯在旅馆相拥在一起，舒曼夫人仰面躺在床上，红肿的眼睛里满含泪水。勃拉姆斯起身替克拉拉轻轻擦去泪水，犹如在面对一位女神，喃喃自语：

"女人中，我只会永远将你挽在我的臂腕中，直至我生命的尽头。我等待，直至你逝世，然后我随你而去。我留在你的影子世界里，带你去他那里。"

勃拉姆斯表白了藏于心灵深处的誓言，克拉拉惊异不止……时光荏苒，40年过去，1896年，克拉拉病逝；葬礼后不足一年，终生孑然一身的勃拉姆斯与世长辞。勃拉姆斯忠实地履行了他40年前对克拉拉的誓言。

我当时所处的境遇与勃拉姆斯所处的境遇不同，珍妮女士所处的境遇与克拉拉所处的境遇也不相同；倘若当时珍妮女士身处绝境、孑然一身，我会毫不迟疑地像勃拉姆斯所做的那样，走进珍妮女士的生活！

在巴黎寻觅斯特恩教授的日子里，我曾在巴黎圣母院基督圣像面前虔诚地为斯特恩教授祈祷，祈求保佑他平安和健康。

珍妮女士，也许现在你能够理解我在马赛送别斯特恩教授那一刻的感受了。那一刻，斯特恩教授在地中海海滨踏上木船，回头向我挥手告别，我心中立时感到轻松了许多：我终于完成了珍妮女士的委托了！

珍妮女士，我们是朋友！做你的朋友，那样一位朋友——没有血缘关系的亲人，没有婚姻关系的家人。

赫伯特·迪尔

附件2：论科学与艺术的关系 1946.9.8

科学与艺术同属于文化范畴。科学揭示自然美，艺术表现自然美；科学揭示的自然美可谓之科学美，艺术表现的自然美可谓之艺术美；科学美与艺术美皆源于自然美。

自然界自身是美的。原子物理学家们已经证实原子的微观结构：原子是由一个原子核和一个或者数个电子组成的；带负电荷的电子按着特定的轨道围绕着带正电荷的原子核运行。作为原子物理学家，我能够想象得出那有序和美丽的景观。

宇宙空间的宏观结构与原子的微观结构是雷同的。在广漠的太阳系里，太阳是恒星，依据当今（20世纪40年代）的认识，围绕着它有9大行星——依次为水星、金星、地球、火星、木星、土星、天王星、海王星、冥王星，它们按着特定的轨道围绕着太阳运行。你一定能够想象得出那有序和壮丽的景象。

自然界中的晶体物质严格遵循7个晶系、14种空间点阵形式和32个点群标准结构形式，构建自然界晶体的千差万别的形态。晶体的构型、解理、颜色、光泽之美是不言而喻的。

自然界中的风光是美的。它的天空、陆地是美的；在光线照射下，高山、海洋、河流、湖泊、天空五彩缤纷，变幻无穷。

自然界的动物植物是美的。天上的飞禽，水中的生物，地上的走兽，当然还有人类，它们的形态、技能和生存方式，简言之，它们存在就是一种美，一种自然美。

自然美是客观存在的。科学能够发现自然界的存在，发掘自然界美的存在；人类懂得科学和艺术，才能够认识自然界，欣赏自然界的美。

艺术能够表现自然界，表现自然界的美。优秀的艺术作品将真实的自然界艺术化，让人感受到艺术的美感。譬如，在慕尼黑美术馆画展中看到的法国印象派画家爱德迦·马奈的绘画《莫奈在小船上作画》就是如此。印象派画家克洛德·莫奈（Claude Monet）的绘画《日出·印象》描绘了法国阿弗尔港一个多雾早晨景象，晨雾中的小船、大船、波浪、朝阳在水面上的倒影以及远处的烟囱，纵然尚能依稀可辨，但全都变得摇曳不定、变幻莫测。印象派画家也从现实生活中选择绘画题材，但他们善于捕捉光线作用于客体上的瞬间印象，强调光和颜色的运用，使其作品从艺术上表现了自然风光的美，而不仅仅是对自然风光的临摹。

《拯救普胥克的厄洛斯》（石雕）。作者：[法]卡诺瓦（Antony Canova）。卢浮宫藏品。取材于希腊神话。美女普胥克因好奇打开了"睡眠"盒子而昏睡，生有一对翅膀的厄洛斯从她脸上拂去了"睡眠"，苏醒的普胥克向厄洛斯舒展开双臂。

人体美，是一种自然美，自然美是一种本原性的美。最美的，美之至极乃女性之自然美。这也是美学上的基本原则。具有自然美的女性最好不化妆，以免污染了自然美。有时为了与衣着协调，少许化化妆，譬如，涂少许口红也未尝不可，但千万别涂脂抹粉。女性年龄越大越需要化妆。自然美消逝愈多，愈需要以化妆来补偿，可见化妆是补偿自然美的一种不得已的办法。

美是需要人去欣赏的，审美观蕴涵主观因素。个性受到时代和外在环境的影响，人的审美观受到时代和外在环境的影响。仍以人体审美为例，慕尼黑美术馆展出的鲁本斯《强劫留西帕斯的女儿们》绘画中的两位裸女形象符合当时的贵族和富人的审美观。依现代人的审美观，裸女形象过于肥胖和肉感；美的女性形体，应是婀娜苗条、胸臀突显的。

艺术的熏陶有助于科学思维。思维是在表象、概念基础上进行的分析、综合、判断、推理等认识活动的过程，艺术的熏陶有助于抽象思维、形象思维和灵感思维。

科学对艺术的发展和影响无可估量，轻视科学的艺术家永远不可能站在艺术发展的前沿。试问，没有电影技术能有电影吗？没有文字载体能有文学书籍吗？没有颜料和光学知识能有绘画吗？没有器乐和声学知识能有音乐吗？新科学技术一经出现，相应地新艺术形式就会应运而生。

科学与艺术既有差异，又是相辅相成的；科学家应力求懂得艺术，艺术家应力求懂得科学。

赫伯特·迪尔

45. 审查原子科学家

1946年9月8日，哥廷根

珍妮女士，首先请原谅我如此频繁地给你写信。

我于今年6月从慕尼黑大学物理研究所转至哥根廷物理研究所，在德国原子物理学家韦尔纳·海森堡（Werner Heisenberg）的直接领导下从事理论物理研究。

海森堡教授是我的先辈，是我的导师和榜样，我希望我有幸能成为他那样具有高尚人格、丰富学识、辉煌成就的人。当海森堡教授1920年秋进入慕尼黑大学学习物理时，我还是一个尚无志向的孩子；当我也进入慕尼黑大学学习物理之后，有幸有过多次机会聆听海森堡教授的学术报告，教授渊博的科学知识、严谨的科学风范、坦荡的人格魅力以及始终不渝的爱国情怀引导我坚定地走在探索原子物理学理论科学的人生道路上。大学毕业后，我有幸在索末菲教授指导下，在慕尼黑大学物理研究所从事原子物理理论研究工作。

海森堡教授原本可以终生安静地、默默地从事他钟情的、愿为其献身的理论物理科学研究的，战争改变了海森堡教授的人生轨迹，战争让海森堡教授的人生变得坎坷和多难。

我十分关注海森堡的命运缘于他是德国伟大的理论物理学家，也缘于海森堡是我崇敬的导师，一同在慕尼黑大学物理研究所从事原子物理理论研究。我作为海森堡研究工作的助手，海森堡的命运和科学研究与我的命运和科学研究是紧密联系在一起的。

珍妮女士，也许你还记得，7年前的1939年10月，曾转寄给你我写的一篇“原子科学家的遭遇”文章。文章中谈到，德国纳粹帝国党卫队曾经于1937－1938年间，对诺贝尔物理学奖获得者、德国原子物理学家韦尔纳·海森堡立案审查。起因是海森堡教授与有才华的科学家，包括具有犹太血统的科学家合作从事科学研究，因而遭到纳粹官员和纳粹科学家的嫉恨，他们宣扬海森堡等同“白色犹太”在科学中的代表。海森堡被指责为持有反政府的观点，与准犹太分子结成思想同盟。

战争结束前夕，占领国对“原子能研究的首席科学家韦尔纳·海森堡”进行了追捕，随后对其进行了一年多的政治审查。

珍妮女士，你知道，1945年7月17日至8月2日，英国、美国、苏联三巨头在波茨坦的采齐林霍夫宫（Schloß Cecilienhof）召开了处理战败国德国的波茨坦会议，签署了分治德国的波茨坦协议。

征服者——苏联、美国、英国、法国将被占领的德国分割成四个占领区。苏联占领区位于德国东部，这里原是帝国粮仓，人口约1700万；美国占领区位于德国南部，巴伐利亚、巴登－符腾堡、黑森地区，这里集中了帝国的一些重要工业，也是农业基地；英国占领区位于德国北部和鲁尔区，鲁尔区不仅是德国，也是欧洲的钢铁、煤矿、重型机械重工业区；法国占领区位于德国西南部和莱茵兰－法耳茨地区，该地区以种植葡萄和酿造葡萄酒著称。美国、英国、法国三个占领区人口总和约4500万。四个占领区犹如四个小国家，建立各自的行政和军事管辖机构，实施各自的政治和经济政策。占领部队的军事统帅即为占领区最高行政和军事长官。

依据波茨坦协议，美国在其德国占领区实施严厉的“三D计划”——非军事化（Demilitarisierung）、非纳粹化（Denazifizierung）、非集中化（Dezentralizierung）。

征服者们在德国非纳粹化的进程中，对四个占领区的德国公民同时进行了大规模的政治审查。在美国和英国占领区，德国人必须填写当局颁发的详尽的“调查表”，以弄清各自为纳粹帝国服务的程度，将德国人划分为主犯、罪犯、次犯、胁从犯、无罪者五类人。

还是在战争结束前的1944年秋季，美国进军德国，占领法国城市斯特拉斯堡时，缴获一份有关德国原子能研究信息情报后，迅速成立了刺探德国制造原子弹信息的特别侦察队，行动代号为“阿尔索斯”（希腊文“小树林”）。“阿尔索斯”行动的当务之急是追捕从事原子能研究的首席科学家韦尔纳·海森堡。追捕海森堡本人的行动被命名为“阿尔卑斯战役”。

追捕海森堡的行动小组一行10人，分乘4辆汽车，于1945年5月3日潜入尚在纳粹控制区的阿尔卑斯山区的德国小城乌尔费尔德。当他们进入海森堡的住宅时，海森堡正在阳台上观望湖水的粼粼波澜，当着受惊的妻子伊丽莎白和疑惑的孩子，逮捕了海森堡。海森堡被带到已为盟军占领的海德堡，3天后，5月7日德国宣布无条件投降，第二次世界大战结束。

“阿尔索斯”行动中共有14名从事原子能研究的德国科学家被捕，其中有3位诺贝尔奖获得者，他们是：1932年诺贝尔物理学奖获得者韦尔纳·海森堡，1914年诺贝尔物理学奖获得者冯·劳厄（von Laue），1944年诺贝尔化学奖获得者奥托·哈恩（Otto Hahn）。海森堡等10名科学家先是被禁锢在法国和比利时的战俘营，后来被转押到英国剑桥附近的“神的曼彻斯特”庄园里装有窃听器的乡间别墅。

“阿尔索斯”行动和审查海森堡等科学家的迫切目的是确定纳粹德国原子武器研究状况，为此他们必须尽快查明德国原子科学家及其实验室研究现状。经过对海森堡等原子科学家的审查及对相关实验室的实地调查，“阿尔索斯”行动小组向华盛顿官方报告：希特勒所指望的秘密武器不包括一颗原子弹。

海森堡作为原子物理学家，研究了《从铀裂变中获得能量的技术可能性》，从理论上分析了几种对中子减速的减速剂，从事过原子反应堆及原子能发电的应用研究。1942年夏季，海森堡和他的实验室人员在原子反应堆的研究中，观察到中子数量的增殖，但未设法去达到一个链式反应，原子核链式反应研究是制造原子弹的理论基础研究。与此同时，意大利裔科学家恩里科·费米（Enrico Fermi）及其团队成功地在美国研究了原子核链式反应，研制出世界上第一颗原子弹和第一座原子核反应堆。美国空军在1845年8月6日和9日在日本广岛和长崎上空各投下一颗杀伤力超强的原子弹，迫使日本天皇和帝国政权于9月5日无条件投降。

海森堡最终被认定无罪而获释放。当被问及是否愿意到美国工作时，海森堡回答：“不，我不想离开，德国需要我。”

1946年1月，海森堡终于得以返回德国。一个月后，他的妻子伊丽莎白穿梭德国，从美国占领区德国南方阿尔卑斯山区的乌尔费尔德小城来到英国占领区德国西北方吕北克附近的小村庄阿尔斯威德，与一直为其忧心、命运多舛的丈夫会合。

珍妮女士，你也许会有疑问，既然我像海森堡教授那样，同是一位原子物理学家，同在索末菲教授指导下，在慕尼黑大学学习物理，在慕尼黑理论物理研究所从事原子物理理论研究，我是否在战后也同样接受过严格审查呢？

答案是肯定的。我作为德国公民，战后接受审查是必需的。我作为原子物理理论研究者，我的经历又与海森堡教授的经历确有许多相似之处，对我的审查自然变得不可避免和不可逾越。对我的严格审查集中在两个问题上：（1）是否从事过原子能利用以及与制造原子武器有关的研究？（2）与德国原子科学研究首席科学家海森堡教授的关系。

珍妮女士，当时你生活在美国，我在德国接受严格审查，这也是战后一年以来我没有与你取得联系的唯一缘由。我深信，你会理解和谅解的。

依据格林童话《牧鹅少女》（Die Gänsemagd）塑造的牧鹅少女铜塑像，坐落于哥廷根市政厅广场喷水池中。

海森堡教授通过了占领国的政治审查，并获得宝贵的自由。相应的，对于我的政治审查自然也随之通过了。

当时，海森堡一家生活的德国西北地区属于英国占领区。英国和美国当局一致决定，让收审的德国科学精英们永久性地在德国西北地区的英国占领区内定居，并选定哥廷根为定居点。英国占领者期望，哥廷根将成为未来德国的科学中心，并在未来引导德国科学的复兴。英国当局分别请海森堡教授和哈恩教授在哥廷根重建威廉皇家物理研究所和化学研究所。

1946年2月，海森堡和哈恩到达哥廷根。同年6月，我应海森堡教授召唤到达哥廷根，跟随他在哥廷根物理研究所从事物理理论研究工作。

珍妮女士，哥廷根是一座大学城，德国著名的文化城市之一，以其创建于1734年的哥廷根大学闻名遐迩。它位于莱纳河畔的海因贝格山麓，风光秀美。城中建于14世纪的市政厅与圣约翰教堂，建于15世纪的哥特式风格的圣詹姆斯教堂经历战争都幸存下来。

在哥廷根市政厅广场喷水池中坐落着一座依据格林童话《牧鹅少女》（Die Gänsemagd）塑造的牧鹅少女铜塑像。童话中的牧鹅少女原本是一位高贵的公主，远嫁一位王子的途中遭仆人陷害，成为牧鹅女。最终骗局败露，还牧鹅女之公主身份。在哥廷根这座大学城，自本世纪流传下来一种美妙的风俗：新获得博士学位的人，会在庆典中被簇拥着来到牧鹅女雕塑旁，登上水池台阶，亲吻略显羞涩的牧鹅女的面颊。亲吻过牧鹅女的人无数，我也是其中之一呢。

珍妮，期待你来哥廷根游览！

你的忠诚的赫伯特·迪尔

46. 珍妮抒情

1946年10月2日，慕尼黑

迪尔博士，由衷地感激你寄来的两封信及附上的论文《论科学与艺术的关系》。

读了你寄来的迟发6年的信令我感动、感慨、浮想联翩。在信里你委婉地叙述了你的情感历程，表达了你深藏内心的高尚情操；那篇论文，平衡了信中表露的感情冲动，同时为科学家和艺术家预设了一个谈话命题，无形中在两者之间架起一座沟通的桥梁。

纪念斯特恩教授交响音乐会后，我事情一直较多，话别参加交响音乐会的亲戚和朋友，为在慕尼黑音乐学院的教学做准备工作等；在情感上，斯特恩教授逝世两年多来，我感到在情感上还没有准备好开始新的人生历程，这就是我迟迟未给你复信的缘由。不知你能否理解，并谅解这一点。

谈到战后德国原子科学家的命运，你发自肺腑的心声，拨动了我深心处的情怀。当你以朴素的言辞、自然的语调，讲述那场残酷无情的世界战争，讲述战后德国平民承受的苦难，讲述科学家海森堡和你自己被怀疑和审查的时候，仿佛你在讲述遥远的过去，讲述别人经历的事情，那般清晰、客观，那般平静、忘我，让人不由得肃然起敬。

细想起来，对于你而言，这也是自然而然的事情。你是位科学家，一位真正的科学家；科学家求真、求实、客观、深邃，锲而不舍地探索自然奥秘和社会真知，并以此报效祖国，服务于人类。

重返德国，再次与你相遇，感到你变得更加成熟和深沉了。在你不久前写给我的《被分治的德国与德国人》文章里，我深切地领悟到你对纳粹、战争、时局、人权以及占领者有清醒和明智的认识。在这疯狂的世界里，我很高兴地意识到，我在人生路上遇到一位知音！

迪尔博士，你也许还不知道，我现在与斯特恩教授夫妇的女儿莉娜生活在一起。斯特恩教授于1944年8月在纽约病逝前夜，将他当时尚在瑞士避难的女儿莉娜托付给我。战争结束后，我履行对斯特恩教授承诺的诺言，毅然返回德国，并立即将时年13岁的莉娜接回慕尼黑，以法定监护人身份，与莉娜生活在一起。

莉娜是位可爱、漂亮、聪慧且具有潜在艺术天赋的女孩，她在孩提时代就表现出非凡的艺术天赋。莉娜3至5岁时，接受父亲母亲的钢琴音乐启蒙教育；5至13岁的8年时间里，在我的小姨诺格夫人关爱下，在瑞士圣加仑避难，读小学和中学，期间得到诺格夫人的艺术指导，弹奏钢琴水平达到新的高度。

莉娜在瑞士期间，偏爱罗伯特·舒曼的声乐作品，特别是他于1849年创作的《少年歌集》中的28首声乐作品。

随着莉娜一天一天长大，她对音乐的兴趣逐渐从舒曼的《少年歌集》转向舒曼的抒发感情，表述爱情的《诗歌集》。她特别喜欢舒曼为诗人海涅（Heinrich Heine）的诗歌谱曲的《声乐套曲》（Liederkreis）第一集和为诗人艾兴多夫（Eichendorff）的诗歌谱曲的《声乐套曲》第二集。

莉娜爱上了钢琴、歌唱和作曲。一幅未来生活的画面变得明朗，逐渐清晰地展现在她的面前：她将秉承父母的意愿，梦想成为一名音乐家，梦想成为像罗伯特·舒曼那样伟大的作曲家！

我将一直陪伴莉娜在慕尼黑完成中学学业（Abitur），并期望她能够如其所愿，以优异成绩考取位于莱比锡的莱比锡音乐与戏剧学院作曲系深造。

至于我自己，我希冀在和平的环境里，像克拉拉·舒曼那样，追求家庭和事业的平衡。

克拉拉·舒曼是一位怎样的人？就我的理解，她是一位名家的贤惠妻子，多个孩子的慈爱母亲，在钢琴演奏和作曲领域赢得艺术成就和个人声望的女艺术家。

我希冀一位爱我、呵护我、理解我、支持我的知音向我求婚，结婚组成一个家庭。爱是人生路上的卵石，家是人生路上的驿站。夫妻之间的爱，是一份平静深沉的爱，一份朴实无华的爱，一份风雨苦难磨砺的爱，一份时间空间沉淀的爱。它经得起时间空间的考验。家是爱人共同筑起的巢。爱人在这里休憩生息，在这里获取温暖和安慰，在这里享受温馨和爱情。

克拉拉·舒曼的人生历程以及纪念斯特恩教授交响音乐会给我启迪和信心，只要终生锲而不舍地努力奋斗，我会在钢琴演奏和作曲领域赢得艺术成就，甚至偶尔在指挥上也能有所作为。我会立志有所作为。

赫伯特，你在《一封迟发6年的信》中谈到，“在英国公园Monopteros圆亭初次相约长谈，让我明了心中的这份莫名的情感。你是一位美丽、聪慧、善良、热爱音乐艺术的少女，让我情不自禁地喜爱上了你，让我情愿为你奉献！”对此我感到受宠若惊，让我激动不已、感激不尽。

赫伯特，你还记得战争爆发前那个暑假，慕尼黑音乐学院举办了周末音乐会，你应邀来学院听音乐会吗？演出曲目为奥地利浪漫主义著名作曲家弗兰茨·舒伯特的声乐套曲《美丽的磨房女》，当时我担当钢琴伴奏。音乐会后，你邀请我去咖啡屋喝咖啡。当晚，我们谈了许多，诸如人权、人文主义以及科学家的命运等。在斯特恩教授被捕后，在我经受孤独、忧郁、困苦的日子里，你承受危险为斯特恩教授逃出犹太人集中营以及在逃亡路上你为他所做的一切，让我对你心存感激，我感到你就是在我人生处于困境与逆境时，上帝派来救助我的使者。

在咖啡屋的桌旁，幽暗的烛光下，我问：“赫伯特，我从深心处对于你承受危险勇于救助斯特恩教授和帮助、安慰我表示衷心感激，可是你到底为什么要这样做呢？”你淡然地答道：“理性。你很可爱，不是吗？”我当时就认为，你是一位心地纯正的德国人，一位具有科学家良知的人，一位可爱的人，可以成为挚友的人。你不只是位理性中人，你还是位感情中人呢。

珍妮

47. 密码信传情

迪尔致珍妮

珍妮的信发出几日，珍妮又收到一封迪尔博士邮寄来的信。当珍妮将标准信纸从信封中取出并展开时，惊异地发现，偌大的信纸上面只有一些字母和几个数字：

RTFugitiveII–27HD

RTLover' sGift5HD

这是一封密码信！

在慕尼黑住宅的客厅里，珍妮把纸条在桌面上展开，仔细端详。那纸条依然是从骆驼牌香烟盒上撕下的。啊，真不可思议！HD的解码应该是Herbert Diehl，密码信是由赫伯特·迪尔博士写来的！

那么RT意味着什么呢？记得，在斯特恩教授逃亡马略卡的路上，迪尔博士为履行对斯特恩教授许下的承诺，以他的名义给我写过一封密码信，那封密码信的载体就是RT的著作；对了，RT的解码是Rabindranath Tagore，印度诗人雷宾德拉纳特·泰戈尔！

Fugitive应为泰戈尔的诗歌《游思集》（The Fugitive）的缩写。密码RTFugitiveII–27ED的解码为：

RabindranathTagoreThe FugitiveII-27HerbertDiehl（雷宾德拉纳特·泰戈尔《游思集》II–27赫伯特·迪尔）

Lover' sGift应为泰戈尔的诗歌《情人的礼物和烦恼》（Lover's Gift and Crossing）的缩写。密码RTLover'sGift5H的解码为：

RabindranathTagoreLover's Gift and Crossing5HerbertDiehl（雷宾德拉纳特·泰戈尔《情人的礼物和烦恼》5赫伯特·迪尔）

在迪尔博士的极力推荐下，珍妮以前已读过《泰戈尔诗选》，但并不知道他这次引用了哪首诗歌作为密码信的文字载体。翌日，珍妮从学院图书馆借来了《泰戈尔诗选》（Selected Poems Tagore）；诗选中收集的《游思集》第二部分第27首诗歌与《情人的礼物和烦恼》的第5首诗歌分别为：

II–27

I was walking along a path overgrown with grass, when suddenly I heard from some one behind, „See if you know me?"

I turned and looked at her and said, „I can not remember your name."

She said, „I am that first great Sorrow whom you met when you were young."

Her eyes looked like a morning whose dew is still in the air.

I stood silend for some time till I said, „Have you lost all the great burden of your tears?"

She smilled and said nothing. I felt that her tears had time to learn the language of smiles.

„Once you said," she whispered, „that you would cherish your grief for ever."

I blushed and said, „Yes, but years have passed and I forget."

Then I took her hand in mine and said, „But you have changed."

„What was sorrow once has now become peace." she said.

我沿绿草丛生的小路漫步，

背后忽然传来声音："看你还认识我吗？"

我转身面对她说："我记不起你的名字啦。"

她说："我是你年轻时最早遇到的最大烦恼。"

她的眼睛看上去像是空气里含着露珠的早晨。

我默默地站在那里一会儿，而后说：

"你已排遣了你眼泪中所有的烦恼了吗？"

她微笑着不回答。我感到她的眼泪有时间学习微笑语言了。

“有一次你说过，”她低声说，“你将永远珍惜你怀有的忧伤。”

我感到羞愧，说道：“是的，然而时光荏苒，我已经忘记了。”

我把她的手握在我的手里，说道：“哦，你已经改变啦。”

“往昔的烦恼，如今已化为平和。”她说。

5

I would ask for still more, if I had the sky with all its stars, and the world with its endless riches; but I would be content with the smallest corner of this earth if only she were mine.

即使我独有天空和它所有星辰，
即使我独有世界和它无尽财富，
我还是有更多的期求；
然而，只要我得到了她，
即便地球上我只有一个角落，
我也会心满意足。

珍妮想，难道这还不足以让人惊奇，让人兴奋不已吗？待她心情平静下来，她将如法炮制编写一封密码复信。

珍妮致迪尔

珍妮用迪尔博士写密码信的方式立即给他回了一封密码信。珍妮写给他的复信内容仅为两个密码而已：

RTFugitiveI−16JN

RTFireflies137JN

珍妮选用的文字，即期望传递的信息载体，同样为印度诗人雷宾德拉纳特·泰戈尔的诗歌。Fugitive意即泰戈尔的诗歌《游思集》（The Fugitive）；而Fireflies即为诗歌《流萤集》（Fireflies）。

密码RTFugitiveI－16JN的解码为：

RabindranathTagoreFugitiveI－16JennyNewman（雷宾德拉纳特·泰戈尔《游思集》Ⅰ－16珍妮·纽曼）

密码RTFireflies137JN的解码为：

RabindranathTagoreFireflies137JennyNewman（雷宾德拉纳特·泰戈尔《流萤集》137珍妮·纽曼）

《泰戈尔诗选》（Selected Poems Tagore）中收集了诗歌《游思集》和《流萤集》；《游思集》第一部分第16首与《流萤集》第137首诗歌分别为：

I–16

I forgot myself for a moment, and I came.
But raise your eyes, and let me know
if there still linger some shadow of other days,
like a pale cloud on the horizon that has been robbed of its rain.
For a moment bear with me if I forget myself.

The roses are still in bud; they do not yet know
how we neglect to gather flowers this summer.
The morning star has the same palpitating hush;
the early light is enmeshed in the branches that overbrow your window,
as in those other days.
That times are changed I forget for a little, and have come.

I forget if you ever shamed me by looking away when I bared my heart.
I only remember the words that stranded on the tremor of your lips;
I remember in your dark eyes sweeping shadows of passion,
like the wings of a home-seeking bird in the dusk.
I forget that you do not remember, and I come.

我暂时忘记了自己，所以我来了。
但请抬起你的眼睛，让我知晓
它们那里是否还存留着往日的影子，
犹如天边那片失去雨珠的淡淡云朵。
请暂时容忍我，若是我忘记了自己。

玫瑰含苞待放；它们不知晓
我们今夏怎么忘记采摘花朵。
晨星怀着忐忑不安的缄默；
曙光被你窗前树木枝杈网住，
就像过去的日子那样。
我暂时忘记了时代变迁，所以我来了。

我记不起在我袒露我的心扉时，
你是否扭过头去，让我羞愧。
我只记得那滞留在你颤抖唇边的话语；
我记得在你乌黑眼睛里掠过的热情阴影，
犹如暮色中寻觅巢穴的鸟儿的翅膀。
我忘记了你不再想起我，所以我来了。

137

Love remains a secret
even when spoken,
for only a lover truly knows
that he is loved.

即便讲出来的时候
爱情还是葆有秘密，
只有情人真正知道

哪个他是她的所爱。

这就是珍妮编写的密码复信，效仿迪尔博士，以泰戈尔的诗歌作为密码信的文字载体，表达了珍妮对迪尔的深情。

48. 戏剧性一幕

1946年10月23日，星期三晚上，在珍妮身边发生了一件奇妙的事情，让她惊奇，令她兴奋不已。她惊奇于世界上还有那么巧合的事情，她兴奋于那原是一场可爱的恶作剧！

自给迪尔博士寄出密码复信后，珍妮依然有意识地没有主动约会迪尔博士；但是，一连几个星期三晚上珍妮都坐在慕尼黑咖啡屋Café am Dom喝咖啡，珍妮10月23日这天又来到咖啡屋Café am Dom喝咖啡，期盼“黑色闪电”奇迹般地出现！仿佛有感应一样，10月23日这天，珍妮事先准备好一个纸条，上面写着：“Am 27. Oktober, Sonntag 9:30 Uhr,Englischer Garten Monopteros”（10月27日，星期日9点30分，英国公园Monopteros圆亭），并将纸条折叠好放进一个未封口的信封里，带在身边。珍妮预感到迪尔或许也会来的。终于，这个星期三晚上，那位穿黑衣、戴黑帽和黑边眼镜的中年男士奇迹般地出现了！

这次，“黑色闪电”不是简单的几句对话，一个眼神，交给珍妮一个纸条，犹如黑色的闪电迅速消失；他站在桌旁，竟然礼貌地问道：“Guten Abend! Darf ich den Platz nehmen?”（晚安！我可以坐在这里吗？）他坐定后，为自己要了杯莫卡（Mokka）咖啡。在朦胧的灯光下，他们各自看清楚了对方的面庞。他们都不约而同地故作姿态，似不曾相识。

“赫伯特·迪尔（Herbert Diehl）。”迪尔自我介绍。

“珍妮·纽曼（Jenny Newman）。”珍妮礼貌回敬。

寒暄过后，他们都回避谈论密码信和情感问题，而是津津乐道于介绍各自的专业活动，谈论科学与艺术的关系。身为科学家的迪尔博士认为，科学与艺术既有差异，又是相辅相成的；科学家应力求懂得艺术，艺术家应力求懂得科学。身为艺术家的珍妮认为，艺术与科学既有区别，又是相得益彰的；艺术家应力求了解科学，科学家应力求了解艺术。

迪尔博士在战争期间依然孜孜不倦地从事科学研究，沿着爱因斯坦、普朗克、薛定谔、狄拉克、玻尔、索末菲、海森堡等大师创立和发展的现代原子物理学道路，发展德国现代物理科学，科学成就斐然。

珍妮在战争期间依然刻苦顽强地学习乐理知识和弹奏钢琴的技巧，出色地完成了硕士学位论文和论文答辩。随着岁月的流逝，经历了战争、初恋、磨砺的她已然长大了许多，成熟了许多，开始懂得了人间的爱与情以及人生的真谛。

告别时分，他们不约而同地交给对方一个未封口的信封。

“Ich freue mich，Sie kennengelernt zu haben!”（很高兴认识了您！）迪尔博士首先告辞。

“Gleichfalls!”（同样的，我也是！）珍妮礼貌回敬。

坐在归途上的有轨电车里，珍妮迫不及待地从信封里取出一个折叠的纸条，展开纸条，但见：“Am 27. Oktober，Sonntag 9:30 Uhr,Englischer Garten Monopteros”（10月27日，星期日9点30分，英国公园Monopteros圆亭）。珍妮明白，这是迪尔博士不约而同地约会她于10月27日，星期日9点30分，在英国公园Monopteros圆亭相见。1939年5月24日迪尔博士曾在同一处咖啡屋写过同类字条，为商谈救赎逃亡中的斯特恩教授约会珍妮在5月28日，星期日9点30分，在英国公园Monopteros圆亭相见。

回到住地，珍妮迫不及待地取出1939年5月24日迪尔博士在咖啡屋Café am Dom写过的字条，与当前的字条作了比对，发现两张字条上除约会时间略有差别外，约会地点、字条笔迹一模一样！可见，迪尔博士为唤醒珍妮对过去时光的记忆，用心良苦！珍妮理解他的感情，并会赴约的。

10月27日，星期日9点30分，在英国公园Monopteros圆亭，珍妮将与迪尔博士会面。这次会面将不会再着重谈论科学与艺术的关系问题，而是谈论各自写的密码信和各自的情感历程。至于情感的心路会通向何方和何处，却是难于驾驭和预知的，那是不仅要遂愿，还要随缘的；无论如何，人们应该敢于和乐于感受和享受爱与被爱的感情和历程。

战争结束了！爱情之火在心中隐约地重新燃起，珍妮感觉到，它是那样一种爱情，一种对孩子、对逝去的人、对活着的人，对不同民族、不同肤色、不同语言、不同宗教、不同信仰的普通人的博爱。

于是，珍妮回来了。回到斯特恩的故乡和莉娜的身边，回到斯特恩的学院和他的学生们中间，回到普林姨妈家人身边，回到她的德国朋友们中间。当她与迪尔博士重又在慕尼黑咖啡屋Café am Dom不约而同相见，重又不约而同在慕尼黑英国公园Monopteros圆亭相约畅谈，不仅谈论科学与艺术的关系，更多是谈论泰戈尔诗歌《情人的礼物和烦恼》与《流萤集》的时候,珍妮心中充溢着激情。战争结束了，爱情在心中复燃。

慕尼黑公园里绿地葱茏，湖水粼粼。

珍妮、斯特恩教授、迪尔博士这一代人，在战争环境里，他们在某些时候使用密码信来传递信息或者爱的情感；在和平环境里，他们在某些时候依然在使用密码信传递信息或者爱的情感。怎么，有年轻人想效仿他们尝试以密码信传递爱的情感？相当有趣，请年轻人多读书啊！

珍妮、斯特恩教授、迪尔博士这一代人经历了战争，在战争的环境里，经历了爱情；在人类历史长河中，战争是有时期的，而爱是永生永世的。

49. 莉娜成人寄语

莉娜在瑞士期间，偏爱罗伯特·舒曼的声乐作品，特别是他于1849年创作的《少年歌集》中的28首声乐作品（Op.83）：晚星；蝴蝶；春的使者；春之祝福；懒人国；星期日；吉卜赛之歌；孩子的山歌；五月之歌；小鸟儿；走去空旷处；睡魔；瓢虫；幸福；运气；圣诞歌曲；摇摆的钟；春之歌；春天降临；燕子；看孩子；牧牛人的分离；就是他；纺歌；小射手；雪钟花；守护者之歌；迷娘。

莉娜时常长久地坐在钢琴边，边谈奏舒曼的《少年歌集》歌曲，边抒情地咏唱它们。这种时光总是带给她许多快乐，为她长达8年远离父母的孤寂的心灵带来安慰，也让她回想起那不离父母左右的短暂的甜蜜幸福岁月，让她不禁为乐曲的旋律和歌词所感动而黯然泪下。

在慕尼黑与珍妮一起生活的时期，莉娜在生活上得到珍妮的母亲般的抚爱和关怀，艺术上得到珍妮悉心的指导，逐渐成长为一位美丽、温柔、热爱艺术、痴迷音乐，特别痴迷舒曼声乐作品的少女。莉娜永远不会忘记父母生前对她的培育和期望，始终铭记父亲离世前的谆谆教诲——“爸爸希望你将来从事艺术专业，像你妈妈，像珍妮阿姨那样，成为一名音乐家。”

随着莉娜一天一天长大，她对音乐的兴趣逐渐从舒曼的《少年歌集》转向舒曼的抒发感情、表述爱情的《诗歌集》。她特别喜欢舒曼为诗人海涅（Heinrich Heine）的诗歌谱曲的《声乐套曲》（Liederkreis）第一集（Op. 24）和为诗人艾兴多夫（Eichendorff）的诗歌谱曲的《声乐套曲》第二集（Op.39）。前者包括9首乐曲：

早晨醒来时；焦急的心；漫步树下；爱人，把你的手放在我心上；我忧伤美丽的小摇篮；等等，鲁莽的船夫；莱茵的倒影；初时我几乎绝望；爱神木和玫瑰。后者包括12首乐曲：在异乡；间奏曲；林间对话；寂静；月夜；美丽的异乡；古堡上；在异乡；哀伤；微茫；林中；春夜。

莉娜爱上了钢琴、歌唱和作曲。一幅未来生活的画面变得明朗，它清晰地展现在她的面前：她将秉承父母的意愿，成为一名音乐家，成为像罗伯特·舒曼那样伟大的作曲家！后来几年莉娜选择和走过的人生之路就变得顺理成章和自然而然了。

智慧女神雕塑

珍妮回来了，回到斯特恩的故乡和莉娜的身边，回到斯特恩的学院和他的学生们中间，回到普林姨妈家人身边，回到她的德国朋友们中间。当她与迪尔博士重又在慕尼黑咖啡屋Café am Dom不约而同相见，重又不约而同在慕尼黑英国公园Monopteros圆亭相约畅谈，珍妮心中充溢着激情。战争结束了，爱情在心中复燃。

珍妮与迪尔博士相爱了。珍妮作为钢琴专业硕士在慕尼黑音乐学院教授钢琴课，迪尔博士在哥廷根大学物理研究所继续从事理论物理研究工作。

珍妮与迪尔博士相爱并在哥廷根同居了。在莉娜成人之前，珍妮并不想与迪尔博士举行婚礼，组成一个新的家庭。她要让莉娜时刻感觉到，她与珍妮已经组成了一个家庭。珍妮对莉娜的爱，不仅出于对斯特恩承诺的诺言和法律上应履行的责任，还出于人类本能的母爱和良知。

1951年，就在莉娜完成中学学业的时候，莉娜18周岁了，在法律上她已成年了。在学校举行的成年礼仪式上，珍妮朗诵了对莉娜的成年寄语。祝词全文如下：

亲爱的莉娜：

在你18岁生日到来之际，珍妮阿姨感慨万千，有许多心里话想对你说。

18岁生日，标志着你长大成人。它不仅意味着你已发育成人，也意味着你成为社会中和法律上的公民个体；你将享有独立行使社会赋予你的公民权利，同时履行公民的社会责任和义务。然而，在阿姨心里，你永远是那个聪明、乖巧、沉稳、可爱的女孩，那个默默用功读书的女孩，那个边弹奏边咏唱舒曼声乐作品的女孩，那个不崇尚打扮的女孩……

难忘过去的时光。忘不了在普林你爸爸的假日住宅里和你一同玩乐的快乐与纯情日子；忘不了在你爸爸遭遇不幸时你的悲哀与无助的目光；忘不了在瑞士小姨家避难时你问我“爸爸在哪里？怎么不来看我？”时的犹疑与渴望的目光；忘不了在瑞士小姨家避难时你听我讲杜撰的“你爸爸正在西藏寻找那个神秘山洞”的童话时你惊奇与闪亮的目光；忘不了在瑞士小姨家过圣诞节和你一起唱歌和在雪地里堆雪球的欢乐与忘情的时光；忘不了你在圣加仑、普林、慕尼黑长久地坐在钢琴边，边弹奏舒曼的《少年歌集》歌曲，边抒情地咏唱它们的温馨与安宁的时光；忘不了在慕尼黑我们家里的那平淡无奇，然而让人永远铭记的时光——为你准备早餐，看着你吃早点；叮嘱你吃饭时慢嚼慢咽，注意饮食卫生；提醒你注意光线和端正读书写字姿势，保护眼睛和躯体正常发育……

时光荏苒，你已步入成年。虽说你还与阿姨住在一起，毕竟，在精神上你正渐渐独立。在你长大成人的时候，阿姨希望你永远铭记你亲爱的爸爸临终前对你的嘱咐和期望：“莉娜，我亲爱的女儿，这个世界太疯狂，你可要当心啊！爸爸希望你将来从事艺术专业，像你妈妈，像珍妮阿姨那样，成为一名音乐家。世界错综复杂，真理与谎言并存，爸爸希望你学会独立思考，学会辨别真伪。莉娜，我亲爱的女儿，你将走向陌生的社会，你从这里走向未来，踏出人生的路。爸爸祝福你的一生，就是一首旋律优美的歌。”

亲爱的莉娜，你已步入成年，伴随你的是青春、活力、友谊和美丽憧憬。海阔任你航行，天高任你飞翔，美好前程展现在你的面前，正待你奋斗并去实现它。阿姨衷心地为你美好的前程祈祷和祝福！阿姨为你所做的一切，不正是为了你的美好未来吗?

亲爱的莉娜，你告别童年、迈入社会。那个社会不是浪漫诗人描绘的理想世界或者人间天堂，那个世界广袤而复杂，想到你将在那样的社会里生存，不免为你担心起来。你单纯、柔弱，涉世不深，这让阿姨如何放心得下呢？珍妮阿姨并不是一个软弱、忧虑、悲观的人，只是因为她太爱你了！孩子，你能理解她，感觉到她对你的爱吗？其实，社会上好人何其多，又何况有法律法规、执法机关和社会舆论保护和维护公民的正常活动和正当权益呢。你尽可以勇敢地踏入社会生活，为实现你未来的人生梦想去奋斗。

真诚、善良、宽容是人性的美德。阿姨愿你在未来的人生中培养和坚持这种优秀的品德，依这样的美德与人相处，并能在未来的岁月、在浩瀚的人世间寻觅到你人生的挚友和至爱，并肩携手共创、共度美好人生。

人生犹如攀登高山，你已立于第一高坡。回眸山麓，森林尽处原野青葱；仰望天空，云海之上红日一轮。努力攀登啊，只顾攀登，莫问山高！

又及，迪尔叔叔让我在你步入成年之际，转达他对你的最真诚、最美好的祝愿！

珍妮·纽曼（签名）

慕尼黑 1951.8.8

50. 莱比锡音乐学院

1951年秋，莉娜在慕尼黑完成中学学业（Abitur）后，毅然决然选择并以优异成绩考取位于莱比锡的莱比锡音乐与戏剧学院（Hochschule für Musik und Theater Leipzig）作曲系（Komposition）深造。

1951年10月，在德国莱比锡音乐与戏剧学院作曲系课堂上，普里姆教授（Prof. H. Priem）为作曲系一年级大学生讲授《罗伯特·舒曼的音乐作品》。

教授讲道，罗伯特·舒曼是德国19世纪浪漫主义时期著名作曲家，并随手在黑板上写上“Robert Schumann（1810–1856）”。舒曼谱写过4部交响曲，许多钢琴协奏曲和大量声乐作品。

当教授询问同学们喜欢哪些舒曼的音乐作品和何以喜欢那些音乐作品时，一位女大学生举手要求发言。她身材苗条、仪容窈窕，梳着长发，浅蓝色明眸楚楚动人。

“莉娜，请讲。”普里姆教授请她讲话。

“我喜欢舒曼的《降E大调第三交响曲》，即《莱茵河交响曲》。”莉娜以一种悦耳的声音和镇定的口吻说道，“舒曼于1850年在莱茵河畔的杜塞尔多夫（Düsseldorf）交响乐团任乐团指挥期间创作了这部由5个乐章构成的交响曲。它歌颂莱茵河的清晨，莱茵河流域的土地、建筑和生息的人民。色调明朗、轻松、优美、欢快、诙谐。旋律中隐含着舒曼初来杜塞尔多夫的喜悦心绪和情感。”

“很好，莉娜。”教授说，“看来，你很熟悉这部作品啊！”

“是的，是的，教授。我多次聆听过慕尼黑交响乐团演奏的《莱茵河交响曲》，”

莉娜说道，显得有点激动，“乐团指挥是珍妮·纽曼女士！”

“谢谢，莉娜！”随后，教授以诙谐的口吻说道，“我原以为你要说克拉拉·舒曼女士于1850年在杜塞尔多夫指挥的那场音乐会呢！”教授的话引来大家的一片笑声，莉娜的面颊泛起红晕。

这位可爱、漂亮、聪慧，具有潜在艺术天赋的女孩就是莉娜·斯特恩，慕尼黑音乐学院钢琴专业教授约翰·斯特恩和慕尼黑中学音乐教师海伦·斯特恩的女儿！

莱比锡音乐学院是莉娜梦寐以求的学习音乐的圣殿。19世纪浪漫主义德国著名作曲家费利克斯·门德尔松（Felix Mendelssohn）于1843年创建了莱比锡音乐与戏剧学院。莱比锡是罗伯特·舒曼早年从师弗雷德里希·维克进修钢琴的地方，他在那里显现出超常的音乐天赋，得到导师的欣赏。舒曼爱上导师的女儿克拉拉，舒曼向极具音乐天赋的克拉拉求婚，却遭到导师的反对；尽管如此，30岁的舒曼锲而不舍，终于得以与21岁的克拉拉结婚。与克拉拉结婚，激发了舒曼的艺术潜能，其音乐创作达到新的高度。痴迷舒曼音乐作品的莉娜意识到，如今能在100年之后，步音乐大师罗伯特·舒曼之足迹，在音乐圣城莱比锡深造音乐艺术，实乃人生幸事！

对于珍妮阿姨和迪尔叔叔的成年祝福，莉娜心存感动与感激，同时也不由地为自己成年而心存感动与感慨。

在学院安宁的图书馆里，莉娜给珍妮阿姨并迪尔叔叔写了一封动情的信。

亲爱的珍妮阿姨：

谢谢你，我亲爱的珍妮阿姨，还有迪尔叔叔，谢谢你们为我的成年给予我的最真诚、最美好的祝愿！它是我18岁生日之际收到的最珍贵、最美好的礼物！

你们知道，18年来，我的生命之路并不平坦。我记忆中的幸福童年是短暂的。亲爱的妈妈在我3岁时就过早病逝，当亲爱的爸爸在我5岁时被无情地带走后，我并不知道他在哪里，还天真地想着“爸爸正在西藏寻找那个神秘山洞”呢！还在日间、梦里期望他回到我身边，从此再不分离呢！直至8年后，我才知道，在我5岁时与爸爸的那次分别竟然是我们的诀别！

当我在世间失去亲人，孤独无助的时候，上帝派来了天使救助我，这位天使就是你啊——亲爱的珍妮阿姨！你保护着我，让我免受饥饿、苦痛和伤害。你与迪尔叔叔，在你普林姨妈的关爱下，护送我到你瑞士姨妈家里避难。

战时，在和平的瑞士，我与你瑞士姨妈家同龄的两个孩子一起生活，我又感受到童年生活的快乐了。亲爱的珍妮阿姨，你一定还记得在一次圣诞节，你从普林为我带来一件红色羽绒大衣，我穿着它，手臂向两侧伸开，身体呈现十字形，以白茫茫的阿尔卑斯雪山为背景，整幅画面酷似一面国际红十字会旗帜的照片！时间短暂，然而你为我带来多少欢乐啊！

战后，在我13岁的时候，你重新回到德国。到达德国你做的第一件事，就是立即接我回到普林。我们俩像母女一样住在爸爸在普林的假日住宅里，在那所木屋里珍藏着我们的许多美好记忆。幼年时看护过我的那位阿姨也被你请回来照顾我，尽可能多地让我感受到家的温暖和温情。

我们在慕尼黑安顿下来，那是我上中学的时期。我们在“我们的家里”度过那平淡无奇，然而让人永远铭记的时光——你为我准备早餐，看着我吃早点；叮嘱我吃饭时细嚼慢咽，注意饮食卫生；提醒我注意光线和端正读书写字姿势，保护眼睛和躯体正常发育……

亲爱的珍妮阿姨，你为我付出了太多、太多！你与迪尔叔叔相爱并在哥廷根同居了。但在我成人之前，你并不想与迪尔叔叔举行婚礼，组成一个新的家庭。你要让我时刻感觉到，你与我已经组成了一个家庭。你对我的爱，不仅出于对我爸爸承诺的诺言和法律上应履行的责任，还出于人类本能的母爱和良知。在我的心目中，亲爱的珍妮阿姨，你是一位天使，一位伟大的女性！

德国著名钢琴演奏家和优秀的作曲家克拉拉·舒曼女士（Clara Schumann 1819-1896）。此为德国纸币100马克上的画像。

我爱你，亲爱的珍妮阿姨！正因为这样，在我18岁成年之际，请满足我的一个愿望吧，一个发自我深心处的愿望——你与迪尔叔叔结婚吧！我期望不久参加你们的婚礼，当面向你们表达对你们未来美满婚姻生活的最真诚、最美好的祝愿！就如同你们在我步入成年之际，对我表达的最真诚、最美好的祝愿一样！

在我步入成年之际，心中充满对未来美好生活的憧憬。我将努力实现亲爱的爸爸临终前对我的嘱咐和期望：“莉娜，我亲爱的女儿，爸爸希望你将来从事艺术专业，像你妈妈，像珍妮阿姨那样，成为一名音乐家……莉娜，我亲爱的女儿，你将走向陌生的社会，你从这里走向未来，踏出人生的路。爸爸祝福你的一生，就是一首旋律优美的歌。”当然，这同样是亲爱的妈妈的嘱咐和期望！

又及，务请向迪尔叔叔转达我的最衷心的谢意，感谢他在我步入成年之际表达的最真诚、最美好的祝愿！

你们的莉娜（签名）

莱比锡 1951.9.9

51. 从废墟中再生

莉娜从瑞士回到祖国已经6年了，她长大了，战争和悲惨的命运总是让人加速成长。她努力、坚强、有意识地从战争阴影和不幸遭遇中走出来，在陌生的社会里前行，执著地理解人生的真谛，追求人生的梦想。

她喜欢在莱比锡音乐学院开始的大学生活。她的祖国在这场空前残酷的战争中战败了，它正在痛苦地反思过去，艰难地从废墟中站起来，举步维艰地向前行进。音乐学院校园里，满目莘莘学子，他们努力学习音乐艺术，并且沉浸在欢乐之中。

莱比锡处于苏联占领区内，那里的青年学生中洋溢着革命的热情。莉娜时常为其感染，期盼德国会在经历痛苦反思之后，走向新生。她与同学们聚在一起，激情咏唱歌曲《从废墟中再生》。它是由约翰内斯·贝歇尔（Johannes Becher）于1949年10月书写的诗歌，并由汉斯·艾斯勒（Hans Eisler）于1949年10月底和11月初为诗歌谱曲的著名歌曲。德文原文歌词和中文译文如下：

AUFERSTANDEN AUS RUINEN

1

Auferstanden aus Ruinen
Und der Zukunft zugewandt,

Laß uns dir zum Guten dienen,
Deutschland, einig Vaterland.
Alte Not gilt es zu zwingen,
Und wir zwingen sie vereint,
Denn es muß uns doch gelingen,
Daß die Sonne schön wie nie
|:Über Deutschland scheint. :|

2

Glück und Frieden sei beschieden
Deutschland, unserm Vaterland.
Alle Welt sehnt sich nach Frieden,
Reicht den Völkern eure Hand.
Wenn wir brüderlich uns einen,
Schlagen wir des Volkes Feind!
Laßt das Licht des Friedens scheinen,
Daß nie eine Mutter mehr
|:Ihren Sohn beweint.:|

3

Laßt uns pflügen, laßt uns bauen,
Lernt und schafft wie nie zuvor,
Und der eignen Kraft vertrauend,
Steigt ein frei Geschlecht empor.
Deutsche Jugend, bestes Streben
Unsres Volks in dir vereint,
Wirst du Deutschlands neues Leben,
Und die Sonne schön wie nie
|:Über Deutschland scheint.:|

从废墟中再生

1

从废墟中再生，
面向未来；
让我们为您的美好服务，
德国，统一的祖国！
往昔的困苦系为所迫，
我们定能实现联合，
我们一定会成功！
太阳将更加美丽地
闪耀在德国，
闪耀在德国。

2

愿幸福与和平赋予
德国，我们的祖国。
全世界渴望和平，
向人民伸出你们的手。
如果我们团结如兄弟，
我们会战胜人民敌人。
让和平之光照耀，
不要让一个母亲
为她儿子哭泣，
为她儿子哭泣。

3

让我们耕耘与建设，
加倍努力学习与创造，

对自己的力量充满信心，
自由一代向高处攀登。
德国青年，努力奋斗，
团结我们的人民，
成为德国新的生命。
太阳将更加美丽地
闪耀在德国，
闪耀在德国。

约翰内斯·贝歇尔的诗歌《从废墟中再生》为德国人喜欢，不仅为苏联占领区的一些德国人，也为美、英、法占领区的一些德国人喜欢。

莉娜喜欢这首歌曲，觉得它表达了人民的普遍的认识和愿望。战争摧毁了德国，使得德国成为废墟并且分裂；而战争的根源在于德国纳粹党极端分子，是德国纳粹党毁灭了德国，造成德国的分裂。

正如《从废墟中再生》歌词中所表达的那样，面对废墟和分裂，德国人民必须团结，共同面向未来，只有这样，德国才可能得救，才可能重新从废墟中站起来，从废墟中再生。

重建中的德累斯顿圣母教堂和教堂前屹立的马丁·路德雕像。德国宗教改革家马丁·路德高大的雕像已修复得完好如初。他手持《圣经》，目视前方；圣母教堂主体建筑的脚手架尚未完全拆除，重建工程仍在进行中。

战后的德国需要和平，人民需要和平，让母亲擦干眼泪，埋葬儿子的尸体，重建家园，恢复因战争破坏了的正常生活。国家需要和平，安置难民，重整土地，耕耘和建设，恢复国家的秩序和职能。

实现这一切，重要的是人民的团结，团结如兄弟；人民对自己的力量充满信心，尤其是自由与年轻的一代，要团结人民，共同奋斗。青年一代肩负建设国家未来的使命。德意志民族对德国终将“从废墟中再生”充满希望，坚信“我们定能实现联合，我们一定会成功”，憧憬“太阳将更加美丽地闪耀在德国”。

52. 维克托·弗罗伊德

莉娜不仅天性可爱、漂亮、聪慧，而且相当活跃，乐于演唱歌剧，积极参与学院的课外文艺社团活动。

莉娜所在的歌剧社，正在排练奥地利作曲家沃尔夫冈·阿玛多伊斯·莫扎特（Wolfgang Amadeus Mozart 1756–1791）的著名歌剧《魔笛》（Zauberflöte）片段。

《魔笛》是历史上第一部用德语演唱的歌剧，也是莫扎特在1791年，他生命的最后一年谱写的歌剧，同年首演于维也纳。主要剧情是：埃及王子塔米诺为巨蛇追赶，危难中为夜女王的三个嫔妃所救。夜女王让塔米诺王子看自己的女儿帕米娜的照片，塔米诺王子倾情于帕米娜的美貌，立即爱上了她。夜女王诳称帕米娜被拐走，允诺如果塔米诺王子救出帕米娜，就将女儿嫁给他。塔米诺王子接受了这一使命，随身携带夜女王赠送的魔笛，踏上了寻找和拯救帕米娜的艰难旅途。塔米诺王子历尽艰辛寻找到帕米娜。他们纯真的爱情经历了种种曲折和考验，在象征光明的神庙大祭司扎拉斯特罗的力助下，在快乐捕鸟人帕帕格诺从旁协助下，两情人终成眷属。

扮演埃及王子塔米诺的男高音演员是维克托·弗罗伊德（Viktor Freud）。维克托时为莱比锡音乐学院古典歌唱和音乐剧系（Klassischer Gesang/Musiktheater）二年级大学生。他长得英俊，栗色头发，褐色眼眸，举止帅气，从形象上讲，扮演王子塔米诺是很合适的。

莉娜在歌剧中扮演夜女王的女儿帕米娜。扮演捕鸟人帕帕格诺的是一位名为彼得的该学院古典歌唱和音乐剧系一年级大学生。

歌剧旋律时而庄严，时而明快，将爱情的明朗、欢乐和宗教的神秘、庄严表现得淋漓尽致，并且将其和谐地、奇妙地在剧情的发展中结合起来。塔米诺王子的咏叹调《她的肖像是如此的美丽》，少女帕米娜和捕鸟人帕帕格诺的合唱《在男人那里感受爱情》，神庙大祭司大扎拉斯特罗的咏叹调《在这神圣的殿堂里》，夜女神的咏叹调《复仇之情灼烧着我的心》，帕米娜的咏叹调《啊，我感觉到，它消失了》以及帕帕格诺和他的情人帕帕格娜的合唱《帕－帕－帕－帕帕格娜》等，都极其优美。

维克托站在学院一个小型舞台上的钢琴旁，莉娜和剧组的其他十余名同学坐着或站着在台下。维克托在钢琴伴奏下引吭高歌，演唱了《她的肖像是如此的美丽》：

DIES BILDNIS IST BEZAUBERND SCHÖN

Dies Bildnis ist bezaubernd schön
Wie noch kein Auge je gesehen!
Ich fühl' es, wie dies Götterbild
Mein Herz mit neuer Regung füllt.
Dies' etwas kann ich zwar nicht nennen,
Doch fühl' ichs hier wie Feuer brennen.
Soll die Empfindung Liebe sein?
Ja, ja, die Liebe ist's allein.
O, wenn ich sie nur finden könnte!
O, wenn sie doch schon vor mir stände!
Ich würde, würde, warm und rein,
Was würde ich? Ich würde sie voll Entzücken
An diesen heissen Busen drücken
Und ewig wäre sie dann mein.

她的肖像如此美丽

她的肖像如此美丽，
似在人间从未见过！
我感觉她就是女神，
我心里充盈着冲动，
它是那样不可名状，
我感觉一团火在燃烧。
莫非这种情感就是爱情？
是的，是的，那只能是爱情。
啊，但愿我能找到她，
啊，但愿她出现在我面前！
我将感到温暖与净化，
我将怎样？我将心醉神迷
将她拥入热切的心怀，
她将会是永恒属于我的。

当维克托依其高亢的男高音演唱到“我感觉她就是女神，我心里充盈着冲动，它是那样不可名状，我感觉一团火在燃烧。”时，深情地望着台下的莉娜，让莉娜的面颊泛起红晕，手足无措。

接着，莉娜扮演少女帕米娜与名为彼得扮演捕鸟人帕帕格诺的阳光少年合唱《在男人那里感受爱情》：

BEI MÄNNERN, WELCHE LIEBE FÜHLEN

Bei Männern, welche Liebe fühlen
fehlt auch ein gutes Herze nicht,
die süßen Triebe mitzufühlen,
ist dann der Weiber erste Pflicht.

Wir wollen uns der Liebe freun!
Wir leben durch die Lieb allein.
die Lieb versüßet jede Plage,
ihr opfert jede Kreatur:
Sie würzet unsere Lebenstage,
sie wirkt im Kreise der Natur,
ihr hoher Zweck zeigt deutlich an:
Nichts edler' s sei, als Weib und Mann.
Denn Mann und Weib und Weib und Mann,
die reichen an die Gottheit an.

在男人那里感受爱情

帕米娜：
在男人那里感受爱情，
不可缺少一颗善良的心。

帕帕格诺：
感受甜蜜的爱欲，
是女性的首要天职。

帕米娜、帕帕格诺：
我们因爱情而欢乐，
我们唯为爱情而生活。

帕米娜：
爱情使所有苦涩化为甜蜜，
爱情为所有创造物奉献。

帕帕格诺：

爱情调理我们每一天生活，

爱情影响每一个自然生物圈。

帕米娜、帕帕格诺：

爱情的崇高目标清楚显示：

没有什么比女人和男人更高贵；

男人和女人，女人和男人，

他们通达神祇。

莉娜甜美的音色，她与彼得演唱的完美和谐，赢得了导演教师和演员们的一致好评，赢得了维克托的响亮而持久的掌声。

53. 人生有梦

排练歌剧《魔笛》期间的一个晚上，维克托邀请莉娜在学院咖啡厅喝咖啡。他们从《魔笛》谈起，谈到对音乐的爱好，谈到音乐家、梦想、身世、命运、宗教、时局，甚至民族、民主、自由、尊严，等等。

维克托出身于一个知识分子家庭，父亲是位于东柏林的柏林洪堡大学（Universität Humboldt Berlin）哲学教授，母亲是位中学音乐教师。父亲对儿子说过："懂哲学，才会明了社会的本质，明了人生的真谛。"母亲对儿子说过："懂音乐，才能感知世界之美，才能愉悦人生。"维克托对于父母亲的话想了很多年，后来终于明白了他所希求的人生。他认为他不需要完全了解社会本质和人生真谛，如果能够在人生中感知世界和有一个快乐的人生，他觉得已经很幸运了。于是，在中学毕业后他选择了到莱比锡音乐学院学习音乐。

莉娜谈到，人生有梦想是美好的。有了梦想，人生就有了方向，有了人生的追求。梦想给予人生以动力和力量。梦想让人努力，吃苦，忍耐；梦想让人前行，奔跑，飞翔。有人说，"乘着歌声的翅膀飞翔"，她愿意，"乘着梦想的翅膀飞翔"。

"莉娜，谈谈你的梦想。"

"我的梦想，随着成长，也在变化。小时候，在普林，梦想长大做一名幼儿园老师，永远和可爱的孩子们在一起，多好啊！后来，到了瑞士，我喜欢上了钢琴和唱歌，梦想做一名中学音乐老师，像妈妈那样，永远与快乐的学生们在一起。到了高级中学，我爱上了钢琴、歌唱和作曲，希冀秉承父母的意愿，并以罗伯特·舒曼为榜样，梦想成为一名音乐家。”

“这就是你从慕尼黑来到莱比锡，到莱比锡音乐学院上大学的缘由了！”维克托说。

“是的。”莉娜以平静的口吻说，“我选择在莱比锡音乐学院学习和深造，还有特别的缘由。”

“什么缘由？”维克托洗耳恭听。

“我爸爸说过，莱比锡音乐学院是他人生的第一级台阶，它教他懂得了音乐、爱、人生的真谛。没有了爱，就没有音乐；没有了爱，就没有人生。从这一级台阶爸爸向着人生的高处攀登。在莱比锡音乐学院爸爸结识了后来成为他妻子的少女——也就是我的妈妈海伦，收获了爱情。爱情激发了他潜在的艺术才华，将他的音乐技能和音乐创作推向高峰，让他成为德国著名的勃拉姆斯音乐作品钢琴演奏家。爸爸、妈妈给了我生命，给了我伟大的父爱和母爱；爸爸、妈妈同时也是我音乐人生道路上的先驱和榜样。”

“Wunderbar!”（好极了！）维克托面向莉娜轻轻鼓掌，“莱比锡音乐学院的音乐，为我们的音乐人生开启了大门；尤为难得的，音乐使我们在莱比锡相遇、相识、相知。排演《魔笛》带给我许许多多快乐，我想到了母亲的话，‘音乐愉悦人生’，确实如此。”维克托说。

“你演唱的《她的肖像是如此的美丽》十分到位，充满激情。”莉娜说。

“谢谢！你与彼得合唱的《在男人那里感受爱情》和谐，富于哲理。”维克托说。

“谢谢！让我们共同感谢莫扎特，他给予我们优美的音乐旋律和动人的爱情诗歌。”莉娜说。

随后，他们谈到了各自在音乐领域的愿望和梦想。“人生有梦，确实是件幸福的事。”维克托说，“我期望有朝一日能够主演一部经典歌剧，譬如主演《魔笛》中埃及王子塔米诺，在莱比锡、德累斯顿或者柏林的大剧院演出。”

“我期望在学院学习期间就能成功地创作出几首为抒情诗歌谱曲的小型声乐作品，就像舒曼谱写的小型声乐作品那样。”莉娜说。

维克托就此谈到了古典音乐鼻祖、德国巴洛克时代作曲家巴赫（Johann Sebastian Bach）。“巴赫谱写过许多短小的声乐作品，譬如受难曲、弥撒曲，也许你也会感兴趣。”稍过片刻，维克托像是突然想到了什么，“莉娜，我们何不一同去托马斯教堂（Thomaskirche）拜谒巴赫的雕像和坟墓呢？”

“这倒不失为一个好主意！”莉娜表示赞同。

“啊，莉娜，对不起，我还不知道你信奉的宗教呢！托马斯教堂是一座天主教堂，我的家庭信奉基督教。”

“我的父亲信奉犹太教，母亲信奉基督教。”莉娜平静地说道，“父亲说，我长大后将由我自己决定信奉何种宗教。尽管如此，我们全家都愿意一同过圣诞节，在我们家里，犹太教与基督教和谐并存，犹太教信徒与基督教信徒和谐共处。”

“莉娜，那你已经决定了你信奉何种宗教了吗？”

“还没有。”莉娜平和地回答，若有所思。

“莉娜，很高兴你能决定与我一起去拜谒托马斯教堂！”

维也纳街头咖啡座

54. 斯特恩密码

一个周末，维克托和莉娜结伴拜谒了哥特式建筑风格的托马斯教堂，瞻仰了教堂外的巨大的巴赫雕塑立像和教堂内的地下墓穴。随后到教堂旁的“托马斯教堂咖啡屋”（Café am Thomaskirche）坐坐。

莱比锡是座文化城市。诗人歌德称赞莱比锡为“小巴黎”。莱比锡德意志图书馆收藏有自1914年以来出版的全部德文书籍。1743年在莱比锡创建了德国最早的大型音乐厅。著名文学家席勒、莱辛，音乐家巴赫、舒曼、瓦格纳、格里格等都在这里长期生活过。

在古典音乐大师巴赫（Johann Sebastian Bach 1685–1750）的65年生涯里，有27年时间（从38岁至65岁）生活和工作在莱比锡，并长眠在莱比锡托马斯教堂。巴赫生于艾泽纳赫（Eisenach）的一个音乐世家，常年任教堂和宫廷的乐师。一生创作几百部宗教音乐作品，有受难曲、弥撒曲、古钢琴曲、小提琴和大提琴无伴奏奏鸣曲以及著名的勃兰登堡协奏曲六首。他的音乐作品是在他逝世百年后才为人们所发掘。

维克托和莉娜从音乐谈到教堂，从教堂谈到宗教，从宗教谈到纳粹对犹太民族的迫害、杀戮和灭绝。

莉娜痛苦和悲愤地谈到父亲因纳粹迫害所造成的人生悲剧。父亲被捕并被关入纳粹集中营，在迪尔博士协助下父亲从犹太集中营逃出，历经艰难和危险，逃亡黑森林地区弗赖堡，再从那里逃往巴黎、马赛、西班牙马略卡岛。经历6年逃亡生涯后，最后逝世于美国，莉娜自己因躲避纳粹迫害而逃亡瑞士避难8年，民族迫害、战争、逃亡给她幼小心灵造成极大的心理伤害。父亲逝世前，委托曾在他指导下攻读硕士学位的珍妮·纽曼为莉娜的法定监护人。战后，珍妮阿姨陪同她生活在慕尼黑。

维克托和莉娜一时陷入沉默之中。

“那么，在你父亲逃亡期间，他是如何与珍妮阿姨联系的呢？”维克托问道。

“当然十分困难。不过，父亲想出了一个用密码信传递消息、表达情感的方式——”

“密码信？”维克托十分好奇。

“是的，密码信。就是用简单的几个字母或者数字编写的密码信。”

“几个字母或者数字，不明白……”维克托困惑不解。

“珍妮阿姨告诉我，父亲写给她的第一封密码信是在1938年2月，父亲被捕并被关入犹太人集中营之后3个月，逃亡到黑森林地区时，辗转递送一封密码信给珍妮阿姨。密码信写在一个从骆驼牌香烟盒撕下的纸条上，上面仅有4个字母和3个数字：WS209JS。”

“啊！不可思议！”维克托感叹。

“经过反复思考，珍妮阿姨终于破解了这一密码。”

维克托睁大了眼睛，期待莉娜立即给出答案。

“密码WS209JS的解码为：WilliamShakespeare209JohnStern（威廉·莎士比亚209约翰·斯特恩）”

维克托依然不能完全明了。

“《威廉·莎士比亚作品集》，第209页……”

“约翰·斯特恩！”维克托抢答。

“完全正确！”

“《威廉·莎士比亚作品集》第209页为《威尼斯商人》（The Merchant of Venice）戏剧中犹太商人夏洛克的一段台词。父亲巧妙借用密码，引用这一段优美台词，秘密地传递宝贵信息：他活着，他已逃脱，像夏洛克那样，他有所觉悟，他在抵抗厄运！”

“妙不可言，妙不可言！”维克托连连赞叹，“真可称谓‘斯特恩密码’啊！”

“过奖了！在极端情况下，它确实发挥了不可替代的作用。”莉娜平静地讲道。

美国部队坦克挺进慕尼黑（1945年4月）

“哪天，我被捕后，或者被你俘虏后，”维克托莞尔一笑，继续说道，“我将使用‘斯特恩密码’给你写信！”

莉娜笑而不答。

接着，维克托谈到了他自己。他说他痛恨纳粹党的极端民族主义行径，是他的身为大学哲学教授的父亲，以其哲学家深邃的思维，开导他认识了纳粹党的极端民族主义本质和将可能给德意志国家和民族带来的危险；是他父亲的循序诱导，使他逐渐成为一个人文主义者。维克托对于苏联和美国在第二次世界大战中战胜纳粹德国，给予了高度的评价。

“莉娜，想想看，1941年的欧洲，纳粹德国几乎侵占了整个欧洲，占领波兰、挪威、丹麦、荷兰、比利时、卢森堡、法国、南斯拉夫、希腊，轰炸英国，入侵苏联……”维克托语气铿锵，“在欧洲和欧洲人面临被纳粹德国军队大部分侵占和统治的生死攸关时刻，纳粹德国入侵苏联，苏联被迫应战；军国主义日本制造珍珠港事件，美国理性参战。苏联和美国扭转了欧洲战争形势，改变了同盟国与轴心国力量对比，挽救了欧洲，也挽救了亚洲不被轴心国日本吞并。从这个意义上说，苏联和美国的参战挽救了世界。”

“维克托，听你谈论二次大战的语气，你是一位革命者呢！”

“不，我是人文主义者。尊重思想自由和个性解放，承认人性的存在，肯定人是世界的中心。”维克托有意轻松地说，并且莞尔一笑。

“父亲教导我，世界错综复杂，真理与谎言并存。”莉娜说，“他希望我学会独立思考，学会辨别真伪。希望我从事艺术专业，成为一名音乐家，而不是政治家。”

“希特勒纳粹倡导和实施极端种族主义和扩展空间理论，它与人文主义理念是相悖的。”维克托说，“那种假借雅利安人种至高无上，而残害、灭绝所谓劣等民族犹太人人种的行为是与人文主义背道而驰的，是反人类的行为，反人类的罪行。”

“我是从家庭、朋友、个人的经历和感受认识政治的。”莉娜说，“父亲是一位钢琴家，视艺术为一切。只因为他具有犹太血统而被捕关入集中营，历尽危难，长期逃亡。这种无故残害无辜公民的纳粹政权必然是反人性，反人类的。”

维克托和莉娜离开咖啡屋，随后又去街心公园漫步。

55. 布拉格–维也纳之旅

1952年暑假。维克托和莉娜相约经布拉格去音乐之都维也纳旅游。莉娜持联邦德国护照，去捷克斯洛伐克是需要办理签证的，但是去奥地利则免签证；维克托持民主德国护照，去捷克斯洛伐克是免签证的，但是去奥地利则需办理签证。

布拉格距莱比锡并不远。维克托偕同莉娜，驾驶着他爸爸的甲壳虫牌小汽车，清晨从莱比锡出发，沿着通往德累斯顿的公路进发，到达捷克斯洛伐克的边境小镇特辰（Tetschen），边防人员查验了莉娜的联邦德国护照和签证，随即放行。中午时分他们即到达布拉格。

捷克斯洛伐克首都布拉格有“金色布拉格”、“百塔之城”美誉。具有千年历史的九世纪建造、文艺复兴时期改建的布拉格宫金碧辉煌，塔楼林立。站在宫边俯瞰全城，可见壮丽的圣维特大教堂，蜿蜒的伏尔塔瓦河（Vltava），横亘河上的十余座桥梁，穹顶国家剧院，老城区数不清的古代建筑风格的塔楼尖顶。许多建筑都是黄颜色的，在阳光下，全城辉映着灿烂的金色光芒。

维克托和莉娜登上布拉格宫欣赏沐浴在阳光下的金色布拉格城全貌。布拉格吸引人的另一处地方是伏尔塔瓦河上的卡尔桥（Karl's Bridge），它让他们流连许久。伏尔塔瓦河发源于伯默尔森林山脉（Böhmerwald），流经布拉格后向北汇入易北河。

古老的卡尔石桥是1357年卡尔四世时建造的，550米长，10米宽。桥头很特别，西侧桥头建有高矮不同的两个塔楼，其间以拱桥连接；东侧桥头建有一个高塔楼。所有塔楼顶部中央都建有一个四角锥形尖顶，在其四周又建有四个细小的尖顶，堪称布拉格最美的塔楼。桥两侧是用石材砌成的约1米高的护墙。在护墙的凹形处立着多尊、高数米的雕塑，艺术品位很高。其中，立于北侧的波西米亚人守护神内波穆克（Johanna von Nepomuk 约1340−1393）圣像是1683年铸造的。在桥的护墙上镶着一块铜牌，铜牌上有两个十字和五颗星，这是内波穆克神的标志。铜牌所在处是1393年按着国王文策尔四世（Wenzel Ⅳ 1361−1419）的命令把波西米亚人的守护神内波穆克抛到伏尔塔瓦河里去的地方。从桥上向西展望，透过桥头双塔，可见尼古劳斯教堂的尖顶和远处壮丽的圣维特大教堂的众多塔楼，塔顶和尖顶鳞次栉比。从桥上向东展望，是布拉格最壮丽的桥头塔楼与其衔接的商业街区。

维克托和莉娜伫立在石桥的护墙旁，望着伏尔塔瓦河水粼粼，潺潺地从桥下缓缓流过，不禁浮想联翩。它滋润着捷克大地，哺育着捷克人民。它曾培育出捷克的伟大音乐家斯美塔那和德沃夏克。捷克人以伏尔塔瓦河自豪，为他们的爱国音乐家自豪。

捷克民族音乐奠基人、音乐家斯美塔那（Bedoich Smetana 1824−1884）的交响诗6首独立标题的套曲《我的祖国》（1876年第一次公演）的旋律萦绕在耳边。这部交响诗用音符和旋律描述了祖国美丽的自然风光，它的诗情画意和它的古老传说，颂扬了具有光荣传统的古城和捷克民族英雄，鼓舞人民与异族压迫者斗争。其中“伏尔塔瓦”乐曲谱出了伏尔塔瓦的美妙的自然风光，它的诗画意境，它的美丽传说，抒发了强烈的民族自豪感。

1867年捷克沦为奥匈帝国统治。斯美塔那年轻时就从事反抗异族压迫的活动，曾被迫流亡国外多年。回国后，积极发展民族音乐事业。1874年，在两耳全聋的情况下，以无比的爱国热忱、难以置信的毅力创作出著名的由6首具有独立标题组合的交响诗套曲《我的祖国》。

紧随其后，比斯美塔那年轻17岁的捷克另一位伟大作曲家德沃夏克（Antonin Dvorak 1841−1904），于1892年应邀在美国任纽约国家音乐学院院长时，以一位远离祖国的捷克人对祖国的强烈思念之情，写出了著名的 e 小调第九交响曲《新世界》。其略带感伤、乡愁、悠长婉转的主题旋律，正像那伏尔塔瓦河水潺潺流淌，如泣如诉；而那快活、激荡、震撼的旋律，正像那伏尔塔瓦河水一样起伏、荡漾。

维克托和莉娜在夕阳的余晖中，相倚在卡尔桥护墙旁，深情地望着，伏尔塔瓦河水潺潺地向易北河流去。伏尔塔瓦静静的河水并没有载着他们的思绪流向易北河河畔的德累斯顿、马格德堡、维滕贝格或者汉堡，他们殷切期待的是感受音乐之都维也纳。

维克托和莉娜沿着布拉格–维也纳公路驾车行驶，远望山峦起伏，风光秀美。途经贝内肖夫、塔博尔、特热邦到达捷克斯洛伐克边界小镇策斯克·费伦尼斯（Ceske Velenice），与其相对应的奥地利边界城市是格明特（Gmünd）。在策斯克·费伦尼斯边防检查站，捷克斯洛伐克边防人员再一次查验了莉娜的联邦德国护照和签证，随即放行。在格明特边防检查站，奥地利边防人员查验了维克托的民主德国护照和签证，随即放行。

通过了奥地利格明特边防检查站，维克托和莉娜已立足于欧洲山岳之国——奥地利，想到畅游音乐圣地维也纳让他们欣喜不已。

维也纳以音乐著称于世界，被誉为“音乐之都”。在维也纳歌剧院、在维也纳音乐家协会金色大厅、在斯特凡大教堂、在霍夫堡（Hofburg）、在美泉宫（Schloß Schönbrunn）、在贝尔维德勒宫（Schloß Belvedere）、在星罗棋布的咖啡屋和千千万万住宅里乐声飘溢、荡漾。

维也纳是音乐家的圣地，世界上许许多多的音乐大师在这里创作和生活过。仅以奥地利和德国音乐大师为例，海顿（Franz Joseph Haydn 1732–1809）、莫扎特（Wolfgang Amadeus Mozart 1756–1791）、贝多芬（Ludwig van Beethoven 1770–1827）、舒伯特（Franz Schubert 1797–1828）、约翰·施特劳斯父子（Johann Strauß 父 1804–1849，子 1825–1899）、勃拉姆斯（Johannes Brahms 1833–1897）等均曾长期在维也纳创作和生活。海顿的《皇帝四重奏》，莫扎特的《费加罗的婚礼》、《魔笛》，贝多芬的《命运交响曲》、《英雄交响曲》、《田园交响曲》、《月光曲》，舒伯特的《天鹅之歌》、《冬之旅》，约翰·施特劳斯的《蓝色多瑙河》、《维也纳森林的故事》等乐坛精品都诞生在维也纳。

维也纳是古典音乐的故乡。维也纳古典音乐的出现和发展与早年宫廷和教会音乐的出现和发展息息相关，许多著名音乐大师为宫廷和教会工作。譬如，海顿长期任埃斯特哈奇亲王作曲家，莫扎特早年任萨尔斯堡大主教宫廷乐师，使贝多芬走上音乐之路的他的父亲是教会唱诗班的歌手，等等。如若谈及德国古典音乐大师巴赫（Johann Sebastian Bach 1685–1750）则更是如此，他曾长期历任多处教堂和宫廷的乐长和管风琴师。

历史上长期统治奥地利的哈布斯（Habsburgs）家族的罗马王国女皇玛利亚·特蕾莎（Maria Theresia 1740–1780），与法国洛林公国弗兰茨·斯特凡（Franz Stephan）结婚，对维也纳艺术文化的发展做出了突出的贡献。在玛利亚·特蕾莎女皇

维也纳国家歌剧院。一座古典文艺复兴风格建筑，原为胡浮堡歌剧院。

统治时期，建造豪华宫殿，鼓励艺术发展，基督教地位巩固，皇家贵族讲究享乐，人民也感受到了对土耳其战争后的安宁，在这种历史背景下，维也纳的音乐得以蓬勃发展。海顿、莫扎特、贝多芬、约翰·施特劳斯父子、勃拉姆斯相继出世，尽显峥嵘。

维克托和莉娜在城区公园、广场、街心漫游。

在城市公园里坐落着约翰·施特劳斯（子）拉小提琴的雕像，它使他们联想到约翰·施特劳斯和他的乐队在该公园演奏华尔兹乐曲和随着乐曲跳舞的欢乐人群。公园、广场、街心矗立着众多著名音乐大师的塑像。手持乐谱、正在谱写乐曲的优雅的莫扎特立像坐落在胡浮堡花园里；身着风衣的贝多芬雕像位于环城马路附近，他静坐沉思，一位女神正在递送花环，小天使嬉戏于侧；在城市公园里静坐着正在构思乐曲的舒伯特雕像；勃拉姆斯坐像矗立在理工大学前，他正深情地望着基座上的竖琴；在玛丽亚希尔弗（Mariahilfer）教堂前矗立着海顿的立像，他凝视着远方，若有所思。

维克托和莉娜拜谒了维也纳音乐大师们长眠的维也纳中央墓地。维也纳音乐大师中只有舒伯特和约翰·施特劳斯（子）诞生在维也纳；海顿诞生在奥地利的罗劳（Rohrau），莫扎特诞生在奥地利的萨尔斯堡，贝多芬诞生在德国波恩，勃拉姆斯出身于德国汉堡的一个家庭，但他们在维也纳有相同的归宿。在维也纳中央墓地的2号门附近，许多著名的艺术家在此长眠，他们的精致雕刻的大理石墓碑错落有序地排列着，犹如他们聚会在某一沙龙，轻声慢语地交谈。这里埋葬着舒伯特、贝多芬、约翰·施特劳斯（子）、勃拉姆斯等音乐大师，并矗立着他们的精美的大理石墓碑。

在维也纳中央墓地音乐大师墓群中矗立着莫扎特的巨大的纪念雕像，唯不见莫扎特的坟墓。莫扎特在维也纳顽强地、孤独地奋斗了10年，晚年陷于贫困，艰难地度过了短暂而伟大的35年生命历程。病逝后葬于维也纳附近的贫民墓地——马尔克斯墓地（St.Marx’s Cemetery）。至今，后人不能辨认这位伟人的坟墓。

海顿于1809年逝世于维也纳，逝世11年后，其遗体迁至他故乡所在的布尔根兰特州（Burgenland）首府艾森施塔特（Eisenstadt）。

在维也纳古堡遗址、广场、公园、森林、草地等公共场所常常举办民众音乐会。

市民和旅游者都有机会在维也纳市政厅广场免费亲临这种音乐会。

当落日余晖映照，维克托和莉娜在维也纳步行区漫步。他们看见伴侣、情人漫步在步行区，或亲昵交谈，或浏览商店橱窗，呈现一幅平和景象。从街心不时传来阵阵悦耳的器乐声和深沉的歌声，这乐声、歌声，出自非专业歌手。其中有的是漫游歌手，以演唱为业，来自世界各地，漂泊在世界各方；有的是业余演唱，为了挣点零花钱；有的则是即兴演出，练练手试试喉。其演奏和演唱已具有相当水平，说也是，在音乐之都演出，没有演奏水平，有哪位维也纳人会驻足聆听呢？

漫游歌手们尽心尽意演唱，但并不乞求施舍。按常人理念，他们算不上艺术家，充其量可称为民间艺人。如果说，社会中的每个人为生存都“出卖”点什么的话，那么漫游歌手出卖的是歌声和乐声，以卖艺谋生。人们在步行区漫步，聆听街头艺人的演唱，喜欢演唱中的抑郁、哀怨情调。它们有时像是呻吟、倾诉、挣扎，有时像是彷徨、求索、呐喊。这种情调，不是出自自作多情，矫揉造作，而是感情的自然流露。他们不是用歌喉在歌唱，而是用心在歌唱。

碧波粼粼的多瑙河从其发源地德国的多瑙兴根（Donauschingen）流至维也纳时，其河面已十分宽阔，并在河中心形成了一个小岛，谓之“多瑙岛”。看着蔚蓝多瑙河粼粼碧波，让人联想起施特劳斯《美丽的蓝色多瑙河》圆舞曲优美旋律。

维克托和莉娜攀上维也纳郊外483米高的卡伦贝格山（Kahlenberg），在维也纳森林中漫步，会不由自主地哼起“维也纳森林”旋律；傍晚登上山顶，鸟瞰维也纳市区，夜晚的维也纳城已是万家灯火。

在维也纳，有个地方是维克托和莉娜十分想去的，那就是维也纳国家歌剧院（Staatsoper）。维也纳国家歌剧院的前身为皇家歌剧院，创建于1861–1869年，是世界最著名的具有古典文艺复兴风格的歌剧院。1869年5月15日落成典礼首演的剧目为莫扎特的两幕歌剧《唐璜》（Don Giovanni）。第二次世界大战临近尾声时，1945年3月12日歌剧院遭轰炸焚毁。至1952年夏季维克托和莉娜来到维也纳时，维也纳国家歌剧院仍在重建之中，并未竣工。

面对国家歌剧院工地，想到战时维也纳国家歌剧院也许只遭到了几分钟的轰炸，维也纳人而后却要几年，甚至十年才能修复它，他们心中所能感到的遗憾和失望是难以描述的。维克托和莉娜约好，待维也纳国家歌剧院修复如初时，一定结伴再来维也纳，若能观看竣工落成典礼首演的歌剧该如何好啊！他们还兴高采烈地猜测哪部曲目将会有幸成为首演曲目，莉娜认为会是贝多芬的三幕歌剧《费德里奥》（Fidelio），维克托认为会是普契尼的歌剧《托斯卡》（Tosca）。它们虽然同为三幕歌剧，故事都有狱中情节，但结局是相反的。前者的主人公重获自由，后者的主人公倒在刑场上再没能站立起来。莉娜和维克托各持己见，最后只能以打赌解决：猜对的一方将获得另一方的入场赠票；若双方都猜错了，实行A-A制购入场券。当然，双方都猜对了，这种情况是不可能发生的！

56. 维克托失踪

维克托和莉娜经常在周末相约结伴去托马斯教堂做弥撒，弥撒仪式之后，一同到教堂旁的“托马斯教堂咖啡屋”喝咖啡、聊天。

他们谈论的话题不拘一格，譬如谈音乐、艺术、文学、教育、宗教、政治、旅行、个人经历和家庭情况，但是每次总会谈到音乐、艺术、文学。

莉娜在音乐学院学习作曲，是需要关注艺术和文学的。莉娜8岁至13岁在瑞士期间，偏爱罗伯特·舒曼为许多诗歌谱曲的声乐作品，如今兴致依然。为此她读过许多诗歌，譬如诗人海涅（Heine）、艾兴多夫（Eichendorff）、克纳（Kerner）、泰戈尔（Tagore）以及歌德（Goethe）、席勒（Schiller）的文学作品。

维克托在音乐学院学习歌唱，对于歌剧颇为熟悉；对于罗伯特·舒曼、弗兰茨·舒伯特的声乐作品也不陌生。自从结识了莉娜，对声乐作品，尤其是对舒曼的声乐作品更加关注了。维克托与莉娜在音乐领域有了更多的共同情趣和语言。他们在一起的时候，一人朗诵某一首诗歌或者歌咏某一首谱曲的诗歌的时候，另一个人立即就和起来，共同朗诵或者共同歌咏，抑扬顿挫地朗诵或者深情地歌唱起来。

当莉娜唱起舒曼为海涅的诗歌《抒情插曲》第三首谱曲的开头两句：“蔷薇，百合，鸽子，太阳，从前我热爱它们非常。”的时候，维克托立即接唱：“我现在不再爱它们了，我只爱一位娇小、美丽、纯洁的姑娘。”之后两人不约而同地唱起："她本是一切爱情的源泉，她就是蔷薇，百合，鸽子和太阳。"

恋人在一起的时光是极其美妙的；蔷薇粉红，百合洁白，鸽子翱翔，太阳照耀，恋人欢笑。

1953年复活节假期，莉娜在她的宿舍信箱里，发现了一个精美的信封，信封中央只标明"An L.S."（致L.S.）既未标明收信人姓名和地址，也未标明寄信人姓名和地址。这信显然是某人亲自投入信箱的。

莉娜十分好奇，小心翼翼地拆开信封，只见一片信纸上用铅笔写着几个字母和数字：

HHLyrik4VF

莉娜会心地笑了，她立马断定，这封密码信出自维克托！

莉娜立刻破解了维克托的密码信。

HHLyrik4VF的解码是：HeinrichHeineLyrischesIntermezzo4ViktorFreud（海因里希·海涅《抒情插曲4》维克托·弗罗伊德）。《海因里希·海涅选集》（Heinrich Heine：Ausgewälte Werke）中的《抒情插曲》第4节诗歌赫然在目：

HEINE: LYRISCHES INTERMEZZO

4

Wenn ich deine Augen seh,
So schwindet all mein Leid und Weh;
Doch wenn ich küsse deine Mund,
So werd ich ganz und gar gesund.

Wenn ich mich lehn an deine Brust,
Kommt' s über mich wie Himmelslust;
Doch wenn du sprichst: "Ich liebe dich!"
So muß ich weinen bitterlich.

海涅：《抒情插曲》

4

当我看到你的眼睛，
我的苦痛化为乌有；
当我亲吻你的嘴唇，
我就立刻强健无比。

当我倚在你的胸前，
我就乐得犹在天上；
当你若说“我爱你！”
我却不禁凄然泪下。

维克托用心良苦，他以海涅《抒情插曲》第4节诗歌为载体，意欲向莉娜表达的显然是难于表达的“我爱你！” 莉娜因此由衷地感到快乐和幸福。

“这家伙，竟然也学会了‘斯特恩密码’！还是我教给他的呢！” 莉娜想到这里，不由得自己也笑了。

六月的第3个周末，即6月13日，维克托乘火车从莱比锡出发，去东柏林探望父母亲。出发前，他对莉娜说，他准备与父母亲谈谈他们的事情，并请父母亲邀请她到东柏林家里做客。

周末过后，在莱比锡音乐学院仍不见维克托归来，莉娜对此迷惑不解。

一周过去，没有任何关于维克托的消息。莉娜为此十分不安。莉娜拨通了维克托留下的东柏林家里电话。可怜的一对老人为儿子格外忧虑，对于儿子的去向茫然不知。只是说，“6月17日早晨，维克托离开家，再没有回来。”维克托父母亲曾经走访有关官方机构，得到的回答出奇地一致：无可奉告!

维克托失踪了！与此同时，不幸的消息从不同渠道不断传来， 6月17日在东柏林和许多东德地区发生了工人群众罢工和示威游行，反对提高定额（示威游行者标语牌上写着：“Weg mit den Normen”，意为“定额滚开”），要求自由选举。示威游行者高举德意志联邦共和国黑、红、黄三色国旗列队行进。示威游行遭到武装镇压，死亡和受伤人数在不断增加。

6月18日，民主德国统一社会党（SED）机关报《新德意志报》（Neus Deutschland）发表文章称，“就在东德政府努力提高人民生活水平的时候，被收买的败类，外国的代理人和德国垄断资本家集团，试图阻止政府的措施。已经确定，罢工是根据一个西柏林起草的计划进行的。无耻的冒险者最终遭到了完全的失败，因为他们遭到了大多数人民群众的反对。”东德当局将一些罢工和示威游行的工人群众视为敌人。

1953年6月17日，东柏林工人和群众走上街头游行。图中背景为勃兰登堡门。

6月22日，联邦德国参议院决议：“为纪念在民主德国发生的1953年6月17日人民起义”将柏林勃兰登堡门西侧的大道（原名Straße in Köln-Kalk 科隆-卡尔克大道）命名为“6月17日大道”。（原文：Ihre heutige Bezeichnung trägt die Straße seit Senatsbeschloss vom 22.Juni 1953 in Erinnerung an Volksaufstand in der DDR am 17.Juni 1953. 译文：联邦德国参议院为纪念在民主德国发生的1953年6月17日人民起义，于1953年6月22日决议，该大道改用现今的名称。）西德当局认为，东德示威游行者高举德意志联邦共和国黑、红、黄三色国旗，表明他们期盼结束分裂状态，实现德国重新统一。

莉娜、维克托父母不敢想象，维克托是否在6月17日事件中受了伤，甚至已经死去。他们在忧愁、痛苦中度日如年，茫然不知该做什么，能做什么。这种无形的折磨，已达到亲友们所能承受的心理极限。

时光日复一日，月复一月地逝去，没有任何关于维克托的信息，仿佛他突然从世间消失了，从人间蒸发了。

57. 奇特密码信

7月中的一个周日，莉娜在托马斯教堂做完弥撒之后，独自坐在教堂旁的“托马斯教堂咖啡屋”（Café am Thomaskirche）喝咖啡休息。想到自6月13日维克托乘火车从莱比锡出发去东柏林探望父母亲，已经一月有余，既不见维克托踪影，也未得到有关他的任何消息，让她颇感忧虑和痛苦。

傍晚时分，莉娜依然独自坐在咖啡桌旁，透过窗口望着步行街上来往的人流，十分想念与维克托一起在这里度过的美好时光。她在这里多么盼望能像珍妮阿姨，14年前在慕尼黑大教堂旁的咖啡屋Café am Dom发生的一幕重现。当天晚上，珍妮阿姨独自坐在咖啡桌旁，透过窗口望着色彩斑斓的步行街和来往的人流。不觉之中，一位穿黑色大衣、戴黑色礼帽和黑边眼镜的中年男士已站在珍妮的面前，递给珍妮阿姨一个纸条，之后捏一下他的黑色礼帽帽檐转身离去，瞬间消失在步行街来往的人流中。这个纸条原是一封密码信，它为珍妮阿姨带来了爸爸尚活着的消息。

莉娜一边喝着咖啡，一边幻想着，能有一位穿大衣、戴礼帽和眼镜的中年男士站在她的面前，轻声说：“Guten Abend! Sind Sie Frau Lina Stern?”（晚安！您是莉娜·斯特恩女士吧？）莉娜点头称是。这位陌生人递给她一个纸条并轻声说：“Der Zettel von jemandem ist für Sie. Auf Wiedersehen!”（这纸条是某人给您的。再见！），言毕，捏一下他的礼帽帽檐转身离去，瞬间消失在步行街来往的人流中。这个纸条原是一封密码信，它能为莉娜带来维克托尚活着的消息。

当晚这一幕始终没有出现。莉娜感到茫然，也感到沮丧。她离开咖啡屋，乘车返回她在莱比锡的住所。

莉娜走进楼房门厅，习惯性地开启她的信箱。一件印刷品邮件立时引起她的注意，这是一封既未标明寄信人和地址，也没有封口的邮件。

在狭小的住房里，莉娜坐在床上仔细端详这封印刷品邮件。这是一本政治宣传小册子，汇集了6月17日事件以来《新德意志报》社论，其中包括莉娜已经读过的6月18日发表的一篇措辞严厉的文章。

莉娜反复翻看这本小册子，看不出其特别之处；它是谁寄来的呢？会是维克托寄来的吗？维克托还活着？只要有一线可能性，莉娜就绝不会放弃！可是它的特别之处在哪里呢？直到当天深夜，莉娜也未能发现这本小册子的特别之处，仍然不解是谁寄来的这本小册子与寄它的初衷。

次日晚上，莉娜依然闭门沉思。她想，如若真是维克托寄来的，由于他的处境，他必须隐藏起什么，以逃脱有关当局对他的邮件的检查。她突然想到，应该仔细查查字里行间是否隐藏着什么，是否隐藏着常人眼睛看不见的东西？

莉娜想到了她的那个能放大3倍的放大镜，那是她为了审视古旧的钢琴五线乐谱，确认音符种类偶尔使用的。她迅速走向写字台，从抽屉里取出这个放大镜，端坐在写字台旁，在台灯下从小册子的首页开始，逐行逐字仔细查看。

莉娜在第3页的一个大写字母“G”中部的空白部位发现有个微小的圆孔，她不能确定是不是纸张或者印刷上的偶然问题；接着在第5页的大写字母“B”中部的空白部位发现一个同样的微小的圆孔；继而在第7页的一个大写字母“S”中部的空白部位发现另外一个同样的微小的圆孔。这些小孔是极其微小的，似是用缝补用针、锋利大头针或者徽章别针轻轻扎出来的，用常人的眼睛，不借助于放大镜是什么也看不见的。这使莉娜确信，这不是偶然的，也不会是纸张或者印刷上的问题。众所周知，德国的印刷业是非常出色的。

这些发现让莉娜十分兴奋。在相继的奇数书页里，她陆续、依次发现了带有针孔的8个字母和1个数字——h，i，l，l，o，n，6，V，F。她将她发现的所有带有针孔的11个字母和1个数字，依其在书页中的先后顺序，一一排列出来：

GBShillon6VF

莉娜惊异地发现，这就是珍妮阿姨给她多次讲过的“斯特恩密码”啊！这些字母和数字已深深印在她的脑海里。忽然，脑海中的VF两个字母变得粗大起来！不敢想象，难道这是维克托传送给她的信息吗？啊，真不可思议！她在胡思乱想？在做梦？不！不是在梦中！VF意味——Viktor Freud，维克托·弗罗伊德！感谢上帝，他活着，活着！终于得到他的信息了！

维克托传送来怎样的信息呢？GB是缩写？字母可以是地名、人名的缩写，也可能是其他专有名词的缩写。“Shillon”与“6”各代表什么？不得而知。

随后，莉娜在德文大字典人名附录中寻觅组合缩写为GB的各种姓名，遗憾的是，其中没有一个姓名是她认识的。

莉娜思索着，思索着……她没有放弃，她淋浴、吃晚饭，坐在床头让自己休息、冷静、放松一下。想到初与维克托相识，在戏剧社一起排演歌剧《魔笛》，周末一同拜谒托马斯教堂，在教堂咖啡馆边喝咖啡，边讨论舒曼谱写的声乐歌曲，威尔第、普契尼歌剧，海涅、拜伦诗歌……“对！”莉娜突然感悟到什么，“Byron”—“Geoge Byron”（乔治·拜伦）！英国19世纪浪漫主义诗人。

那么，“Shillon”代表什么呢？“Shillon”—“Shillon Chateau”（希隆城堡），希隆古堡为萨伏依公爵的城堡。它是一座具有八百年历史的雄伟的中世纪古堡，坐落于瑞士蒙特勒城东郊外。古堡的地下室是监狱，宗教改革者博尼瓦尔（Francois Bonivard）在古堡监狱中被用铁链缚在柱子上囚禁数年。这一史实激发拜伦于1816年创作了诗集《希隆的囚徒》（The Prisoner of Chillon）。诗人描述了主人公的苦难、不屈精神和对自由的渴望。

那么，“Shillon”后边的“6”代表什么呢？“6”——《希隆的囚徒》的第6小节。

显然，GBShillon6VF为一组密码！

密码GBShillon6VF的解码为：

Geoge Byron The Prisoner of Chillon 6 Viktor Freud

（乔治·拜伦《希隆的囚徒》6 维克托·弗罗伊德）

莉娜迅速从书架上取下《拜伦诗选》（Selected Poems Byron），找到《希隆的囚徒》（The Prisoner of Chillon），翻阅到第6小节，一节拜伦诗歌赫然在目：

6

Lake Leman lies by Chillon's walls:

A thousand feet in depth below
Its massy waters meet and flow:
Thus much the fathom-line was sent
From Chillon' s snow-white battlement,
Which round about the wave inthrals:
A double dungeon wall and wave
Have made - and like a living grave
Below the surface of the lake
The dark vault lies wherein we lay,
We heard it ripple night and day;
Sounding o' er our heads it knock' d;
And I have felt the winter' s spray
Wash through the bars when winds were high
And wanton in the happy sky;
And then the very rock hath rock' d,
And I have felt it shake, unshock' d,
Because I could have smiled to see
The death that would have set me free.

6

莱蒙湖连接希隆堡城墙，
墙下千英尺深渊里，
海量潜水汇聚奔流。
从希隆堡雪白城垛，
测深标线伸向湖底。
滔天波浪把城墙围起，
湖水和城墙双重防护，
变地牢为活人坟墓。
我们的昏暗地牢，

就在湖水面之下。
日夜倾听水浪涌动，
它在头上拍打作响。
冬季里水花飞溅，
风急时它穿过铁栅。
它在天空中纵情嬉戏，
那时连石墙都在颤动。
我感受震撼却并不慌张，
面对死亡我将露出微笑，
因为死亡让我重获自由。

雄伟的中世纪“希隆古堡”坐落于瑞士蒙特勒郊外莱蒙湖畔。

莉娜的眼睛充满泪水，当她读到诗歌最后两行——“面对死亡我将露出微笑，因为死亡让我重获自由。”时，泪珠顿时涌出，纷纷滚落地面。

莉娜领悟到，密码载体诗歌传递的信息是：维克托活着！他已经被捕，作为囚徒被囚禁在监牢中，环境险恶，身处死亡威胁；犹如希隆的囚徒，经受苦难，精神并未屈服，渴望重获自由。

58. 维克托密码信（1）

9月初的一个周日，莉娜在托马斯教堂参加完弥撒之后，独自坐在教堂旁的“托马斯教堂咖啡屋”喝咖啡休息。自7月中旬意外收到维克多的密码信后，一直再没有他的任何信息，想到囚禁中的维克托的命运，让她颇感焦虑和痛苦。

傍晚时分，莉娜走进住所楼房门厅，有意识地开启她的信箱，期盼那样的奇迹再一次发生。上帝又一次关注到她的祈望，一件印刷品邮件赫然在其中！依然是一封既未标明寄信人和地址，也没有封口的邮件。

在她的狭小然而整洁的住房里，莉娜走向写字台，仔细端详这封印刷品邮件。这又是一本政治宣传小册子，汇集了6月17日事件以来的领导人的讲话。

显然这又是维克托邮寄来的印刷品，有了7月初上次破解密码信的经验，莉娜心里有数，找出它的密码信，并破解它隐藏的信息。

虔诚的老妇人长跪祈祷。她身披黑纱，她的双脚刚刚踏入她的主的圣堂，尚未及时寻觅一块踏板，就已经在立柱旁跪下开始默默祈祷。

莉娜依然使用那个放大3倍的放大镜，端坐在写字台旁，在台灯下从小册子的首页开始，逐行逐字仔细查看。

莉娜在第3页的一个大写字母“G”中部的空白部位发现有个微小的圆孔，接着在第5页的大写字母“P”中部的空白部位发现一个同样微小的圆孔；继而在第7页的一个大写字母“T”中部的空白部位发现另外一个同样的微小的圆孔。这些小孔依然如故，是极其微小的，似是用缝补用针、锋利大头针或者徽章别针轻轻扎出来的，用常人的眼睛，不借助于放大镜是什么也看不见的。

这些发现让莉娜十分兴奋。在相继的奇数书页里，她陆续、依次发现了带有针孔的8个字母——o，s，c，a，K，L，V，F。她将她发现的所有带有针孔的11个字母，依其在书页中的先后顺序，一一排列出来，一行完全由字母组成的密码跃然纸上：

GPToscaKLVF

基于上次破解密码的经验，莉娜立即破解了密码GPToscaKLVF。其解码为：

G. Puccini Tosca Kunst Liebe Viktor Freud（G.普契尼《托斯卡：为艺术，为爱情》维克托 · 弗罗伊德）

三幕歌剧《托斯卡》是意大利作曲家普契尼的代表作。描写了1800年，罗马画家马里奥 · 卡伐拉多西（Mario Cavaradossi）为掩护一位政治犯安格洛蒂逃亡被捕，并被判处死刑。他的恋人歌剧女演员弗洛莉亚 · 托斯卡（Floria Tosca）为挽救他的生命不得不向警察总监斯卡皮亚求情。斯卡皮亚以处死卡伐拉多西来威胁托斯卡委身于他。警察总监假意答应搞一次对卡伐拉多西的假处决，托斯卡假意允诺于他。当警察总监将其签发的卡伐拉多西的离境通行证后交给托斯卡后，托斯卡趁其不备刺死了他。黎明时，卡伐拉多西被带往刑场，托斯卡告诉他，这只是一场假处决。不料这是警察总监的骗局，卡伐拉多西真的被枪杀了。托斯卡刺死警察总监的事也已败露，她毅然跳崖自杀。

托斯卡的咏叹调《为艺术，为爱情》，是在歌剧《托斯卡》第二幕，当警察总监斯卡皮亚以处死卡伐拉多西来威胁托斯卡委身于他时，托斯卡歌唱的。旋律凄美，歌词感人。

莉娜对于普契尼谱写的歌剧《托斯卡》十分熟悉，于是深情地高歌一曲托斯卡的咏叹调《为艺术，为爱情》，其歌词如下：

我为艺术而生，
为爱情而活。
我从未伤害一个生灵，

我为善从不欲人知。
带着虔诚信仰，
我的祷词飞向神圣祭坛。
以最虔诚心意，
我用鲜花装饰上苍圣坛。
在我最绝望的时刻，
为什么，为什么，神啊，
难道这就是您的回答？
在圣母面前，
我曾奉献世间珍宝；
当歌咏上苍的圣洁之时，
我真诚歌唱，从未迟疑。
在我最绝望的时刻，
为什么，为什么，神啊，
啊，难道这就是您的回答？
啊，难道这就是您的回答？

唱罢咏叹调《为艺术，为爱情》，莉娜的眼睛再一次充满泪水，当她仰望苍天，唱咏叹调最后两句向神灵呼唤时，她的声音已经哽咽了。

莉娜从密码载体诗歌里感受到，在囚牢里，维克托不停地向上帝祈祷，以一个虔诚的基督徒的心，祈求上苍护佑，祈求上苍怜悯，给他勇气和力量，保佑他度过艰难时刻，保佑他能够活着走出监牢。他是那样眷恋生命，那样渴望活下去。然而，日复一日，一次次虔诚的祈祷，一次次深情的呼唤，听不到上苍的回音，看不见命运的改变，一切依然如故，甚至变得更坏。他几乎要绝望了，要崩溃了。他一次次地呼唤神灵，仰天长叹："为什么，为什么，神啊，啊，难道这就是您的回答？"

莉娜渴望能够给维克托写回信，安慰他近于绝望的心灵，表达她至诚、炽热的爱情，鼓励他为艺术、为爱情坚持下去。虔诚祈祷上苍保佑的人，会最终得救的。太阳会再一次升起，光明会再一次照耀大地。然而，莉娜不知道维克托在哪里受难，不知道他的通信地址，何以给他回信呢？她所能做的，只有天天在住地小屋，跪在神像前为他祈祷，或者在周末独自到托马斯教堂，跪在圣母像前为他祈祷，保佑他能在近乎绝望的时候依然坚持信仰，终将健康、平安回到她的身边。

59. 维克托密码信（2）

时光流逝，又一个明媚的夏天到来，莉娜的学业已经进入第6个学期。依然没有维克托的确切消息，即使是密码信也难得一见。莉娜担心，长期苦痛的心境，沉重的牢狱之苦可能已经耗尽了维克托仅存的承受能力，泯灭了他仅有的希望，他极有可能已经处于身心崩溃的边缘。几个月了，莉娜再也没有收到他寄来的“政治宣传小册子”。

五月的一天傍晚，莉娜结束了一天的学业，走回住所楼房门厅，习惯性地开启她的信箱，一件印刷品邮件竟然在其中！依然是一封既未标明寄信人和地址，也没有封口的邮件。

在她的狭小然而整洁的住房里，莉娜走向写字台，仔细端详这封印刷品邮件，又是一本政治宣传小册子！

这一次，她几乎连小册子里编辑了什么都未注意，就端坐在写字台旁，使用那个放大3倍的放大镜，在台灯下从小册子的首页开始，逐行逐字仔细查看。

莉娜在第3、5、7页连续三页中的一个大写字母“H”中部的空白部位都发现有个微小的圆孔。这些小孔依然如故，是极其微小的，似是用缝补用针、锋利大头针或者徽章别针轻轻扎出来的，用常人的眼睛，不借助于放大镜是什么也看不见的。

这些发现让莉娜认定，这又是一封密码信，让她十分兴奋。在相继的奇数书页里，她陆续、依次发现了带有针孔的9个字母和1个数字——e，i，m，k，e，h，r，3，V，F。她将她发现的所有带有针孔的12个字母和1个数字，依其在书页中的先后顺序，一一排列出来，一行由12个字母和1个数字组成的密码跃然纸上：

HHHeimkehr3VF

莉娜对于解读维克托的密码信已积累了经验，像这样的密码，她会将其分成3段：HH–Heimkehr3–VF，然后从后面开始向前解码。VF——她最熟悉，意即Viktor Freud（维克托·弗罗伊德）；Heimkehr3——Heimkehr为一单词，意为“还乡”，若题材为诗歌，意为“还乡曲”，其后的数字“3”，意为第3首。最著名的诗歌《还乡曲》（Die Heimkehr）为德国著名诗人海因里希·海涅（Heinrich Heine 1797–1856）于1823–1824年间所作；海因里希·海涅（Heinrich Heine）的缩写，即为HH。

于是，密码HHHeimkehr3VF的解码为：

HeinrichHeine Heimkehr 3ViktorFreud（海因里希·海涅《还乡曲》第3首维克托·弗罗伊德）

莉娜立刻从书架上取出海涅的《诗歌集》（Buch der Lieder），长诗《还乡曲》（Die Heimkehr）的第3首赫然在目：

Mein Herz, mein Herz ist traurig,
Doch lustig leuchter der Mai;
Ich stehe, gelehnt an der Linde,
Hoch auf der alten Bastei.

Da drunten fließt der blaue
Stadtgraben in stiller Ruh;
Ein Knabe fährt im Kahne
Und angelt und pfeift dazu.

Jenseits erheben sich freundlich
In winziger, bunter Gestalt
Lusthäuser und Gärten und Menschen
Und Ochsen und Wiesen und Wald.

Die Mädchen bleichen Wäsche
Und springen im Gras herum;
Das Mühlrad stäubt Diamanten,
Ich höre sein fernes Gesumm.

Am alten grauen Turme
Ein Schilderhäuschen steht;
Ein rotgeröckter Bursche
Dort auf und nieder geht.

Er spielt mit seiner Flinte,
Die funkelt im Sonnenrot,
Er präsentiert und schultert–
Ich wollte, er schösse mich tot.

五月欢欣又明媚，
可我的心儿忧伤；
我立于城堡之上，
依靠在菩提树旁。

城堡下方静静地
流淌清碧的渠水；
一位少年驾轻舟，
吹着口哨在垂钓。
那边欣慰显现出
微小斑斓的形体
别墅、花园、人们，
牛群、草地、森林。

姑娘们漂白衣物，
在草地跳来跳去。
水车扬起金刚石般水花，
我听见它远处传来声响。

灰色的古塔楼旁，
有一间哨兵岗亭；
一位身着红装小兵，
在那儿上下走动。

他拿着长枪摆弄，
枪在阳光下闪烁，
他持枪致敬又放回肩上——
我宁愿他对准我开一枪。

海涅诗歌《还乡曲》创作于1823年前后，时年26岁。1823年5月海因里希·海涅离开柏林大学，到达汉堡叔叔家，游览北海海滨，回到鲁尼堡（Lüneburg）省亲。其中许多情诗是写给阿玛莉的，对于阿玛莉的恋情成为《还乡曲》诗歌的主旋律。后来，阿玛莉的妹妹台莱赛在诗人心中唤起新的热情。海涅的《还乡曲》中第3首诗歌，写于1823年5月回到鲁尼堡，游历鲁尼城堡时写的。诗人在诗歌中描绘了自然风光、原野中的姑娘、古堡旁的少年，同时抒发了心中对爱人阿玛莉的迷恋与激情。

维克托借用海涅这首诗歌中的鲁尼城堡，让人联想到他写给莉娜的第一封密码信中的希隆城堡监牢。一方面，以古城堡和红衣哨兵表达他身处逆境，以“我宁愿他对准我开一枪”表达他绝望的心境；另一方面，他以优美的自然风光和快乐的洗衣少女表达他深心处对生命、对人生的眷恋。

读罢海涅这首诗歌，让莉娜既欣喜又悲哀，心中的感受十分复杂，可谓苦辣酸甜皆有之。一方面，为历经长久，又能得到维克托的信息而欣喜、激动；另一方面，为他的绝望心境而悲哀、忧心。

莉娜想到，只要一个人对于明媚的五月感到欢欣，对于驾轻舟的少年，草地上跳跃的姑娘感到美好，对于斑斓的形体、别墅、花园、人们、牛群、草地、森林感到欣慰，那么，他就不会对人生、对生命、对世界彻底绝望，就不会走向不归之路。想到这里，莉娜又重拾希望。心怀希望，耐心等待爱人的回归。

利希滕施泰因宫（Schloß Lichtenstein）。这一格调浪漫的建筑建造在一座小山上，海拔高度817米，深壑围绕，以吊桥与外界相连。1840-1841年为符腾堡国王的侄子威廉伯爵（Graf Wilhelm）按着Heideloff的设计建造的。该家族的后裔仍住在这里。

60. 维克托秘密书简

莉娜的第6个学期暑假来临。八月的阳光明媚艳丽，然而莉娜的心情依旧忧郁阴沉。距上次收到维克托的密码信息业已3个月，一直没有他的确切消息。

假期里，莉娜将大部分时间用于作曲和弹奏钢琴；偶尔她也去东柏林访问维克托的父母亲，将她五月份收到的维克托的密码信讲述给他们听。父母亲对儿子的思念，使他们明显地变得苍老了，除了为儿子在上帝面前虔诚地祈祷，他们还能做什么呢？至今他们连儿子被拘禁的地方都不得而知。莉娜在维克托的父母面前总是极力掩饰自己忧郁痛苦的心境，来安慰他们，希望他们看到未来，看到光明，一切都会好起来的。可是她自己却十分迷茫，光明的未来在哪里？

八月的一天傍晚，莉娜从东柏林维克托父母那里回到莱比锡，在她住所的信箱里，一件印刷品邮件出现了！依然是一封既未标明寄信人和地址，也没有封口的邮件。

莉娜径直走向住所写字台，仔细端详这封印刷品邮件，又是一本政治宣传小册子！与上次一样，她并不关注小册子里编辑了什么内容，就端坐在写字台旁，使用那个放大3倍的放大镜，在台灯下从小册子的首页开始，逐行逐字仔细查看。

莉娜在第3页发现许多字母和数字中部的空白部位都带有微小的圆孔，其数量远比前几次的密码信里的字母和数字多得多！这些小孔依然如故，是极其微小的，似是用缝补用针、锋利大头针或者徽章别针轻轻扎出来的，用常人的眼睛，不借助于放大镜是什么也看不见的。

这些发现让莉娜认定，这又是一封密码信，但极可能是一封不仅仅是由代码或符号组成的密码信，而是一封秘密书简！想到这里，让她十分兴奋。她顾不上吃饭和休息，极其耐心，极其细致地将发现的所有带有针孔的字母和数字，依次地按页码从小到大顺序，按行从上到下，每行从左至右地将它们记录下来。在各页里发现的带有针孔的字母和数字依次如下：

第3页： tfnukuZeidrüfebeLhcidebeilhcI

第5页： tednifebsingnäfeGniemhcisowgnunhAeniekebahhcI

第7页： nemmonegtsefiezilopskloVrednovhciedruwnnaD

第9页： frawknaTnenienegegenietShcissad

第11页：oshcimffirgrekcilbnAreseiD

第13页：tsurBredsuaetetulb

第15页：dnuessartSredfuagaltnartsnomeDniE

第17页：redeinmastlawegdnatsfuAnednegulhcs

第19页：dnurovnetnartsnomeDnegegsknaTehcsitejwos

第21页：nessartSsnilrebtsOfuanetkcür3591inuJ71mA

这几百个符号简直是杂乱无章，既不构成单词，也未组成句型，让莉娜十分费解，一时理不出什么头绪，找不出任何规律。莉娜后来注意到，在这几百个字母和数字中，字母占了绝对多数，综观数字只有3591和71。可以从数字入手，破解这几百个符号的奥秘。

莉娜走向冰箱，为自己找寻点什么食品和饮料，又去淋浴。当她再次走近写字台审视那几个数字时，突然觉得“3591”四个数字怪怪的，又觉得似曾相识。面对这本“政治小册子”上的字母和数字，绞尽脑汁。突然，她感觉到小册子上的数字“1953”跳动起来！

对啊！1953！“3591inuJ71”的含义为“17 Juni 1953”（1953年6月17日）。莉娜由此判定，每行字母和数字的顺序都可能是反的！即秘密书简的每行字母和数字，不是从左向右顺序读取，而是从右向左顺序读取。这样一来，密码信的解码就成为如下形式：

第3页：IchliebedichLebefürdieZukunft
第5页：IchhabekeineAhnungwosichmeinGefängnisbefindet
第7页：DannwurdeichvonderVolkspolizeifestgenommen
第9页：dassichSteinegegeneinenTankwarf
第11页：DieserAnblickergriffmichso
第13页：bluteteausderBrust
第15页：EinDemonstrantlagaufderStrasseund
第17页：schlugendenAufstandgewaltsamnieder
第19页：sowjetischeTanksgegenDemonstrantenvorund
第21页：Am17Juni1953rücktenaufOstberlinsStrassen

这种解码已经出现了部分单词和句型，但尚不分明。进一步将字母和数字按常规分割成单词和句型，加上标点符号，解码就清楚多了：

第3页：Ich liebe dich. Lebe für die Zukunft!
第5页：Ich habe keine Ahnung, wo sich mein Gefängnis befindet.
第7页：Dann wurde ich von der Volkspolizei festgenommen.
第9页：dass ich Steine gegen einen Tank warf.
第11页：Dieser Anblick ergriff mich so,
第13页：blutete aus der Brust.
第15页：Ein Demonstrant lag auf der Strasse und
第17页：schlugen den Aufstand gewaltsam nieder.
第19页：sowjetische Tanks gegen Demonstranten vor und
第21页：Am 17. Juni 1953 rückten auf Ostberlins Strassen

我爱你。为了未来，活下去！
对监狱地址我毫无所知。
遭到东德警察逮捕。
我奋起向一辆坦克投掷石块，

见此情景让我感到心痛，

胸部正在流血。

一位游行示威者躺在街心

镇压示威群众。

苏联坦克以武力

1953年6月17日，在东柏林大街上

显然，解码的内容是上下颠倒的。这就意味着，将发现的所有带有针孔的字母和数字，按常规，依次地按页码从小到大顺序，按行从上到下，每行从左至右地将它们记录下来，是错误的。

正确的解码应该是与此完全相反：将发现的所有带有针孔的字母和数字，依次地按页码从大到小顺序，按行从下到上，每行从右至左地将它们记录下来。如此得到的解码才是正确的：

Am 17. Juni 1953 rückten auf Ostberlins Strassen

sowjetische Tanks gegen Demonstranten vor und

schlugen den Aufstand gewaltsam nieder.

Ein Demonstrant lag auf der Strasse und

blutete aus der Brust.

Dieser Anblick ergriff mich so,

dass ich Steine gegen einen Tank warf.

Dann wurde ich von der Volkspolizei festgenommen.

Ich habe keine Ahnung, wo sich mein Gef ngnis befindet.

Ich liebe dich. Lebe für die Zukunft!

1953年6月17日，在东柏林大街上，

苏联坦克以武力

镇压游行示威群众。

一位游行示威者躺在街心

胸部正在流血。

见此情景让我感到心痛，

我奋起向一辆坦克投掷石块，

遭到东德警察逮捕。

对监狱地址我毫无所知。

我爱你。为了未来，活下去！

莉娜恍然大悟！原来维克托为了提高密码书简的秘密程度，他“狡猾地”从后边页码往前边的书页书写（譬如本文，从第21页往第3页书写），从下边的行往上边的行书写，每行从右边往左边书写。可以说，维克托在“斯特恩密码”基础上，应用了“针孔标示技术”，改进了书写方式，发展了“斯特恩密码”，我们可以命名他应用的方法为“维克托秘密书简”了。

莉娜也能理解维克托何以全在奇数页码或者全在偶数页码标示密码字母或者密码数字，这是为了避免标示的密码字母或者密码数字与背面一页的对应字母或者数字混淆，提高辨认的准确度。

应用“维克托秘密书简”方法秘密传递信息，可以直接读出书简文字，了解书简内容；不必像使用“斯特恩密码”那样，需要查阅相关的引文，来表达意念。譬如，不再需要查阅有关书籍和文件了。

1953年6月17日，东柏林。苏联坦克开上东柏林街头。

莉娜从收到的这封维克托秘密书简得知，维克托是出于对游行示威者的同情，出于对借用外国军队与坦克，武装镇压本国同胞的愤慨，而奋起向坦克车投掷石块而被捕的。莉娜认为，维克托是一位爱国家、爱人民的热血青年，并不是什么暴力份子。他不应该被监禁，应该还他自由。

维克托在秘密书简的最后，写出“我爱你。为了未来，活下去！”，让莉娜感到欣慰和鼓舞，她因他的忠贞爱情和他摆脱了绝望阴影而欣慰和鼓舞。由于得不到维克托的通信地址，莉娜没有办法直接向维克托表达她的忠贞爱情和接读他的秘密书简后的欣慰和鼓舞之情。不过，她立即乘火车去了东柏林，向维克托父母亲转达了维克托秘密书简的原文。

61. 莉娜在西柏林

莉娜于1955年秋季以优异成绩完成在莱比锡音乐学院作曲系学业。1957年秋季，莉娜以优异成绩取得音乐硕士学位。

这之后她面临几种选择可能性：在莱比锡或者到东柏林寻找工作；到慕尼黑或者西柏林谋求发展。慕尼黑是珍妮和她一起生活的地方，西柏林是美国、英国、法国共管的地区，面临广阔发展空间；莉娜持有联邦德国护照，去慕尼黑和西柏林工作是没有问题的。珍妮从莉娜的艺术发展角度考虑，建议莉娜申请在位于西柏林的“国家音乐与造型艺术学院”（Staatliche Hochschule für Musik und Darstellende Kunst）工作，以求在音乐和艺术领域得以深造和为未来发展缔造坚实的基础。待维克托获释并随后完成尚未完成的学业后，再设法到西柏林与她团聚。

国家音乐与造型艺术学院是一所古老的音乐与艺术学院。其历史可以追溯到勃兰登堡弗里德里希Ⅲ于1809年创立的一个音乐部门。在它的近旁坐落着“国家绘画艺术学院”（Staatliche Hochschule für Bildende Künste）。两所学院构筑成西柏林的音乐与艺术中心，也是德国的音乐与艺术中心之一。国家音乐与造型艺术学院依据莉娜所受音乐专业教育和音乐天赋录用了她，从事教学助理和音乐创作工作。

在莉娜还是小女孩的时候，她对音乐的兴趣在于舒曼的《少年歌集》，随着一天天长大，她对音乐的兴趣转向舒曼的抒发感情、表述爱情的《诗歌集》。现在，她已经是一位音乐硕士，开始更多的尝试，独立为诗歌谱曲以及独立创作诗歌并谱曲。

如下的这首巴伐利亚风格民歌《同班的你》（Mein Schulkamerad）就是莉娜作词

并谱曲的。

DU, MEIN SCHULKAMERAD

Melodie und Text: Lina Stern

Im Klassenzimmer
sitze ich vorn,
du sitzst hinten;
Du kannst mich sehen,
ich kann dich nicht sehen.
Auf dem Podium antworte ich auf Frage.
Ich sehe dich, aber
ich vergesse, was Lehrer´s Frage ist.

In der Bibliothek
stehen die Bücherregale nebeneinander.
Neben dem Literatur-Bücherregal
sehe ich dich.
Goethe´s Drama in deiner Hand,
Heine´s Lieder in meiner Hand.
Ich sage, vernüftige Liebe fehlt Leidenschaft,
du sagst, romantische Liebe ist schwer zu behalten.

Auf dem Weg des Campuses
begegnen wir uns zufällig.
Ich frage, was Beruf von deinem Vater ist?
Du antwortest, Professor für Zoologie.
Ich sagte, ich vergöttere Gelehrten,
und liebe Katze, Hunde und Tierchen.

Du sagst danach: Mein Vater sagste,
es ist der Kern, ob sie dich liebt!

Nach der Abschlußklasse
bitte ich dich ein paar Wörte zu schreiben.
Du schreibst: Nie vergesse das Klassenzimmer,
die Bibliothek, den Weg des Campuses,
niemals vergesse deinen reinen Blick.
Später höre ich von Schulkamerad:
Du bist früher nach Ausland gefahren
und lebst allein bisher.

LiliIuoluo, lililuoluo, lililuoluo,
lililuoluo, lililuoluo, lililuoluo...

Du bist früher nach Ausland gefahren
und lebst allein bisher.

同班的你

莉娜·斯特恩 词/曲

课堂上，
我坐在前头，
你坐在后头；
你看得见我，
我却看不见你。
老师让我上台答题，
我看见了台下的你，

却忘了老师提的问题。

图书馆里，
书架林立；
文学书架旁，
我看见了你。
你手里拿着一本歌德，
我手里拿着一本海涅；
我说理性爱情难有激情，
你说浪漫爱情难于持久。

德国沃尔姆斯（Worms）烤鱼节。游行行列中有造型各异的彩车、花团锦簇的少女、系着美女绶带的狂欢俱乐部、高歌行进的乐队、长跑中的体育代表队，还有嘟嘟跟着跑的拖拉机。

校园阡陌小路，
我们不期而遇。
你问我爸的职业，
我说动物学教授。
你说你崇拜学者，
喜爱猫狗小动物。
后来我说我爸说了，
关键你是否喜爱我！

毕业典礼后，
我请你留言。
你写：不忘课堂、
图书馆、阡陌小路，
不忘你纯情目光。
后来听老同学说，
你早就去了国外，
至今仍孑然一身。
哩罗，哩罗，哩罗，

哩罗，哩罗，哩罗……

你早就去了国外，
至今仍孑然一身。

62. 大地交响曲

莉娜在教学工作之余，谱写《c小调大地交响曲》（合唱）。她所依据的历史背景主要是第二次世界大战战后德国与德国人的命运，对此，她于1946年8月重新回到战后的德国后，颇有体验、感受和感慨。

1933年1月纳粹党攫取德国政权，1939年9月发动第二次世界大战，从大西洋比斯开湾到伏尔加河，从挪威海到地中海，纳粹德国的旗帜在德国与被征服的土地上高高飘扬，希特勒的“千年帝国”不可一世。1945年 5 月德国战败投降。经历12年时光，希特勒的“千年帝国”轰然倒塌。德国不仅失去了全部侵占的土地，连自身的领土也失去了三分之一。

1945年7月17日至8月2日，英国、美国、苏联三巨头在波茨坦的采齐林霍夫宫（Schloß Cecilienhof）召开了处理战败国德国的波茨坦会议，签署了分治德国的波茨坦协议。

征服者——苏联、美国、英国、法国将被占领的德国分割成四个占领区。四个占领区犹如四个小国家，建立各自的行政和军事管辖机构，实施各自的政治和经济政策。占领部队的军事统帅即为占领区最高行政和军事长官。

依据波茨坦协议，美国在其德国占领区实施严厉的“三D计划”——非军事化（Demilitarisierung）、非纳粹化（Denazifizierung）、非集中化（Dezentralizierung）。

非军事化意在彻底瓦解纳粹帝国所有的军事力量，将残存的250万德国士兵关进战俘营，缴械陆海空一切作战武器，占据所有战略要地和设施，使得被征服者完全无能力对统治者做军事反抗。

非纳粹化意在消灭纳粹主义，推翻纳粹统治，解散纳粹党，废除纳粹制定的统治、迫害、歧视人民的法律和法规以及建立的相关行政机构。由征服者来为德国人清理纳粹思想流毒和原德意志政体。

非集中化意在政治上消除帝国中央集权，将行政权向州、地区、城乡转移；经济上消除大垄断集团，限制工业规模，使其成为一个依赖农业资源、轻工业消费品生产的政体。摧毁德国发动战争的能力，排除其成为现代工业国的可能性。

后来，在“三D计划”之外，又加上了个D——Demokratisierung，即“民主化”，成为“四D计划”。

民主化，指人民有参与国事或对国事有自由发表意见的权利。在一个民族处于被管制和被统治的年代，这种权利是难于想象的，是可望而不可即的。当时，德国人不享有基本民权。

慕尼黑是美国占领区中的最大城市，也是在战争中遭受破坏最为严重的城市之一。曾是何等繁华的城市，如今一眼望去，满目疮痍。

在美国占领区军管政府制定的文件中写明：“德国将永远被作为一个战败国而不是作为被解放的国家来对待。”

被分治的德国的政治形势，表面上是安定的，实际上存在许多问题，这些问题中的重大问题依然是占领当局面临的非军事化、非纳粹化、非集中化、民主化问题。此外，新的重大问题已经凸显，这就是苏联、美国、英国、法国四个占领区各自为政，政治、经济矛盾日益突出，已经到了征服者们不得不考虑，不得不解决的时候了。更为严重的，苏联与其他三个占领国意识形态对立，都在处心积虑争夺欧洲霸权，从而引起的冷战已初露端倪，已经到了征服者们必须寻求政治方案解决的时候了。

征服者们引用希特勒说过的话——“所有的德国人都是狂热的纳粹分子”，从而认为，所有的德国人都是种族主义者。在占领者们看来，德国人在纳粹年代认定的所谓“下等人”，正是他们自己。被征服的德国人受到征服者的鄙视和侮辱，被视为“不堪与之交往的贱民和社会渣滓”。盟国驻西方最高司令艾森豪威尔将军向所有部队发布了“非友善化”的命令，禁止士兵与战败国的平民进行任何交往。

并非所有的德国人都是纳粹分子！希特勒说“所有的德国人都是狂热的纳粹分

子”，是政治鼓噪，造成一种所有的德国人都拥护他、拥护纳粹政权的假象。事实上，许多德国人是在纳粹时代高压环境下被迫表态支持纳粹的。正如一位德国人曾经公开表白过的，他曾向希特勒致敬，那是迫不得已的。有相当多的德国人，为了保住他们的生命和饭碗，不得不违心地与纳粹有所瓜葛，或者有所表示。战后审查统计表明，在战后存活的大约6000万德国人中，大约有359万纳粹分子。

在纳粹帝国时代，反纳粹主义者，反种族主义者，民主主义者，同情犹太人的有识之士虽然是少数，但大有人在。迪尔博士，就是其中的佼佼者！

至于“非友善化”，禁止士兵与战败国的平民进行任何交往的命令，在现实中是难于实施的。美国士兵们，用他们持有的、德国人渴求的咖啡、巧克力、肥皂、食用油、罐头、打火机、钢笔等换取德国人持有的、美国士兵们渴求的珠宝、银器、瓷器、古董、地毯、皮毛、照相机、美酒、音乐等。

征服者们在德国非纳粹化的进程中，对四个占领区的德国公民同时进行了大规模的政治审查。在美国和英国占领区，德国人必须填写当局颁发的详尽的“调查表”，以弄清各自为纳粹帝国服务的程度，将德国人划分为主犯、罪犯、次犯、胁从犯、无罪者五类人。

填写这些“调查表”，固然有助于查处一些纳粹分子，但在德国人的心里埋下阴影，感到他们处于被审查、被怀疑、被管制的屈辱地位。在被管制的处境下，何以谈论人权，在国家被分治时，德国人是难于享有人权的。

战争中幸存的德国人，多数人挣扎在伤亡痛苦、财产损失、贫穷失业、住房匮乏、饥寒交迫、看不到希望的困惑和苦痛生活之中，战争结束初期，整天为糊口而奔波。每天，大批城里的人一大早就背着大包、小包涌向农村，大包、小包里装着祖传或者黑市买来的地毯、瓷器、银器、皮货、保暖衣服等物品；傍晚时分回到城里，幸运的人已与农民换回了些许保命的土豆、鸡蛋、黄油、肉类或者其他食品。

美国占领区军管政府不时发放救济物资，明文规定：“为德国居民、流亡敌人或前敌国公民进口或分配的救济物资，不得超过为防止疾病和骚乱所需要的最低标准。”总之，让德国人能够生存下去，并确保他们对战胜国唯命是从。

莉娜正是基于上述的战后德国与德国人的命运事实，谱写《c小调大地交响曲》（合唱）的。莉娜考虑，交响曲结构分做四个乐章。

第一乐章乡村自然风光。音乐旋律悠扬、甜美，让听众感到如置身于美丽、宁静的大自然中。

第二乐章战火震撼大地。音乐旋律汹涌、震撼，让听众感到如置身于残酷的战争年代。

第三乐章人民的苦难。音乐旋律凄凉、忧伤。让听众感到如置身于贫穷、苦痛与困惑的生活中。

第四乐章理性与希望。写这一乐章的时候，让莉娜想起父亲谱写的《c小调自由交响曲》（合唱）第四乐章理性的回归。莉娜参照父亲的写法，同样谱写出正义与邪恶冲突，理性与野性冲突；正义战胜邪恶，理性回归人心；乌云散去，大地重现，人民看到天地之间露出的曙光。音乐旋律由庄严、悠扬，转为高亢、激昂。

关于《大地交响曲》（合唱）的调式和调性，莉娜选择父亲为《c小调自由交响曲》（合唱）所选择的c小调，侧重表现交响曲中“战火震撼大地”乐章和“人民的苦难”乐章中的黯淡、悲哀、忧郁情绪，以及由此激发的对悲惨命运的抗争和对光明的渴望。

世界大战后，坐落于柏林市区的大型艺术雕塑，它象征世界人民和谐、友好、友爱；其背景为战争炮火所毁的柏林纪念大教堂（Gedächtniskirche）残垣。

《大地之歌》（合唱）是《c小调大地交响曲》（合唱）中的重要组成部分，就像《欢乐颂》（合唱）是贝多芬的第九交响曲（合唱）中的重要组成部分，就像《自由女神颂》（合唱）是斯特恩的《c小调自由交响曲》（合唱）中的重要组成部分一样。

大地之歌（合唱）

欧洲战火纷飞，
苍茫大地颤动。
人呐喊马嘶叫，
刀光剑影。
德国军团挺进，
所向披靡。

曾几何时，
从大西洋比斯开湾到伏尔加河，
从挪威海到地中海，
在被征服土地上，
德国纳粹旗帜飘扬，
“千年帝国”不可一世。

仅仅12年光景，
狂妄化为泡影。
征服的土地丧失殆尽，
德国本土也难得保留。
从梦魇中醒来，
“千年帝国”轰然倒塌。

三巨头在波茨坦议政，
四强国划分占领区。
我要工业基地；
他要鲁尔重工业区。
我占帝国粮仓，
他占酿酒庄园区。
“千年帝国”被分裂，
“千年帝国”被四D化——
非军事化（Demilitarisierung），
非纳粹化（Denazifizierung），
非集中化（Dezentralizierung），
民主化（Demokratisierung）。
曾经何等繁华城市，
战后满目疮痍。
巷战将柏林建筑化为乌有，

一夜轰炸变德累斯顿为废墟；
斯图加特郊外残骸堆积成山，
科隆勉强保存下来大教堂。

战争中幸存的德国平民，
在伤亡痛苦、财产损失中挣扎，
在住房匮乏、饥寒交迫中挣扎，
在困惑、苦痛的生活中挣扎。
大批城里人清晨拥向农村，
祈望晚上换回糊口的东西。

纳粹战争几乎毁掉
德国和德意志民族。
德意志人文思想幸好尚在，
它是德意志民族的希望；
德国人文主义者幸好尚存，
他们才是德国的明天。

63. 维克托获释

1958年夏季，维克托经过5年牢狱之苦后，获准释放。

维克托获释后，没有过多地向父母亲或者莉娜讲述5年来狱中的艰难和屈辱生活，他认为那样只会给他们带来巨大的痛苦和伤害。

维克托在狱中期间，常常默默祈祷，从上帝那里汲取力量。他相信他虔诚祈祷，上帝会赋予他力量，赋予他活下去的勇气；会赋予他希望，赋予他光明的未来。长期的狱中生活让维克托更加信奉基督教，信奉上帝了。他出狱后的第一个重大愿望，就是邀请莉娜陪同他一起拜谒莱比锡托马斯教堂做弥撒还愿，表达对上帝的感恩之情。托马斯教堂是他们在莱比锡生活、学习期间，经常在周末一起去拜谒的地方。

一个周末，维克托邀请莉娜从西柏林来到他的东柏林家中，会见维克托父母亲后，维克托和莉娜驾车驶往莱比锡托马斯教堂做弥撒。

弥撒（Missa）是天主教的宗教仪式，用面饼和葡萄酒表示耶稣基督的身体和血液来祭祀天主。

他们一行在弥撒仪式之后，瞻仰了教堂外的巨大的巴赫雕塑立像和教堂内的地下墓穴。随后到教堂旁的托马斯教堂咖啡屋坐坐，又去街心公园漫步。

莉娜告诉维克托和他的父母亲，在慕尼黑与珍妮阿姨一起生活的时期，由于珍妮阿姨信奉基督教，因此她经常在周末跟随珍妮阿姨在慕尼黑圣母大教堂参加弥撒圣事。对于天主教或者基督教的弥撒宗教仪式她并不陌生；此外，她还参加过圣母大教堂唱诗班举办的某些歌咏圣歌活动。

莱比锡托马斯教堂（Thomaskirche）。在古典音乐大师巴赫的65年生涯里，有27年时间（从38岁至65岁）生活和工作在莱比锡（Leipzig），并长眠在莱比锡托马斯教堂。

“珍妮阿姨告诉我，”莉娜说，“当她在慕尼黑音乐学院，在爸爸的指导下攻读钢琴专业硕士学位时，每个星期三都与爸爸一起，到慕尼黑圣母大教堂旁的咖啡屋喝咖啡呢！”

“就像我们一起在莱比锡托马斯教堂旁的咖啡屋坐坐那样？”维克多带着几分狡黠的口吻说道。莉娜妩媚一笑，并未作答。

“珍妮阿姨告诉我，”莉娜说，“我爸爸曾经对她讲述过，犹太教与基督教原本同源，都诞生在巴勒斯坦耶路撒冷；犹太教与基督教都信奉耶和华，即信奉上帝。犹太教诞生于公元前一千年初期，信奉独一的神耶和华，犹太教约法为《圣经·旧约》；基督教诞生于公元一世纪30年代，从犹太教的一个派系衍生而来，信奉独一的神耶和华，耶稣基督是上帝的独子。是这样吧？”

“是的，是这样的。”维克多说，“基督教倡导人之间彼此相爱，彼此宽恕，善度人生，善待生命。在罗马帝国时代，它具有对抗皇权意识，在平民中引起反响，逐渐地在贵族阶层也得到回应。公元380年罗马皇帝狄奥多西发布敕令，承认基督教为罗马帝国宗教之一。公元393年狄奥多西皇帝立基督教为国教，取缔其他异教，他本人也在临终前皈依了基督教。”

莉娜喜欢基督教堂里的安静、庄严气氛，在这种气氛下，让她的心平和、净化。

在基督教堂里，信徒们作弥撒，朗读圣经，咏唱圣歌，颂扬上帝。在主教、牧师的演讲词中，不只是颂扬上帝，还以上帝的名义或者引证《圣经》故事或警句，教导和提示人们彼此相爱，彼此宽恕，善度人生，善待生命。譬如，在战后困难时期，鼓舞人们坚强、互助、宽容、和谐，珍重生命。

莉娜在维克多的鼓励和协助下，开始有选择地、有系统地阅读《新约全书》中的《福音书》、《使徒行传》、《书信》和《启示录》。对于其中的《启示录》她情有独钟。

如何面对并开始新的生活？这是维克托面临的首要问题。

维克托在1953年6月被捕时，在莱比锡音乐学院古典歌唱和音乐剧系已接近读完第

4学期。维克托首先想完成他尚未完成的学业。由于他被捕和牢狱生活的经历，他想换个环境，并且莉娜已经在莱比锡音乐学院毕业，去了西柏林深造，促使他下定决心离开莱比锡音乐学院。

经过缜密调查和慎重考虑，并征得莉娜和父母亲的意见，维克托选择申请在东柏林的“德意志音乐学院”（Deutsche Hochschule für Musik ）继续其古典歌唱和音乐剧的学业，并获得成功。

德意志音乐学院位于东柏林Wihlhelmstraße（维尔黑尔姆大街），它是一所新创建的音乐学院。它的创建历史与柏林的地位和发展息息相关，可以说是出于民主德国政府的政治动机。德意志民主共和国（东德）于1949年10月7日宣告正式成立。这之后，东德当局发现，柏林的唯一音乐大学和几所音乐专科学校都位于西柏林地区。于是，东德教育部决定在东柏林地区创建一所新的音乐学院。1950年10月1日，“德意志音乐学院”落成。

德意志音乐学院的第一任院长为音乐家克内普勒教授（Prof. Dr. Georg Knepler），学院教授委员会汇集了著名的艺术家、音乐家和教育家，包括著名的作曲家、指挥家、歌唱家、钢琴演奏家、小提琴、中提琴、大提琴、单簧管演奏家等。维克托特别关注其中的歌唱家Helma Prechter，Arno Schellenberg，钢琴家Carl A. Martiensse，Grete Herwig，他们都是声名卓著的音乐家。

莉娜理解并赞同维克托的这一决定；当维克托完成学业后，他就可以寻求到西柏林工作了，他们就可以在一起工作和生活了。维克托表示，他在社会和自然空间适当休息和调整后，就会把心思和精力集中投入到学业和创作中去的。

64. 恐怖柏林墙

第二次世界大战后德国作为战败国被划分为四个区域，被战胜国美国、英国、法国、苏联分别占领，继而在美国、英国、法国占领区于1949年5月8日成立了德意志联邦共和国（西德），在苏联占领区于1949年10月7日成立了德意志民主共和国（东德），并形成分治的西柏林（西德）和东柏林（东德）。

东德人在1961年掀起了逃往西柏林的浪潮。从1月至8月初，就有6万人逃往西柏林。1961年8月13日，星期日，东德昂纳克（Erich Honecker）政府在东德一侧的西柏林边界实施戒严。拉起了铁丝网，马队军犬巡逻，堵塞通往西柏林的大街，断绝通往西柏林的地铁和电车交通，坦克镇守重要交通路口，东柏林人和东德人，包括6万名在西柏林工作的东德人被禁止踏入西柏林。

在东柏林、东德与西柏林边界线上拉起的铁丝网并未有效地阻止东柏林人逃亡西柏林。很多逃亡的人都是以前的“边界跨越者”，其中有许多人在西柏林有工作、朋友和家庭。他们有逃亡的动机，知道自己在西柏林该去哪里。

东德政府于是决定在东柏林、东德与西柏林边界线上建造柏林墙。1961年8月18日开始，在武装士兵监视下，东德建筑工人开始将铁丝网改建成恐怖的柏林墙。

据报道，“8月18日，星期五，凌晨1点30分，6辆卡车起重机抵达波茨坦广场，柏林皮卡迪利广场，以及布兰登堡门以南的哥伦布圆环广场。从卡车起重机上卸下几十块水泥板，它们会被用于检查站控制交通。大约40分钟后，来了一队消防车、混凝土搅拌车和泥水匠"施工队"。在东德人民警察的监督下，他们开始建造横跨整个广场的屏障。5点过后，天刚亮，他们就撤走了，留下一堵混凝土墙，墙的顶端盖着两排阴模块，总共5英尺多高，上面还有金属条，可以用来穿带刺的铁丝网。在某一处，这道"墙"离波茨坦广场的地铁站入口只有几英寸，而后者是西柏林为数不多的地铁站之一。西柏林警察和清早上班的人看到这道墙后都目瞪口呆。"（F.Taylor: Die Mauer《柏林墙》）

柏林墙与简易的一般的墙体截然不同，它是一座墙体式防御工事。

东柏林当局建造柏林墙。原东德领导人昂纳克下令，于1961年8月13日筑起隔离西柏林与东柏林、东德的柏林墙。东德建筑工人在东德边防军监督下，建造柏林墙。

柏林墙主体结构可分为多座瞭望台和多层防线——长度超过155公里，高度超过2.74米的水泥墙体；2米高的铁丝围栏；音响警报电缆；铁丝网；多座碉堡；多条警犬；6–15米宽的无草皮空地； 3–5米深的阻止车辆壕沟；5米高的路灯；局部边界处于施普雷河（Spree）河道；众多武装警卫巡逻。（注释：至1979年5月共修筑水泥板墙104.5公里；第二道水泥墙高3.5–4.2米、厚15厘米，可以抵挡装甲车辆撞击的水泥墙10公里，铁丝网55公里，瞭望台253个，碉堡136个；挖掘103公里防止汽车通过的壕沟；建立270个警犬班。）

东德当局称柏林墙为"反法西斯防卫墙"（Antifachistischer Schutzwall），多数西方国家认为建围墙的真正目的是阻止东德人逃入西柏林。

柏林墙建造起来后，针对外国人、外交官、西德人、西柏林人的过境问题，东德当局在柏林墙最初设有12个出入柏林墙的过境检查点。后来东德当局看到西方并没有采取什么相应对抗措施，决定实施更严酷的政策。东德政府宣布，从8月23日凌晨1点开始，允许出入柏林墙的过境点数量进一步减少，从最初的12个减少到7个。其中只有1个是面向外国人和外交官的（弗里德里希大街的查理检查站）、2个面向西德人、4个面向西柏林人。

9月20日上午8点30分，在昂纳克的主持下，中央政府的成员召开一个特殊会议。

昂纳克严肃告知到会的部长和军官们，“必须阻止一切跨越边界的企图”；会议上颁布了“向叛徒和侵越边界者开火”的密令，即使只是企图“叛逃”，而且后来返回，也可能会被处决。

65. 西柏林倾谈

1962年8月初，趁音乐学院暑假之际，珍妮从哥廷根乘火车去西柏林探望莉娜。

根据东德当局的有关决定，西德人或者西方外国人进入东德是需要签证的。在东德和西德边境的检查是相当严格的。边防检查人员手握珍妮的护照盯着她端详良久。对物品的检查相当仔细，好在珍妮随身行李很简单。通过狭窄而长长的通道珍妮终于进入了民主德国！在东、西德边境的东德一侧换乘东德火车径直开往西柏林，沿途可见属于东德地域的广漠大地。

莉娜在西柏林动物园车站月台接到珍妮阿姨，两人热情拥抱，久别相见，格外亲热。莉娜接过珍妮手提包，她们在动物园车站附近的西柏林商业区Kurfürstendamm漫步。路经因二战战火削去尖顶的、原本十分壮观的纪念威廉皇帝纪念教堂（Gedächtniskirche）。莉娜兴奋地向珍妮介绍柏林著名景观，仿佛她是位地道的当地的旅游导游员，而珍妮是第一次来柏林的美国游客。

莉娜陪同珍妮乘出租车沿着笔直宽阔的“6月17日大道”（Straße des 17. Juni），向勃兰登堡门（Brandenburger Tor）方向驶去。途经位于“6月17日大道”街心的为纪念战胜丹麦（1864年）、奥地利（1866年）和法国（1870年）于1873年建造的胜利柱（Siegessäule），就来到西柏林与东柏林的边界勃兰登堡门前广场。

从出租车里出来，赫然横亘在莉娜和珍妮面前的是一堵阴森的水泥墙，它就是那堵东德新近建造的柏林墙；柏林墙后面耸立着一座宏伟瑰丽的古建筑，就是著名的勃兰登堡门。

勃兰登堡门位于东德地域。它65米长，26米高，勃兰登堡门门楣处镶嵌有希腊神话浮雕，在勃兰登堡门之上坐落着雄伟的栩栩如生的古罗马时代四马并驾双轮战车青铜雕塑，为雕塑家J.G. Schadow的杰作。这四驾马车雕塑于1806年被拿破仑掠至巴黎，8年后复位于勃兰登堡门。勃兰登堡门之宏伟瑰丽，可与巴黎凯旋门相媲美。

珍妮和莉娜在勃兰登堡门柏林墙西柏林一侧徘徊。东德哨兵武装把守着勃兰登堡门，勃兰登堡门两侧筑有水泥墙体。透过堡门五个通道极目远处张望，是与“6月17日大道”一样宽阔、一样笔直的“菩提树下大道”（Unter den Linden）。这条林荫大道的延长线方向通向东柏林街区亚历山大广场。

西柏林处在东德疆域之中，像是一个小小的孤岛。它与东柏林和东德的边界有166公里长，在其上筑起了155公里城墙，其余地段为设施和建筑物。沿着城墙找不到一处可以靠近它的地方。柏林墙是水泥墙，墙的上方加顶，在东德一侧有一道光照明监视区，人民称它为“死亡区”（Todestreifen），挖了壕沟，设有瞭望塔，警戒掩体，巡逻队带着警犬昼夜巡逻。若有人胆敢跨越监视区，将在没有警告的情况下被射杀。珍妮和莉娜自然不敢贸然越雷池一步。

当晚，在莉娜居住的小房间里，珍妮下厨房为她们准备晚餐。久违了，珍妮已经好久没有像在慕尼黑与莉娜一起生活时，为她准备一日三餐了。珍妮心情很好，既兴奋又快乐，仿佛又有了做母亲的感觉。

晚饭后，珍妮与莉娜坐在沙发里长谈。她们谈到许多事情，谈得最多的是莉娜对维克托的感情以及维克托在获释后的前途。

“莉娜，你，你爱维克托吗？”

“是的，我爱维克托。”

“在他被捕之后，你还在爱着他吗？”

“是的，我一直在爱着他，我等他回来。”

“你认为，你最爱他什么？”

“我，我喜欢我想到他时的感觉。”

珍妮目不转睛地望着莉娜，仿佛若有所思。片刻，莉娜补充道：

“灵魂沟通，滋生爱情；灵魂融合，爱将永恒。”

“莉娜，你真的长大了！当我遇到你爸爸的时候，就是这种感觉！”

莉娜笑而未答。

“你觉得维克托是怎样的一个人？”

“一位正直、忠诚和恪守承诺的人；一位热爱艺术、热爱自由、热爱生命的热血青年。”

“那好，莉娜，我们尽早去访问维克托！”

莉娜微笑点头，走近珍妮，送给她一个轻轻的吻。

柏林纪念大教堂和新教堂。处于柏林繁华市区的柏林大教堂为第二次世界大战炮火所毁，为纪念人类的这段悲惨历史，大教堂的残垣断壁被保留下来，以警示后人。战后在其近旁的窄小空地上筑起了棱柱体式的高耸的现代建筑结构教堂。

66. 穿越柏林墙

8月10日，莉娜与珍妮应邀去洪堡大学（Humboldt- Universität）附近的维克托父母家访问。洪堡大学位于东柏林“菩提树下大道”旁，距离勃兰登堡门很近。莉娜的住处距离勃兰登堡门也不远，但是在西柏林“6月17日大道”一侧。柏林墙在勃兰登堡门不设过境通道。她们从西柏林去东柏林必须绕行。

前面已经提到，从1961年8月23日凌晨1点开始，允许出入柏林墙的过境点数量进一步减少到7个。其中只有1个是面向外国人和外交官的，有2个面向西德人，有4个面向西柏林人。

珍妮持美国护照，属于“外国人”，她必须到勃兰登堡门东南方的为外国人和外交官设置的“弗里德里希大街过境通道”（Friedrichstraße Grezübergäng）过境；莉娜持联邦德国护照，属于“西德人”，她必须到勃兰登堡门北边更远的为西德人设置的“因瓦里登大街过境通道”（Invalidenstraße Grezübergäng）过境。她们分开前约定好，经各自的过境通道过境到达东柏林一侧后，在勃兰登堡门旁“菩提树下大道”起点会合。

珍妮从勃兰登堡门柏林墙西德一侧走向弗里德里希大街过境通道，在过境通道东柏林关卡经历了严格的检查。在检查点得过6道岗：第一岗，查看有没有护照，不细看；第二岗，审视过境人同时查验护照；第三岗，再端详一番，写个条子，按一下电钮，放一个人过门；第四岗，添报并核查清单，譬如缴费单，兑换外币单，携带物品单之类的；第五岗，交款；第六岗，一个哨兵站在那里。珍妮终于通过各道岗，踏入东柏林。

莉娜从勃兰登堡门柏林墙西德一侧走向因瓦里登大街过境通道，途径德国议会大厦遗址。二战战火已吞噬了这座雄伟建筑往日的辉煌圆顶，令人想起攻克柏林激战中议会大厦前的激烈战斗。莉娜继续向北行，到达因瓦里登大街过境通道，在东柏林的关卡经历了严格的检查后，也终于踏进了东柏林。

珍妮和莉娜在勃兰登堡门东德一侧会合。从这里还是不允许人们接近勃兰登堡门，大约距勃兰登堡门100米处筑起了1米高的围墙，围墙旁的红色鲜花绽放。从这里可以透过勃兰登堡门遥望西柏林，从这里还可以同时看到在勃兰登堡门上飘扬的民主德国国旗和西北方向联邦议会大厦上飘扬的联邦德国国旗！虽说都是黑红黄三色旗，但在民主德国国旗上多了镰刀、锤子和圆规图案。

莉娜和珍妮在一栋立式火柴盒标准造型的居民住宅楼里寻觅到维克托父母家单元住宅。

维克托看起来消瘦了许多，也显得苍老了一些，但神情依然抖擞，眼睛里闪烁着光芒。他以低沉的声音缓慢地向莉娜和珍妮讲述了他漫长、痛苦的5年牢狱生活，像是在讲述发生在遥远过去的别人的故事。然而，莉娜已情不自禁地流泪了。

“我必须尽快离开这囚禁我的地方！”维克托仍然以其讲述牢狱生活的低沉的声音缓慢地讲出这句话。

“维克托，”莉娜用纸巾擦拭面颊上泪水，略显茫然地问道，“你已经离开了那座牢狱了啊，你想去哪里呢？”

“莉娜，当然是那一边！”维克托觉察到她们的茫然，补充道，“西边，穿越柏林墙！”

“维克托，”片刻沉默之后，莉娜说，“你可知道，自柏林墙建造以来，人们从东柏林突围柏林墙逃亡西柏林所发生的悲剧事件？”

“西方媒体大量报道了突围柏林墙事件。”珍妮讲道，“十个月之前，一批东德人从东柏林柏林墙下边的地下水道逃往西柏林。柏林自由大学的一个自发团体计划和实施了这次逃亡。”她随手从手提包中取出一份剪报，递给维克托。维克托轻声地读起来。

“第一天的行动开始于1961年10月8日天黑之后，该计划的组织者狄特尔·希姆从西部边界的公寓大楼顶上观察，在那里他可以看到东柏林的厂区。一个又一个小时，希姆注视着那些逃亡小组的人进入下水道。接连4个晚上，一切都进展顺利。依据学生帮助者提供的非正式名单，共有134人成功逃亡。

成功逃到西柏林之后，满身污泥的难民会被送上一辆大众牌公交车，载到自由大学的一个学生宿舍。他们可以在那里洗澡，之后会有人拿干净的衣服给他们换上。抉择的时间到了，他们要去马林菲尔德难民营登记，并用编造的故事解释他们的逃亡，因为在难民营管理部门有东德史塔西的特工。

1961年10月12日，也就是利用下水道逃亡的第五个夜里。午夜来临。最后一个逃亡者已经进入下水道。沃尔法特把检修孔盖子放回去，然后离开。看起来这个晚上又成功了。

糟糕的意外发生了。当时希姆正在西柏林公寓大楼顶上观察，他突然抽了口冷气。这位学生领导看到一辆陌生的车开进厂区并紧急停下。一小队全副武装的东德人民警察涌出来，掀起他们能发现的所有地下水道检修孔盖子。他们用冲锋枪扫射那些入口。”（F.Taylor: Die Mauer《柏林墙》）

莉娜凝视着维克托，十分专注地倾听着，似乎渴望从维克托的面部表情和读简报的声音中感受到维克托此刻的心情。但是，维克托并未因此信息而激动不安，反而显得极其平静。

“据西方媒体报道，”珍妮继续讲道，“将近3个月之前，一位高中生从大运河东柏林一侧游向柏林墙，再攀爬过柏林墙，逃往西柏林。这是另外一种突围柏林墙的方法。”她随手从手提包中取出另一份剪报，递给维克托。维克托再次轻声地读起来。

“1962年5月23日，彼得·戈林，21岁，是东德第一边防警察部队的二等兵，在柏林伤残军人公墓附近服役防守边界。因为斯班道大运河的缘故，在这里的边界防守变得十分困难。那天彼得当班，他们发现一个人在攀爬边界障碍。等到边界警察整好队，逃亡者已穿过最后一个栅栏并跳进运河。遥远的河对岸就是西柏林，尽管听到了警告的叫喊和枪声，逃亡者还是继续朝对岸游去。

逃亡者是一个年轻的高中生，名叫沃尔特·图斯，来自东德城市埃尔富特，他来柏林就是为了逃跑。刚到火车站他就买了一份旅游地图，并依照这份地图临时决定逃跑路线。他去西柏林的决心很大，也可以说他非常天真，尽管沃尔特身高达1米80，但他只有14岁。

当他游过三分之二的路程时，沃尔特被东德哨兵机枪击中，受了重伤。尽管如此，他还是努力浮出水面，竭尽全力朝着遥远的对岸游去，并在运河对岸柏林墙的凹处找到藏身处。现在他已身在西柏林的英国占领区，几个全副武装的西柏林警察已经赶来，并设法想把这个男孩儿从他的藏身处救出。东德的边界部队可以向逃亡者开枪，但是有两个附加条件：不能对妇女和儿童开枪，不能朝西部的领土开枪，但两条规定立刻都被违反。尽管沃尔特身高与众不同，但他依然是个孩子；而且，他已经到达西柏林的领土。然而，他还是不得不继续在东德边防警察的子弹中前行。为了救他，西柏林的警察也不得不顶着东边射来的子弹，并开枪回击。

借助于西柏林与东柏林、东德边界上清空了的楼房，东德人从东柏林、东德逃往西柏林。

最后，双方的射击停止。一个市民把一条绳子扔给沃尔特，让他抓住。他们把这个伤得很重的孩子拉到安全地带，并把他送往医院。小沃尔特·图斯奇迹般地活了下来，但是由于在逃跑的时候受了伤，落下残疾。”（F.Taylor: Die Mauer《柏林墙》）

维克托读到这里，变得激动起来，以致不能自制，眼泪刷刷地从面颊上流下来。

“啊，上帝！”维克托愤怒了，“怎么能如此残酷地对待一个孩子呢，就因为他渴望自由？真是到了没有人性的地步！”

一段痛苦地沉默时间过后，维克托恢复了平静的呼吸，他以坚定的语气说：“我与沃尔特一样，渴望自由，渴望逃往西柏林。没有自由的生活还有什么意义？”

莉娜与珍妮安静地听着，像是思考着什么，她们怎能不理解他呢？维克托是一位热爱艺术、热爱自由、热爱生命的热血青年，在经历了5年牢狱之苦后，他没有消沉、没有气馁、没有绝望，他依然或者说更加珍爱艺术、珍爱自由、珍爱生命了。莉娜与珍妮的无声胜有声，她们为他忧虑，为他担心，同时为他思考，思考如何协助他实现他迫切的渴望——逃亡西柏林。

67. 突然变故

维克托详细研究过柏林墙的地域、走向、环境和结构。认为从东柏林墙下边的地下水道逃往西柏林或者从大运河东柏林一侧游向柏林墙，再攀爬过柏林墙逃往西柏林，这两种突围柏林墙的方法现在已经不再可行。复制这些突围方法，成功率很小，风险极大。

维克托想到了东–西柏林边境上的查理检查站。查理检查站（Checkpoint Charlie）位于弗里德里希大街上东柏林与西柏林交界处的美国管辖区内，美国哨兵昼夜镇守在那里。弗里德里希大街过境通道是东德专为外国人和外交官设置的过境通道，那里总是十分繁忙。东德当局在边界处东德一侧建造了2米高的铁丝网，其后就是高度超过2.74米的水泥墙了；边界处建造了岗亭和碉堡，装备有音响警报系统和自动武器射击系统，东德边防军携警犬昼夜巡逻。

“莉娜，珍妮阿姨，你们怎么看它的可能性？”维克托问，“我是指，从查理检查站附近地区，突围柏林墙。”

莉娜不语，看着珍妮，等待珍妮的回答。

“在众目睽睽之下突围柏林墙？非常危险！”珍妮回答。

“绝对正确！”维克托说，“突围柏林墙本身是件非常危险和痛苦的抉择，它的危险是不容置疑的。选择在查理检查站附近地区突围，它的优越之处在于，它发

纪念彼得·费希特尔喋血柏林墙下。

生在美国哨兵、外国人和外交官的众目睽睽之下。倘若我翻越过柏林墙，会立即得到西德和盟国方面的救助；倘若我倒在柏林墙下，众多的外国人和外交官将为我的死亡作证。既然决心已下，长痛不如短痛。或者自由，或者为自由死亡。”

维克托一席话，惊呆了洗耳静听的莉娜和珍妮；她们陷于忧虑和惊异之中。

“维克托，你要再仔细思考，这关系到你自己及所有关心你、爱你的人的命运！”莉娜郑重地说。

“莉娜，珍妮阿姨，我会再仔细思考突围柏林墙的方案的。如果我决定了实施上述方案，也会在一周之后，并且会事先告知你们的。我爱你们，我不想轻易地离开这个世界，” 维克托说，他突然话锋一转，“我还想到西柏林莉娜家里做客呢！我还梦想咏唱她谱写的《c小调大地交响曲》中的《大地之歌》合唱曲呢！”

当日，莉娜和珍妮一同前往设在弗里德里希大街中部的S-地上轨道和U-地下轨道交通的“弗里德里希大街S-地上轨道和U-地下轨道过境通道”（Friedrichstraße Grezübergäng für S-undU-Bahn），接受严格过境检查，乘车不停站地径直返回西柏林，回到莉娜在西柏林住地。

刚好一周，8月17日，珍妮和莉娜突然听到西柏林媒体报道，在查理检查站发生了一件突围柏林墙轰动事件。

“18岁的彼得·费希特尔是东柏林反叛青少年中的一员，他们认定可以大规模地一起突破障碍前往西柏林。正如预料中那样，在接近计划日期的时候，他们中很多人都失去勇气并退出，只剩下费希特尔和他的一个好朋友。

1962年8月17日下午，两人躲过区域边界后面禁区内的巡逻队，藏到柏林墙附近一栋废弃的建筑物内。和一年前相比，现在的边界障碍，或者应该说是一系列障碍，变得更难逾越。他们看到了查理检查站，著名的美国边界岗哨。

鼓足勇气，他们最终离开掩护，开始他们极度冒险的冲锋。当他们攀上第一道铁丝网障碍的时候，费希特尔的朋友冲在前边，而他在他的朋友之后2到3码，东德边界警察从大约50码的地方用自动武器开火。他们继续向前跑，费希特尔的朋友到达标志着美国辖区的最后一面8英尺高的围墙，努力爬上去并且成功翻越，此时子弹重重射在距离他几英寸的水泥墙上。他安全到达西方，只是受了些皮外伤。

费希特尔却没有这么幸运。当他试图跟着他的朋友越过最后一道障碍的时候，他的小腿中弹，滑回到了无人地带。他躺在那里呻吟并呼救，起初声音很大，接着越来越微弱，越来越绝望。子弹打断了他的一条动脉，一张令人心碎的照片显示他身穿紧身牛仔裤、留着时尚发型，半死不活地张开四肢躺在那里，一动不动，鲜血——他的生命之血——渗入了大地。他因为没有得到及时救治，流血过多死亡。”（F.Taylor: Die Mauer《柏林墙》）

珍妮和莉娜为这一不幸的事件极度震惊了，她们为费希特尔喋血柏林墙下十分难过，为维克托的逃亡计划极度担心。他们决定尽快出发，沿着一周之前前往东柏林的相同路线赶到维克托住处。

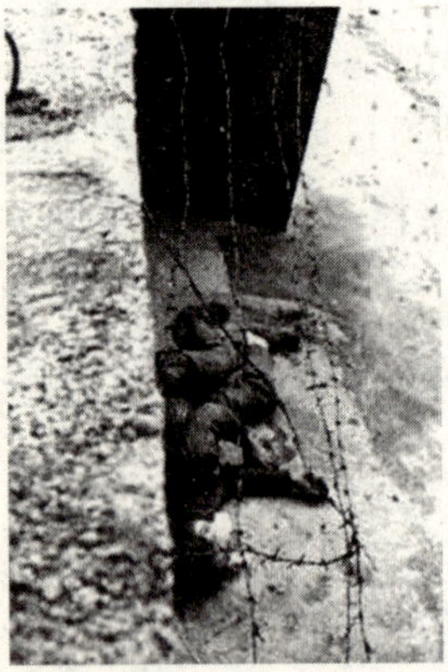

企图翻越柏林墙逃往西柏林的18岁的彼得·费希特尔（Peter Fechter），在试图越过最后一道障碍时，被东德边防士兵射中小腿，因未得到及时救治，流血过多死亡。

68. 谋划逃亡

当维克托又一次与莉娜和珍妮相对而坐，共同审视原有的突围柏林墙计划时，他也认为在当前的情况下不得不放弃原有的翻越柏林墙计划。然而，逃亡西柏林的决定却没有动摇和改变。费希特尔喋血柏林墙下事件让维克托感觉到，危险曾经是那般贴近他，死亡曾经与他擦身而过。

“维克托，时下放弃突围柏林墙计划吧？”莉娜充满期待。

“我决心已下，不会轻言放弃。只是感到茫然，不知如何实现它。”

莉娜和珍妮理解并同情维克托的境遇，然而，对突围柏林墙方案也是一筹莫展。一时，三人陷入沉默中。

“我想起，一位西柏林同事对我讲过，”珍妮打破沉寂，开口讲道，“她的一位朋友，从东德经过捷克斯洛伐克成功逃到西德。”

“经过捷克斯洛伐克……”莉娜自言自语，正在思考它的意义。

“珍妮阿姨，你是说，”维克托说话的语气有些颤抖，“从捷克斯洛伐克入境西德？”

“我想是这样，不过不局限于此，”珍妮解释说，“人们可以选择经捷克斯洛伐克进入西德，也可以选择经捷克斯洛伐克进入奥地利，然后从奥地利进入西德；也可以选择经捷克斯洛伐克进入匈牙利，再经匈牙利进入奥地利，然后从奥地利进入西德。”

“啊，了不起！”维克托听得十分专注，不再沉默，开口说话了，“迂回战术！”

“正是！”珍妮说。

“珍妮阿姨，莉娜，这三种方逃亡案中，你们认为哪种方案更好？”维克托问。

“第一种方案的问题在于，”珍妮说，“捷克斯洛伐克与西德接壤，在东德看来，捷克斯洛伐克是友好国家，西德是非友好国家，必须极力防范逃亡者从捷克斯洛伐克直接逃亡到西德去，因而会请求捷克斯洛伐克当局协助堵塞这条逃亡之路。”

“珍妮阿姨，你的意思是说，”莉娜说，“路经奥地利的第二方案更好些。奥地利虽然是西德的友好国家，但奥地利毕竟是奥地利，奥地利不是西德；同样的逻辑，捷克斯洛伐克毕竟是捷克斯洛伐克，捷克斯洛伐克不是东德。捷克斯洛伐克与奥地利之间的边界戒备不仅比东德与西德之间的边界戒备要宽松些，比捷克斯洛伐克与西德之间的边界戒备也要宽松些。”

“莉娜，你说得对，是这样的。”珍妮说。

“路径匈牙利的第三方案也是可行的，但不是最好的。”维克托说，“匈牙利与捷克斯洛伐克的政体基本相同，匈牙利-奥地利边界戒备情况与捷克斯洛伐克-奥地利边界戒备情况不会有更多的差异。我认为，路经捷克斯洛伐克进入奥地利，然后从奥地利进入西德的第二方案最好，可行性最高。”

接下来，维克托与珍妮和莉娜详尽地讨论了路经捷克斯洛伐克进入奥地利，然后从奥地利进入西德的逃亡方案的实施问题。

“珍妮阿姨，你知道，”莉娜说，“去年暑假，我和维克托曾经一起从莱比锡出发，经捷克斯洛伐克首都布拉格去奥地利音乐之都维也纳游览。我持联邦德国护照，当时我去捷克斯洛伐克是需要办理签证的，但是去奥地利则免签证；维克托持民主德国护照，去捷克斯洛伐克是免签证的，但是去奥地利则需办理签证的。”

“我还记得，”维克托说，“当时我们驾驶着我爸爸的甲壳虫牌小汽车，从莱比锡出发，沿着通往德累斯顿的公路进发，到达捷克斯洛伐克边境的。边防人员查验了莉娜的联邦德国护照和签证，随即放行。在捷克斯洛伐克-奥地利边界，捷克斯洛伐克边防人员再一次查验了莉娜的联邦德国护照和签证，随即放行。在奥地利边防检查站，边防人员查验了我的民主德国护照和签证，随即放行。”

“驾驶小汽车去捷克斯洛伐克和奥地利？我认为是个不错的主意。”珍妮说，“我有个想法，我想请迪尔博士开小汽车，协助我们的行动。”

从东柏林遥望柏林墙和勃兰登堡门

"由于逃往西柏林和西方的人越来越多，东德当局强化了监管力度。"珍妮继续阐述她的想法，"对有逃亡倾向的人，对东德政权不满的人强化了监管，包括秘密的和公开的监管。维克托可能就在他们监管的人员之列。维克托，你也这样认为吗？"

"是的，这是肯定的。自出狱之后，我一直能感觉到，我处于被监管的状态。"维克托说。

"维克托在逃亡成功之前必须善于隐蔽自己的意图和自身行为。"珍妮说，"我建议维克托与我们分别行动。这里的'我们'是指莉娜、迪尔博士和我。"

"珍妮阿姨，请谈谈你设想的逃亡计划，我们怎样分别行动。"维克托渴望知道行动细节。

"莉娜从西柏林乘火车到哥廷根与我和迪尔会合；迪尔开小汽车陪伴我与莉娜从哥廷根进入奥地利，这不成问题。因为迪尔和莉娜都有联邦德国护照。我们三人继而驶往奥地利北部与捷克斯洛伐克相邻的边界城市格明特（Gmünd）。维克托，你必须隐蔽行动，寻找机会以旅游掩护独自乘火车从东柏林，经德累斯顿去东德友好国家捷克斯洛伐克首都布拉格，从布拉格寻找机会继续南行，到达捷克斯洛伐克边界小镇策斯克·费伦尼斯（Ceske Velenice），它恰恰与奥地利边界城市格明特在两国边界上遥相呼应。维克托在边界小镇策斯克·费伦尼斯将得到我们的协助，进入奥地利。"

69. 惊险逃亡路

按着商定的逃亡计划，一周后，莉娜择定日期从西柏林乘火车来到哥廷根，与珍妮和迪尔会合。在开往哥廷根的火车上，她想到许多，想到他们此次为协助维克托逃亡而实施的冒险行动，不免心中充满紧张、忧虑和激动；她心中满怀虔诚，默默祈祷上帝保佑此次冒险行动成功，维克托安全进入联邦德国。

珍妮为了维克托追求身心自由及与莉娜的爱情而奋不顾身。珍妮是莉娜的法定监护人，她待莉娜犹如自己的亲生女儿，她心中永远牢记斯特恩临终前的委托和她自己对他的承诺，在关系到莉娜的成长、幸福的诸多事情她都毫不犹豫和迟疑。莉娜深爱着维克托，就像维克托深爱着莉娜那样。维克托逃亡联邦德国不仅关系到维克托的身心自由，同样关系到莉娜的人生。为了莉娜和维克托的幸福，在危险面前，珍妮置之危险于度外。

迪尔博士愿意协助维克托为了自由和爱情逃往西柏林。这次行动让他想起23年前，1939年初营救斯特恩教授从巴伐利亚犹太人集中营逃亡的事件。虽然说，这两次行动不能相提并论，却出自迪尔博士的同一理念，同一信仰。他热爱自由，崇尚平等、博爱，并为之努力实现。他坚持其科学的思维，坚守其民主主义信仰。他从来就不是政治家，而是一位正直的科学家。想到能为一位青年人做些有益的事情，即使承受危险，依然泰然前行。

莉娜在哥廷根的珍妮与迪尔家中与他们会合。迪尔开着大众牌小汽车陪伴珍妮与莉娜从哥廷根出发，经西德境内的卡塞尔（Kassel）、富尔达（Fulda）、维尔茨堡

（Würzburg）、纽伦堡（Nürnberg）、雷根斯堡（Regensburg） 到达西德边境城市帕绍（Passau）。迪尔和莉娜持有联邦德国护照，进入奥地利不成问题；珍妮持有美国护照和在联邦德国停留的签证，进入奥地利也不成问题。珍妮一行三人顺利进入奥地利边境城镇谢尔丁（Schärding）后，沿着多瑙河公路经林茨（Linz）、克雷姆斯（Krems）到达奥地利北部与捷克斯洛伐克接壤的边界城市格明特（Gmünd）。

按着事先商定的计划，迪尔凭借在西德办理捷克斯洛伐克的旅游签证，开着大众牌小汽车进入与格明特相对的捷克斯洛伐克边防小镇策斯克·费伦尼斯（Ceske Velenice）。这辆小汽车，已事先在哥廷根进行了秘密改装，在后排座位下改装成了一个秘密空间，足可以一个人蜷缩在那里藏匿。当然，这是为维克托从捷克斯洛伐克逃亡到奥地利准备的。珍妮和莉娜留在格明特，随时准备接应迪尔和维克托。

按着事先商定的计划，维克托寻找机会以旅游掩护独自乘火车从东柏林，经德累斯顿去东德友好国家捷克斯洛伐克首都布拉格，从布拉格寻找机会继续南行，途经Tabor，Sobeslau，Wittingau到达捷克斯洛伐克边界小镇策斯克·费伦尼斯。按事先约定，维克托在到达策斯克·费伦尼斯火车站后，在火车站停车场寻觅牌号为DGS861大众牌小汽车，在车里等待他的将是迪尔博士。迪尔博士将选择适当时机，将维克托藏匿到小汽车后排座位下改装好的一个秘密空间，然后择机越过捷克斯洛伐克策斯克·费伦尼斯边界检查站，逃向与其对应的奥地利城市格明特，在那里与接应他们的珍妮和莉娜会合。

穿越捷克斯洛伐克–奥地利边界是逃亡联邦德国行动的最为关键步骤，幸运的是，一切事情似乎正在按计划顺利执行之中。珍妮、迪尔和莉娜已经顺利到达奥地利边界城市格明特。

当日，迪尔通过奥地利–捷克斯洛伐克边境，到达捷克斯洛伐克边界小镇策斯克·费伦尼斯。迪尔在小汽车中等候多时，终不见维克托踪影，令迪尔费解。迪尔不得以暂住在车站附近小旅馆内，从房间窗口望眼欲穿地向停车场张望。到了第三日，迪尔不免猜测，维克托是否在东德或者在捷克斯洛伐克出了什么问题。

维克托按计划从东柏林经布拉格向边界小镇策斯克·费伦尼斯进发。一路上，他小心翼翼，三思而后行。他尽可能不与生人接触，不暴露行踪和意图。当他想到珍妮、迪尔和莉娜为了他的逃亡所面临和承担的危险，尤其想到迪尔藏匿着他，越过捷克斯洛伐克边境检查站被查出问题，迪尔和他会被立即逮捕，并且面临生命危险时，他心如刀割，不能自制……他的行动将会成为毁灭性的，他的行动不仅将会毁灭莉娜这位楚楚动人的青春少女和她的爱情，也将会毁灭珍妮这位具有真诚、善良、宽容人性美的女性的生活；更可怕的是，他的行动将会危及迪尔博士这位真诚、具有正义感的当今冉冉升起的现代原子物理学新星的生命并毁灭他的事业。

在临近边界小镇策斯克·费伦尼斯时，维克托终于做出了最后决定：他将独自承担逃亡途中的死亡风险！

其实，维克托早于迪尔博士一天就到达策斯克·费伦尼斯小镇，在小镇集市上他漫无目的地游荡。这是一个蔬菜、水果集市，农民们每逢周末用小型卡车等运输工具，将自家种植的蔬菜、水果运到小镇集市上来，这里蔬菜、水果十分新鲜，价格适中，深得镇上的人欢迎。

蓝色的伏尔塔瓦河水映照着金色布拉格的塔楼，卡尔桥横亘在碧波粼粼的水面上，水面上漂浮着几叶轻舟。美丽的布拉格。

“您需要什么蔬菜、水果啊？”一位身材魁梧的人，从维克托身后走过来，操着捷克语问维克托。维克托只懂一点捷克语，他瞅了这汉子一眼，并未搭腔。

“您不是本地人吧？”这汉子与维克托同步往前走，仍然操着捷克语提问。维克托眼睛瞅着前方，仍未开口。

“先生，我可以带您到那边去！”这汉子改用带有奥地利方言的德语轻声说道。

“哪边？”维克托明知道这汉子在讲什么，但他需要确认这一点。

“南边。”这汉子将一只手向后甩，轻声说道。随后用极为真诚，几乎是乞求的口吻说，“请相信我，不瞒您说，我是协助人们越境的专业户。我一眼就能认出，您不是来这里买蔬菜、水果的，您是想到那边去的人，可以成为我的客户的人。”

这汉子看维克托不言语，犹在思索，于是继续说道，“我在这里的集市上买蔬菜、水果，运到那边卖，那边的蔬菜、水果价钱比这边高。顺便带人到那边去。我常来常往，两边检查站的人几乎都认识我，您可以放心，不会出错的。”

维克托仍未开口，他需要多听听他讲些什么。这汉子试图说服维克托相信他，于是继续说道，“先生，只需要您多付些先令或者马克，我想，您是需要自由的人，我需要的是先令或者马克。您给我先令或者马克，我协助您获得自由。您看，怎么样？”

维克托终于正视着他，点了点头。于是这汉子带领维克托查看了他的改装了的小型卡车，特别是在驾驶和副驾驶座位底下的、用于隐藏偷渡客的秘密藏身空间。维克托终于可以确定，这汉子不是跟踪他的秘密警察。随后，他们详细地商谈了越境的有关问题。这汉子没有忘记又在集市上买了不少蔬菜和水果，装在他的小型卡车驾驶位后边的车厢里。

接近黄昏时分，维克托藏身于那位自称“越境专业户”的小型卡车密室里，他必须卷曲着身子侧卧在那狭小的空间里，既没有垫子，空气又污浊。“越境专业户”与维克托约法三章：（1）任何时候不许擅自开口讲话；（2）任何时候不许擅自开启密室的盖子；（3）任何时候不许发出声响，譬如，咳嗽、打喷嚏、吐大气等。维克托心想，为了那自由的一刻，一切的约束只能忍受了。

维也纳音乐之友协会，即维也纳金色音乐大厅。

从策斯克·费伦尼斯小镇出发，卡车一路颠簸着驶向边境检查站。维克托在黑暗的密室里看不到外面的世界，卡车飞奔的隆隆声不绝于耳。不知过了多少时间，不知跑过了多少路，听不到“越境专业户”的一句话。突然，卡车停下来了。维克托顿时感觉到，绷紧的神经刹那间要断裂，急速跳动的心脏瞬时要飞出体外。维克托想，一定是到达了捷克斯洛伐克边境检查站！命悬一线的时刻到了！维克托听到“越境专业户”打开驾驶室车门的声音，随后听到他的脚步声渐渐远去，继而消失。几分钟过去了，维克托觉得蹊跷，外面的世界现时变得静悄悄的，没有人前来检查车辆，连谈话声音也听不到。怎么会听不到一丝声响？莫非这位“越境专业户”在检查站遇到了麻烦？又是几分钟过去了，渐渐听到沉重的脚步声由远而近；突然，随着咣的一声响，卡车抖动了一下，着实吓了维克托一跳。

“嘿，你还活着吗？”维克托听出是“越境专业户”的声音，松了一口气。

“是啊，我想，是的。发生了什么事？”

“我买了一箱捷克黑啤酒，给兄弟们喝的。你知道，这里的啤酒比那边便宜。”

“天哪，我们还在‘这边’呢！？”

“没错，现在闭嘴！再过10分钟我们就得通过这边的检查站了。”

卡车启动了，维克托刚刚稍许松弛的神经重新又绷紧。大约10分钟，维克托听见一个陌生的声音用捷克语喊话，卡车慢慢停下来。“越境专业户”笑嘻嘻地与那个陌生的声音用捷克语对话，边对话他们边绕行卡车一周。之后，天哪，卡车启动了！

几分钟之后，卡车再一次停下来，“越境专业户”开始笑嘻嘻地用德语与人对话。维克托心里明白，他们已经通过了捷克斯洛伐克的策斯克·费伦尼斯边境检查站，正在奥地利边境的格明特检查站接受检查！

几分钟之后，“越境专业户”已经和蔼可亲地对边防检查人员说“Danke! Aufwiedersehen!”（谢谢！再见！）了。

“Wie froh ich bin!”（我多么快乐！）维克托情不自禁地默念着，“Jetzt bin ich in Österreich!”（现在我身处奥地利！）

卡车开动了，几分钟之后，维克托身不由己，竟然用手敲击“越境专业户”的驾座，并说道，“停车，让我出去！”

“嘿，你违约了！”“越境专业户”以欢快的语调高声说，“罚款！马克、先令都行！”

按照维克托的意愿，“越境专业户”停车后，将他从密室中拉出，并送他来到格明特Motel——一种专为开汽车者开设的旅馆。维克托向这位“越境专业户”表示了衷心的感谢，还格外为他加付了20%的“违约金”，并且是用德国马克支付的。“专业户”为维克托的美好人生衷心祝福，愿他在与家人、朋友欢聚时不忘记他，并将剩余的捷克黑啤酒全部送给了维克托。

这位可爱的“越境专业户”离开格明特Motel，已是夜色茫茫。他驾驶着他心爱的小卡车，在茫茫夜色中，沿着格明特-维也纳公路向他的长久驻地施托克劳（Stockerau）行进。一边哼唱起舒伯特谱曲、雷尔斯塔甫作词的《天鹅之歌》小夜曲：

我的歌声穿过深夜，
向你轻轻飞去。
在这幽静的小树林里，
爱人，我等待你！
皎洁月光照耀大地，

树梢在耳语，
树梢在耳语。
没有人来打扰我们，
亲爱的，别顾虑，
亲爱的，别顾虑！
歌声也会使你感动，
来吧，亲爱的！
愿你倾听我的歌声，
带来幸福爱情，
带来幸福爱情。

70. 美丽多瑙河旁

当维克托突然在格明特汽车旅馆出现在莉娜和珍妮面前时，她们谁也不敢相信自己的眼睛，恍惚在梦中一样。当她们缓过神来，确信在现实中时，三个人一起相拥喜极而泣。

维克托简洁地讲述了发生的一切，莉娜和珍妮聚精会神地倾听着。

“你知道，维克托，按着计划，迪尔尚留在策斯克·费伦尼斯小镇接应你逃亡奥地利。”珍妮说，“我去汽车旅馆服务台给他打个电话，让他回来。”

“珍妮阿姨，莉娜，你们承受生命危险，协助我逃亡，让我感激涕零，深感终生无以回报。”维克托说，“由于我的心灵无论如何接受不了以迪尔博士承受生命危险换取我从捷克斯洛伐克逃亡奥地利，我在行动的最后一刻决定独自承担危险，独自选择搭乘‘越境专业户’的卡车从捷克斯洛伐克秘密逃亡奥地利。珍妮阿姨，莉娜，我们得立即设法请迪尔博士返回格明特。”

“发电报或者打长途电话到策斯克·费伦尼斯小镇车站汽车旅馆吧。”莉娜说。

“好，我立即去办。” 珍妮说。

珍妮在长途电话里告诉迪尔：“有朋友送来捷克黑啤酒，请你今晚务必返回参加我们这里的生日聚会。”

迪尔迟疑一下，随后爽快回答：“啊，我怎么能错过呢？我立即出发！”

当晚，迪尔驾车赶回格明特Motel汽车旅馆。那是何等欢乐的聚会啊！他们频频举杯，喝了许多捷克黑啤酒，尤其是维克托和莉娜，俨然已经醉了。他们商定，翌日一同乘迪尔驾驶的小汽车去维也纳。在联邦德国驻维也纳大使馆，为维克托申请、办理以东德难民身份从奥地利入境联邦德国。

在联邦德国驻维也纳大使馆，在联邦德国公民迪尔博士和莉娜的证明和担保下，维克托顺利获得以东德难民身份从奥地利入境联邦德国的签证。

从联邦德国驻维也纳大使馆走出来，他们一行四人在维也纳街头漫步，开始筹划从维也纳沿着多瑙河旁的公路进入联邦德国，返回慕尼黑的旅行了。

如果将维克托从东柏林经由捷克斯洛伐克驶往奥地利边境城市格明特定格为“逃亡”，那么，珍妮一行四人从维也纳驶往慕尼黑就是一次“旅行”了。

阿尔卑斯山脉横亘奥地利疆域，多瑙河沿阿尔卑斯山北麓蜿蜒向东流去。这一山一水记录了奥地利的历史，培育了奥地利的文明。它的山岭、谷地、河流、湖泊洋溢着自然的美，它的城市乡村和生活在那里的人民充满着生机。奥地利国土不大，人口也不多，但这位于欧洲中心的国家有其独特的文化艺术和历史传统。它的古典音乐，它的艺术文化，它的巴洛克建筑，它的文化生活以及浓郁的宗教氛围遐迩闻名。

珍妮一行于清晨从维也纳驾车出发，沿着多瑙河公路向慕尼黑进发。呈现在他们左侧的是源远流长的美丽的多瑙河，右侧是绵延数千公里的险峻的阿尔卑斯山。迪尔坐在主驾驶位置上，珍妮坐在副驾驶位置上，维克托和莉娜相互依偎着坐在后排座位上。一路上他们欢声笑语不绝于耳。维克托和莉娜尤为激动与兴奋。当一个长期受制于压抑的人，一旦获得自由，其情感的释放力是难以想象的；当一位在爱的激情之中濒于失望的姑娘，一旦重获爱人，其激情的释放力同样是难以想象的。维克托重获新生，莉娜重获爱人。珍妮和迪尔看着一对热恋中的情人，心中充满喜悦和满足；想到，为他们所做的一切都是值得的，这一对恋人给予了他们世上最为美好的回报。

多瑙河是欧洲仅次于俄罗斯伏尔加河的第二长河，长达2860公里。多瑙河从其发源地德国黑森林东侧的多瑙兴根（Donauschingen）蜿蜒向东流去，经过奥地利、斯洛伐克、匈牙利、南斯拉夫、保加利亚、罗马尼亚、乌克兰流入黑海。一路灌溉广漠的土地，哺育千千万万人民，振兴累根斯堡、维也纳、布拉迪斯拉发、布达佩斯、贝尔格莱德等名城，创造和孕育人类的文明。

珍妮一行逆多瑙河流向行驶在多瑙河公路上，从维也纳出发，经由图尔恩、克雷姆斯、梅尔克到达林茨（Linz）。

多瑙河流至维也纳时，其河面已十分宽阔，并另外形成一条运河，它们分别缓缓穿行过维也纳市区东北部和市中心区，像是优雅的旅游人兴致盎然地在欣赏岸边的古堡、教堂、别墅和园林。在维也纳市区，多瑙河在河中心形成了一个小岛，谓之“多瑙岛”（Donaoinsel）。

多瑙河流经梅尔克（Melk），河岸边山冈旁高高耸起梅尔克修道院的倩影。梅尔克修道院（Stift Melk）距维也纳不过100公里。这座巴洛克建筑堪称多瑙河畔的一棵璀璨的珍珠。它的全名是“梅尔克天主教本笃会修道院”（Das Benediktiner-Kloster Stift Melk），从其名字可知道，它隶属于天主教本笃会教团。公元10世纪末，利奥波德二世（Leopold Ⅱ）在梅尔克建立地区性权利中心。1700年迪特迈尔（B.Dietmayr）授命成为修道院院长，1702年奠基大兴土木，着手建造一座集宗教、政治、精神为一体的修道院。建筑师普兰陶尔（J.Prantauer）为实施其设想，建造这座庞大而豪华的巴洛克式修道院呕心沥血，直至逝世的1726年完成了建筑外结构。其后的内装修由本杜齐（A.Benduzzi）主持完成。

珍妮一行一路欣赏多瑙河上美丽的风光，不时哼唱起奥地利作曲家小约翰·施特劳斯（Johann Strauß 1825-1899）于1867年谱写的遐迩闻名的《在美丽的蓝色多瑙河旁》（An der schönen blauen Donau）圆舞曲，尽情释放他们的欢欣、愉悦的情意。

《在美丽的蓝色多瑙河旁》是一首奥地利家喻户晓的歌曲，小约翰·施特劳斯是奥地利家喻户晓的作曲家、指挥家。维也纳人民公园坐落着他拉着小提琴的雕像，让人联想到他所处的哈布斯堡王朝太平盛世年代。那时，在人民公园，欢乐的人们伴随着施特劳斯乐队演奏的《在美丽的蓝色多瑙河旁》圆舞曲优美的旋律翩翩起舞，小约翰·施特劳斯一边拉琴，一边指挥他的乐队，还不时的转过身来向舞蹈的人们微笑致意。在小约翰·施特劳斯的数百首圆舞曲、波尔卡和加洛普舞曲中，最著名的就是这首《在美丽的蓝色多瑙河旁》圆舞曲。

诗人卡尔·贝克（Carl Beck）约在1850年写了一首诗，名为《在美丽的蓝色多瑙河旁》，诗以“多瑙河多么蓝，多么蓝”为结尾。小约翰·施特劳斯对贝克的诗有好感，他以贝克的《在美丽的蓝色多瑙河旁》诗名为题，于1867年谱写了《在美丽的蓝色多瑙河旁》圆舞曲。

同一年，约瑟夫·魏尔（Josef Weyl），这位维也纳男声合唱团（Wiener Männergesangsverein）音乐总监接受了一项演出任务，合唱团要在维也纳一个街区使用气灯照明的落成典礼上演出，为此他将《在美丽的蓝色多瑙河旁》圆舞曲配了歌词。这份歌词在演出后没有保存下来。贝克先生后来为着狂欢节上演出合唱的需要，为《在美丽的蓝色多瑙河旁》圆舞曲谱写了新的歌词。原歌词的开头几行他还记得，索性又用上了。这个新歌词保存了下来。

长期以来，奥地利人咏唱的《在美丽的蓝色多瑙河旁》圆舞曲的歌词不是魏尔谱写的歌词，而是一位名为弗朗茨·封·格尔内特（Fanz von Gernerth）谱写的歌词，歌曲名称依然是《在美丽的蓝色多瑙河旁》。它如诗如画的歌词赞颂了美丽的蓝色多瑙河、甜美的爱情和伟大的祖国，被誉为《奥地利第二国歌》。

弗朗茨·封·格尔内特的歌词，有80余小节长。弗朗茨·封·格尔内特的歌词原文为德文：

AN DER SCHÖNEN BLAUEN DONAU

Donau so blau,
Durch Tal und Au
Wogst ruhig du dahin,
Dich grüßt unser Wien,
Dein silbernes Band
Knüpft Land an Land,
Und fröhliche Herzen schlagen
An deinem schönen Strand.

Weit vom Schwarzwald her
Eilst du hin zum Meer,
Spendest Segen
Allerwegen
Ostwärts geht dein Lauf,
Nimmst viel Brüder auf:
Bild der Einigkeit
Für alle Zeit.

Alte Burgen seh' n
Nieder von den Höh' n,
Grüßen gerne
Dich von ferne
Und der Berge Kranz,
Hell vom Morgenglanz
Spiegelt sich in deiner Wellen Tanz.

Die Nixen auf dem Grund,
Die geben' s flüsternd kund
Was alles du erschaut,
Seitdem über dir der Himmel blaut.
Drum schon in alter Zeit
Ward dir manch' Lied geweiht,
Und mit dem hellsten Klang
Preist immer auf ' s Neu' dich unser Sang.
Halt an deine Fluten bei Wien,
Es liebt dich ja so sehr
Du findest, wohin du magst zieh' n,
Ein zweites Wien nicht mehr.
Hier quillt aus voller Brust
Der Zauber heit' rer Lust,
Und treuer deutscher Sinn
Streut aus seine Saat von hier weit hin.

Du kennst wohl gut deinen Bruder, den Rhein
An seinen Ufern wächst herrlicher Wein,
Dort auch steht bei Tag und bei Nacht,
Die feste treue Wacht.

Doch neid' ihm nicht jene himmlische Gab'
Bei dir auch strömt reicher Segen herab,
Und es schützt die tapfere Hand
Auch unser Heimatland.
Drum laßt uns einig sein,
Schließt Brüder fest den Reig' n,
Froh auch in trüber Zeit,
Mut, wenn Gefahr uns dräut!
Heimat am Donaustrand,
Bist uns' rer Herzen Band;
Dir sei für alle Zeit
Gut und Blut geweiht!

Das Schifflein fährt auf den Wellen so sacht,
Still ist die Nacht, die Liebe nur wacht,
Der Schiffer flüstert der Liebsten ins Ohr,
Daß längst schon sein Herz sie erkor.
O Himmel sei gnädig dem liebenden Paar,
Schütz' vor Gefahr es immerdar!
Nun fahren dahin sie in seliger Ruh
O Schifflein immer nur zu!

Junges Blut, frischer Mut,
O wie glücklich macht,
Dem vereint ihr lacht!
Lieb und Lust schwellt die Brust,
Hat das Größte in der Welt vollbracht.

Nun singst ein fröhliches seliges Lied,

Das wie Jauchzen die Lüfte durchzieht,
Von den Herzen laut wiederklingt
Und ein festes Band um uns schlingt.
Frei und treu in Lied und Tat,
Bringt ein Hoch der Wienerstadt,
Die aufs Neu' erstand voller Pracht
Und die Herzen erobert mit Macht.

Und zum Schluß bringt noch einen Gruß
Uns' rer lieben Donau, dem herrlichen Fluß!
Was der Tag uns auch bringen mag
Treu und Einigkeit
Soll uns schützen zu jeglicher Zeit
Ja Treu und Einigkeit!

在美丽的蓝色多瑙河旁

蔚蓝多瑙河，
流过峡谷草地，
蜿蜒静静流去，
维也纳向你致意。
你银色纽带
系着方方国土，
快乐的心
在你美丽河滩跳动。

黑森林远处，
你湍流东入海，
一路汇集支流，

一路祈神赐福：
团结统一的形象
呈现在所有岁月。
古堡自高处，
向你俯视，
群山由远处，
向你致意。
山巅上的晨辉
映照在你粼粼碧波上。

河中水妖，
悄声告诉你，
当天空变蓝时，
你能用心灵感知什么。
远古年代的人们，
将颂歌奉献给你；
我们总是以高亢的歌
赞美新的你。
维也纳留住你滔滔江水，
它是那样地爱你，
无论你喜爱流向哪里，
都不会寻觅到另一个维也纳。
快活欲望的魅力，
在这里从你宽广胸膛涌泻；
可信的德意志观念，
它的种子从你这里播散四方。

你熟知莱茵河兄弟，
它岸旁葡萄正茁壮生长，

敬业忠诚的护园人，
夜以继日守护着它们。
可不要嫉妒上天的惠顾，
你那里上天的赐福沿河涌动，
它护佑勇敢的人们，
护佑我们的家园。
让我们保持团结一致，
牢固地结为兄弟，
在黯淡岁月能够乐观，
面临威胁葆有勇气！
多瑙河旁的故乡，
你是我们心灵的纽带，
为了你，在任何时候，
我们会献出财富和热血！

小船轻快地破浪前行，
沉寂的夜，醒着的唯有爱，
船夫向心爱的人悄声耳语，
他早已倾心于她。
啊，上天赐福这对情侣，
保佑他们远离危难！
小船航行径直向前，
驶向人生永恒彼岸！

年轻的热血，新生的勇气，
啊，会使人多么的幸福，
年轻人在，欢笑在！
满怀爱情和渴望，
缔造世界最伟大的事业。

一支欢乐幸福的歌响起，
犹如一波欢呼声浪掠过，
从身心深处它又回响起，
一条牢固纽带将我们系绕。

自由和忠诚，
在歌声中，在行动中，
它们使维也纳升腾，
达到辉煌新境地，
以其国威赢得民心。

我们可爱的多瑙河，
壮丽宏伟的河，
我们再一次向你致意！
愿时光带给我们
忠诚和团结，
保佑我们永远
忠诚和团结。

多瑙河水波粼粼，缓缓东流去。呵，多瑙河，蓝色的河，美丽的河，带给奥地利人欢乐和乡愁的河！再一次向你致意！愿时光带给世人忠诚和团结，保佑世人永远忠诚和团结。

多瑙河流至林茨，河面渐渐宽阔，耸立河岸的一处峭壁悬崖，颇为壮观。

珍妮一行从林茨偏离多瑙河主河道公路，转向多瑙河支流扎尔察赫河（Salzach）旁的萨尔斯堡（Salzburg）。接近中午，他们抵达萨尔斯堡；它是奥地利第二大城，位于奥地利–联邦德国边境。珍妮一行四人决定在这里短暂停留，用午餐、休息、散步。

萨尔斯堡曾是天主教的圣地，教堂林立，城堡（Hohensalzburg）高踞在门西斯山顶，黑尔布伦（Hellbrunn）皇宫雄伟壮观。

萨尔斯堡是世界音乐和艺术的殿堂。乐坛巨人沃尔夫冈·阿玛多伊斯·莫扎特诞生在这里。在通往扎尔察赫河岸的一条狭小、繁华的谷粮巷（Getreidegasse）9号，珍妮一行四人找到一座五层建筑，在地上三层窗户下镌刻着Mozarts Geburtshaus，意即《莫扎特诞生地》。音乐神童莫扎特于1756年1月27日晚8时诞生在这幢楼的四层的一个房间里。

珍妮一行流连在萨尔斯堡许久，当日下午3时许驾车相继顺利通过萨尔斯堡附近奥地利边境检查站与联邦德国弗赖拉辛（Freilassing）边境检查站，抵达自由州巴伐利亚（Freistaat Bayern）。慕尼黑是自由州巴伐利亚的首府，从萨尔斯堡至慕尼黑的全程车程只有百余公里。珍妮一行准备途中在基姆湖畔美丽小城普林（Prien/Chiemsee）珍妮姨妈家做客，那里珍藏着珍妮和莉娜的许多记忆。

71. 故乡普林

在普林，珍妮姨妈一家盛情接待来访的珍妮一行。莉娜受到特别的宠爱，也是他们一家人最想念的人，由于珍妮成为莉娜的监护人，珍妮待她自然如自家人。珍妮向姨妈一家介绍每位同行的人员。

“你们还能认得莉娜吧？她长得越发漂亮了，不是吗？”

“这是迪尔博士，你们认识他！1946年9月2日在慕尼黑音乐学院音乐厅举办纪念斯特恩教授交响音乐会时，他就坐在弗里茨旁边。”

“这是维克托·弗罗伊德先生，莉娜的男朋友。你们听我多次讲起过他的，然而还不曾相识。”

珍妮讲到这里，珍妮姨妈和申克尔先生竟然情不自禁地鼓起掌来，一边说：“欢迎，欢迎，欢迎来到普林！”

珍妮姨妈一家人关切地询问维克托是如何穿越捷克斯洛伐克−奥地利边境的？东德那边的情况，特别是有关柏林墙逃亡的报道。

“莉娜，我们什么时候能去参加你和维克托的婚礼啊？”珍妮姨妈关切地问。

这个问题让莉娜有些窘迫，她笑着说：“维克托还没有向我求婚呢！”

维克托同样不知如何作答，他笑着说：“我刚刚幸运地踏上联邦德国土地，还是难民身份呢，如何养家啊？！”

珍妮忙着岔开话题，替维克托解围，问道：“格蕾特结婚了吧？”

“是啊，”珍妮姨妈说，“我们都老了，现在格蕾特和她的丈夫接管了普林的珠宝首饰店。”

“表哥弗里茨现在巴黎？”珍妮问。

“是的。如你所知，弗里茨在巴黎开设了一家珠宝首饰分店。在巴黎他有了一位女朋友，是一位法国姑娘。最近，他说，他准备与这位法国姑娘结婚呢！现在他很少有时间回普林来。”

“祝贺弗里茨！那么，弗里茨与谢曼先生可以有更多的联系了！”

“是的，他们之间来往甚密。不过，谢曼先生仍然独身，数学和音乐与他做伴。”珍妮姨妈说。

珍妮这时突然想到维克托还不知道谁是谢曼先生呢，忙解释说，“迪尔是认识谢曼先生的。莉娜只是见过他，在慕尼黑举办纪念斯特恩教授交响音乐会时，他就坐在迪尔的身边。可维克托还无从知晓他呢！谢曼先生是一位法国人，巴黎一个中学的数学教员；一位虔诚的基督徒，又是一位音乐爱好者。莉娜爸爸在纳粹占领的巴黎逃亡期间，他们在巴黎圣母院唱诗堂相识；为了莉娜爸爸的安全，他让莉娜爸爸离开旅馆住到他那里。莉娜爸爸在巴黎写给我的密码信就是经由谢曼先生和他的朋友转交给我的。谢曼先生还是一位人文主义者和反纳粹主义者，并因此结识了弗里茨，共同参与过抵抗纳粹的行动，譬如交换法国和德国抵抗纳粹运动的信息等。”

珍妮的这一席话，让莉娜感动得热泪盈眶。让她想起亲爱的爸爸经历的逃亡和苦难，让她为世上有谢曼先生这样的好人而感动，让她为有这样超凡的爸爸无比骄傲！珍妮的这一席话，同时让维克托的眼睛湿润。让他联想起自己刚刚经历的逃亡和苦难，让他为世上有珍妮和迪尔博士这样的好人而感动，让他为有这样情深义重的女友无比骄傲！

“瑞士姨姥姥家可好？”莉娜关切地问。她为躲避纳粹迫害犹太人，曾在珍妮瑞士小姨家避难长达8年之久。

“他们每次来信都问起你，”珍妮的姨妈说，“他们都很好，你的两个玩伴，如今男孩已成为建筑设计师，女孩已成为医生助理。他们都很想念你呢，希望不久能在圣加仑见到你呢！”

“我也是很想尽快就去访问他们呢！”莉娜说。

珍妮一行告别姨妈家人，按着莉娜和珍妮的愿望，由珍妮、迪尔、维克托陪同莉娜去她普林的家，也就是斯特恩教授的假日住宅看望。

远远地就能望见那栋湖边的全木质结构房子，莉娜诞生在这里，在她心灵深处留存着儿时与亲爱的妈妈、爸爸一起生活的珍贵记忆。对于珍妮，在慕尼黑音乐学院时期，每逢周末回到普林姨妈家里度周末，她都会到这栋全木质结构房子访问斯特恩教授，看望莉娜。

莉娜和珍妮不约而同地注意到，客厅里的陈设依然如故。那架高级钢琴依然坐落在最醒目的地方，琴旁边放着一个绿色绒面的木凳。墙上挂着的那幅典雅的自然风景绘画尚在。处在客厅一角那个取暖用的小型铁炉也还在那里，铁炉底下还垫着那个防止炉火燃着木地板的方形金属盘，当然自从它的主人离它而去，小小铁炉在客厅里一直是空置的。

莉娜在维克托陪伴下轻轻走进她的卧室，那里的陈设也是依然如故。她的雕花木床，显得那么小巧玲珑，那只棕色绒毛玩具熊还坐在枕边，憨态可掬。莉娜显然触景生情，不知道自己想笑还是想哭。

珍妮停留在落满灰尘的钢琴旁，凝视着覆盖在钢琴上绿色天鹅绒布上的一部乐谱，这部作品封面上标明“勃拉姆斯：《d小调第1钢琴协奏曲》”。她拿起这部乐谱，把它放在胸前片刻，又轻轻地掀去绿色天鹅绒布，小心地掀开琴盖，弹奏出该协奏曲的第二乐章“柔板”旋律。迪尔正在欣赏挂在客厅墙上的那幅典雅的自然风景绘画，欣闻琴声立即走过来，聆听珍妮的弹奏。

时光荏苒，往事悠悠。时光留不住，毕竟东流去！

基姆湖畔小镇泽翁（Seeon）。对镇上人而言，这座双穹顶小教堂是上帝的象征。有了它的存在，人们的心境才能如湖水般平静，如小教堂白色墙壁般纯洁和永葆虔诚。（Max Schmetterer 摄影）

72. 自由州巴伐利亚

珍妮姨妈一家热情招待珍妮一行在普林湖滨饭店吃晚饭。饭后，珍妮一行恋恋不舍告别，乘夜色经过因河（Inn）岸旁城市罗森海姆（Rosenheim），径直驶往慕尼黑。

对于珍妮、迪尔、莉娜而言，慕尼黑有着许多珍贵记忆。1936–1939年，珍妮在慕尼黑音乐学院从师斯特恩教授攻读音乐硕士学位。1946年至今，珍妮在慕尼黑音乐学院任职，并陪同莉娜在这里读完中学，进入莱比锡学院深造。迪尔在慕尼黑大学获得物理学博士学位，并在大学物理研究所从事原子物理研究工作，直至1946年6月，随同海森堡教授转至哥廷根物理研究所工作。正是在慕尼黑，珍妮与迪尔相识、相知、相爱。

在慕尼黑，珍妮一行住在珍妮与莉娜一起住的公寓里。几天短暂休息之后，迪尔返回哥廷根家中，继续在马克斯·普朗克协会物理研究所从事原子物理学研究工作。

莉娜陪同维克托游览慕尼黑以及巴伐利亚名胜古迹，以求维克托尽快恢复精神创伤，并共同筹划未来的生活。

自由州巴伐利亚的历史可以追溯到公元6世纪，至今它仍保留着浓郁古朴的文化传统。雄伟的阿尔卑斯山横亘巴伐利亚州，蓝色的多瑙河沿着阿尔卑斯山流过，风光骀荡。

慕尼黑是巴伐利亚的首府，在德国民意调查中总是独享“德国最受欢迎的居住城市”美誉。它之所以如此受欢迎，缘于它的秀美风光，清洁的环境，雄伟的建筑和它保留了德国民族传统和民俗文化。简言之，慕尼黑是纯粹的德国城市。

莉娜和维克托认为，了解自由州巴伐利亚的历史和文化可以在很大程度上了解德国国家和民族的历史和文化。

莉娜陪同维克托首先游览了慕尼黑城区。

经历了战争的洗礼与破坏，被战火损坏的一些建筑伤痕累累，尚未得到修复，然而，其宏伟壮丽的风貌犹存。

慕尼黑有许多教堂，教堂内保存着珍贵的宗教圣事用物、绘画和雕塑。玛利亚广场北侧屹立着圣母教堂（Frauenkirche）和圣米歇尔教堂（St.Michaelskirche）。圣母教堂为后期哥特式风格建筑，由许多8角柱体支撑着哥特式穹顶，它挺拔的拱形双塔高99米，是慕尼黑城的标志性建筑。圣米歇尔教堂是文艺复兴风格建筑，教堂门廊内的神甫遗照告诉人们它的反希特勒独裁历史。彼得教堂（St.Peter）在玛利亚广场南侧高高耸起，其巴洛克和罗可可风格的装饰华丽无比，登上它的钟楼可以鸟瞰城市景观。从玛利亚广场沿着酒街（Weinstraße）向北，一会儿就到了特阿蒂纳教堂（Teatinerkirche），它的两座漂亮的巴洛克式塔楼十分醒目。

这些教堂蕴涵德国的宗教文化和广大人民千余年来对于宗教的热诚和信仰。无

雄伟的阿尔卑斯山和秀美的国王湖。国王湖位于瓦茨曼山脚下的德国城市贝希特斯加登（Berchtesgarden）近旁。

论对于信奉基督教的维克托还是出身于犹太教家庭的莉娜对于宗教文化都有浓厚兴趣。

莉娜陪同维克托游览了位于城区中心的往日的皇家胜地，现今的市政厅、市议会。

玛利亚广场（Marienplatz）上坐落着慈祥的圣母玛利亚雕像和慕尼黑新市政厅。新市政厅为哥特式风格建筑，塔楼上建有彩色铜人跳舞场景，据说是为纪念威廉五世和兰妮女公爵的婚礼而建造的。

自由州总理官邸（Staatskanzlei Residenz）就在特阿蒂纳教堂的对面；总理官邸原为巴伐利亚皇宫，初为1851年始建的文艺复兴风格建筑，为二战战火所毁后，改建为巴洛克、罗可可和古典主义多种风格建筑。

皇家避暑行宫纽芬堡宫（Schloß Nymphenburg）是巴伐利亚国王和亲王的夏宫，为1664-1756年所建。其华丽的“石厅”为典型的巴洛克式风格，其法式和英式庭园中尚建有更华丽的罗可可式浴室和狩猎宫。马克西米利安大街是一条高消费的街区，高雅的商店鳞次栉比，昔日的马克西米利安女王宫（Maximilianeum），今日的巴伐利亚议会位于该街的尽头。

莉娜和维克托感觉，这些皇家胜地的历史变迁，犹如一部生动、形象的历史书，叙述了德国从王朝统治向议会民主政体的历史变迁。

国王广场（Königsplatz）附近是艺术宫所在地。在这里汇集了老美术馆（Alte Pinakothek）、新美术馆（Neue Pinaksthek）和雕塑美术馆（Glyptothek）。慕尼黑美术馆是世界著名的美术馆之一，藏画甚为丰富。在世界顶级名画中收藏有丢勒的《四使徒》，鲁本斯的《强劫留西帕斯的女儿们》，爱德迦·马奈的《莫奈在小船上作画》等。老美术馆和新美术馆均为路德维希一世所建，历时二十年（1826-1846）。雕塑馆（Glyptothek）是一座新古典主义建筑风格的雕塑展览馆，由莱奥·封·克伦策（Leo von Klenze）于1816-1830年间主持建造的，雕塑馆的展品中包括公元前6世纪上古年代希腊和罗马时期极为珍贵的雕塑作品。

莉娜和维克托在慕尼黑还有机会体验了慕尼黑的啤酒文化。

巴伐利亚特色的啤酒快餐店比比皆是。人们在市中心的餐饮店豪夫布劳（Hofbräuhaus）听着管弦乐队即兴演奏的民族乐曲，享用白香肠、酸菜之类的巴伐利亚特色餐和特色啤酒；厅内和花园里的座位足够多，可以接待上千人同时用餐。在众多的民间节日中，慕尼黑十月啤酒节最为著名。

莉娜和维克托在慕尼黑停留期间，正值慕尼黑“十月啤酒节”（“Oktoberfest”）。慕尼黑“十月啤酒节”每年9月底开始，先是在市内主要街区举行民俗盛装大游行，之后在啤酒节绿地狂欢，极富民族和传统色彩，喝啤酒狂欢贯彻始终，到10月初大体两周的啤酒节要喝掉几万公升啤酒，快乐的巴伐利亚人不醉不休。

巴伐利亚历史上存留下来多处城堡宫殿，其中最著名、最值得游览的是“童话国王”路德维希二世（Ludwig Ⅱ，1846-1886）留下的三座童话般的宫殿：在阳光下像是展翅欲飞的白天鹅，高高耸立在山岩上的新天鹅石城堡；隐蔽在阿尔卑斯山麓的格拉斯旺河谷里的罗可可风格建筑林德霍夫宫；位于希姆湖（Chiemsee） 男士岛上的，按着法国凡尔赛宫兴建的希姆湖男士岛宫。

阿尔卑斯山横亘欧洲大陆，它在德国的最高峰楚格峰（Zugspitze,海拔2962米）和第二高山瓦茨曼（Watzmann,海拔2713米）都位于巴伐利亚，是德国人和许多其他欧洲人夏季爬山，冬季滑雪的好去处。楚格峰山脚下的加米施—帕腾基辛（Gamisch-Partenkirche）是世界闻名的滑雪胜地；位于瓦茨曼山脚下的贝希特斯加登（Berchtesgaden）的自然风光优美，它是著名的温泉疗养胜地。人类公敌希特勒诞生在奥地利的林茨（Linz），在慕尼黑起家，在贝希特斯加登构筑其老巢，在柏林的地堡里自杀身亡。

碧波粼粼的多瑙河从其发源地德国黑森林地区的多瑙兴根（Donauschingen）流至巴伐利亚的古城累根斯堡（Regensburg）时，其河面已较为宽阔。古罗马的士兵在公元之初曾在多瑙河边饮过他们的战马，罗马人和日尔曼人以多瑙河为界僵持下来，累根斯堡就是在这样的历史背景下历经数百年逐渐发展成为城市的。累根斯堡人以建于12世纪的310米长的拱形石桥（Steinerne Brücke）和建于12-13世纪的105米高的哥特式双尖塔主教堂引为骄傲。

新天鹅石城堡（Schloß Neuschwanstein），始建于1869年，历时将近20年，位于阿尔卑斯山麓福森（Füssen）郊外。它在阳光下像是欲飞的白天鹅，高高耸立在山岩上。主体建筑共五层，第四层是按着瓦格纳（Richard Wagner）歌剧《汤豪塞》（Tannhäuser）装饰的，第三层的王室厅是拜占庭式风格的，歌唱厅是波斯风格的。

巴伐利亚人性情开朗、豁达、热情、好客，自觉维护传统文化和民间习俗，他们对他们的国王推崇有加，他们又有着悠久的共和政体历史；巴伐利亚自然风光美得让人感叹，让人难忘，美得像是德国的农村，像是德国的天然公园。

73. 立足西柏林

在莉娜、珍妮陪同下，维克托在慕尼黑办理了在联邦德国短期停留的有效法律证件后，珍妮、莉娜与维克托一同乘火车驶往哥廷根。珍妮留在哥廷根家中，与迪尔共度余下的暑期假日，莉娜与维克托则继续乘火车驶往目的地西柏林。

当从汉诺威驶往柏林方向的列车到达西德–东德边境时，全体驶往西柏林的乘客需下车，接受证件、车票、携带物品检查，换乘东德境内专用列车，一路不停靠任何东德境内车站，直接驶入西柏林车站。

走出西柏林检查站口，进入西柏林，维克托与莉娜喜出望外，激动的泪水夺眶而出；维克托举起双臂，做出V字形状。

他们在莉娜的居所安顿下来，并及时到西柏林行政部门，申请办理在西柏林长期居留许可等事项。

“终于立足于西柏林了！”想到这里，维克托激动不已。

莉娜陪同维克托来到勃兰登堡门西侧广场，从这里可以就近观看柏林墙。这里的柏林墙邻近勃兰登堡门的西边，遮挡住勃兰登堡门下部。灰白的墙面上有西德人或者旅游者涂鸦，写有文字。西柏林行政当局的一块醒目的警示牌，树立在柏林墙前。上面写着：“ACHTUNG Sie verlassen jetzt West–Berlin”（注意 您将在这里离开西柏林），显然，警示牌告诫人们，“这里是西柏林边界！”

维克托一向是站在勃兰登堡门东边眺望宏伟瑰丽的勃兰登堡门的，如今近距离地站在勃兰登堡门西边，隔着柏林墙仰望勃兰登堡门，不仅视角变换了，感觉也不同了。如今看上去它的形象更加高大了。勃兰登堡门立面墙上的希腊神话浮雕尚在，然而改换成其他图案。勃兰登堡门之上依然坐落着雄伟的栩栩如生的古罗马时代的天使驾驭的四马并驾的双轮战车青铜雕塑，但那天使和四匹战马是朝向东方的。

柏林原德国国会大厦的穹顶为二次大战战火所毁。

维克托，透过勃兰登堡门立柱间的5个通道极目向东方张望，那是与“六月十七日大道”一样笔直宽阔的“菩提树下大道”。人们原本可以从勃兰登堡门东边走上数分钟百米之路就可以穿过勃兰登堡门5个通道中的任何1个通道到达勃兰登堡门西边的；然而，由于柏林墙的存在，他却乘汽车和火车用了数天，行程2000公里，冒着再次被捕坐牢的危险，幸运地从勃兰登堡门东边抵达勃兰登堡门西边。这不能不说是一出政治悲剧，或者谓之黑色幽默!

维克托与莉娜注意到，在勃兰登堡门四马并驾的双轮战车青铜雕像上飘扬着民主德国（东德）国旗，它与联邦德国（西德）国旗相比较，虽说也是黑、红、黄三色旗，但在民主德国国旗上多了镰刀、锤子和圆规图案。

莉娜和维克托从这里向北走不远，雄伟的德国国会大厦（Reichstagsgebäude）展现在眼前。德国国会大厦是依据沃洛特（Paul Wallot）的设计于1884–1894十年间建造的具有大穹顶的意大利文艺复兴风格建筑。它历经了1933年“国会纵火”，如今又为二战战火毁坏，穹顶化为灰烬。按着联邦政府修复工程计划，正在对其修复，尚未竣工。联邦德国黑、红、黄三色国旗在国会大厦顶上飘扬。

这两座同样雄伟的建筑和建筑上方飘扬的相似而不相同的两种旗帜，让维克托和莉娜痛感到战后的柏林就是战后德国的缩影。联邦德国原本是一个国家，战后被战胜国分割成4个占领区，如今已分割成了联邦德国和民主德国两个国家；原本联邦德国的大都会柏林，被分割成西柏林与东柏林两个部分。如今民主德国建造的柏林墙将东柏林与西柏林完全隔绝，这是令德国人民十分痛心的事情。

莉娜向维克托谈起，在莱比锡音乐学院一年级的时候，她与同学们聚在一起，激情咏唱歌曲《从废墟中再生》。它是由约翰内斯·贝歇尔（Johannes Becher）于1949年10月书写的诗歌，并由汉斯·艾斯勒（Hans Eisler）于1949年10月底和11月初为诗歌谱曲的著名歌曲。如今已成为民主德国国歌。

“那时，我们对新生的民主德国充满希望和激情。”维克托略带感慨的口吻说道，“莉娜，你会唱联邦德国国歌吗？”

“维克托，让我哼唱给你听吧！”莉娜说罢，轻声地唱起联邦德国国歌。

Einigkeit und Recht und Freiheit
für das deutsche Vaterland!
Einigkeit und Recht und Freiheit
sind des Glückes Unterpfand.
Blüh im Glanze dieses Glückres,
blühe, deutsches Vaterland!

Danach laßt uns alle streben
brüderlich mit Herz und Hand!
Einigkeit und Recht und Freiheit
sind des Glückes Unterpfand.
Blüh im Glanze dieses Glückres,
blühe, deutsches Vaterland!

统一、法权与自由，
为德意志祖国！
统一、法权与自由，
是幸福的保证。
在幸福的光芒中繁荣，
兴旺、昌盛，德意志祖国！

让我们为此目标奋斗，
兄弟般地以心灵和双手！
统一、法权与自由，

是幸福的保障。

在幸福的光芒中繁荣，

兴旺、昌盛，德意志祖国！

这是德意志联邦共和国国歌的歌词，它是“德意志之歌”（Liedes der Deutschen）的第三段。由奥古斯特·冯·法勒斯雷本（August H.H.v.Fallersleben）作词，奥地利作曲家弗朗茨·约瑟夫·海顿（Franz Joseph Haydn）谱曲。

法权是德国的治国之本，统一是德国治国的追求，统一、法权与自由是人民幸福和国家富强的保证，人民对祖国统一的追求和渴望从来没有像第二次世界大战后德国被占领和分治后那般强烈。

维克托和莉娜相信，迟早有一天，德国人会将柏林墙推倒！东柏林、西柏林将合二为一，东德、西德将重新统一，德意志祖国将获得新生！

为了这一天的到来，为了统一、法权与自由在德意志祖国实现的这一天的到来，莉娜和维克托要做些事情了，他们议定，立即合作谱写一部音乐组曲。

从西柏林一侧拍摄的勃兰登堡门柏林墙。警示牌上面写着：“ACHTUNG Sie verlassen jetzt West-Berlin”（注意 您将在这里离开西柏林），显然，警示牌告诫人们，“这里是西柏林边界！”

74. 音乐组曲《选择》

珍妮与维克托到达西柏林兴致盎然，创造力旺盛，着手创作音乐组曲《选择》（Die Suite Die Auswahl）。

歌剧的故事情节与维克托的“逃亡”经历相关，但不相同，这是一次将现实艺术化的再创作。音乐组曲《选择》所表达的故事如下。

比尔（Bier）是一位漫游歌手，他游走四方，以卖唱为生。他年轻，独身，在“菩提树下大道”附近租住一处单元与老母亲相依同住。他喜欢柏林，柏林战后被分治后，他游走于东、西柏林两边，演唱德国风情民歌。晚上归来，常常到“六月十七日大道”的一所歌厅喝咖啡或欣赏演出。比尔的住所与歌厅之间隔勃兰登堡门相望；一个在东头，一个在西头，分别位于东柏林与西柏林。

比尔在歌厅喝咖啡时结识了年轻、漂亮的幼儿园教师奥尔加（Olga）。比尔和奥尔加有时都会即兴登台唱情歌，甚至会一起唱歌剧咏叹调。就这样，他们彼此相识，彼此相爱了。

1961年8月13日，东德政权封锁了东柏林、东德与西柏林的边界，进而修建起柏林墙，比尔不能去西柏林演出，也不能到歌厅与奥尔加相见了。

一天，比尔来到勃兰登堡门菩提树下大道旁。他看见两个孩子，一个8岁模样的男孩和一个貌似他妹妹的5岁模样的女孩在路边观望。比尔走到孩子面前问道：“对不起，孩子们，我迷路了！你们能告诉我，去勃兰登堡门怎么走吗？”比尔用手指了指勃兰登堡门西边。

“Durch das Tor!”（穿过堡门！）女孩说，同时她朝西边的勃兰登堡门挤了挤鼻子。

比尔听后没有言语，只是耸了耸肩。

“Oder in der entgegengezetzten Richtung!”（或者，按相反方向！）男孩说，同时朝勃兰登堡门东边方向挤了挤鼻子。

比尔听后没有言语，只是又耸了耸肩。

男孩看他还未明白，又补充说：“ Sowieso ist die Erde rond! ”（反正地球是圆的！）

比尔忽然醒悟，忙说：“Dank sehr! Sehr nett von euch!”（非常感谢！多承你们的帮助！）

比尔友好地与孩子们握手，转身向东走去，逐渐消失在“菩提树下大道”的人流中。

比尔明白，女孩指的路行不通，曾有多少人喋血柏林墙下！男孩指的路原则上是可行的，然而，绕地球一圈，谈何容易！

比尔经过缜密考虑，尤其反复听了挪威作曲家埃德华 · 格里格谱写的著名《培尔 · 金特组曲》之后，终于做出选择，按那个男孩说的去做。

比尔告别母亲，背上吉他，从东柏林出发经过波兰，到达苏联。一路游走，一路歌唱。他唱德国民歌，也唱当地区民歌。广阔的俄罗斯草原让他心旷神怡，无尽头的桦树林让他流连忘返。在热情奔放的乡村音乐会上，他尽情地展示他的歌喉和演唱技巧。他属于男中音，对于深沉、抒情、有力度的歌曲演唱得颇具感染力。俄罗斯秀美的自然风光，诚挚朴实的人民，留给他深刻的印象。他与淳朴的俄罗斯乡村姑娘一起唱歌、跳舞时，让他暂时忘记一切。

女孩往往比男孩更钟情，也往往更容易轻信。自从柏林墙站立起来，奥尔加再没有在歌舞厅见到过比尔，也没有了他的信息。她只是想，有了柏林墙他来不了啦，为了生计他到柏林之外去游走、去歌唱了。她痴情地深信，比尔不久就会回到她身边的。

时光荏苒，依然没有比尔的任何消息，奥尔加独自在歌厅消磨时间，偶尔到台上深情地演唱《培尔 · 金特组曲》中的“索尔薇格之歌”，像《培尔 · 金特组曲》中主人公培尔 · 金特的痴情爱人那样，表达对比尔的思念之情。

Der Winter mag scheinen,
der Frühling vergehen,
der Frühling vergehen,
Der Sommer mag verwelken,
das Jahr verwehn,
das Jahr verwehn;
Du kehrest mir zurück,
gewiß, du wirst mein,
Ich hab' es versprochen,
ich harre treulich dein.
Gott helfe dir,
wenn du die Sonne noch siehst.
Gott segne dich,
wenn du zu Füßen ihm kniest.
Ich will deiner harren,
bis du mir nah,
Und harrest du dort oben,
so treffen wir uns da!

冬天喜欢光照，
春天过去了，
春天过去了；
夏天喜欢凋零，
这一年消逝了。
你回到我这里，
确信，你是我的。
我承诺过，
忠诚地静候你归来。
当你看见太阳，

上帝会帮助我。
当你双膝跪在上帝面前
上帝会保佑你。
我静候你的归来，
直至你出现在我面前；
你若在“上天”那儿等我，
我们就将在那里相逢！

比尔此刻已身在美国，战后胜利的喜悦和骄傲洋溢在美国公民的脸上，虽然说，美国人民在战争中承受了巨大的负担和牺牲，但是，看得出来，他们真诚地为正义与光荣的祖国自豪。比尔喜欢土著民族印第安人舞蹈和歌唱，他游走于印第安人居住区，谦卑与友好地与他们相处，向他们学习那种独特的舞蹈和歌唱。印第安姑娘热情、奔放，在他面前献舞调情，让他飘飘然，不知自己身在何处。

时光流逝，思念儿子，让比尔孤寡的母亲日渐苍老，一首深情的歌曲，表达了病情危重的比尔母亲想念儿子，昼夜期盼儿子回归以及母子相逢的感人情景。就像《培尔·金特组曲》第一组曲中“奥塞斯之死”的悲情一幕。

人们不知过了多久，比尔自己也不清楚，比尔乘船到达伦敦，途经巴黎，踏上联邦德国土地。当他沿着笔直、宽阔的“六月十七日大道”迅速到达他长途跋涉，历时多年，行程30000公里的目的地——勃兰登堡门西边的时候，眼前的景象竟然让他惊呆了：柏林墙不见了！

当比尔慢慢缓过神来，他仍心怀忐忑，却流露出悠然自得的样子，信步走向勃兰登堡门。他穿过勃兰登堡门，没有卫兵阻拦他。他心里默想：“我已经从西柏林来到了东柏林！”竟会是这么简单！他木然站在那里，还是有些狐疑，于是又从原地返回。比尔又一次信步从原地走向勃兰登堡门，他穿过勃兰登堡门，没有卫兵阻拦他。此时，脑海中突然浮现多年前的一幕场景：“Durch das Tor!”（穿过堡门！）女孩说，同时她朝西边的勃兰登堡门挤了挤鼻子。比尔瞬间回归自我，悠然自得地走向勃兰登堡门，穿过勃兰登堡门，心里默念：“我已经从东柏林来到了西柏林！”

千真万确，柏林墙倒塌了！位于勃兰登堡门西侧的柏林墙消失了！

比尔匆匆赶到勃兰登堡门东侧的家中看望久别的母亲。只见，家门紧锁，窗户紧闭。从邻居处得知，比尔母亲已于两年前病逝……比尔匆匆赶到勃兰登堡门东侧的歌厅看望久别的心上姑娘奥尔加。只见，歌厅如故，人称，奥尔加消失了。

比尔孤独地往返于勃兰登堡门，徘徊于“六月十七日大道”和“菩提树下大道”，若有所思,若有所想。“原本我只想从勃兰登堡门东边到西边来，与奥尔加一起自由生活；为了这短短百米路，我竟然绕了地球一周！如今，亲爱的妈妈走了，奥尔加也不见了！”比尔无助地站在歌厅中，茫然若失，预感飘摇不定的未来。

珍妮与维克托创作的音乐组曲《选择》由3组8首乐曲组成。

第1组曲由2首曲子构成。1.1曲：“比尔与奥尔加爱情咏叹调”。歌颂比尔与奥尔加的爱情。旋律优美；1.2曲：“问路诙谐曲”。两个孩子为比尔指路，如何从勃兰登堡门东边到达它的西边。旋律轻松、快活、幽默。

第2组曲由4首曲子构成。2.1曲：“俄罗斯自然风光”。赞美俄罗斯美丽的自然风光。旋律悠扬。2.2曲：“奥尔加之歌”。奥尔加苦苦地等待情人比尔回归，从身心深处唱出了哀怨的咏叹调。旋律凄美。2.3曲：“印第安人舞曲”。印第安姑娘在比尔面前献舞调情。旋律热情、奔放。2.4曲：“比尔母亲感叹调”。病情危重的比尔母亲想念儿子，期盼儿子的回归以及母子相逢。旋律悲怆。

第3组曲由2首曲子构成。3.1曲：“柏林墙倒塌”。柏林墙梦幻般地倒塌、消失了，比尔无比惊异、欢欣。旋律激奋。3.2曲：“茫然”。比尔失去母亲和女友，心中茫然若失，预感飘摇不定的未来。旋律深沉、哀怨。

莉娜与维克托创作完成音乐组曲《选择》后，在总谱扉页写上：

DEM DEUTSCHEN VATERLAND
die Suite Die Auswahl widmen

Lina Stern
Viktor Freud

2. September 1962
West-Berlin

音乐组曲《选择》

献给德意志祖国

莉娜·斯特恩

维克托·弗罗伊德

1962.9.2

西柏林

尾声

戏剧性的事件出现在1989年。由于政治形势的发展，东德国家和统一社会党首脑昂纳克于1989年10月18日被迫辞去了东德国家和统一社会党的最高职务。随后，部长会议和统一社会党政治局总辞职。11月9日，东柏林当局宣布实施涉及迁徙自由的新旅行法。12月22日，于1961年8月13日关闭的勃兰登堡门重新开启了！

勃兰登堡门的重新开启时刻成为历史性的一幕。莉娜和维克托欢欣雀跃，融入到勃兰登堡门周围以及“六月十七日大道”和“菩提树下大道”上的通宵达旦狂欢的人群中。

柏林人重逢于柏林墙下。迫于政治压力，原东德政府于1989年11月22日开启了位于勃兰登堡北侧的波斯坦广场；12月22日，于1961年8月23日关闭的勃兰登堡门开启了！

与此同时，柏林墙啄木鸟们（Mauersprechte）开始行动了！所谓“柏林墙啄木鸟”不是柏林墙上的“嘴尖而直，能啄开木头，用细长而尖端有钩的舌头捕食树洞里的虫的益鸟”，而是拿着自家的槌子叮当、叮当开凿柏林墙的德国公民，他们自嘲为“柏林墙啄木鸟”。

莉娜和维克托这对欢欣雀跃的“柏林墙啄木鸟”，与千千万万的柏林墙啄木鸟们开始行动了！他们用槌子敲打城墙以发泄心中淤积已久的愤怒，也把欢乐融入到叮叮当当的交响乐中。最受欢迎的是那种在西柏林一侧柏林墙上涂有彩画的墙体残片。每人都亲手凿下一块、几块，用以纪念柏林墙倒塌的这一伟大历史时刻，用以见证德意志民族的这段悲惨历史。

1990年10月3日，德意志民主共和国加入德意志联邦共和国，两个德国重新统一为德意志联邦共和国。柏林被定为首都。联邦德国原于1949年制定的“基本法”被定为统一后的德国的基本法。联邦共和国黑、红、黄三色国旗被定为统一后的德国国旗。联邦共和国“德意志之歌”国歌被定为统一后的德国国歌。德国和德国人民重新获得统一。

当日夜晚时分，在德国重新统一日柏林庆典上，莉娜和维克托与无数欢乐的人们齐聚联邦议会广场，他们挥舞着无数面联邦德国国旗，齐声高唱联邦德国国歌；礼花升腾夜空，鞭炮响彻云霄。德国人民为德意志祖国重新统一而欢欣鼓舞，为德意志祖

德国重新统一后，作者与女儿及时前往柏林游览。图为柏林亚历山大广场喷泉雕塑与意大利文艺复兴风格的柏林大教堂。

国以统一政体重新登上世界舞台而骄傲自豪；德意志民族分裂的日子已然成为过去，德意志民族重新立于世界民族之林，重新与世界各民族友好和睦相处。

午夜时分，夜空响起莉娜和维克托新近谱写的《d小调博爱交响曲》合唱曲《和谐颂》，它洋溢着贝多芬《d小调第九交响曲》合唱曲《欢乐颂》“四海之内，皆成兄弟”的情怀，蕴涵着斯特恩和珍妮《c小调自由交响曲》合唱曲《自由女神颂》“自由、平等、博爱，营造人间和谐天堂”的力度。

跋

心怀童年梦想，

终生追逐未来。

所有的童年梦想都是美丽的，我在童年时读过《鸟的飞行》一书，梦想像鸟儿一样在湛蓝的天空中自由地翱翔。回首童年和少年时代，那个人生多梦的时代，心中有过两个梦想呢——一个是科学梦，另一个是文学梦。

中学时期，我的语文教师是“五四运动”时期在四川倡导妇女解放的先驱陈竹影女士（与散文家朱自清的夫人陈竹隐女士为姊妹），在她的教导下，我喜欢上了语文课和作文；与此同时，在学习了道尔顿原子学说和读了波兰出生的法国卓越科学家居里夫人的传略《居里夫人》（其女儿艾芙·居里著）之后，还向往科学研究。1956年，新中国号召“向科学进军”，我选择了学习科学，考入北京大学，期盼以居里夫人为榜样，未来从事物质的放射性科学研究。

北大的第一堂普通化学课上，从美国回归的傅鹰教授谆谆教导我们年轻学子，首要的是做一个正直的人，然后才是做一名优秀的科学家。接着他还不忘告诫我们，可能的话，在大学期间找到一位女友。北大六年，给了我从事科学研究必备的坚实的科学知识，这段人生经历总是让我怀念，也正是在北大，我结识了后来成为我夫人的女友。

1980年，我不惑之年，在北京市半导体器件研究所工作期间有幸获得德国艾伯特基金会（Friedrich Ebert Stiftung）资助，成为改革开放后的第一批访问学者迈出国门从事科学研究工作，在欧洲一流的德国马克斯·普朗克协会固体研究所和德国弗朗霍夫协会应用固体物理研究所从事晶体生长和生长理论研究工作逾十年，独立地或者与伊丽莎白·鲍泽尔博士（Dr. Elisabeth Bauser）等同事合作，在著名的国际杂志上发表科学论文30篇，做过有益的贡献。其间在马克斯·普朗克协会固体研究所工作逾八年，研究所教授所长对我的科学研究工作的一份评语上写着："Herrn Y.C.Lu habe ich während seiner Stuttgarter Zeit als einen außerordentlich fähigen Wissenschaftler kennengelernt. Er hat spezifische Kenntnisse und Fähigkeiten demonstriert, die zu sehr beachtlichen Erkenntnissen und Fortschritten geführt haben und bereits internationales Aufsehen erregt haben. Ich würde es sehr begrüßen, wenn diese ungewöhnlich gute deutsch-chinesische Zusammenarbeit fortgesetzt werden könnte."（译文："卢因诚先生在斯图加特期间，作为一个具有特殊才能的科学家我认识了他。他表现出具有专门的知识和特殊的才干，从而取得了相当重要的认识和进展，并且已引起了国际上的重视。如果这种特别好的德国-中国合作能够继续下去的话，我将非常欢迎。"）

从北大毕业算起，在人生路上，我有三十年时间从事科学技术与科学研究工作，其中包括逾十年时间在德国从事科学研究。一个人一生中能有机会从事科学研究是幸运的。在经历了动荡、蹉跎岁月之后我尚能有逾十年的时光与多国科学家一同从事科学研究，我是幸运的；我由衷地感激人生，感恩于养育我的父母和抚育我成长的祖国。可以说，我已经圆了我少年时代的科学梦。

在我"耳顺"之年，我终止了我的科学研究生涯；然而，我仍不得安宁，不敢停下人生前行的脚步。少年时代的文学梦想在心中萦绕，它像蓝天的白云，忽而飘来，忽而浮去；它像夜幕的星辰，时而明亮，时而迷离。

当人类踏入21世纪门槛之际，我终于做出了人生旅途上的另一个抉择：从科学研究转向文学写作。我要圆我少年时代的文学梦！

从科学领域转向文学领域，我的最初感觉，犹如尚在北大，从理科学习转入文科学习；它让我感到新奇、兴奋、激动，仿佛为我的人生开启了一扇新的大门。

时光荏苒，至今，我在文学领域从事文学创作已历时十年。前期，从事纪实文学写作。2003年我的第一部纪实文学著作《旅欧十年》出版，接着开始了文化欧洲丛书的写作。2006年文化欧洲丛书四卷本《深邃德意志》、《阳光意大利》、《浪漫法兰西》、《雍容不列颠》出版。2009年文化欧洲丛书八卷本《寻觅德国》、《寻觅意大利》、《寻觅法国》、《寻觅英国》、《寻觅奥地利》、《寻觅北欧》、《寻觅荷比卢》、《寻觅瑞士》出版。

近两年，我尝试写作小说，在小说中的虚拟世界里漫游。

《德国之恋》（Love in Germany）是我的一部欧美题材的外国长篇小说，它的写作基于我在欧洲和美国的生活和游历。小说上卷讲述了第二次世界大战时期，美国少女珍妮与德国犹太裔教授斯特恩的爱情故事。他们以密码信传递爱情，爱情激励斯特恩以逃亡对抗厄运，以生命争取自由。小说下卷讲述了战后时期，斯特恩的女儿莉娜与东德青年维克托的爱情故事。维克托身陷囹圄，以密码信传递对莉娜的炽热情感；爱情激励他们直面分裂德意志民族的柏林墙，他们渴望自由，渴求国家与民族的重新统一。故事发生地是我生活或者游历过的德国慕尼黑、柏林、普林、莱比锡，法国巴黎、马赛，瑞士圣加仑，西班牙马略卡岛，美国纽约、波士顿。故事中的主要人物，并非全然虚构，在故事发生地当今遗留有他们的身影和足迹。

《德国之恋》小说蕴涵故事、观念与知识；阅读《德国之恋》小说，欣赏爱情故事，解析人生观念，增长欧洲文化知识。

在长篇小说《德国之恋》编辑出版过程中，得到新世界出版社副社长房永明先生、博士德文化发展有限公司总经理朱新月先生的支持，有了这种支持，这部小说才得以面世。责任编辑闫红女士全面负责编辑这部小说，对于小说的编辑、出版起到至关重要作用。赫伯特·鲍泽尔博士（Dr.Herbert Bauser）分出时间精心校阅我为小说写的德文“内容简介”。为他们的支持、辛劳和成果，借此机会一并表示衷心感谢。

人的生命只有一次，却可以有不止一种的人生。回首人生路，我先后幸运地选择了两种人生——科学人生与文学人生。

在我的科学人生与文学人生旅途上，中学教师陈竹影女士给予我文学启蒙教育，科学家居里夫人的生平事迹激励我立志从事科学研究，北京市半导体器件研究所所长杨朝俶先生推荐我参加出国选拔考试，德国马克斯·普朗克固体研究所伊丽莎白·鲍泽尔博士在科学研究领域与我成功合作以及新世界出版社副社长房永明先生对我的文学写作予以支持等，这些对于我的科学人生或者文学人生都产生过重要影响。

在科学人生与文学人生旅途上，我始终得到我的家人的真诚、热忱、尽心尽力的关怀和鼓励。在写作长篇小说《德国之恋》以及其他文学作品过程中，始终得到刘家珊、卢迪、贺捷、贺友芃的热情关怀和持续鼓励。亦借此机会一并表示衷心感谢。

我已步入耄耋之年，我无法知道，上天还能慷慨地给我多少时间让我继续圆我少年时代的文学梦和我有生之年能否圆了我少年时代的文学梦。无法知道的事情还是不想为好，唯愿遵循天意了。

卢因诚

2011年9月于北京芳古园